KUWEI
酷威文化
图书 影视

小蛮腰

姜之鱼 著

/ 上册 /

天津出版传媒集团
百花文艺出版社

图书在版编目（CIP）数据

小蛮腰：全二册 / 姜之鱼著. -- 天津：百花文艺出版社, 2024.2
ISBN 978-7-5306-8750-5

Ⅰ.①小… Ⅱ.①姜… Ⅲ.①长篇小说－中国－当代 Ⅳ.①I247.5

中国国家版本馆CIP数据核字（2024）第006112号

小蛮腰：全二册
XIAO MAN YAO : QUAN ER CE
姜之鱼　著

出 版 人：薛印胜
选题策划：胡晓童
责任编辑：胡晓童
封面设计：白砚川
出版发行：百花文艺出版社
地　　址：天津市和平区西康路35号　　邮编：300051
电话传真：+86-22-23332651（发行部）
　　　　　+86-22-23332656（总编室）
　　　　　+86-22-23332478（邮购部）
网址：http://www.baihuawenyi.com
印刷：天津旭丰源印刷有限公司
开本：880毫米×1230毫米　1/32
字数：380千字
印张：16.5
版次：2024年2月第1版
印次：2024年2月第1次印刷
定价：69.80元

如有印装质量问题，请与天津旭丰源印刷有限公司联系调换
地址：　天津市宝坻区新开口镇产业功能区天通路16号
电话：（022）82573686 邮编：301815
版权所有 侵权必究

CONTENTS 目录

○	第一章	冰可乐	001
○	第二章	气泡水	023
○	第三章	海棠果	049
○	第四章	青柠汁	071
○	第五章	养乐多	093
○	第六章	酸牛奶	117
○	第七章	番石榴	143
○	第八章	覆盆子	173
○	第九章	蜂蜜水	197
○	第十章	野红莓	221

August

S	M	T	W	T	F	S
	1	2	3	4	5	6
7	8	9	10	11	12	13
14	15	16	17	18	19	20
21	22	23	24	25	26	27
28	29	30	31			

第一章

冰可乐

CHAPTER 1

小蛮腰

十四号考场有人起了争执。距离英语考试开始还有五分钟的时候,这个消息迅速在嘉水私立高中部传开。不少看热闹不嫌事大的人都跑到三楼围观,他们迅速占满了窗口、门口等最佳观赏地。考场里,大部分人已经躲到了教室后面。

"你之前怎么没想过我是你室友?"

"是你自己不上道,和我有什么关系!"

"你再说一遍试试——"

喧嚣声渐上时,一个篮球猛地从门口飞进来,高速旋转着直直地砸向声音来源处。两个男生立刻松开对方,往旁边一躲。篮球从两人中间穿过,砰地砸到墙上,又落到地上,蹦来蹦去,最后停在讲台边缘。

"啧。"

随着这一声,教室里顿时一片安静。

不知何时,挤在门口的人都散开了,穿着一身橘白相间校服的唐茵慢条斯理地走了进来,桃花眼眼波流转,先似笑非笑看着另一边墙角处的两人,继而扫了一眼教室,目光又落在他们身上:"有病?"

两个人先是脸色难看,后又面皮涨红,此刻他们将相互之间所有

第一章　冰可乐

的恩怨情仇都抛在脑后，半天后终于齐齐开口："我们错了！"

说罢，两个人抢着去捡回篮球，乖乖地放在一张课桌上。

唐茵没搭理他们，径直走向了自己的课桌，把篮球放到地上，坐下，无聊地转着笔。

旁边的于春拉了把椅子凑过去，问："二中放话说下星期五要找咱学校麻烦，你去不去呀？"

半晌，唐茵答："不去。"

"为啥？"

"辣眼睛。"

于春无语。

嘉水私立中学刚开办四年，当初校长为了省钱，选了一块便宜的地，把市里最大的一块坟地买了。说是坟地，其实也是大家谣传出来的。实行火葬那么多年，现在市里没人敢土葬，要这块地真是坟地，那也是很久以前的事了。

唐茵的爸爸就是校长，教导主任从来不会对唐茵要求过多，其他老师对唐茵也是睁一只眼闭一只眼，久而久之，唐茵就成了学校里独特的存在。

这地方三所公办高中恰好在一条路线上。二中建校几十年，原本是省示范高中，可后来一中扶摇直上，它的地位便大不如前，优秀生源流失去了一中，加之二中周围又聚集了一群拆迁户，所以二中学生的成绩一落千丈，最近几年风评都不太好，三中学生成绩不出众，夹在一中和二中之间，最近几年默默无闻的。

原本三所高中距离都挺远的，相安无事，但现在突然冒出一个嘉水私立中学，而且和二中就隔了一条河、一座桥，对于某些人来说，地方划分就成了问题。

于春不死心:"可是,万一……"

唐茵睨他一眼:"你不敢?"

于春连忙摇头,这可是涉及尊严问题:"当然敢,这不是想让他们见识一下你的厉害。"

二中那群人还真以为自己厉害上天了。

要不是嘉水私立是住宿制,学生只有周五和周末晚上才能出去,还能让他们蹬鼻子上脸?

之前二中的两个人拦了嘉水私立中学的一个柔弱女生,嬉皮笑脸油嘴滑舌,当时幸好唐茵从那儿经过。

于春咋舌,那些人脑子有坑,敢来找他们麻烦。他想了片刻,再抬头,见唐茵已经趴在桌子上睡觉了,长发散在肩膀上,看着就让人心猿意马。

他不敢打扰,两只手抬着椅子回了边上。

监考老师拿着一袋试卷走进教室。

高三考试大家都是习惯了的,而且为了避免出现一些意外情况,监考老师也都是高一的老师。

今天的监考老师是个女老师,戴着一副眼镜,倒三角眼,打扮得一丝不苟,看着就十分严厉。

黄敏抬了抬眼镜,扫视了一下整个教室,目光定在靠窗边睡觉的女生身上,冷哼一声。这届高三果然不怎么样,开学考都这样,后面还能怎么样。还是要看他们高一新生,进来时都是尖子生,离开时也只会是尖子生。

"现在把书放到前面来,不许留任何东西,草稿纸我会检查。"

第一章 冰可乐

试卷分发下去,唐茵前面的男生看到唐茵在睡觉,很自觉地将试卷小心地放在她的旁边,又起身去给后面的同学发卷子。

"现在开始考试,禁止交头接耳。"黄敏看着男生的动作,拍了拍桌子,可惜那边睡着的人没任何反应。

时间一分一秒过去。

于春时不时看一眼还在睡觉的唐茵,有点担心:万一唐茵第一名的名头被别人拿去,那可就糟糕了。他装作笔掉在地上,偷偷踢了踢唐茵的椅子。

黄敏一回头,恰好看到那个靠窗的少女和旁边的男生对眼神,那男生还装作捡笔。这种小把戏她早就看过无数遍了,但没有什么实质性证据,她也不能说什么。

考试还剩四十分钟时,黄敏看到女生又将笔扔给男生,她终于站起来,快步走过去:"你们两个,不好好考试,尽想些歪门邪道!"

说是两个人,可她的眼神一直定在唐茵身上。

唐茵勾唇,将桌子往前一推,桌子发出刺啦一声,刺耳极了。

整个教室里的人都不敢出声。

黄敏看到她这个样子,再看看教室里其他人噤若寒蝉的模样,心下了然:"我亲眼看到的,你和旁边的——"

唐茵不耐烦地打断她:"我不需要作弊。"

斜放在桌上的试卷字体娟秀,若是一般人见到,恐怕还以为这是哪个好学生的试卷。

"你就这么跟老师说话的?哪个班的?"黄敏气得嘴皮子直哆嗦,她看了一眼桌子上贴的纸条,"原来是十四班,怪不得。"

嘉水私立高中部一班到十四班是理科普通班,十五班是重点实验班，再往后五个班是文科班。按照成绩来，十四班就是全年级最差的理科班。

"十四班怎么了？"唐茵不喜欢这种先入为主的评判，站了起来。

于春叹气，正要说话，却被黄敏抬起来的手不小心打回到椅子上，疼得半天说不出话来。

因为前段时间有事，唐茵请假一个星期，今天才来学校考试。她本身就十分不爽，这老师还误会她。她怎么可能抄于春的，他的学习成绩哪比得上她。

与此同时，黄敏气得发抖。她刚从一中调过来，对于这个学校的学生知晓不深，但她觉得这儿的学生肯定比二中、三中的要好带一点，可现在居然遇到一个作弊不承认的，这个学生的品质太恶劣了！

"跟我去办公室！无法无天了你！作弊不认，态度还这么恶劣，不把老师放在眼里，你想干吗，想上天吗？！"黄敏想要扣住唐茵的手，没想到反被唐茵轻飘飘地挣脱了。

唐茵笑问："老师您新来吧？"不然不会不了解她的成绩。

只是这话落在黄敏耳里就不对味了。这是公然挑衅。

十四班的班主任叫林汝，是一个年轻女老师，温柔得体。看到黄敏怒气冲冲走进办公室的样子，她有些不明所以。她只知道对方是监考老师，但考场上具体发生了什么，她并不清楚。

黄敏立刻将事情的原委说了出来："你看她，这是一个学生该有的态度吗？"

林汝听得一愣一愣的，她是知道自己这得意门生的。高一下学期分科，唐茵有两门主课缺考，这才进了她的班里。作弊？那是绝对不

第一章　冰可乐

可能的,最后一个考场有谁比她的成绩还好?

唐茵懒洋洋地听黄敏陈述"事实",时不时配合着哂笑一声。

黄敏指着她:"你看看,她还在笑,她根本不知道事情的严重性!"

就在这时,门口传来声音:"报、报告。"

这声音清冽但很低沉,唐茵心中微动,朝门口看去。进来的人没有穿校服,上身套着一件白衬衫,身形单薄,长腿细腰的,黑发略短,皮肤净白,高挺的鼻梁上架着一副眼镜,此刻正侧对着她。

唐茵侧了侧身子。

瞧瞧,衬衫最上面的扣子居然都扣上了,多严肃端正啊。

他径直走到实验班班主任的桌边。唐茵认识实验班班主任,是个爽朗的男老师,姓吴。

"陆迟,你提前交卷了?不过来得正好,这是你的校服。你转来也一个星期了,适应得怎么样?不用紧张。"

原来他叫陆迟,唐茵默念这个名字。

陆迟结结巴巴地回答:"还、还可以。"

他咬字有些不清,却意外地好听,和外表形成了强烈的对比,唐茵兴趣更浓了。

吴老师拍了拍陆迟的肩膀:"回去考试吧。加油,这次年级第一估计是你,可不要让我失望。"

陆迟拎着校服袋子转身,提着袋子的手骨节分明,指骨修长,但他脸上透着紧张,耳尖微红。

十四班是成绩最差的班级,但奇怪的是,他们班和实验班是邻居。而现在,唐茵喜欢这种安排。

"唐茵？"林汝的呼唤让唐茵回神。

林汝也听到了实验班班主任的话，转而亲切地说："唐茵，你回去吧，我会和黄老师解释的，没事了。幸好你的答题卡还在，作文二十分钟应该够写了，待会儿重新拿一份试卷。安心考试，争取拿到第一哦。"

听到"第一"这个词，陆迟也抬头看了一眼唐茵。

橘白相间的校服穿在对面少女的身上，显得格外宽大，他视线微定。

见他看过来，唐茵意味深长地做口型：小结巴。

陆迟原本微红的脸更红了，后退一小步，像是有人在追他似的，飞快地跑出了办公室。

回到教室后，考试时间还剩十几分钟。

唐茵看着试卷，突然想到了陆迟。要是她高一分科那次没有缺考就好了，现在就能和他同在实验班了。

唐茵原以为再碰见陆迟应该不是难事，但考完试，居然连个人影都没见到，她只好让别人去找他。

很快，于春就献宝似的报告："隔壁的鹿野和我说，陆迟刚从一中转来，算上今天刚好来了一个星期。上次考试，他得了全校第一。"

于春放低了声音："他就在第一考场，不过他们说每次一考完，陆迟人就跑了，而且总提前交卷！"

第十四考场在三楼，而第一考场在一楼，真远。

唐茵走到一楼的时候，陆迟的人影早就不见了。真想不到，这小结巴名字叫陆迟，说话慢，跑起来比谁都快。

隔天下午，仅剩一门理综没考，不少人都放轻松了不少，趁着还

第一章　冰可乐

没到考试时间，苏可西过来找唐茵。

十四班在三楼。教学楼呈一个回字形，四面是教室，中间是公共区域。

两人趴在栏杆上，看着底下跑来跑去的高一新生。

"我这次肯定完了，昨晚到一点才睡，今天考试看着那些数字就觉得催眠。"苏可西叽叽喳喳地说着。

一整天没看到想看的人，唐茵心情不佳，随口应了几句，对苏可西讲的完全不感兴趣。

"想什么呢？"苏可西问。苏可西和唐茵从小就认识，今天却有点看不懂她。

"哎，昨晚忘了问你，听说你被揪进办公室了，还被说作弊，哪个老师啊，要笑死了！"

嘉水私立高中部的老师们基本上都认识唐茵，唐茵被误会作弊的事早就传遍了高三。在那些熟悉唐茵的老师眼里，唐茵成绩好，作弊这种事情是绝对做不出来的。

"你怎么没笑死？"

"我要是笑死了，以后谁给你幸福？"

"幸福个鬼。"

"你想来个人鬼情未了也是可以的。少女的鬼夫听上去很有吸引力。"说是这么说，苏可西还是发现了唐茵有点不对劲，"你今天看上去无精打采的？哪里不舒服？"

唐茵靠在苏可西边上，半侧着脸。夕阳照在她脸上，衬得她明艳动人，带着一些沉静。

真是赏心悦目。

教学楼下四四方方的公共区域内，几个高一的男生正在打篮球，球与地面的碰撞声回荡在空间内，还伴随着一阵阵欢呼声。

唐茵的手搭着栏杆，漫不经心地想着昨天在办公室里遇到的那个人。

楼下传来模糊的说话声。

"哎，陆迟，你今天考试怎么交卷那么早？"

唐茵朝楼下看去，一个男生从教学楼里跑了出来，就在他的前方，单手拿书的清瘦少年正慢悠悠地走着。

"写完、完了。"

他的声音娓娓动听，仿佛小时候迷恋的奶糖。

"可以啊你，这么快，果然是学霸！说到这个，你成绩这么好为什么从一中转过来啊，那里师资条件不是更好吗？"男生又问。

唐茵竖起耳朵偷听，偏偏这时苏可西看到一个人不小心撞到了洗手间外面的墙上，笑得四仰八叉。被她这么一打岔，唐茵没听到陆迟的回答，有点失望。

苏可西转过头，忽然发现了不对劲，她来回扫视了两眼，懂了。

"我有句话不知当讲不当讲。"

"闭嘴。"

"不，我就讲。"

"现在谁还把衬衫扣到第一颗扣子啊，他整个人看着就是……那种两耳不闻窗外事的书呆子。书呆子是什么你不清楚吗？眼里只有书。"

就和他们班第二名一样，整天奋发学习，沉浸在书的海洋里，不过别说，他的成绩的确有进步。

唐茵没说话，一双眼睛灿若星辰。

苏可西琢磨了一下，接着打量楼下少年清瘦的身影，换了个说法："看他这样子，肯定打不好篮球。"

高一的时候，唐茵一进学校就因为出色的外表出了名。高二的某个学长不怕死地想认识认识唐茵，结果唐茵一句话就把他堵了回去。那句话怎么说来着……

篮球都打不过她，有什么资格跟她交朋友！

学长原本自信十足——他怎么会比不过女生？可到了操场上，他却没能赢下一个球。这事也让学校的其他男生对认识唐茵失去了心思。

唐茵的哥哥是省篮球队的主力，她从小跟在后面学，基本上学校里的人都比不过她。

苏可西自认为这样说唐茵就会打消认识那书呆子的念头，唐茵却微微摇了摇头。

唐茵看向苏可西，眼中倒映着夕阳的色彩，随后她突然转过头，对着楼下喊道："陆迟！"

声音不大不小，却正好能让人听见。

听到声音，陆迟抬头，眯眼看着三楼言笑晏晏的少女，是那个女生，他眼前又浮现出那天早上的那一幕，还有她在办公室做的那个口型。

陆迟皱着眉，张了张嘴，组织了半天用词，又想起来她其实什么话都没说。

见他看过来，唐茵弯着眼，任谁都能看出来她心情很好："陆迟，你会打篮球吗？"

整个高中部谁不认识唐茵？周围顿时变得吵闹起来。

见周围的人都盯着他，陆迟低垂着头，深呼吸。自从来到这所高中，他第一次受到这么多的注视，不免有些紧张。

就在唐茵以为自己得不到回答的时候，她听到陆迟说："不会。"

简短而清朗。陆迟长舒一口气，眉眼渐舒。

旁边的男生恨铁不成钢，正准备从后面拍他一掌，一团纸突然从楼上砸下来，正好砸在男生的肩膀上，将男生吓了一跳。男生抬头，即使隔着一段距离，他也能看到唐茵冷漠的脸。

男生立刻缩回了手，放低了声音："陆迟你傻啊，先说会就是，你这样多扫她面子啊。"

陆迟的嘴唇抿成一道线，脸色有些泛白，手指紧紧地握着书本，径直走进教学楼。

等他离开了，唐茵才把视线收回来，缓慢道："其实……不会也没事。"

铃声响起，有老师拿着试卷上楼，打闹的学生们也纷纷回了教室。

"我先回去考试了，你也要淡定。"

"不送。"唐茵朝苏可西挥了挥手，慢吞吞地朝教室走，心里都是刚刚和陆迟对视那一幕。

陆迟真的是……外表清秀又严肃，人却容易害羞，脸皮也很薄。他像个气球，让人一看到他就想去戳一下。

陆迟回到教室时，上课铃还没响，一群男生看到他进门，就迫不及待地围了上来。

"哎，被唐茵注意到的感觉如何？"

第一章 冰可乐

"你真不会打篮球?那赶紧去学啊!陆迟你到底说不说话?"

吵得很。陆迟微微皱眉,耳边回想起少女干净的声音,脸色渐渐变白。他的确不会打篮球,只会看书。

一把椅子被拖到他座位旁边:"陆迟,你怎么让唐茵注意到你的?除了她自己,别人在她眼里都长得辣眼睛。"

那人打量起陆迟,眉清目秀的,挺平常的长相,再者一副眼镜就挡了脸,唐茵是怎么注意到他的?

闻言,陆迟想起不久前在老师办公室的那一次碰面,少女的眼睛闪闪发亮。

上课铃紧跟着响起,监考老师走进教室,高跟鞋踩在地上发出咔嗒咔嗒的声音,她温声细语道:"把书本收起来,马上开始发试卷。"

能在第一考场的都是尖子生,她不需要叮嘱多少。

陆迟拿起桌子上的草稿纸,题目的计算过程被整齐地写在上面,他将那张纸揉成团,动了动手指,扔进了后方的垃圾桶里。

唐茵注意到新转学生的消息像插了翅膀一样,不一会儿就在高中部里传开了,尤其是对方还不会打篮球。

"你真想和那小结巴书呆子当朋友?"有交好的男生过来打听消息,想起当时的情景,乐不可支,"你应该是逗他玩的吧,你不应该这样才对啊。"

不就长得清秀点吗,还结巴,到底是哪点让唐茵对他另眼相看了?

"小结巴也是你喊的?"唐茵淡淡地瞥了他一眼。

男生惊觉自己说错话,立刻捂住嘴:"我错了姐。"

这一场考的是理综。

唐茵最拿手的学科是化学和生物,物理虽然差了点,但也游刃有余,更何况这是开学考试,学校出的题并不难。她支着下巴,牙齿轻轻咬着笔。

陆迟一定会提前交卷,她也得比他提前才行。思来想去,唐茵甩甩头,将乱七八糟的想法甩掉,加快了做题的速度,准备赶快做完然后去一楼堵人。

唐茵将笔直接扔给边上的于春,理了理头发。

看到唐茵的动作,监考老师轻咳一声。看她像是要交卷,监考老师又看了一眼教室里的其他人,走过去小声问:"同学,你要提前交卷吗?"

唐茵没回答,随手捞起篮球,起身向前走,将试卷放到了讲台上。

看到她利落得厉害,监考老师本来还在皱眉,待走过去看到她的整张试卷,便也就熄了劝她的心思。

唐茵一路从三楼飞奔到一楼,长发飘动,飞扬的校服像向日葵一样夺目。她轻轻喘着气,停在了一楼。

第一考场正好在楼梯边,透过教室的两扇窗户,唐茵一眼就看清了整个考场,同学们都在埋头苦写。教室靠里空了一个位置,很显然,陆迟已经走了。

看到这情况,唐茵心中突然升起了一点不耐烦,她手中翻转,篮球便直冲冲地撞上了楼梯间的墙,发出砰的一声响,然后弹跳着回到了她的脚边。

一转身,她就看到陆迟抱着本书站在旁边看着她。

第一章　冰可乐

唐茵收回脚，拽了拽校服，冲他笑笑，三两步走过去："你好，我是唐茵。"

陆迟的视线往下移，然后又掩饰性地收回。他扭头看向别处，慢吞吞道："踢墙会、被罚。"

恰好今天早上他看到一个男生因为踢墙被老师逮到，被训了足足半小时。

唐茵眨眨眼："……你是在担心我？"

大概是这个想法太过匪夷所思，她亲眼看到他往后退了那么……一点点，只有一点点。

陆迟没回答，转身就走。

唐茵连忙跟过去，可万万没想到，陆迟最后带着她来到了男厕所。

书呆子倒挺聪明的，大概是觉得女生肯定会不好意思进男厕所。可唐茵不是一般人，她又不是没进去过。唐茵趴在厕所斜前方的栏杆处等着，她就不信陆迟赖在里面不出来了。

陆迟才刚推开男厕的门，一道刻意压低的声音就传到了他耳朵里："哎是真的，哥哥，唐茵真的主动和新来的那小子打招呼了！"

现在还在考试期间，男厕里很安静，但因为陆迟的动作很轻，里面的人竟然一点都没察觉。陆迟的手顿在门上。

"他刚从一中转来，我只知道他成绩很好，整天拿着书，其他的都不清楚。"男生继续道，"哥，你要挫唐茵的锐气……"

听到这里，陆迟抿着唇，转身拉开门，没有发出一丝一毫的声音。看到背对着他的唐茵，他又想到了刚才那人说的话。

"你干吗不洗手？"唐茵刚好转过来，倚在栏杆上。

陆迟无言以对。

他呼出一口气，拧开水龙头。

唐茵盯着那双淋着水的手，五指修长，赏心悦目。

"你要、要看到……什么、时候？"陆迟拧着眉，艰难地将话问出口。

唐茵冲他挑眉，少女眉眼微弯。陆迟定眼看了几秒，放在身后的手攥成一团。

两人面对面站着，唐茵说个不停，就像清晨森林里叽叽喳喳个不停的小鸟。

她真爱说话，陆迟心想，清秀的眉也不自觉拧住。

陆迟看她还在说话，忍不住叮嘱："二、中有人要、要找你……"

"找我麻烦？"唐茵应道，"还有呢？这是你在里面听到的秘密？"

她似有感慨："原来男生在厕所里也会叽叽歪歪地说一些小秘密啊，陆迟你真可爱。"

可、可爱？被她这么一夸，陆迟突然尴尬得脸色涨红。他抿了抿唇，小声道："我要回、回去看书、书。"

唐茵戏谑地看着他，问："真回去？"

陆迟急急忙忙地点头，生怕迟了，又赶紧转身离开。

这么毫不留恋，唐茵觉得好笑。一看到他，她就有说不完的话，她感觉长久以来自己的形象似乎要被打破了。然而根据陆迟的反应，她好像说的不怎么……得人心？

唐茵喊住他："陆迟！"

陆迟脚步顿住，手指抖了抖，认命地转身，定定地看着沐浴在夕阳余晖中的少女。

第一章 冰可乐

出神间,她已经三两步走到他面前。

唐茵凑上去,眼睛一眨不眨地盯着陆迟。

陆迟面无表情。

她怎么能这么淡定地盯着他……突然觉得……她脸好大。

几秒过后。

"你你你……"陆迟连着说了三遍,"不要、要这样,我、我要回去看、看书了。"

他推开唐茵,转身朝教学楼外走去。

片刻,身后传来清脆的声音:"哎书呆子,你确定要这么同手同脚地走回去?"

同手同脚……陆迟彻底定在那里,紧张得深呼吸,决定不理她。

等陆迟的身影消失在教学楼这边,唐茵终于止不住地大笑,清爽的笑声让厕所里的那个男生愣是不敢出来。陆迟说的话,唐茵估计厕所里面的人也听到了什么。

恰好有个男生从教室那边过来,唐茵招招手:"进去看看,里面哪个坑有人。"

男生摸不着头脑,不知道发生了什么,却还是听话地进去了。

不消片刻,男生跑出来,惊慌道:"茵姐,里面就一个奇怪的男生在那儿转,看见我还用那种眼神看我!"

"哪种?"

"就是那种眼神啊!"

唐茵深吸口气,止住自己想骂人的想法,怪异地看了他一眼:"我知道了,谢了。"

刚考完试的宿舍楼弥漫着尖叫声。

天色已黑,不少人玩够了才回来,他们慢慢地往教学楼搬书,高三生书很多,大家来来往往的,动静也很大。

苏可西甩甩手,掏出一张面膜,敷在脸上。

"暑假过得太舒心了。"唐茵慢条斯理地道。她扯开一袋薯片,边吃边眯着眼睛把陆迟的事说给苏可西听。

私立学校的宿舍条件总是会比公立学校的好上那么一点。两人同宿舍,前后床,每个人都有单独的柜子。

苏可西绷着脸:"你是不是想把我笑死,好继承我的面膜?"

"就你那脸?"

"滚!把我的薯片还给我。"

苏可西一把拽下面膜,大叫一声扑到唐茵身上。她顶着一张黏分分的脸,吧唧一下亲了一口唐茵,又顺手将面膜糊在唐茵脸上。

星期一,阳光明媚,是学校固定升旗的日子。刚下早自习,班里的人就都三三两两地去了操场。

唐茵想着等等陆迟,但还没等她磨蹭到实验班门口,从实验班后门冒出来的鹿野就嘿嘿一笑:"陆迟被教导主任叫走了。"

唐茵点点头,转身去了操场。

嘉水私立中学从校门入内几十米后,统共分了三条岔道:往右是高中部,往左是初中部,中间的道路则通向两栋用天桥连接的行政楼。从天桥下一直往前走,经过食堂门口的大广场后,往左走是宿舍楼,往右走则是操场。

绿色的铁网围住了操场,乍一看,整块地如同牢狱里放风的地方，操场的地面填的都是假草，此刻上面站满了一排排的学生。

阳光从散开的云层间打下来，一束束光线交错，映在橘白相间的校服上，衬得学生们的校服越发明亮。

鲜红的旗帜飘在空中。

"同学们，金秋十月，丹桂飘香，在这个秋高气爽的季节里，我们迎着初升的太阳，伴随着阵阵花香……高三生活不仅仅是为了自己，还是为了家人……"

教导主任拿着话筒，激情四溢地演讲着。

操场的铁网有个后门，坏了但一直没修，后门周围又种满了香樟树，树木茂密的枝叶在地上投下一大片的阴影，正好给了唐茵方便。

靠近操场后门的是二十班。唐茵顺着队伍，慢慢往二十班走。沿途她和认识的女同学们挨个儿打招呼，路过实验班的时候，她故意往里多看了好几眼。

陆迟并不在里面，不然以他的个子，肯定是站在最后面的。要是他在，唐茵觉得自己第一眼就能看到他。

队列中，有几个女生在叽叽喳喳地讨论着："教导主任这演讲稿，是不是用了三年都没改？"

旁边一个女生笑笑："也不是，最起码会改改时间，还是有进步的。每次我都怀疑，那个话筒沾了这么多口水，还能用吗？"

几个人乐呵了几秒，突然有个女生说："哎，我还记得当初唐茵的那次演讲呢，可帅了。"

升旗仪式上，年级前三名轮流演讲已经成了固定模式。

唐茵高一时就长期占据第一名的位置，理所当然地得到了演讲的机会，可那次演讲，她只说了不到一分钟，就表示自己的演讲结束了。

当时下面站着的学生们都惊呆了，教导主任更是愣了半天都没话说，最后还是温柔地请唐茵归队。后来这种演讲就会跳过唐茵，直接轮至第二名和第三名。听多了第二名和第三名的演讲，底下站着的同学们已经快要疯了。

尤其是第二名，他是一个励志生，演讲内容最为与众不同，主要是关于他如何从倒数变成全校第二的经历。他已经演讲了几十次，同级的同学们几乎可以背出来了。

十四班的同学稀稀疏疏地站着，队伍末尾的苏可西朝唐茵招手："快过来。"

没看到陆迟，唐茵有点失望。她刚走到后面站定，广播里就传出了第二名的声音。第二名上学期期末拿到了省演讲比赛的亚军，对于学校这种小小的演讲那更是不在话下。

演讲期间，高三二十个班级的队列中又出现了骚动。

教导主任心生怒气，特意走下来巡视。

他把手中的文件卷成一筒，一路从一班到十三班，严厉的声音不绝于耳："你的校服呢？校服呢？！站直了，弓着腰，跟个猴儿似的！把校牌摆正！你怎么不把它倒过来呢？！"

他很快就到了十四班，从队伍头走到队伍尾。

"你们两个——"他的眼神停在了站在最后一排的唐茵身上，要说的话堵在嘴里，然后温柔道，"快把校服穿好。苏可西说你呢，你的校服怎么黑了一块？"

苏可西撇撇嘴："昨天我跟我爸去挖煤弄的。"

"你怎么不说你去挖金矿？"

第一章 冰可乐

"主任，咱们这没金矿啊！"

教导主任是被苏可西气走的，但同学们早已见怪不怪了。

教导主任回到升旗台不久，第二名的演讲就结束了。为了不让慷慨激昂的好学生尴尬，掌声稀稀拉拉地响起来。

话筒再度回归到了教导主任手里，学生们都百无聊赖地看着他，等着他宣布结束。

唐茵朝隔壁看了一圈，微微垂眸，情绪罕见地不佳。

苏可西忍不住说："要我说，你就冲过去强行和他做朋友，要是他拒绝，你就揍得他同意。"

她嘿嘿地笑。

唐茵瞅着她："这么丧心病狂的话你是怎么说出来的？"

苏可西高冷地道："哦，有本事你咬我啊。"

"对不起，我不吃屎。"

"滚！"

片刻后，苏可西还是主动凑了过来："少女，别说本女王不宠幸你，大发慈悲跟你说——你看台上。"

唐茵正百无聊赖地揪着头发，闻言抬头看去。

教导主任的边上正站着陆迟，这次他穿着橘白相间的校服，十分亮眼，皮肤显出略微病态的苍白，配合着颀长偏瘦的身材，细碎的黑发在阳光照射下，精致一如她昨天见到的那样。

即便是同样的校服，陆迟都能穿出一种不一样的味道。不过站在台上，他肯定会紧张得要死吧。

August

S	M	T	W	T	F	S
	1	2	3	4	5	6
7	8	9	10	11	12	13
14	15	16	17	18	19	20
21	22	23	24	25	26	27
28	29	30	31			

第二章

气泡水

CHAPTER 2

升旗台上，教导主任随意说了几句话，而唐茵的眼神则定在他旁边的人身上。

"下面我们有请陆迟同学讲话，大家鼓掌欢迎！"

这一句话瞬间唤醒了唐茵，她立刻拍手。

前面的苏可西听到声音，回头吐槽："你干啥啊，这第三年了，突然来个啪啪鼓掌？"

唐茵不理她，全神贯注地准备听。只是没想到陆迟一开口，倒是让她惊奇了一下。

说话结结巴巴的陆迟，演讲居然一点都不含糊，清清楚楚的。这大概就是书上说的那些特例了，看不出来陆迟还有这技能。

千篇一律的演讲到了陆迟这里就变得不一样了，他清冽的声音让人不自觉随着他沉思。

演讲结束，唐茵终于回了神。她对自己的成绩稍稍低了几分压根儿没有一点反应，只是有一茬没一茬地想着刚刚陆迟演讲的那一幕。

苏可西实在受不了她这时刻走神的样子："陆迟就这么得你青眼啊？我怎么没看出来他魅力在哪儿？"

要说是脸，陆迟倒是有点看头，但也不应该到这个地步吧。

第二章 气泡水

唐茵踢着操场上的小石子,眉眼微垂,长睫毛跟鸦羽似的,随着眨眼忽闪忽闪的。

苏可西还准备说什么,就听见唐茵的声音:"每次一看到他,我就……"

苏可西还在琢磨对方要说什么,唐茵却突然小跑着离开了。她穿过队伍,来到了第一排。

教导主任刚好站在第一排,看到她跑过来,问道:"怎么了?哪里不舒服?"

唐茵笑得明媚:"我要演讲。"

教导主任的脸色有些怪异,唐茵高一那次用时极短的演讲他还记着呢,这次她又要搞出什么幺蛾子?

"唐茵啊,你确定这次你不会只讲一分钟吗?"他满怀期待地问。

唐茵盯着往实验班队伍后面走的陆迟,说:"不会。"

教导主任点点头,长舒一口气:"那你可要给同学们传授一下学习的方法,这是个难得的机会,你能让他们提高成绩也是好的。"

说完,他就将话筒递给唐茵。

唐茵勾唇,拿着话筒站上了升旗台,她的发丝被风吹乱。看着那边队伍末尾突出的人,她轻轻开口。

教导主任满脸期待,同学们也很期待。

"从今天开始,实验班的陆迟就是我的好朋友了。"

唐茵的声音回荡在操场上方。满操场的学生齐齐转头看向教导主任,看到教导主任快要石化的表情,大家心里对他充满了同情——这可比那一次的一分钟演讲厉害多了。

实验班队伍末尾轰动起来。

鹿野正好站在陆迟的前面，听到这一句话，差点没把大腿拍断。他回头笑道："哈哈哈，唐茵真是什么都做得出来。陆迟，你小子真是……"

眼前的陆迟低着头，一双薄唇紧抿着，黑框眼镜遮住了他的双眼，令他看上去冷漠又淡然，似乎大家讨论的主人公并不是他。

鹿野的话堵在喉咙口，止住了话头，在心里暗自思索：这个转学生不简单。

没人注意到，陆迟的唇色发白，手心被自己掐出了一道印，心也跟着跳得飞快。

升旗台上，唐茵差点没被教导主任赶下来，不过幸好因为教导主任注意形象，唐茵才能"完好无损"地走下台。为了洗刷唐茵刚刚给同学们留下的恶劣印象，教导主任又上去讲了好一段话。

每个班的班主任开始组织学生有序离开操场，因为位置问题，最先离开的会是实验班，而后才是十四班。

"下节课是什么？课程表我还没看，一个假期过去，全忘光了。"

"数学课吧，我早上才看的。"

"最烦数学课，看到题目头都疼，还不能不写，我这次数学成绩肯定下降了不少，希望排名没降。"

陆迟被周围的几个同学簇拥着，渐渐消失在唐茵眼前。

那群人渐行渐远，他们的声音却准确地落入唐茵的耳朵里，她忽然有了个主意。

操场距离高中部教学楼有点远，等班上的同学磨磨蹭蹭地进入教室时，上课铃也恰好响起来。

唐茵坐在座位上，想到刚刚听到的对话，从桌上摸出一本书，朝教室外走。

苏可西拽住她:"你去哪儿?上课了。"

唐茵回头,吐出一个词:"实验班。"

"你脑子没被驴踢吧?"苏可西伸手要摸唐茵的脑袋,"没发烧啊,这节是物理课,懂?物理课!"

唐茵的物理成绩一向最差,虽然这个差也是甩他们几条街。

苏可西旁边的女生也凑过来:"是啊是啊,物理老师你又不是不知道,每节课都要点你回答问题。"

苏可西又补充道:"你今天当着全校人那么演讲,要不是因为教导主任面冷心软,你绝对会被削得皮都不剩。"

唐茵耸肩:"我知道。"

她就是料定了教导主任的性子才这么干的,况且现在她成绩好,教导主任根本不可能说什么,再者她当时的话也无伤大雅。

一分钟后,苏可西和她旁边的女生齐齐松手。

苏可西摊手:"去去去去,我和物理老师说你脑子进水,去医务室抽水了,他信不信就不关我事了。"

十四班成绩差,唯一的学霸唐茵就成了老师的掌中宝,一向享有很高的自由度,班主任也很温柔,只要没什么大事,基本不怎么管她。

趁着老师还没来,唐茵拿着书大摇大摆地进了实验班的后门。实验班很安静,不像隔壁班级,都上课了还要喧闹一阵。

陆迟坐在教室最后一排靠窗的位置上,正在专心地写东西。

实验班的人数原本是奇数,陆迟转来时,搬了张桌子与那个单座的同学拼桌,可他那同桌身体不好,去医院输液,所以陆迟现在就一个人坐。这些事,唐茵不用打听就能知道。

"咳咳。"在门边坐的鹿野率先发现了悄默默的唐茵,他腿一伸,压低声音,"这是实验班,你别走错了吧?"

"陆迟。"唐茵面不改色。

鹿野憋着笑:"咱班上可真是蓬荜生辉啊,唐大小姐都来了……"

他话还没说完,唐茵已经越过了他。

坐在陆迟前面的男生听到动静,一转头就看到唐茵往这边走,顿时瞪大了眼睛。他不停地拿笔戳着陆迟的书,看对方一点动静都没,他真是比本人还急。

看着笔在书面留下的杂乱无章的痕迹,陆迟微微皱眉,正要推开始作俑者,就感觉旁边突然坐下个人,一抬头,又是昨天那张脸。他默默低下头,写自己的试卷。

"陆迟,我这么大个人坐你边上,你就不抬头看一眼?"唐茵凑近了点小声道。

陆迟的身子微不可察地往里缩了点。

唐茵眯眼,又凑过去一点,还把椅子也往陆迟那边拖:"陆迟,上次回去后……"

她话还没说完,老师就进来了。

"课代表上来发一下试卷。"老师喊道。

陆迟面无表情,一言不发地订正着试卷。这次考试他做错了一道选择题,是失误。

唐茵歪着头,撑着脸,就看着他不说话。

被这么灼热的目光注视着,陆迟想忽略都不行,落笔时差点写错一个公式。他微微抬头看向唐茵,刚好与她的视线对视,轻声道:

第二章 气泡水

"你、你能不、不能转、转过去?"

唐茵小幅度地摇头:"不能。"

陆迟无语。

前面听壁角的两个男生对视一眼,纷纷看到了对方眼里的震惊,一个男生小声道:"感觉受到了暴击。"

同桌附和:"真想不到平时冷冷清清的唐茵居然这样。"

他们声音虽小,却能清楚地传到后面,唐茵也不恼,笑意盈盈的。

陆迟听到那两人的对话,身体一瞬间滞住,他故作淡定地翻着试卷。

良久,唐茵终于看不下去了:"这道题是最简单的排列组合,你已经看了两分钟……"

她的话还没说完,讲台上传来另一道声音:"唐茵?你怎么来我的班了,还坐在那里?"

闻言,全班的人立刻回头,目光紧紧盯住教室的那一小块角落,八卦的心情几乎要飞出来。

唐茵后知后觉地站起来,发现这个老师有点眼熟,又好像没见过。实验班有几个老师的办公室不在这个楼层,而是在楼上,但她从来不去楼上,因此只见过几个老师,对这个老师,她并无什么特别的印象。

老师疑惑地问:"我记得这节课隔壁没放假吧?你怎么来这里了?"她虽然成绩好,但也不能逃课吧。

唐茵看向陆迟手下的试卷,数学试卷上熟悉的图像映入眼帘,她遂开口说:"老师,我久仰您的数学课很久了,来旁听。"

教室里有一瞬间的安静。有男生实在忍不住了，猛捶桌子，扑哧一声笑出来。有一就有二，教室里的气氛逐渐诡异起来。

课代表拿着几张试卷，走到陆迟前面，手中的试卷发也不是，不发也不是，整个人差点憋出内伤。

唐茵环视一圈，看到大家的神色有些怪异。

站在讲台上问话的男老师也忍不住笑了出来："真的吗？原来你这么喜欢我的数学课，那可真是我的荣幸了。"

物理老师站在前面，心想以前怎么没发现十四班的唐茵这么活宝，怪不得她的班主任天天捧着她。

唐茵扭头，面带疑惑地看着陆迟，问："陆迟？"

陆迟停笔，犹豫地开口："是物、物理课。"

唐茵："啊？！"

物理课你订正数学试卷？很好很科学，果然清新脱俗不做作。

唐茵扯扯嘴角，面不改色地重新开口："老师您物理课教得太好了，我就过来听一下。"

这次班里的人是真忍不住了，纷纷笑出声。

"安静。"说完，老师自己也忍不住笑，"我可是和张老师认识的。你先坐下吧，反正两个班都是讲试卷，也没差。"

十四班物理老师就姓张。

鹿野在门边笑得前仰后合："第一次发现唐茵脸皮这么厚，真是吓死人了！"

他同桌回道："你知道不，唐茵所有成绩里，物理成绩最差，哈哈哈哈哈哈！"

鹿野翻了个白眼："这我能不知道吗？上次在办公室，我听到张老师说自己恨铁不成钢,就差给唐茵私底下开小灶了。"

唐茵门门课名列前茅,只有物理会拖点后腿,虽然她现在牢牢占据着第一名,但如果能再提高些分,她市里的排名肯定会更靠前。

每个学校都想要市状元、省状元,嘉水私立中学正好就差那么一个打名气的人,而唐茵,正是这一届老师们最寄予厚望的学生,现在又多了个陆迟。

教室里终于恢复正常。

唐茵坐下来,戳戳旁边的人:"你的良心不会痛吗?"

旁边的人没回答,她又问:"陆迟,你是不是故意的?"

过了会儿,陆迟闷闷道:"不、不是。"

"你就是故意的。"

"不是、是。"

唐茵失笑,这卡壳还带变的:"明明刚上课时你拿的物理书,后面就换成了数学试卷,你还说你不是故意的?"

"……好、好吧。"

"看吧,你承认了!"

少女仿佛赢了一般雀跃的声音带着独有的爽朗和清脆,陆迟忍不住侧眸。

她趴在桌上微微眯着眼睛看他。

"哈,逮到你偷看我了!"唐茵揪他的衣服。

闻言,陆迟快速移开视线,小心翼翼地用手钩出她手中自己的衣服。

有时候她真厚脸皮。

昨天那句话又突兀地冒出来,陆迟踟蹰了一会儿,摒弃掉脑中毫无营养的想法。

"先自己看一遍试卷。"

趁着同学们看试卷的时间,王老师给实验班的班主任吴峰发了一条消息。

吴峰刚好在喝水,看见这条消息,直接将水喷了出去。

"老吴,你干吗?你看我这教案。"对面的人不满道。

吴峰赔罪:"对不住,对不住。没忍住。"

他起身先去十四班的后门溜了一圈,果然看到教室后面空了个位置;他又往自己班上走,打眼一看,那陆迟边上的女生正是唐茵。看到两个人都在写东西,吴老师有点琢磨不透,便回了办公室。

办公室里,实验班的语文老师正在说话:"虽然我今天早上不在操场,不过也听到了那声音,教导主任的脸色估计不好看吧。唐茵这孩子也真敢。"

吴峰随手拿起一张试卷扇风:"是啊,刚刚王老师给我发消息,说这节课唐茵居然跑去我们班上课了,还把他认成了数学老师,说什么久仰数学课已久,闹了个大笑话。"

其他人纷纷笑出来。

"哎,这就是青春的躁动啊。"

吴峰又说:"我看也没啥,陆迟这孩子我知道,家庭原因导致他在一中的时候就沉默寡言,我看这两个人能不能做成朋友都悬。"

"今年的状元我希望是他们两个中出一个。"

十四班班主任叹气:"唐茵的物理成绩每次都要丢不该丢的分,虽然不多,但那也是分啊。这次不就是因为差那么几分而成了第二,你倒是好,这回转校生拿了第一。"

吴峰乐在心里,嘴上却说:"陆迟的物理正好是强项,指不定两个人在一块儿讨论学习呢,如果发现什么不对了,我再去制止。"

教室里,唐茵忍不住伸手摸摸自己的脸,皮肤光滑细腻,依旧是美颜盛世,她有些挫败。

难道他真是眼里只有书?

唐茵抽走他的试卷:"陆迟。"

这下陆迟终于抬头了,墨黑的眼眸盯着唐茵看了几秒,隔着镜片,唐茵依旧能感受到他眼睛的深邃。他慢条斯理地拿回试卷,然后继续画函数图。

这人还有这一面呢?唐茵撑着脸,太有意思了。

没过多久,下课铃声响了起来。

老师精准地将粉笔扔进粉笔盒:"试卷先讲到这里,下节课继续。有问题的下课去楼上找我。下课。"

他教复读班和实验班,所以办公室在五楼。

陆迟收起试卷,酝酿了半天开口问:"你不回去、去上课?"

唐茵眯着眼睛,将他放在最下面的理综试卷拿出来:"陆迟,我物理成绩不好,借我看看。"

陆迟没说话。唐茵以为他不同意,又戳了戳他。

"……明天、天、天还回来。"

"好的,迟迟。"唐茵特地没说姓氏,准备故意逗他,观察他的反应,不过陆迟除了脸色变红了一下,其他倒没什么特殊的。

唐茵无奈,拿起试卷起身,朝后门走去。

前面两个一节课都在偷听的男生实在忍不住了，捏着嗓子模仿："迟迟。"

"哎。"

"……你能不能演技好点。"

随后，他俩魔幻的笑声响遍整个教室。

听着前桌两人刻意模仿他和唐茵对话，陆迟捏了捏耳朵，又想起当初班里人嘲笑他的画面，脸色又白了几分。

他鬼使神差地朝后门看去，唐茵正站在那里和鹿野说话。

宽大的校服穿在她身上显得很干净。唐茵侧着头，露出来的半边脸颊白皙又干净。她五官精巧，秀气的鼻尖似乎可以透光，绾起的长发和橘色校服映出一段雪白天鹅颈，纤细葱白的指间捏着一张试卷，微微翘起的唇一开一合，面色冷静，和她刚刚调皮的样子截然不同。

陆迟垂眸看到某处，有一瞬间的呆滞，突然脱下自己的校服，一言不发地站起来。

前桌的两个男生正聊得开心，看到陆迟突然站起来，还不知道怎么了，等他们两人看到接下来的一幕，互相对视一眼，更加疑惑了。

陆迟这是怎么了？

唐茵还没反应过来，腰间就突然出现了一件衣服。她微微迷茫，忍不住汗毛竖起。

鹿野在边上瞪着眼睛，喃喃道："我没看错吧？"

"你没看错，陆迟给了唐茵一件校服！为啥啊？"

"傻啊，当然是狼狈为奸了！"

"等等……这个成语是这么用的吗？"

"我语文上次比你多两分。"

"就两分,你从上学期记到现在,你有分数你有理。"

班里的大多数人都出去上厕所了,剩下的一小部分人也都在看书,并没有多少人注意到后门这里的情况。

唐茵站着没动,低垂着头。

修长的手交错了几下,两条袖子就被打成个结。

陆迟打完结,仿佛被火烧了一样抽开手,猛地后退一步。

唐茵看了一眼腰间打结的袖子,蓦地转身,直勾勾地看过去。

陆迟低垂着头,喑哑着嗓子结结巴巴道:"不、不要解开。"

唐茵饶有兴趣地问:"为什么?"

陆迟抬头看着她,视线落在她水光透彻的眸子上,片刻后,他挪开了眼。

唐茵没得到回答,陆迟鼻梁上的眼镜此刻遮挡了一切,让人看不清他的神色。有那么一瞬间,唐茵真想把他那眼镜取下来。

陆迟一言不发地回到了自己的座位,唐茵看着他的背影以及他攥紧的手,勾了勾唇角。

她琢磨了几秒,将手搭在腰间的校服上,微咧开嘴唇,绽放出一个浅笑,离开了实验班。

等唐茵离开,鹿野迫不及待地蹭到陆迟旁边:"兄弟啊。"

"嗯?"

"你不知道唐茵这人,平时就没什么特别感兴趣的东西,你是我见到的第一个。"

陆迟后知后觉:"我是东、东西?"

鹿野被他这一句噎住:"我是口误。你真是的,我只是想强调一下她对你不一样。"

智商高的人思维都这么奇特？

陆迟垂眸，没再看他。

鹿野敲了敲桌子，好奇道："你怎么突然把校服给唐茵了？大课间学生会要来检查的，你要是被逮到就要被扣分。"

虽然不是扣班级分，是扣个人分，但分扣多了，对班级影响不好，所以面对被扣分的人，班主任一般情况下都会让他罚站或者罚他打扫卫生。

"鹿野，让让。"身后突如其来传来一道声音。

鹿野抬头："哟，赵大小姐也要坐这儿？"

赵如冰站在过道里，她没穿校服，仅仅穿着一件短袖，露出细白的胳膊。

鹿野并没有多喜欢赵如冰，过去她是实验班第一，日常年级第二，现在变成第三了。她平时对谁都一股子无聊劲，她和唐茵的无视别人完全是两个样，她是打心底地看不起人。

"干吗啊，我先来的，先到先得。"鹿野漫不经心道，"赵大小姐还是另找位置吧。"

赵如冰微微瞪大眼："你！"

奈何鹿野面对女生，没有一点谦让劲，就是不让位置，赵如冰只能坐在他们前面。

赵如冰摊开试卷，翻到自己圈好的那道题。

陆迟刚转学过来的时候，赵冰如就注意到他了，他模样清秀，一副好学生的样子，一下就能让人想起白衬衫少年的模样。

这次开学考成绩出来后，面对排名，赵冰如没生气，反而在看到陆迟的名字排在自己的名字上面时，有点说不出的兴奋。

第二章　气泡水

"陆迟，物理老师说你满分，最后一题我不会，可以请教一下你吗？"赵如冰将碎发别到耳后，轻声说。

她的一双丹凤眼盯着写写画画的陆迟，看上节课他和唐茵相处的样子，他应该挺好相处的吧。想到唐茵，赵如冰在心里冷笑一声，她真是恬不知耻，当着全校人的面那么肆无忌惮，真当这是她自己家呢。

鹿野嗤笑一声，赵大小姐居然还会主动问人，还这么温柔，这要说其中没什么猫腻，他才不信。

陆迟愣了半天，曲起手指捏着笔道："老师、师说下节课、课会详解、解。"

赵如冰的脸色瞬间一变，很快恢复正常："我……只是想快点知道是怎么解的。"

还没等陆迟回话，鹿野已经笑出声了："哎，赵大小姐，都说了待会儿上课老师讲。你觉得老师讲的会比学生讲的差吗？物理老师可要哭了。"

赵如冰在桌子底下踢了他一脚，语气微冷："我又没有和你说话，你不要多管闲事，有那个时间不如去做张试卷。"

她的嗓音偏细，说话时又刻意压低了声音。

陆迟的表情有点不自然，不知怎么的，看到周围的人都盯着这里，他的脸色微微发白，心里有一点烦躁。

鹿野和赵如冰还在吵，一点也没有要停下来的迹象，陆迟索性直接站了起来。

赵如冰愣神："你要去哪儿？"

"出、出去。"陆迟推开椅子，从后面的空档离开了教室。

鹿野睨了赵冰如一眼，幸灾乐祸道："哦豁。"

随后他便跟着陆迟一起离开了教室。

赵如冰猛地收回试卷，看着两个人离开的背影，忍不住咬牙，脸色有些难看。

唐茵一阵风似的回到十四班。

想到陆迟别扭的样子，唐茵的嘴角扬起姣好的弧度："哎，真是可爱。"

苏可西一脸冷漠："哦，还晓得回来啊。"

唐茵捞起篮球，展示了一下技术，班里的男生看得眼花缭乱，心生佩服，掌声、欢呼声四起。

唐茵伸出手指，解开衣服上的结，习惯性地将校服放到鼻尖，轻轻一嗅，一股清香弥漫在鼻尖。

唐茵收好校服，转过身弯腰在书桌里找东西，她身后的牛仔裤隐隐透出一小块鲜红。

苏可西大惊："搞半天你大姨妈来了，我说他为什么突然给你衣服。"

闻言，唐茵皱眉，伸手摸了摸裤子，果然指尖沾染上了轻微的血腥味。她脱下校服，让苏可西用镜子照给她看。从镜子里看，她的裤子的确被晕染上了一点血迹。唐茵仔细一想，好像这两天还真是生理期。怪不得陆迟突然给她系校服……

"要不请假回去换条裤子吧。"

"来不及了。"

唐茵再次套上陆迟的校服。他的校服又大又长，原本唐茵自己的

第二章　气泡水

最小号校服对她来说就有点大，现在换上男生的校服，对她来说更是大上了几个号，更显得她像偷穿大人衣服的孩子。

苏可西刚帮她借到东西，一转头看到唐茵的模样，差点没跳起来，道："茵茵，你知道我刚刚的第一反应是什么吗？"

"嗯？"

苏可西跳过来捏住她小巧的肩头："你美得让人移不开眼睛！"

唐茵面不改色："哦。"

"滚。"一袋卫生巾砸到了唐茵怀里。

唐茵皱着眉头去了厕所，幸好厕所离教室并不远，因而也能少去几分尴尬。

等到了厕所，唐茵脱下裤子才发现事情的严重性——她这次的量很大。她不想让陆迟的校服被染脏，正在思索要怎么办，没想到苏可西突然从厕所门口冒出来。

苏可西大手一挥，扔给她一条短裙："找了一圈才借到，你将就着穿吧，有总比没有好。"

幸好校服足够大，下摆直接落在膝盖上方几厘米处，再拉上拉链，就是双重保险。

事发突然，她也只能让两条光溜溜的细腿就这么露在外面。

再次回到教室，唐茵安静了许多，蜷在椅子上，默默地翻着物理试卷。

陆迟的字和他的人不一样，他的字迹有棱有角，下笔力度适中，带点微微的潦草，但又能让人一眼看出来写的是什么。

他试卷最左边的姓名写得端正工整，每个字之间的间距似乎都是算好的，恰到好处。

唐茵用指腹在字上摩挲了几秒，本着学习的态度，又拿起铅笔在上面临摹了一遍，一笔一画写得格外认真，而后她才将注意力转到了题目上。

他的答案没有任何多余的部分，每一道题的每个步骤都完美无缺，改卷的老师还圈出了答得比较好的地方。

苏可西凑过来："这谁的？……你把陆迟的试卷要来干吗？"

苏可西伸手翻了一下试卷，陆迟的理综居然就化学扣了点分，其他的全是满分，怪不得考第一，光物理这一门就甩了很多人，再看看自己三十几分的成绩，人与人之间的差距怎么这么大？

唐茵一路看下去，翻到物理部分，等她看到自己错的最后一题，支着下巴呢喃道："明明我觉得我算的是对的……"

写的时候第一感觉就是这样。

苏可西："瞧你那委屈的样子，我好开心。"

唐茵："滚。"

唐茵一只手握着试卷思考物理的最后一道题，另外一只手放到边上，一声声地拍打着篮球，也许下次可以让陆迟给她补习物理。

下一刻，陆迟的身影就出现在窗前。

唐茵歪着头喊："陆迟！"

窗户是开着的，声音很容易传出去。

陆迟转头，眼神先是落在她的身上，几秒后又火急火燎地转到她脸上，小声问："什、什么？"

唐茵将试卷摊在窗台上："这道题为什么这么解啊？我自我感觉解得挺对的。"

她顺手把自己的试卷也放在边上，物理最后一题，她只得了

第二章　气泡水

几分。

只是问问题……陆迟放松下来，定眼看了几秒，手点在某行，老老实实地给唐茵讲题目："第三、三个公式错、错了。"

唐茵认真地听他讲完，没有丝毫不耐烦。

陆迟有点不好意思，以前很多人听他说几个字就会打断他，或者直接表示不听了，久而久之，他就不怎么喜欢说话了。

"明明很对。"

"……你、不要插、插嘴。"陆迟的胆子变大了点，等说完这句话，他又反应过来，脸色突地变白了，简直和刚刷了白漆的墙壁似的。

唐茵被他的反应吓一跳，放软了声音安抚："你继续说，我不打断，没事，随你怎么说。"

陆迟慢慢缓了过来，隐在镜片后的眼睛微微瞪圆，有点不好意思，又开始尽力地为她讲解题目。

走廊上同学们奔跑的脚步声、说话声，似乎都变成了模糊的背景。

唐茵捏着耳朵，陆迟的声音清冽低沉，下雨似的坠在她心上。

看她在走神，陆迟倾身小声问："你、你在听、听吗？"

唐茵回神："就是不小心用错了，其实我很聪明的。"

陆迟听完，一阵沉默。

赵如冰走出教室去打水，一转身就看到陆迟站在十四班的窗边，她装作不动声色地经过那里，恰好听到了陆迟和唐茵的对话。

"陆迟，你是不是早就预料到了？"

"什、什么？"

"不然你怎么会这么巧出现在窗边，难道不是故意的？"

唐茵手撑在窗台上，余光看到隔壁班的赵如冰盯着这里出神，她对着赵冰如挑眉。

赵如冰扭头，拿着水杯离开。

唐茵勾唇，视线又回归到面前的人身上："给我讲题有没有感觉很好？有没有很棒？"

"……没、没有。"陆迟结结巴巴地辩解。

一人在内，一人在外，一高一低的，两人看起来竟意外地和谐。

直到走出一段距离，赵如冰终于还是忍不住回头看，玻璃窗上映照着的唐茵眉眼弯弯。看着那影子，她想到刚才唐茵对自己挑眉的样子。

她好像在挑衅自己，赵如冰咬着下唇。

"如冰，你怎么在这儿？"身后过来一个女生，拍了拍她的肩膀，"马上就上课了，还不快去打水。"

赵如冰回神："那我去了。"

她最后看了一眼玻璃上映照出的人影，而后快步离开了。

上课铃恰到好处地响了。

"校、校服……"陆迟放下笔，眉宇间有些纠结，"洗干、干净还回、回来。"

唐茵眯着眼应："好的迟迟。"

听见这句话，陆迟又顿住了。他纠结着离开了十四班，但心里似乎又松了口气。

陆迟靠在椅子上拧着眉，神情自若地碰了碰耳朵。

第二章 气泡水

陆迟一离开,唐茵就恢复了往日的高冷模样。

"呦呦。"苏可西睨她一眼,笑着打趣她刚刚说话的语气。

唐茵不停地转着篮球,对着苏可西笑,张扬又明媚动人。

没过多久,物理老师就背着手走进了教室。他一眼就看到了后面的唐茵,唐茵在实验班闹笑话的事情,整个办公室都知道了,他也知道,他刚想要故作严肃地责备她,但一开口就忍不住了:"某人可算是回来啊,别人的课比我的课好听呢……"

物理老师怨妇一样的语气,让班里的同学们忍不住拍桌子大笑。

物理老师本就是个活宝,尤其是对着唐茵时。

唐茵抿着嘴唇笑,也不反驳,漂亮的眼睛弯成月牙,眸光灿若星辰。

接下来物理老师并没有为难唐茵,而是很尽职地上课,只是没上一会儿,他又唠叨道:"这节课讲大题。全年级物理平均分才六十八,你看看你们有多少人达到了,我改卷的时候都不想看到你们。"

有人反驳:"那老师还是来见我们了啊。"

物理老师的嘴皮子哆嗦了一下:"你们真是我带过最差的一届,没有之一!"

班上的同学们忍不住大笑,这真是每个老师都说过的一句话。到了下一届,老师们又会台词都不变地说他们。

见大家都在笑,物理老师敲了敲黑板,总算唤回了大部分人的注意力。

两节课后是大课间,大家足足有二十分钟的活动时间。一下课,班里的人就欢呼了几声,然后三三两两地去了小超市。

小超市开在行政楼那边。在寄宿学校里,拥有各种零食水果的小超市向来热闹，大多数学生都会去那里买东西。

苏可西站起来拽唐茵："不去买东西吗？你用的卫生巾可是我借的啊。"

唐茵恹恹的："不去了。"

"也是，你现在这样子出去，确实不适合。我去给你买。"

说着，她一阵风似的离开了教室。

苏可西刚到小超市门口，就遇见了熟人吕秋秋："文月呢？"

吕秋秋摇摇头："文月昨天生病回家了，她妈妈来给她请了几天的病假，好像要下星期才能来上课。"

"生病？"

吕秋秋挠挠头："我也不是很清楚，我昨晚看到她和她妈妈一起离开了，应该是下星期才来上课吧。"说完，她摆摆手，"我先走啦。"

文月也是转校生，不过她是高二转过来的。她留着短发，戴一副眼镜，文文静静的文科生模样。她家在三中附近，但她妈妈工作的地方在二中边上，平时没什么事，文月也不会去她妈妈上班的地方。

高一下学期分科考试前夕，她因为生病办了走读。某次，她妈妈去上班时落下了东西，她去送东西，结果路上被一群流里流气的混混堵了。

那天唐茵正好去了二中附近，凑巧看到文月和混混们对峙的一幕。幸好混混们人数并不多，且他们压根儿就没有实力，三两下就被唐茵揍跑了。从那之后，文月和唐茵的关系就亲密起来，她俩虽然性格迥异，但相处却意外地和谐。

文月每次大课间的时候，总会带好吃的早点给唐茵和苏可西，也因为这样，唐茵和苏可西的心被文月牢牢抓着。

第二章 气泡水

和吕秋秋分别后，苏可西拎着黑色塑料袋飞奔回了教室，将事情复述给唐茵听。

"文月本来身体就不好，生病很正常。"唐茵直起身子，"星期五去看看，她身体太弱了。"

"嗯。"苏可西突然开口，"我要剪头发，你要去那边，正好星期五放假一起吧。"

唐茵偏头："你养了很久的头发……"

苏可西面色淡淡的："没留的必要了。"

陆宇这个名字已经很久没出现在两人的对话中了，自从上学期期末，陆宇突然毫无缘由地转去了三中后，她们的谈话便刻意地绕过了他。

唐茵道："剪了也好。"

苏可西突然转头："惊不惊喜？意不意外？"

"智障。"

上午最后一节课下课铃声刚响，唐茵和苏可西就跟离弦的箭似的，在教室里消失了。授课老师还保持着拿粉笔的姿势，呆愣了一会儿，无可奈何地宣布下课。

早就蠢蠢欲动的同学们纷纷挤出教室。

"快快快，去迟就没肉了！"

"今天限量供应的糖醋肉不知道有多少，每次一到学校就和童工一样。"

唐茵的午饭是苏可西帮忙买的。

一般高中部三个年级同时下课，而初中部则提前五分钟下课，虽然偶尔有些班级也会拖延一点，但一到饭点，食堂里的人就很多，因此唐茵径直从食堂后面绕回了宿舍楼。

高中宿舍楼在学校最里面的拐角，不用五分钟就可以跑回宿舍。

宿舍阳台安了一面镜子，唐茵一进门就小跑去阳台。她看着镜中的自己，脸上缓缓现出一抹笑容。

实验班下午上的是生物课。

生物老师是个女老师，带了两届复读班，一向风风火火的，她一进门就噼里啪啦地说个不停。

"这次生物这么简单，你们居然比之前考得还差，拿什么去拼高考。"她看了一眼陆迟，又转而看向其他人，"一个暑假过得真是把学的都还给我了是吧，班上居然还有六十分的！实验班就是这个水准？有空多向新同学陆迟学习，人家怎么就能得满分？"

她虽然没有批改试卷，但因为老师们会把高分卷集中到一起挑出来看，所以她也就记住了一张让她很欣赏的卷子。她特意记了名字，后来从吴老师那儿才知道是新来的转学生。

同学们立刻低下头，伪装成鸵鸟，乖乖挨训。在生物老师的课堂上最好别贫嘴，否则那张嘴就会挂在你身上，整节课讲个不停。

生物老师不理会他们的反应，继续说："这次生物，全年级就两个满分的，你们看看人家怎么做的。陆迟，把你的试卷借我用一下。"

她看向最后一排，却半天都没得到回应。

生物老师皱眉，重复道："陆迟，把你的试卷借我用一下。"

陆迟恍若回神，面无表情地解释："被别、别人借、借走了。"

生物老师皱眉："借走了？"

陆迟立刻点头。

生物老师有些不悦,这才刚发就被借走了,难道不知道下午是她的课吗?还是说对她不满意?但考虑到陆迟生物考了满分,她也不好多说,便让陆迟坐下去。

"要是你们都像陆迟这样,都不用上课了,我直接可以退休了。"

班里一片寂静。

生物老师从刚开始上课一直说到现在,对陆迟的夸赞实在是有些夸张了。这人是刚刚转来的,说话还结结巴巴的,哪里有那么好。

有人心里不爽,扭头看向后排,但从前面看,只能看到陆迟低着头,一个人坐在角落里,不知道是在走神还是在干什么;眼镜遮住了他大半张脸,加之过分白的肤色,他就和小白脸似的。

第三章

海棠果

CHAPTER 3

教室另一边。

鹿野和王帅相视一笑,一副了然的表情,明明上午才听陆迟亲口说下午要用试卷,结果转眼就被借走了,这借的人,除了唐茵还能有谁?他们两个人凑在一起说悄悄话。唐茵的事情,可以说整个高中部都很关注,因为唐茵太张扬了,如同一团火,很容易就成为事件的中心。

而这个转校生实在太安静了。好学生安静很正常,但鹿野第一次见到陆迟时,觉得他太冷静了,后来才知道他安静是因为口吃,虽然他似乎并没因此而自卑。

鹿野也和陆迟说过几次话,但时常陆迟的眼神扫过来,鹿野就会忘了自己要说什么,诡异得很。

鹿野还记得自己的老爸以前说过:有一种人,你在他面前,就会不自觉地低一头。他好想回去和他老爸说,他在一个普通的书呆子面前遇到这种情况了。

下了晚自习后,唐茵将陆迟的校服洗了,晾在阳台上,她还特意找了块白天阳光最足的地方。

洗完衣服回来的张梅看到最好的晾晒位置没了,便奇怪地问:

"这谁的衣服?突然大了好几号。"

苏可西靠在墙上,朝上边努嘴。

"哦,懂了。"

忽然上铺传来慵懒的声音:"要眉目传情就大胆点。"

苏可西嚼着口香糖,双腿往床上蹬:"唐茵,你就这么对我。我含辛茹苦把你养大,一把屎一把尿,你……"

"……有多远滚多远。"唐茵扔下一团草稿纸。

张梅晾完衣服,凑到苏可西身边:"她真想和实验班的那个人交朋友?"

"还能有假,你看她今天的样子……"苏可西抓着张梅的胳膊,嘀嘀咕咕地讨论。

"看不出来啊。"张梅瞠目结舌。

虽然她和唐茵的关系没有苏可西和唐茵好,但她最能看出来唐茵的待人风格,除了个别人,唐茵对别人基本不理不睬的,更别提男生了。

嘻嘻闹闹没多久,宿管阿姨便在外面吹哨子了。

嘉水私立中学想要学生成绩好,对学生的管理很严格,别的学校结束晚自习时也就九点多,这里结束晚自习时却已经是十点四十分了。所以学生们回到寝室都特别忙,稍微洗漱一下就过十一点了。

熄灯过后没多久,阳台外面就传来噼里啪啦的声音,天公不作美,下雨了。

第二天唐茵一起床,看到校服还带着湿气,心情就很不爽。

雨连着下了几天,唐茵的心情就阴郁了几天。她从"五三"到"王后雄",附带着写了几张数学试卷,全做下来,还真遗忘了不好的事情。

"唉,学霸心情不爽就要做题。"苏可西无聊地捧着脸。

这节是语文课,语文老师最为啰唆,特别是两节课连堂一起上时，每每到了最后的十几分钟，他才开始讲题目。

苏可西看着同桌认真的模样，也不敢打扰，无意间往前看了一眼，就看到了奇怪的场景。

苏可西用笔戳戳前排的人："张梅，你干吗呢？"

前排的张梅猛地坐直，而后心虚地拍胸口，掩着嘴道："你吓我一跳。我还以为班主任从后面进来了。"

唐茵听到苏可西的话，也抬头看过去，只见张梅的桌肚里并没有放书，而是乱糟糟地放了小剪刀、长长的吸管之类的："那五颜六色的东西是什么？"

"折五角星的。"张梅小声解释。

说着，她偷偷从桌底下递过来一个东西，唐茵伸手接过，借着书架子和苏可西一起观察。

小巧的玻璃瓶上塞着木塞，装满了五彩缤纷的五角星，那些五角星是用一条条小吸管折成的，小巧又精致。

没过一分钟，张梅又偷偷递给唐茵几根浅绿色的吸管。

唐茵放下笔，突然兴致上来了，盯着张梅的动作，自己也折了个小巧的五角星，然后放在笔袋里。

折完星星后，唐茵扫了一眼苏可西，似笑非笑地看了她一会儿，然后从桌肚里摸出一套黄冈密卷。

苏可西睁大眼睛："我去，你什么时候弄的黄冈？离我远点离我远点，看到我就头疼！"

黄冈密卷简直就是苏可西的噩梦，以前她为了从最后一个考场奋斗到第五考场，做黄冈密卷简直做得昏天黑地。现在她再次看到这试卷，整个人都不好了，和它相比，"五三"和"王后雄"简直就是她的天使。

唐茵头也没抬："把你尊贵的头扭过去。"

苏可西恍然大悟："是喔。"

苏可西默默转头，暗自思忖：唐茵绝对是故意的！

陆迟转学一星期后，除了他一开始的自我介绍，他的其他事大家都没放在心上，但开学考试过后，众人却只能仰望陆迟。

以前的年级第一是唐茵，第二是赵如冰，她们七百左右的分数已经很高了，而现在陆迟每次都能考七百三十多分。越往上分越难追，可以说，和陆迟比，唐茵和赵如冰的成绩还差得很远。

这节课原本是语文课，但班主任吴老师却把课当成了班会课，说了很多，但说来说去，无外乎要努力，不管是为了两三个月后的零班，还是未来的高考。吴老师说完，让他们自习。

教务室并没有给高三排太多的课，偶尔语文课也会被拿来考试、自习或者写作业。

隔天晚自习时，去医院输液的同学回来了。

"报告。"门外站了个男生。

老师挥挥手示意他进来。

男生笑嘻嘻地往最后一排走，走到座位后，先和边上的几个男生打了声招呼，然后才坐下来。

陆迟多看了他几眼，可能是因为生病，所以他的脸色不是太好，但他留着板寸头，看起来很阳光。

"新同桌，你好啊，我叫唐铭。"唐铭笑眯眯地打招呼，"我听说你是年级第一呢，以后不会的可就请你多帮忙了。"

陆迟颔首："你、你好。"

唐铭有些吃惊，没想到这同桌是个结巴。他只听说同桌成绩很好，很少说话，但还没人提过对方是结巴这事。不过他以前接触过这类人，好歹知道怎么相处。

因为讲台上站着老师，唐铭没敢大声说话，只是介绍了一下自己，然后快速地收拾自己的书和试卷。

昨天刚考完试，上晚自习时，要把书从寝室搬到班里，他的书还是室友帮忙搬的，书和试卷一摞摞的，全部放在桌上。快到一模了，以后的试卷只会更多，必须隔几天就整理，不整理的话根本理不清头绪。

整理到一半，唐铭就愣住了，翻了翻书，挠挠头，推推同桌："哎，这是你的书吧。"

陆迟茫然："不、是。"

"怎么不是你的，上面还有你的名字。"唐铭将数学书递给陆迟，"看不出来啊，你的字居然这么秀气，我的字就跟狗爬一样，我自己都不忍直视。"

被翻开的书上，扉页上斜写着"陆迟"两个字，铅笔的字迹，很轻。

陆迟微怔，右手接过书，盯着看了几秒，磕磕巴巴地开口："可能是、是不小心写、写上的。"

"没事，没事。"唐铭也不在意，"估计是我这儿太乱了，不小心混入的。"

对于这个新同桌，唐铭可是十分敬佩，他虽然在家待着，但也知道陆迟的成绩。据他所知，这次开学联考，一中的第一名和陆迟比，还低了十分。

这概念可就不一样了。嘉水这种私立中学，在几个公立学校眼里，属于外来者，现在第一名被嘉水的学生拿走，其他几个学校心里自然不好受；而且高考过后，如果状元出在嘉水私立中学，那好的生源肯定都会流向嘉水。

不过真正的考试并未到来，现在学生们的分数还不是最终的成绩；加之理科和文科不同，理科只要写对一道大题，就可以提高十几分，不像文科，即便答了满篇，没答对知识点也一分不得，相对而言，理科的提分会更容易一点，所以每一次模考，都会出现变化。

唐铭还在想，但他眼睛一瞥，就看到同桌正在安静地擦名字。

书又被递了回来。

"哎，擦掉做什么？"唐铭抹了把脸，压低了声音，"你这擦得可真干净。"

老师就站在讲台上看着大家自习，但唐铭耐不住寂寞。

几秒后，他又忍不住小声说话："要是留着签名，指不定高考后我还可以拿出去炫耀呢。嘉水私立的第一，未来 H 市的状元！还是我同桌！"

他好像有说不完的话、用不完的活力。

陆迟忍不住询问："你们姓、姓唐的人都、都喜欢说、说话？"

闻言，唐铭摸不着头脑："姓唐的人？咱实验班不就我一个姓唐的，还有谁姓唐，介绍给我认识认识，说不定五百年前是一家……"

可他的同桌却没有回复。

十四班，数学老师正占用晚自习在讲题目。

唐茵打了个喷嚏。

苏可西头也不抬地问："谁想你呢。"

唐茵揉揉鼻子，琢磨到底是谁天黑了还在想她。

外面的天已经黑透了,电闪雷鸣的,那雷声一声声的,闷在人心上。

雨一直在下,陆迟的校服也一直挂在阳台上。第五天时终于出了太阳,阳光不烈,照在人身上暖洋洋的。

一天过去,校服终于晒干了,晾晒好的衣服上还夹杂着淡淡薰衣草的香味。下午上课前,她将陆迟的校服叠好放进袋子中。

"今天有什么好事,心情这么好?"苏可西问。

唐茵没理她,从笔袋里拿出前两天折的五角星,放在手心里端详了半天,最终塞进了陆迟的校服口袋里。

下课后,唐茵和苏可西两人结伴去洗手间,路过办公室时,里面传来实验班生物老师的大嗓门。

"前两天我就想从陆迟那儿借试卷,结果他说被借走了,这都几天过去了,我再借,他居然还没拿回来,也不知道是谁借了。"

"你问他不就行了。"

"我问了,你猜他说什么,他说他不记得了。你说他是不是……算了,说起来就气。"

唐茵听得唇角微勾。

苏可西笑得肚子疼:"他还给你打掩护呢,你还不把试卷还回去。"

"今天还。"和校服一起还。

"再不还,我估计生物老师就得逼问到底是哪个不要脸的人要走试卷了,于是你就出名了。"

"我已经够出名了。"

"唐茵你不要脸。"

第三章 海棠果

语文课上，老师正在讲解着文言文。

苏可西用手肘捣捣唐茵："看，这小说里面的三行情诗，我饱含深情念给你听！"

"苏可西！你干什么呢？"语文老师眼尖地打断了她。

苏可西不情不愿地站起来。唐茵啧啧嘴。

语文老师早就注意到苏可西了，他走过来翻开苏可西压在资料书底下的言情小说，小说花花绿绿的封面让他的脸色很难看："这都什么时候了还在看闲书，还想不想考大学了？"

苏可西低低道："想。"

语文老师恨铁不成钢地道："那就好好学习，别搞歪门邪道。书等高考完再拿回去。坐下去，好好听课。"

眼睁睁地看着心爱的小说飞走，苏可西捂着嘴哀号一声。今天真是时运太不济了，她看了这么多年的小说，居然今天被发现了。

唐茵做口型：什么情诗？

提到这个，苏可西又来劲了，唰唰地写在草稿纸上，递给唐茵——

如果人可以长尾巴，会觉得有点难为情呢。
因为和你在一起，我总会忍不住摇尾巴。

纸上只有短短的两行。

唐茵凝神看了许久。

苏可西撇撇嘴，收回草稿纸，在语文老师的眼神扫射下乖乖听课。

唐茵摊开陆迟的试卷，将视线定格在物理的最后一道题上。

下课铃声一响，唐茵就去了隔壁班。

"唉，这么大雨，晚上回去身上恐怕都得淋湿。"鹿野正在插科打诨，看到她，"又找陆迟？"

"嗯。"

唐铭正好从边上走过，张大了嘴巴看着唐茵朝陆迟那边走去。要不是膀胱要炸了，他铁定要留下来偷看。

陆迟毫无动静，低着头认真地写东西。

唐茵站在边上等了他那么一小会儿，然后走过去，站在陆迟背后，用手指戳了戳他肩膀，凑近了小声提醒："书呆子，你的校服，已经洗干净了。"

离得近，头顶上的白炽灯照得人光暗分明。

唐茵笑笑，眉梢带着昳丽，将试卷放到桌上："还有试卷。谢谢。"

大约是难得听到后两个字，陆迟还怔了怔，想到前几天的事情，他眼里闪过一丝窘迫，与唐茵隔开了距离，轻声道："没、没关系。"

没过多久，唐铭就和鹿野勾肩搭背地回来了，看到陆迟桌上摆着的试卷，唐铭惊喜地叫了一声："哎，试卷终于被不知名人士还回来了？"

生物老师那怨念的眼神他还记得呢。

"借我欣赏一下满分卷子啊！"他刚要伸手去拿。

只是他的手还没碰到试卷，陆迟就用书盖住了试卷，瞥了他一眼："等、等。"

陆迟的动作快得让唐铭有点尴尬。

看唐铭脸色不对，陆迟补上一句："我还没、没订正。"

"噢噢噢。"唐铭了然，他就说陆迟肯定不是故意的。

又一节课过后，下课铃一响，陆迟刚离开教室，鹿野就蹭了过来，坐在陆迟的位置，笑着对唐铭道："坐学神旁边感觉如何？"

"酸爽！我看到他的英语试卷，就想起我拖后腿的英语卷子。他怎么门门都这么厉害！他数学错了一道题，就一副苦大仇深的样子。"

"以后你还有得爽。班主任怎么就不安排给我这样的同桌？班主任肯定对我有成见，不爽。"

鹿野吐槽了一句，眼尖地看到那张只露出了边缘的卷子，便伸手去拿。

唐铭握着笔，毫不留情地敲上去："可别动。"

"咋啦，不就试卷啊。"

"我刚刚要都没成功，他说还没订正。估摸着是不喜欢别人碰他的东西。"

鹿野不服气："胡说，明明也有别人拿。"

唐铭一脸茫然："谁啊？"

"唐茵啊！"

"你不要逗我。"

"我逗你干吗？唐茵就坐在你这。"

前几天的事情，唐铭也知道，此刻被鹿野这么一提醒，他还真想起来了。

唐铭说："唐茵和他关系挺好的，还来过我们班，反正你要拿，你先问过陆迟。"

鹿野早就观察过陆迟这人，虽然性格内敛，但估计他真的生起气来，没那么容易放过人，所以点了点头。

鹿野还要再说些什么，抬眼就瞥到他们讨论的主人公进教室了，他轻咳几声，朝唐铭使了个眼色："咳咳，唐铭，明天吃啥？"

唐铭立刻心领神会："明天？那得看食堂有什么啊，放假前总会有红烧肉，我都打算好了，回去吃顿好的。才来几天我就怀念我妈烧的菜了，肉末茄子、酸菜鱼、夫妻肺片、辣子鸡……"

鹿野眼红地踹了他一脚："你能不能别诱惑人！"

唐铭有些委屈："鹿野你是不是有病，你自己先提的！"

"那你提那么多吃的？"

"我顺口啊，又不是我的错。你再踢一脚试试？"

由此，两人便陷入了"谁有罪"的辩论中。吵了半天，鹿野终于意识到他俩明明应该在演戏才对，干吗这么上心？于是两人分道扬镳。

上课铃声响前，唐铭看到陆迟认真写试卷的样子，他道："这两天虽然没检查，但我听说明天放假前学生会要检查，你最好穿上校服，不然肯定要被扣分。"

闻言，陆迟对他轻轻点了一下头，道："我、我知道。"

提到校服，陆迟便从桌子里摸出叠得整整齐齐的校服，展开套上，他的左手习惯性地放进口袋里，不消片刻，他就察觉到了不同。

口袋里有个棱角分明的东西，摸上去小小的，可以夹在两根手指间。

陆迟眉心一跳，掏出来放在手心——一颗浅绿色的五角星。

小小的，就和一颗糖果似的，陆迟捏了捏五角星，有点扎手。

周五下午最后一节课固定是班主任的课。

十四班的班主任林汝教数学，她十分有耐心，所以十四班虽然总体成绩差，但数学成绩还算可以。

第三章 海棠果

唐茵将数学试卷摊开:"今天下午放学后我要去三中,去不去?"

"不去,不想去。"

"行。"

半晌,苏可西搭上唐茵的手腕:"我还是去吧……但我不进去,就在外边!"

唐茵含糊不清地道:"随你。"

苏可西莫名觉得自己被看穿了,脸有点发热,忙不迭地拿出资料书,装作好好学习的样子。

看她的动作就知道她心虚了,唐茵无言地笑笑。

嘉水私立中学的学生们是半个月回一次家,周五下午放学,周日下午回来上自习,满打满算,其实就放一天假。可是就这一天假,大家也十分开心,每个人都恨不得回校的第二天就是放假那天。

嘉水私立中学的位置不算偏僻,但学校周围都还没发展起来,尽管它离嘉河近一点,但附近住的人却没有二中周围住的人多,不过,总体来看,嘉水的发展前景还是很好的。

嘉水离三中挺远的,不过幸好有公交车线路,也算方便,而且这条公交线路还会经过一中大门口。但是,这趟公交也有不好的地方,那就是如果要坐车,出了校门后,还得往左走十几分钟,路过第一个有很多客车的十字路口,绕到第二个十字路口后,才能看到公交车站。

临近下课,学生们的心思都在放假上,林汝也不再讲试卷了,而是让他们上自习。

片刻后,她把唐茵叫到了外面。

"茵茵,再过不久就要期中考试了,这次还是和一中他们联考,你一定要好好考。"林汝叮嘱。

林汝真是操碎了心。

唐茵严肃地敬礼:"收到。"

林汝笑笑:"现在正是关键时候,学习才是最主要的。"她温声道,"你这么聪明,应该明白我的意思吧?"

唐茵转了转眼睛:"懂。"

"那就好。"林汝满意地点头离开。

实验班的吴峰正在给学生教英语,理科班不少男生的英语都是弱项,英语对他们来说,有时候瞎蒙的是对的,认真写的反而还是错的。

陆迟注意到,他前面的两位同学自上课起就一直在打打闹闹,而且动静不小,他才刚移开视线,就听到前面一声巨响。

是手打在桌子上发出的声音。

吴峰恰好走到了这边,看到前桌两个人揪在一起的手,脸色很难看:"你们两个干什么呢?"

两个人异口同声道:"联络感情!"

班里的人纷纷笑出声,离得近的陆迟也忍不住弯了弯嘴角。

吴峰气得瞪圆了眼睛,加大了音量:"你们两个……真是气死我了!牵手很开心是吧?来来来,上讲台上去牵,让你们牵个够,给大家看看你们是怎么联络感情的!"

那俩男生不情不愿地站起来,互相推搡着:"你要是不拽哪有这事。"

"得了吧,你自己先动手的还有脸讲我。"

两个人慢慢吞吞地上了讲台,看到底下的人都在偷笑,他们的脸皮饶是再厚,也还是忍不住爆红。他们就是打闹着玩啊,揪着对方的手不让对方得逞而已……

吴峰敲敲桌子,冷冷地说:"牵上。"

吴老师发火的样子很恐怖,两个男生立刻狠狠地掐住对方的手,忍着疼互相伤害。等班主任一转身,他们两人又龇牙咧嘴起来,把踹腿骂人的招式全都用上。

班里同学的目光都集中在他们两人身上。

五分钟后,吴峰冷眼看着讲台上打得难舍难分的两人:"感情联络得怎么样?"

"好极了!"

"我们现在感觉就像亲兄弟!"

两人一唱一和的,倒是吴峰先忍不住了,嘴皮子哆嗦了一会儿,才大发慈悲地将他们放了下来。

这时,后门处传来细碎的说话声。

唐铭正巧看向后门,看到唐茵,忍不住瞪眼,推了推陆迟:"看外边。"

陆迟看向外面,眼眸微眯,片刻后,他低头想了想,犹犹豫豫地打开了理综试卷。

翻开后,试卷并没有什么特殊的,他默默地往后翻,看到物理最后一道题边上的几行字时,略微一愣——

  你来的那天,

  海棠也开了,

  风景正好。

卷子上的字，字迹娟秀，是用铅笔写的，颜色很轻很淡，和上次的名字一模一样。

陆迟将修长的食指压在试卷上，咳嗽一声，半天不知道该做何反应。

"怎么了？"唐铭终于回神，察觉到一丝奇怪，凑过去看。

陆迟猛地将试卷盖住，几秒后，他吐出两个字："没事。"

说出来，陆迟自己都震惊了，眼里闪过惊喜：居然没有结巴？！他的心脏激动得几乎蹦出来。

唐铭也吃了一惊，不过看陆迟高兴的样子，也就不再打扰。

有了刚才那一出，班里一下子安静不少。

唐铭正准备幸灾乐祸地嘲笑两人，他就听到不爱说话的同桌问："学校、校有海、海棠？"

"有啊，咱们高三这栋楼和实验楼公共区域中间的那块花坛，种的就是海棠。忘了你刚来了。它们最近开了吧，没太注意。你不是在窗边吗？就往那下面瞅瞅就能看到了。"

唐铭噼里啪啦说了一大段，好奇地问："你问这个干什么？"

陆迟没说话，垂眼盯着试卷看了半响，轻轻推开窗。

现在还是上课时间，楼下很安静，一个人影也没有。楼底下的圆形大花坛内挤满了花，白色、粉色簇拥在一起，阳光落在上面，还带着露珠折射出来的光。

没过多久，铃声终于响了起来，教室里立刻传来欢呼声，只可惜讲台上的班主任还在讲题目。

唐铭和鹿野带头拍桌子，不满班主任拖堂。

吴峰不紧不慢地把一道选择题讲完，才慢悠悠地开口："下课。

回去不要忘了看书,还有试卷要记得写,星期天回来交。"

他话音一落,欢呼声四起。放假才是正经事,试卷另谈。

鹿野早就收拾好了东西,他听到"下课"两个字,立刻拎着包就往外跑。临出门时,他一抬头,看到门边上的人,立刻被吓得倒退了一步。

唐茵等在门外。

走廊上偶尔有一两阵风吹进来,打在脸上,不冷不热的。

鹿野嘿嘿笑了两声,退回教室后门,他先是对着唐茵眨了眨眼睛,而后冲着里头喊:"陆迟,有人找你!"

陆迟抬头,朝门口瞄了一眼,他并没有看到什么,不过还是轻轻地应了一声。

鹿野笑嘻嘻地说:"下次记得请我吃饭啊!"

唐茵点头:"请,只要你敢吃。"

"那还是别了吧!"丢下这句话,鹿野脚下飞快,噌地跑没了影。

几分钟后,陆迟就出现在教室门口。唐茵将长腿一伸,拦住他:"小结巴,我有话和你说。"

班里没走的几个同学伸长了脖子看戏。

陆迟挡住了些视线,磕磕巴巴地问:"什、什么事?"

他的语气硬邦邦的,又有点奇怪。

刚走到后门的唐铭脚步一顿,他觉得自己待会儿可能会听到什么不得了的事情。

唐茵被陆迟的反应逗笑,靠在门边的墙壁上,歪着头,连着叹了好几口气:"唉,居然要几天不见。所以,不如把你微信给我吧?"

现在要微信都这样要?唐铭咋舌,他可算是见识到唐茵的厉害了……之前同桌说的姓唐的人指的是她？

唐茵收回腿，又问陆迟："给不给？"

陆迟后退了一小步，紧张了半天才开口说："没、有微信、信。"

唐茵饶有兴趣地盯着他，说完这句话后，陆迟的耳朵尖就变得微红，虽然他有这反应不过一两次，但唐茵已经摸清了，他有这种反应基本就是说明他在说谎。

"你给不给啊？"唐茵追问，又嘟囔，"不给也没事。"

陆迟有些意外地看唐茵，看到她依旧是一副自信的模样，估计她下一刻就会从别人那里拿到吧。

鹿野躲在后面憋着笑出声："哎，同桌，不给你就要走不出校门了，赶紧给了走人。"

唐铭也跟着凑热闹："是啊，反正加不加得上还是另外一回事。"

两个人一唱一和的，陆迟故作淡定地抬抬眼镜，终于松口："等、等会儿。"

他的语气闷闷的。

唐茵没在意，欢快地吹了一声嘹亮干净口哨，懒懒地靠在墙上。不少女生路过她，都和她打招呼。

陆迟转头回了教室，有机灵的同学立刻递上笔和便签。

陆迟顿了顿，接过笔和便签，唰唰地写了一串数字，然后撕下来飞快地塞进了唐茵手里。他抿着唇，语气冷硬道："加了也、也不会同、同意。"

唐茵失笑："那你可不要打自己的脸。"

陆迟被她说得脸色爆红，扭过头就回到自己的座位上，用做卷子掩饰内心的慌乱。

早早就溜出门的鹿野趴在门框上,顶着一张欠揍的脸:"可以啊,看好你。"

唐茵将纸条放进口袋里,轻轻瞥他一眼,低声说:"有件事请你帮忙。"

"说说说。"鹿野一乐,"啥事要我帮忙,一定义不容辞!"

唐茵抬起下巴:"没什么,盯着谁欺负他、嘲笑他,每一个人的名字,都给我。还有,不要让我听到有人说他结巴。"

鹿野一怔,这才是他经常见到的唐茵,霸道,对自己的朋友毫无保留。

"好说好说。"

唐茵点点头,转身进了十四班。

校门外熙熙攘攘,吆喝声不绝于耳。

高中部、初中部一块儿放假,门口闻风而来无数小贩,他们沿着马路摆起了长龙,一些私家车也被挤得没地停。

苏可西直流口水:"我想吃烧烤。"

唐茵心情正好,大手一挥:"买!"

"就爱你这种大款,你先上车吧。"苏可西拿着钱屁颠屁颠地跑到了不远处。

唐茵站在原地仔细看了几眼,在马路对面发现了自家的车,美人老妈正开着窗冲她招手。她拎着篮球网,三两步跑过去拉开车门,跳了上去。

苏可西迟了一步,上车后乖巧地喊了一声:"阿姨。"

苏可西和唐茵是邻居,她对唐茵的妈妈蒋秋欢也非常熟悉,因为她家的车都是公家的，不能开出来，所以她回家总是搭唐茵的顺风车。

苏可西手中大纸袋里的烧烤散发出香气，串着各种各样烧烤的木签露在外面。

"尝尝这个。"苏可西拿着一串韭菜递过去，"上次微博评选出来的烧烤界地位最高的素菜。我放了特辣。"

唐茵伸手接过，吃完又拿了一串。烧烤这东西，一吃就上瘾。

蒋秋欢突然"啊"了一声，笑道："你奶奶那边这两天捉了不少螃蟹，都是公的，昨晚刚送来，还鲜活的，今天晚上让孙阿姨给你做，西西今晚也来吃。"

唐茵的眼睛亮了亮，奶奶住在乡下，平时会自己种些菜，她家边上有个池塘，里面的螃蟹全是野生的，一个个蟹大膏肥。

她早就惦记着螃蟹了，现在又恰好十月下旬，一定美味非凡。想到那甘甜酥软的口感，唐茵咽咽口水。孙阿姨做菜堪比大厨，今晚的口福一定不差。

苏可西赶紧咽下里脊肉："谢谢阿姨了，我今晚一定去！"

鲜美大闸蟹可不能错过。

校门口这段路车多人多，蒋秋欢开了半天也才挪出几十米。路上全是比她还要着急的人，那些人不停地按喇叭。

唐茵摇下车窗透气，又朝驾驶座说："妈，待会儿把我们放在三中门口。"

"晚上早点回来，外面不安全。"

"我知道。"外面的声音很吵，唐茵按动按钮，车窗缓缓上升。

正在这时，旁边走过一个人。

看到熟悉的背影，唐茵赶紧往下按车窗，喊道："陆迟！"

蒋秋欢从后视镜看到女儿这么激动，忍不住问："陆迟是谁？瞧你高兴的。"

唐茵转了转眼珠："一个只爱学习的书呆子。"

"怎么说话呢，爱学习多好。你看你，整天没个定型样，要不是遗传了我的聪明，能有好成绩吗？"

"妈你怎么那么自恋，我天生神脑。"

"你看天上飞的那是不是牛？"

这一对母女一个比一个自恋。苏可西默默吃着烧烤。

陆迟被叫得一蒙，茫然地转过头，就看到趴在车窗上的唐茵正笑意盈盈地冲他眨眼。他犹豫了一会儿，迟疑地离开了。

看陆迟这么嚣张，都不给一点点回应，唐茵突然想要逗弄一下他："哎，前面的，你东西掉了。"

陆迟的脚步顿了顿，不过也就顿了几秒，他又继续向前走。

苏可西直翻白眼："唐茵你无不无聊？"

唐茵冲她一笑："怎么无聊了，放学这么多人都能碰见，他还从我边上走，这说明是缘分。"

"猩猩的粪便？"

"滚。"

唐茵转头继续喊："书呆子，你东西真掉了。"

她的语气十分认真。

苏可西嘲笑道："他不会转过来的，你的印象已经低破地心了。"

话音刚落，苏可西就看到陆迟已经转了头，这还不止，他还把手伸进口袋摸了摸。

苏可西摆出一副冷漠脸，这打脸来得真快。

发现自己不知道丢了什么东西时，陆迟可以说是非常不安了："我、我掉了什、什么？"

唐茵听到他这么闷，哈哈一笑。

陆迟在原地呆愣几秒，深呼吸了几口，闷着头往前走，决定不再理会唐茵。

唐茵的眼里泛出笑意，看起来她似乎对自己的这个打趣很满意。

车子又往前挪了一点，后窗正好和陆迟挨着。

陆迟走路有点慢，车子都开到他边上了，也没意识到，他不知道在想什么，突然停了下来。

这可是个大好机会，唐茵努努嘴，站起来凑近他，双手撑在车窗上，在他耳边低低道："陆迟。"

她突如其来的动作太过骇人，陆迟没预料到，咬着唇往后退了一步。他看向别处，嘴上却说："你、你这样不、不安全。"

车后传来喇叭声。

"走了。"蒋秋欢提醒。

唐茵缩回车子里，眼睛盯着定在那里的陆迟。

车子从陆迟边上经过，夕阳的余晖透过树叶缝隙给他身上染上了一层煦暖的光，那光线映着他通透清澈的眼，宛若两枚墨色琉璃。

陆迟已经落在了车后，唐茵靠回椅背上，眼睛弯成了两道月牙儿，嘴角止不住地上扬。

October

S	M	T	W	T	F	S
						1
2	3	4	5	6	7	8
9	10	11	12	13	14	15
16	17	18	19	20	21	22
23	24	25	26	27	28	29
30	31					

第四章

青柠汁

CHAPTER 4

陆迟家是独栋别墅，距离嘉水私立中学有些远。

"妈。"陆迟站在玄关处，犹疑地叫了声。

家里没开一盏灯，窗帘全部都被拉上了，屋子里很暗，似乎还有点压抑，像个因禁人的牢笼。

陆迟早有心理准备，一开灯，他果然看见妈妈在沙发上坐着，低垂着头，头发有点乱。亮堂堂的地板上积着水，散落着玻璃碴，还有各种各样的碎花瓶，到处乱七八糟的。

"迟迟。"王子艳抬头，声音沙哑。

陆迟这才发现她脸上有血痕。他惊了一下，熟练地跑到房间拿了医药箱，抿着唇给妈妈消毒，而后又上药，贴上创可贴，一系列动作他做得行云流水，没有丝毫停顿。

"离、离婚！"陆迟第一次语气这么重。

王子艳愣神，半晌摇摇头，不能离，离了就什么都没了，她凭什么要让那贱女人和她老公在一块儿，绝对不能离。

陆迟气得几乎要炸了。从他小学到高中，这两个人整整纠缠了十几年，彼此之间既然都毫无感情了，还待在一起互相折磨，要一个结婚证有什么用？

第四章 青柠汁

"迟迟,妈不能离婚!"察觉到陆迟的情绪变化,王子艳立刻开口,"是他对不起我在先,我不能就这么算了!我要让那个贱女人当一辈子小三!"

然后一辈子被人戳脊梁骨。

陆迟脸色泛白,一直在心里告诉自己深呼吸。过了很长时间,他才终于缓了过来,慢吞吞地开口:"所以、以被打、打也没事?"

王子艳的脸一僵,表情的变化带动了伤口,脸上泛起一阵疼痛,她讪讪地摸上去:"迟迟,你外公家已经没了,离了谁养你?现在这栋房子还是你爸的。"

陆迟抿着唇,脸色难看到了极致。他不再说话,将客厅和厨房地上的乱七八糟全打扫干净,随后看了一眼沙发上的女人,径直回了房间。

门被摔得发出一声巨大的响声,震得王子艳一抖。

陆迟躺倒在床上,闭着眼睛。

他不久前才知道,父母的婚姻是妈妈偷偷给爸爸灌酒,用怀孕当借口逼来的,而早在他们结婚的两个月前,爸爸的女朋友就怀孕了。这明明不是一桩该存在的婚姻,严格来说,他妈才是小三……

以前他只知道父母感情不好,经常吵架,只要他一出现,两个人就闭嘴不说话;上学期,他终于听到了整件事情的始末,也是因为知道了这些事情,所以他才想去私立高中。

良久,陆迟从床上翻身下来,将书桌上的包打开,从里面摸出带回来的理综试卷,上面的文字还在。手机就摆在书桌上,他伸手将手机够过来握在手里,呆愣了半晌,点开了屏幕,登录微信。

没有任何信息。

陆迟抿了抿唇,将页面转到浏览器上,快速敲击键盘,一行字出现在搜索栏里;再点击搜索,瞬间出现无数条信息,每一条都包含着不一样的答案。

陆迟慢慢地往下滑,终于定在某处——

亦有人言海棠花语为呵护。

唐茵和苏可西先去了趟理发店,等剪完头发天已经暗下来了。

"变短了还是有点不适应。"苏可西摸着头发嘀咕。

"过几天就好了。"唐茵摊在车里。

"也是。"苏可西点点头,反正现在自己又是一条好汉。

片刻后,蒋秋欢将车子停在三中边上。

"晚上记得早点回来,不然大闸蟹就没了。"她摇下车窗,叮嘱道,"天黑不安全。"

唐茵挥手,慢悠悠地晃进了边上的巷子里。三中的大门建在一条胡同巷里,不窄不宽的,要不是担着个名头,没人知道这儿是高中,而且曾经还是省示范高中。

可惜三中后来不知道怎么搞的,突然变弱了,变成了差生聚集地,反倒是一中蒸蒸日上,名头渐响,家长们挤破了脑袋,都想让孩子进一中。

三中今晚还有晚自习,所以现在还没放学。

唐茵和苏可西两人刚走到校门口,下课铃声就响了,周围顿时安静了不少。

文月家就在三中边上,走几步就到了。文月家境普通,居住的房子也有点老,但布置得很温馨。据说这片不久后就要拆迁,唐茵估计文月家能拿到一笔钱或者新房子,总的来说,住在这里还是很划算的。

文妈妈认识唐茵和苏可西,看到她们两人,立刻起身迎接:"茵茵和西西来了,这是我新买的柚子,来尝尝。"

盘子上摆了几瓣白嫩的柚子。

唐茵随手拿了一瓣:"阿姨,文月呢,我听说她生病了,好了没?"

文妈妈摇摇头,又点点头:"烧了好几天,今天刚退烧,还需要再挂几次点滴。她现在在房间里看电视,你们进去吧。"

这女孩成绩好,性格也好,女儿和这样的人做朋友,她也放心。

文月靠着床头,不停地换着电视频道,看到房门被推开,她惊喜地道:"茵茵姐、西西姐。"

唐茵走过去,手撑在床上:"来,张嘴。"

文月有些不好意思地张嘴,唐茵把一小瓣柚子放进了她嘴里。

苏可西叽叽喳喳地开口:"我好久没来三中这边了,这里还是老样子,一点都没变。"

文月笑笑:"三中自从来了个陆宇,最近好了不少。"

"陆宇?"唐茵重复,看了一眼苏可西。

"我也是上次趴窗子看到的,貌似两伙人因为篮球场地的事,围在那个大院里对峙。"文月想起那次,还有点心惊胆战。

苏可西问:"后来呢?"

"后来突然来了一个人,个子高高的,长得很好看。他一到,两伙人都停了。我在三中有好朋友,她跟我说那人叫陆宇,反正大家好像都很佩服他,三中那些调皮捣蛋的人也都很服他。"

说着没有看着可怕,当时她看到那群人气势汹汹的样子,还以为要出事,都已经准备好报警了,谁知最后竟然被那个叫陆宇的给解决了。

文月又笑起来,嘴边露出两个酒窝:"听说他上学期期末转来的,好像很受欢迎。"

苏可西煞白着一张脸,陆宇以前在嘉水私立中学稳居年级前十,是标准的乖乖好学生,为什么他到了三中会有这么大的变化?苏可西不敢深想。

唐茵握住她的手,向文月道:"不提他了。你什么时候回学校,我让司机来接你。"

文月有点不好意思,白净净的小脸上透着红:"不用麻烦了,茵茵姐,我坐公交去可以的。"

"就你这小身板。"唐茵挑眉。

陪着文月说了会儿话,唐茵和苏可西就离开了她家。从文月家走出来时,天色已经快黑透了,她们两个人都没有说话,黑暗中,只有路边亮着几盏昏暗的灯。

"茵茵,"苏可西忍不住开口,"陆宇他……"

"陆宇现在的事情我不清楚,你都不知道,我怎么会知道。"唐茵揽住她肩膀,"别想太多,你们已经不是朋友了。"

苏可西没说话,不自觉摸了摸自己的短发,其实说他们已经不是朋友了并不准确,因为陆宇突兀地转学,她连陆宇在嘉水私立中学的最后一面都没有见到,她现在和陆宇没关系了。

路上安静得可怕,可就在这时,不远处的一幕让苏可西惊呆了,她突然拽住唐茵的手:"陆迟怎么会和陆宇在一块儿?"

她们来的时候走的是巷子头,现在走的却是巷子尾,这条小巷分出去了好几条小巷子,这些小巷子四通八达的。

唐茵抬眼看过去,只见陆宇被陆迟拽着,两个人一前一后地进了另一条小巷。陆迟拽陆宇……这没倒过来?

没走几步,陆宇大力地甩开陆迟的手。

陆宇面色不耐,漫不经心地道:"你管我,以什么身份?"

陆迟清俊的眉毛皱在一起:"我是、是你——"

他话未说完,被一声嗤笑打断。

陆宇眼里翻滚着不知名的情绪,压低声音说:"小三的儿子你也认,你妈知道吗?"

陆迟微微一僵,上学期听到事件的始末后,他才知道陆宇是他的哥哥,比他大两个月,学习很好,是个好学生,但没过多久,他就听说陆宇转学了,在新学校里还总是和别人起冲突。

可这件事错的应该是他妈妈才对,如果不是他妈妈用怀孕逼婚,陆宇本该有个幸福的家。

陆宇饶有兴趣地盯着他:"没话说了?别装好人,有那功夫不如回去照顾你妈。"

半晌,陆迟摇着头,急切地解释:"这不、不是你、你的错。"

陆宇顿了一下,拧着眉:"陆迟,你有点良心好不好,别跟着我,不然别怪我对你不客气。"

说罢,他转身朝前方走去。

陆迟被他这么一说,原本踏出的脚停在原地,长身玉立,更显孤独。

唐茵和苏可西跑过去的时候，陆宇刚刚转身离开。

陆迟背对着她们，单薄的身形映在昏黄的灯光下，愈加孤寂。

"书呆子。"唐茵叫了一声。

陆迟侧过身，看到唐茵，心里有些吃惊。他推了推眼镜，面上淡淡的，下一秒，他跟着前面的陆宇一起走，甚至还加快了步伐。

没想到居然还跑，唐茵暗骂一声，扬声："你再走一步试试！"

这句话一出来，陆迟僵在原地，转过头，扯扯嘴角。大约是听到了的声音，所以走在最前头的陆宇回头看了一眼，微怔了一下，迅速扭过头就跑。

"陆宇你站住！"苏可西忍不住叫道，径直朝陆宇那边追了过去。

陆宇转过身，整个人看起来嚣张得可怕，说了句脏话，恶狠狠地说："苏可西你再过来一步试试！"

没想到陆宇会说脏话，苏可西愣了一下，但下一刻，她反倒直接向陆宇跑了过去。

"她……"陆迟看着苏可西跑过去的身影有点担忧。

唐茵说："放心，陆宇不敢对她做什么。"

话音刚落，陆迟就看到陆宇也跑了起来，苏可西追在后面，两个人在巷子里展开了一场拉锯战。陆迟还是第一次见陆宇这个样子。

想到刚才的画面，唐茵还是有点怀疑：这两个人还是同个姓，难道是有什么关系？她斟酌着问："你和陆宇是亲戚？"

陆迟沉默了片刻，低声回答："兄、兄弟。"

他的声音有些低落，唐茵微微瞪大了双眼。据她所知，陆宇的家境也算是小富，不过并没有什么兄弟，这都是当初苏可西告诉她的；陆迟这个名字，她也是这学期才听到的，看这两个人刚才不怎么友好的样子，恐怕里面有什么隐情。

唐茵没再继续问。

苏可西一直追到了巷子尽头。这条巷子的尽头是一个小池塘，里面种了满池的荷花，以前景色很好，但后来这边要拆迁了，这里自然也就没人管了，只有偶尔过来的环卫工人会稍微打扫一下。

陆宇就在不远处，一点也没有要停下来的意思。

苏可西摸着起伏不定的胸口，看了一眼黑漆漆的水面，突然冲那边叫道："陆宇你站住！"

她没得到任何反应。

"你再不停下来，我跳河了！"苏可西靠近了池塘一点，放大了声音威胁道。

还是没有回应。

这里并不繁华，路灯也不多，眼看陆宇的背影就要消失在黑暗里了，苏可西过于心急，没注意脚下，不小心摔进了池塘里。

初秋的夜晚，池水浸泡着她的身体，一股凉意袭来。

落水的声音在静谧的夜里很明显，陆宇回头的时候，身后什么都没有，原本叽叽喳喳叫来叫去的女孩子也不见了。

"苏可西？"他喊了一声。

但这次轮到他得不到回答了。

陆宇跑到池塘边，只看到手机被扔在岸边，它的主人却不见了。他回想起苏可西刚才的那句话，暗骂一声，便迅速脱下校服，一个猛扎跃进了水里。冰凉的水瞬间灌进了他嘴里，他抹了一把脸，借着路灯的光依稀看到了一角衣服，他立刻向那边游去。

碰到苏可西身体的时候，陆宇微不可察地松了口气。

他们两人回到岸上后，陆宇将苏可西平放在地上。见她双眸紧闭，陆宇有些紧张失措，他拍了拍她的脸，纠结一秒后，果断准备给她做心肺复苏。

苏可西却突然睁眼了。

陆宇一时愣住。

早不醒晚不醒，非得这时候醒，他佯装淡定地收回手，正准备站起来，却又被拽住了手。

苏可西声音弱弱地叫他："陆宇……"

"不许再叫，别跟着我，自己回家。"陆宇沉声道。

苏可西脸皱成一团："我是病人。"

陆宇嘴皮子一翻，嘲讽道："病人有你这么活力四射？"

"反正我不管。"苏可西躺在地上装死，"因为你，我都摔进池塘里了，你也不给点反应，你的良心不会痛吗？还是你没有良心这东西。"

苏可西转了转眼珠，捂住嘴咳了两声。

静默片刻。

"受够你了。"陆宇不耐烦地说，将校服披在苏可西身上，拉着她的胳膊，将她扶起来。

苏可西小声道："其实我会游泳。"

陆宇脱口而出："苏可西你不是脑子有泡？你知不知道淹死的都是会游泳的？"

他骂得起劲，苏可西却忍不住勾起唇角："陆宇你就承认吧，你还当我是朋友。"

陆宇不再说话。

第四章 青柠汁

八点多的时候，唐茵接到了司机的电话，她给苏可西发了一条信息，好在对方很快回了，貌似心情还不错的样子。唐茵看完信息，放下心来。

陆宇那个小子就算突然开始调皮捣蛋了，也不敢动她，除非太阳得打西边出来。

"走吧。"唐茵扭头对陆迟道。

陆迟面无表情，冷着一张脸，一言不发地站在她旁边。看他这表情，唐茵有点摸不着头脑：刚刚还好好的，突然又傲娇了是怎么回事？

见唐茵盯着自己，陆迟皱眉说："我、我有人、人接。"

"我也有。不然我蹭你的车也可以。"唐茵挑眉，"你更喜欢哪一个？我喜欢第二个。"

陆迟：我哪个都不想选。

天色彻底黑透了，三中的人都去上晚自习了，本来这条巷子里住的人就不多，此时此刻，这里也只剩下他们两个人。不过，唐茵和陆迟快走到巷子尽头的时候，又出现了新的人，看样子应该是一对情侣。那两个人站在墙根处接吻，吻得难舍难分。

等唐茵和陆迟走到路边的时候，她发现他们两家的司机站在一块儿，而且似乎吵起来了。两个年逾四十的人站在那边吵架，场面还挺搞笑的。

唐茵看了一会儿，喊道："张叔。"

张叔赶紧扭头应了一声，又回头瞪了一眼陆家的司机，对方不甘心地回瞪过来。

陆迟也对自家的司机点点头。

唐茵忽然转头问:"你知道别人现在叫你什么吗?"

问完她自己倒是忍不住笑出声。她笑得厉害,没过几秒,她脸颊边就浮上淡红色,衬托得脸庞越发艳丽了。

陆迟有点莫名,顺着话问:"什、什么?"

唐茵还在笑:"不告诉你。"

陆迟不再理会她,转身就走,一点也没有等她的意思。

唐茵弯了弯嘴角,跟在他后面走,双手插兜好不自在。等陆迟的身影消失在车内,她才朝自家的车走去。

就在这时,那边的车窗突然摇了下来,陆迟冒出来个头,细碎的黑发遮在额上,含糊不清地道:"晚、晚安。"

然后他又立刻缩了回去,唐茵回过神来,笑得更开心了。

半路上,苏可西给她发来了微信——

陆宇送我回家。

下一秒,屏幕瞬间被一张缺了牙的表情包所覆盖,满屏都溢出了苏可西的与众不同。没等唐茵回复,苏可西又发了一条消息过来——

苏可西:陆宇和陆迟什么关系?兄弟?

唐茵:答对了。

苏可西:我问陆宇了,他没跟我说,但我猜是这样,很有可能陆宇现在转学就是因为这个。他明明是独生子……

私生子这个词很不好听,苏可西也不愿意这样想。当初陆宇在嘉水私立中学时,成绩常居于年级前十,再加之长得又好,他几乎是每个女生寝室晚上的议论点。

苏可西和他当了朋友后才知道了他的性格:他骨子里很骄傲,有自己的想法,而且在待人方面也很有礼貌,总之与现在的样子截然相反。

唐茵和苏可西随口扯了几句,便将手机收了起来。今天看到的那一幕还让她很震惊,陆迟的性子看起来似乎也没有那么让人担心,他能拽着陆宇,可见本身还是挺固执的。

片刻,苏可西又发来信息——

我今晚不去你家啦,帮我和阿姨说一声。

回到家里时已经有点晚了,唐茵小跑着进了家门。

蒋秋欢正在收拾花花草草,看到她进来,开口道:"让你早点回来,你看现在都几点了。"

"知道了知道了。"

"八百年前说养花,我当时就说养好你自己再说,你看你,现在这一屋子的花花草草,全是我在侍弄。"蒋秋欢放下喷壶,抱怨道。

唐茵继续嬉皮笑脸,从后面抱住她:"给你一个抱抱。"

蒋秋欢推开她:"我可不稀罕。"

"那我走了,你自己说的,晚上别和老爸吐槽。"唐茵吐吐舌头,飞快地跑上了楼。

自从家里养了花之后,她就在她爸爸那边挂了名。

孙阿姨刚巧从厨房里出来,看到夫人那开心的样子,瞬间就明白了，笑眯眯地问:"茵茵还是那么活泼。"

蒋秋欢转身:"她那哪是活泼,是猴子蹿天。"

等回了自己的房间,唐茵才发现自己忘了加陆迟的微信。她从口袋里摸出那张纸,虽然他写的时候急急忙忙,但上面的那一串数字写得好看极了。

这串数字一看就是电话号码,这样也算间接要到电话号码了。一番搜索过后,微信界面出现了陆迟的信息。

他的昵称叫陆陆陆,头像是一幅画,画面上简单勾勒着一棵树,虽然没有上色,但画风很细腻,看得出来画画人的技术挺好。唐茵放大了图片,在很难注意到的角落里发现了一个简单的落款,"陆迟"两个字写得极小。

他还会画画,真是多才多艺。唐茵勾唇,随即点了添加,结果却卡在了验证信息上。

随便发个验证信息吧,不太符合她的性格,好歹可以说句好话,不然真被拒绝了怎么办,唐茵在床上滚了半天,然后快速地输入几个字发了过去,就等陆迟通过了。

不知道陆迟到家没……

唐茵不知道想到了什么,一下子就咧开嘴笑了,天花板上的那个海绵宝宝的大牙也对着她笑。

"茵茵,大闸蟹好了。"楼下传来孙阿姨的声音。

唐茵飞快地从床上爬下来,随手把杂乱的头发用桌上的橡皮筋扎了一下,便趿拉着拖鞋往外走。她临到楼梯口,又从扶手上滑了下去,如流星一般,平稳落地。

蒋秋欢刚好看到全程,教训道:"说了多少次了,这样很危险。

要不是我重新换了楼梯,你以为你能这么安全地滑下来?"

唐茵小时候就这么干过,然后摔了一跤,为了以防万一,家里把楼梯全换。可从大到小,唐茵这爱好就没变过,她和她爸一样,一旦喜欢上就再也改不了了。

听到妈妈的话,唐茵眨眨眼,径直朝餐厅而去。

桌子上早就摆上了弄好的大闸蟹,旁边还放了蘸料,大闸蟹颜色鲜艳,让她垂涎欲滴。

孙阿姨摆好碗筷,笑眯眯地道:"来,上次听你说学校食堂的味道不够重,我这次放了辣,不知道味道怎么样。"

唐茵夸道:"孙姨的手艺还用说嘛,肯定很好。"

一边的蒋秋欢走过来,睨了唐茵一眼:"就没见你这么夸过我。"

唐茵扬眉,状似无意地提道:"也不知道上次差点把厨房炸了的是谁?"

蒋秋欢:"小没良心的,还不是给你做吃的。"

孙阿姨没插嘴,这两个人都爱斗嘴,她都习惯了。不过自家夫人还真吵不过茵茵小姐,多数时候夫人都会被小姐怼回去。

第二天天一亮,唐茵睁眼就和海绵宝宝对视了几秒,然后摸出手机,微信并没有陆迟通过验证的消息提醒,其他信息倒是不少。

十四班有个群,叫"今天你狗了吗",除了老师,十四班的全体同学都在。以前不知道是谁不小心把班主任给拉了进来,后来大家反应过来,又把她立刻踢了出去。自从这个乌龙事件发生后,里面就没安静过。

唐茵点进去看,同学们大清早都在那玩游戏,又是发图又是发表情的,她进来的时候正好轮到于春发言,他发了个搞笑的表情包。

班长跟着也发了一个搞笑的表情包,群里嘻嘻哈哈闹成了一团。

唐茵点开音乐播放软件,慷慨激昂的音乐立马回荡在她房间,这音乐一直持续放到她穿好衣服。准备退出群时,唐茵盯着微信界面看了半晌。

事情有点出乎意料,陆迟还真的没同意她的加好友申请。虽然也有可能是陆迟没看见,但是唐茵的好心情还是下降了一点。她下床梳洗,随后下了楼。

蒋秋欢正坐在桌边喝粥,看她下来,状似无意地开口:"我跟你爸待会儿要去民政局。他太让我失望了。"

唐茵头也不抬,灌了一口粥后,含糊不清地道:"哦。"

不是她冷漠,实在是这话她从初中起就听过无数回了,每一次都是这句话,没一点新意,他们到现在也没离成功。不过片刻后,唐茵还是疑惑道:"真去?"

"去。"

看蒋秋欢这么信誓旦旦的样子,唐茵反倒更不相信了。

一碗粥要被唐茵喝光的时候,唐尤为从楼上下来了。他顶着个啤酒肚,慢吞吞地坐在了桌边:"乖女儿有没有想老爸,昨晚我回家迟,都没见着你。"

唐茵歪着身子,拍了拍他那鼓鼓的啤酒肚,说:"妈说要和你去民政局。"

"去就去。"唐尤为眼睛一瞪。

话音刚落,蒋秋欢正好换完衣服出来,听到这句话,两个人仿佛是仇人似的,在玄关处换鞋时,一句话都不说,一前一后出了门。

"啧啧。"唐茵想笑,不知道的人还以为这是真要走上离婚之

第四章 青柠汁

路了。

一个多小时后,她听到门开了。

唐茵歪着头往那边一看,进来的果然是她爸妈,这一点也没让她感到意外。

"结婚证忘带了。"蒋秋欢一点也不尴尬。

她旁边的唐尤为拎着个袋子,脸上挂着惯常的笑容。

"妈,你确定你不是故意不带的吗?"唐茵没良心地戳破蒋秋欢,"老爸每次都和你一起玩,每次回来就撒狗粮真的好吗?"

唐尤为笑呵呵地进了洗手间,蒋秋欢毫不客气地瞪她一眼。

在家躺了一天,下午一点多,临回学校前,唐茵又瞄了一眼手机,依旧没有任何信息。要说拒绝就拒绝,这没点回应是什么情况?那张便签还在桌上,她将那串数字存进了通讯录,然后直接拨了过去,一阵机械忙音过后,手机那端终于有了变化。

"喂?"他清冽的声音传过来。

唐茵的心情好了一点,笑道:"你真的不打算加我啊?"

手机那边没了声音。

"你确定不加我?"唐茵忍不住皱眉,又幽幽开口,"你还想不想知道周五晚上那个问题的答案了?"

提到这个,陆迟沉默着。

唐茵没有再催促,但安静下来,陆迟反倒不知道该怎么回应了。就在这时,他身后又响起玻璃摔碎的声音。

陆迟的手一顿,低声道:"挂、挂了。"

说完她便直接挂断了电话,他握着手机呆愣了几秒,点了几下手机,然后急急地跑下了楼。

这头的唐茵却被他突如其来的低沉情绪给弄糊涂了，她应该没说什么吧，还是哪里让他不舒服了？唐茵将手机扔到床上，仔细回想着打电话时的事情，貌似没有特别的……等等，最后好像有什么声音。她琢磨了半晌，猜测可能是陆迟的家事。

依照昨晚得知的情况，这样的事情她是没有办法干涉的。唐茵随便收拾了一点东西，离开了房间，走的时候却忘了把手机关机。

嘉水私立中学不允许学生把手机带进学校，虽然她也可以偷偷带进去，并不会被逮到，但临近高考，她还不如多做点试卷。

孙阿姨正好上楼打扫房间，看到唐茵，道："走了？"

"嗯。"

"路上注意安全。"

"知道啦。"

看着唐茵的身影消失后，孙阿姨这才开始收拾东西。她一抖床，才发现手机夹在被子里。她刚拿起手机，手机忽然振动了一下，屏幕亮了，孙阿姨随口念叨道："回学校也不记得关机。"

说完她便将手机关机，小心地放在了桌子上。

陆迟跑到客厅的时候，果然看到他爸妈两个人站在那里，一言不发地对峙。

陆跃鸣背对着他："我劝你趁早签字。"

王子艳揪了一把头发，大叫："你做梦去吧！签了字让你和那个贱人在一块儿？想得倒美！"

她随手又扔了一件小东西，那东西摔在地上，发出清脆的声音。

陆跃鸣被她气得脸色涨红，转身就要走，却恰好看到陆迟站在那儿。他神色尴尬，这个儿子让他又喜欢又不喜欢。和陆宇相比，陆迟的成绩更为出色，但性格实在让他很担忧，而且说话还结巴……小时候明明不是这样的。

"迟迟，爸爸先走了。"陆跃鸣纠结片刻，对陆迟说。

陆迟紧紧抿着唇，并没有什么反应，像是无视了他一样，直接蹲在地上收拾那些碎片。家里的阿姨早就走了，现在住在这里的只有他和妈妈两个人。

陆跃鸣见他这副样子，心里更是无意又偏向陆宇了一下，他大步离开。

"迟迟，妈妈只有你了。"王子艳低喃道，瘫坐在地上，神情哀戚，往常光鲜亮丽的头发此刻都变得没了光泽起来。

陆迟将碎片扔进垃圾桶，走到她边上，俯身抱住她，拍了拍她的肩膀，然后低声说："妈，离、离婚吧。我们两、两个人。"

王子艳没有说话，只是将头放在陆迟的肩膀上。

唐茵到教室的时候，已经是下午四点了。距自习开始还有不少的时间，班里人的大多数人都是踩着点来，反倒她是比较提前来的，就连苏可西也都还没来。

一连遇到这么两件不顺的事情，唐茵的心情很不愉快，她烦躁地做了一会试卷后，便抱着篮球去了篮球场。

篮球场在操场那边，星期天不乏来得早的男生，他们几个一组，在一个篮板下投篮，玩得不亦乐乎；也有一些压力大的人，三三两两地在操场上散步。

唐茵没加入那些打篮球的男生，她站在了边上一个空荡荡的篮板前面，摆好姿势，将篮球投出去。篮球在空中划过一道完美的抛物线，然后精准进框。

一个漂亮三分球，顿时，唐茵的心情好了不少。

打球的同学看到唐茵，都停下来讨论："唐茵的技术是不是又进步了？"

"刚才的进球实在完美，要是她是个男生就好了。"

"人家不是男生也能甩你八百米远，这话你要是当着她的面讲，她能把你的脸打肿。"

"我这不是……男女有别嘛。"

人群里有个男生，观察力向来出众，他低声道："唐茵心情似乎不好太，我们过去和她玩一把，释放一下。"

唐铭正巧在校门口遇上了姗姗来迟的陆迟，挥挥手："一起去宿舍啊。"

陆迟抱着书，轻轻颔首。

走近了，唐铭才发现陆迟的手上贴了创可贴："怎么了？受伤了？"

陆迟曲起手指，淡淡道："没、没事。"

见他不想谈，唐铭也聪明地没再问，而且男生破点皮也不是什么大事，他没想那么多，很快便将这件事抛到脑后，和陆迟一起结伴朝宿舍楼而去。

男生宿舍楼的位置和女生宿舍楼的位置不一样，要去男生宿舍，必须经过操场边上的那条路。

路过操场时，看到打篮球的人，唐铭不自觉地停了下来。

高三生们半个月才放一放假，学校给的放松的机会太少了，平时的体育课上，男生也没有什么机会打篮球，放假回来到上晚自习的这段时间，基本上就是高三生们唯一可以玩的时间了。

看了一会儿，唐铭瞄到一个熟悉的身影，撞了撞陆迟："唐茵今天也在打篮球。"

陆迟看向篮球场，微怔了怔。

隔着绿网，夕阳橙黄的暖光下，唐茵站在篮球场上，长发如同锦缎般柔顺，微微扬起的侧脸弧度精致，肌肤白皙胜雪，唇角还带着似有似无的笑意。

"喂？陆迟？"唐铭挥了挥手。

陆迟慌忙收回视线。

唐铭的手原本想搭上陆迟的肩膀，刚要搭的时候，他发现对方太高，只好收回手："唐茵的篮球技术比咱学校的男生还要好，她哥哥是市篮球队的，听说她从小就跟着她哥学篮球。"他促狭道，"你转学过来的，你不知道，当初学校有个学长想认识她，唐茵怎么拒绝都没用，后来还是用篮球技术让对方心服口服的。想认识唐茵的人多了，但现在她会直接不理对方。所有人在她眼里都被归类为辣眼睛。"

唐茵很厉害，她并不是传统印象中的那种好学生，她时常调皮捣蛋，无法无天，但偏偏每次考试，她的成绩都是年级第一，并且还能在联考中排进前十。唐茵非常自信，自信到了有些目中无人的地步。

陆迟又转过头，恰好看到唐茵闭着眼睛亲吻篮球，带着莫名的虔诚，然后她帅气地投了出去。她的身上被夕阳镀上了金色的绚丽色彩，显得整个人都熠熠生辉，亮眼夺目。

连续地投篮让唐茵出了汗，她脱下校服，准备去旁边休息会儿，结果一抬头就发现站在篮球场另一端的陆迟。她惊喜了一下，抬高声音喊道:"陆迟!"

喊完后她又觉得嗓子有点干,幸好之前带了瓶酸奶过来,她掀开盖子就喝,根本不用吸管。

陆迟看到唐茵轻轻皱眉,然后将酸奶盒投进了垃圾桶,阳光下,她的眼睛却愈加明亮。

唐茵偷偷做口型:小结巴。

一如当初她第一次见他时的那样。

唐铭在两人之间来来回回打量了一下。

就在那一瞬间,他似乎看到陆迟好像笑了,但下一刻陆迟又是一副神情淡淡的样子,冷清得让人想打他。唐铭有些摸不着头脑:难道是自己眼花了?

陆迟看到几个男生朝唐茵走了过去。

"茵姐,来玩一会儿啊。"男生们嘻嘻笑笑地说,和她打篮球那可真是一种享受。

"等会儿。"唐茵回了一句,向陆迟挥挥手。

她本来想过去找陆迟的,正好也问问今天到底发生了什么,但看他的样子似乎是要去宿舍,那她也不好再跟过去。

对着陆迟挥完手后,唐茵便转过身,开始和几个男生一起打球。她的动作迅速且流畅,透着一股轻松随意,几乎每隔几秒,她就能投一个球。每次投完球,唐茵就会笑靥如花地和队友们击掌。

陆迟看了一会,扭头径直朝宿舍楼走去。

唐铭回神时,他的同桌已经走出了好一段的距离。他过去,叫道:"等等我啊!你叫陆迟不叫陆快,走那么快干吗?有双大长腿了不起啊!"

第五章

养乐多

CHAPTER 5

小蛮腰

唐茵回到教室上晚自习时,已经是六点多了。

苏可西姗姗来迟,眼角眉梢都带着喜意。看到唐茵似笑非笑的表情,她笑嘻嘻地抱住唐茵:"我真的好高兴啊!"

她终于和陆宇恢复联系了,还做回了好朋友。

苏可西突然想起了什么似的,皱了一下眉头:"啊茵茵宝贝,你果然是我的小天使!对了,试卷借我抄抄,我回家什么作业都没写。"

"好好学习。"

"哎呀,明天再好好学习也不迟。"

"明日复明日,明日何其多。"

"唐茵你是不是欠揍,和陆迟那个书呆子学的吗?"

晚上,最后一节自习课进行到一半时,唐茵正在皱眉看物理题。还没等她下笔,整个教室突然黑了下来,教室里所有的白炽灯同时熄了。

唐茵朝外面看去,入眼一片黑暗。

苏可西压抑着兴奋:"停电了?"

来这个学校上了两年学,这还是她第一次遇到停电这种情况,四周黑漆漆的,看来晚自习也不用上了。

第五章 养乐多

一般周末的晚自习只上到八点,这原本就是最后一节晚自习,上完了就可以休息,现在好不容易有一次大好的机会,学生们怎么可能放弃?

林汝立刻安抚起学生们:"安静,等通知。"

但温柔的她已经阻挡不了同学们的激动之情了,还没等她出去询问情况,教室里调皮的男生就狂拍桌子,震得人耳朵发痒。

"下课!下课!"有些同学起哄道,"班主任快放我们回宿舍!"

班级里吵吵闹闹的,坐在后门处的唐茵听得心烦,她左手一钩,将篮球猛地砸到了后面的墙上。篮球撞上墙壁,发出一声沉闷的响声,而后又弹跳了几次,回到她的脚边。

十四班顿时安静。

唐茵歪着头,冷冷道:"都很闲?"她慢条斯理地拍着篮球,继续说,"不如和我说说话怎么样?"

一声声篮球砸在地上的声音,就跟砸在他们心上似的,后排起哄的男生都不敢发出声音。他们分班后不久,就见过一次唐茵发火,这人平时看起来很正常,但真被惹火了,十分可怕。

"学校很快就会发通知的。"林汝站在讲台上,看着出声的那个地方,微微一笑,虽然她根本看不到任何人影。别人都觉得唐茵是个刺头,不服管教,可她挺喜欢唐茵的。唐茵看起来嚣张,但很有分寸,对她这个班主任也很尊敬。她第一次当班主任,就是带十四班,因为性格,她强硬起来并没有什么威慑力,平时要不是唐茵在,恐怕这个班早就乱成一团了,成绩差还没纪律,那才真的是无可救药了。

全校大规模停电后,约莫过了十分钟,教导主任终于来了,手里还拎着一个大袋子。

他朝里面说:"林老师,让你们班班长来领蜡烛,两个桌子共用一个。"

这话一出,同学们顿时有些无言,默默在心里将学校骂了个底朝天:都停电了还用蜡烛学,真是为了学习什么事都干得出来。

蜡烛被一排排地分发下去,教室里的烛光缓缓亮起来,将整个教室都映成暖黄色。屋子里烛光摇曳,人影绰绰的,有种别样的美。

教导主任不知道他们的心理,激励道:"同学们,马上就要到一模了,大家不能浪费每一分钟。时间都是挤出来的,古有头悬梁锥刺股,现在我们也要向他们学习。希望你们能考个高分!"

但班里没有任何回应。

在一片安静中,后门处传来几声稀疏的掌声,几秒后,全班都热烈地鼓起掌,男生们几乎要把自己所有的力气都用在鼓掌上,掌声中还不时伴随着"好""太棒了""主任说得有道理"的欢呼声。

反响这么热烈,很好,教导主任很满意地离开了十四班。

下一刻,十四班又恢复安静。

实验班能听到隔壁班的动静,挨着前门坐的同学们刚刚才听到隔壁拍桌子、吹口哨的吵闹声,只一会儿,他们怎么突然变得这么安静了?

"我刚听到那声……大概是唐茵发火了吧。"

"他们的班主任太温柔了,也就唐茵能制服他们。"

和十四班待得久了,他们也都摸清了一些事:十四班是全年级最乱的班级,但也是最容易管的,因为只要唐茵说句话,就没人敢不听。

窗边,唐铭撞了撞陆迟,小声道:"感受到唐茵的厉害了吗?在嘉水私立中学,她说的话还是很有威慑力的。"

陆迟没说话,黑暗中,唐铭看不出陆迟的神色。

唐铭笑嘻嘻地打趣:"不过,我觉得再过不久,你就可以成为第一人了。感觉如何,有个成语叫什么来着,形容这个地位独特的……"

他突然卡了壳。

"好像是一人之下万人之上!"唐铭狠狠点头,"就是这个词。虽然咱们学校没有一万人,但算上初中部六千人还是有的。想想多风光。"

陆迟顿了顿,还是沉默着。

教导主任刚好过来了,唐铭的注意力又转移到了蜡烛上。

停电这事本来只是一件小意外,可第二天,就有同学看到学校买了个超大的发电机,一路从校门搬进来。

接下来的几天里,因为距离期中考试还有点时间,所以班里的人都有些浮躁。

大课间时,唐茵一个人晃去了小超市,整个人慵懒极了。

学校里的小超市柜台和外面的超市不同,学校里的柜台呈四边形,将货架围在里面,所以那些等着付账的人,都挤在柜台边上。

唐茵一出现,倒是有高三的学生主动让开了位置。

"茵姐。"于春正好也在买东西,主动凑过来。

"哦。"唐茵随意地应了一声。

她指着货架上的一袋薯片,示意让售货员拿下来。

于春并不生气唐茵的反应,他看着对方懒洋洋的模样,琢磨着她心情恐怕不太好,于是乖乖地让开位置。

几个男生等在她后面，有个人无意往后看了一眼："那个人，是不是茵姐经常说的陆迟？"

于春仔细地瞧了几眼，促狭地低声说："让开位置，放他过去。"

几个男生都秒懂他的意思，唰地让开，顺便还挡住了柜台边上要付款的其他人。

于春突然大声叫道："唐茵姐。"

唐茵扭头不耐烦道："你吃饱了撑的？"

没看到陆迟？于春向刚才的地方望去，发现陆迟已经走到了另外一边的饮料货架旁。于春有些纳闷，明明刚刚陆迟的路线不是那里。

于春呵呵一笑，赶紧闪开了身子，走过去道歉。

唐茵没搭理他，将目光落在货架上，琢磨着要买些什么，小超市的大部分商品她都已经尝过了，现在再看这些，都没什么有新鲜感的了。

"纸。"

简短清冽的声音突然传入她的耳朵，唐茵惊喜地转过头，果然看到陆迟身姿挺拔地站在她旁边，他身上散发着一股唐茵熟悉的清香。

"陆迟。"她喊。

果然没有任何回应，唐茵早就有预料。

似乎从前几天起就这样了，每次在走廊上遇到他，他连个表情都没有，似乎和以前一点都不一样。貌似这种变化是从周末那天开始的？难道是自己给了他困扰？

唐茵无意识地揪着手里的薯片袋子，陷入迷茫之中，暗自怀疑也许她自己在某些地方做错了？

两人最近的一次交流还是她无意从唐铭那里得知他的手破了，于是给他送了一盒创可贴，但第二天倒是没见他用。好像是哪里出了问题。

唐茵又开口问："陆迟，你为什么不说话？不高兴？"

陆迟伸手接过售货员递来的酸奶和纸，然后一言不发地用一卡通付账。

"你也喜欢这个牌子的酸奶？"唐茵轻轻问。

她以前是不喜欢这个牌子的酸奶的，但是有一天不知道怎么的，就突然迷恋上那个味道，从此一发不可收拾。而且她查过，这酸奶还是无糖的，运动后喝更利于吸收，所以她很喜欢在打篮球的时候喝。

久久没得到回答，唐茵心里有点空落落的，微低下头。

立在边上看全程的于春真是急得要死：这陆迟搞什么鬼，不是说是个脾气挺好的人吗，怎么半天不理人？

周围安静下来，陆迟侧头看过去，唐茵眉目低垂，眼尾似乎带着委屈，他在心里叹了口气，将酸奶平推过去。

唐茵正低着头，手里捏着那袋薯片，刚要伸手刷卡，就在这时，她的眼前突然出现一盒酸奶，而盒上，是那只她很熟悉的手。

他的手纤细而修长，指骨分明，泛着苍白，仿佛是上帝最完美的艺术品。

小超市柜台周围一圈的人都偷偷看过来。

借着眼镜的阻隔，陆迟敛眉，收回酸奶上的手，拿着草稿纸，泰若自然地转身离开，仿佛做这件事的人根本不是他。

唐茵扬起唇角。

陆迟已经走到了外面，她抄起柜台上的酸奶，追了上去，动作快得周围的人都没反应过来。

等她的身影消失在小超市门口，于春才揉了揉眼睛，问边上的人："唐茵姐是不是笑了啊？"

"笑了。"

小超市门口有不少人，大家三三两两地走在路上，可唐茵一眼就看出来了陆迟的身影。

"陆迟！"唐茵从后面喊。

陆迟的身影疑似顿了一下，但下一刻，他又加快了步伐。他明明身着普普通通的校服，却有一种遗世之感。

唐茵小跑上去，走至他的身侧。

陆迟这才转过身，清亮的黑眸看着她，一言不发。

唐茵握着酸奶，笑意盈盈地道："你是不是故意的？你之前为什么不理我？"

她每次笑起来的时候，一双靓丽的桃花眼就变成了月牙状，非常讨喜。

陆迟移开视线："没有、有为什、什么。"

他磕磕巴巴地认真解释，唐茵就那么抱着手直勾勾地盯着他的眼睛。

陆迟后退一步，薄唇微动："我、我走了。"

唐茵"嗯"了一声，并没有追上去。她捏着那盒酸奶，在道路中央咧开嘴，轻轻呼出一口气。

快要上晚自习时，趁着还有点时间，苏可西和唐茵向老师请了假，两个人约着去校外吃饭。

虽然"假期"时间比较短，但吃得快一点的话时间也完全够用。

门口的保安认识唐茵和苏可西，见到她们后还嘱咐说："早点回

第五章 养乐多

来，外面不安全，来签个名。"

签名是以防万一，了解学生们的出校时间。

学校对面还在建设中，所以街上的路灯也都只开了学校这一侧的，路灯之间的间隔距离有点大，一条路一段黑一段亮的。

学校对面虽然还没完全发展起来，但也零星有几家店，这个不早也不晚的点，唯一亮着灯的是一家蛋糕店。

蛋糕店的老板是个毕业了几年的女生，喜欢做甜点，店里的甜点全都是她自己做的，不仅好看还美味，推新频率也非常高。为了适应学生们的口味，店里还有奶茶果汁一类的饮料。

唐茵和苏可西随意点了个小蛋糕，靠着玻璃窗坐下，看着远处灯火通明的建筑。

店主姑娘笑眯眯地说："来试试这个，今天的新款，蓝莓蛋卷。我请客，不要钱。"

那蛋卷看着金灿灿的，光看就让人胃口大开。

唐茵问："遇到好事了？"

店主摇摇头，笑眯眯地道："你心情似乎很好，正好尝尝，待会儿记得写评价。"

她开店将近一年，和嘉水私立中学里的一些人都熟了，对唐茵和苏可西两人尤其熟悉。唐茵一进店，她就感觉唐茵的兴致非常高。

唐茵捏着一个蛋卷，心想没想到别人都看出自己心情这么好了。

"别乱想了，吃才是王道。"苏可西拿起蛋卷，一下子塞进唐茵的嘴里，"吃饱才好干事。我还没问你呢，你今天怎么了，心情好得就像吃了几斤糖一样，陆迟又干吗了？"

虽然不知道唐茵为什么心情这么好，但她直觉这事肯定和陆迟有关。

苏可西又问:"对了,星期六晚上你是怎么回去的,我都忘了问你。"

唐茵便将周六晚上发生的事情告诉了苏可西,说到最后的时候,她的眉眼忍不住弯了弯。

说完,唐茵又道:"与其说这个,不如说其他的。"

说到其他,苏可西叹了口气,她也有点惆怅。

一时间,只剩下吃东西的声音。

没过多久,苏可西起身走向收银台,说:"我要带一份抹茶蛋糕回去,晚上当消夜。快来,你还要啥?"

唐茵站在原地想了想,又拿了一份小蛋糕。

夜晚的教学楼,每一层的灯都亮着,一格格的,从远处看,有种别样的感觉。

两个人上到三楼,喧闹声渐起。

"茵姐,你们都不带我去,还出去大吃大喝。"见两个人带着小蛋糕回来,于春大惊小怪地叫道。

周围一圈人都有些羡慕嫉妒恨,他们男生谁能想得起来从外面带零食,平时吃零食全靠小超市救济,今天唐茵手里的这蛋糕可真让他们馋嘴,就知道女生吃的东西最多。

于春凑过去嘿嘿一笑:"茵姐,这蛋糕让我们吃吧。"

唐茵斜眼看了一眼于春,淡淡道:"自己去买。"

"不请假出门会被老师逮到的。"于春苦兮兮的,"哪有从你们手里要方便。女生晚上吃了会长胖的,不如给我们。"

"是啊是啊。"周围的人跟着搭腔。

第五章 养乐多

苏可西忍不住开口："要什么要，试卷做完了吗？明天考试复习了吗？"

"苏可西你变了，明明以前不爱学习的。"

唐茵没搭理周围起哄的人，将小蛋糕放进桌肚里，平静地翻出一张试卷，摊开卷子开始做题，云淡风轻的。

于春和剩下的几个同学面面相觑，正好上课铃声也响了，他们只好回到自己座位上，但心里还惦记着那可口的蛋糕。

晚自习上到一半时，林汝突然来了，温柔地道："今晚提前下晚自习，你们快点回去，教学楼要修东西，部分教室会熄灯。"

全班立刻欢呼起来，不到一分钟，班上的人基本上都跑光了。

"回去吗？"苏可西问。

唐茵看了一眼外面，实验班离开的人并不是很多，那其中也没有陆迟，他肯定还在做题。

她摇摇头，说："你先回去。"

"那你早点噢。"

等苏可西走后，唐茵才拎着蛋糕径直去了实验班。这会儿，实验班的灯只剩下两盏还亮着。

鹿野恰好在和另一个没走的同学聊天，看到唐茵进来，他立刻挤挤眼，说道："你来得巧，班上就剩这么点人了。"

言外之意显而易见。

其实唐铭也没走，只不过因为他在下午的语文课上睡觉，所以他刚刚被语文老师叫走了。

鹿野起身吆喝剩下的男生们，最后和几个愿意回宿舍的人勾肩搭背地离开了教室。

唐茵朝陆迟走过去，他好像正在看书。每次在教室里看到他，他似乎都在看书或者做题目。

她默不作声地凑过去，却发现陆迟居然在看小说。真是稀奇了，她没想到书呆子也会看小说。

唐茵一时起了玩心，准备偷偷伸手拍一下陆迟。

还没等她作怪，陆迟就发现了她。

陆迟的声音有点含糊："唐、唐茵！"

见他的反应这么大，唐茵的心里狐疑了一下，忽然捉弄他的心思更甚了，她微微一笑，清脆地应道："哎，臣在。"

话音一落，陆迟的脸瞬间皱在一起。

看到他这样子，唐茵被逗笑。

赵如冰恰好就坐在前面几排，一回头就可以看到这里的一切。唐茵站着，余光很轻易地就能瞥到她偶尔投过来的目光。

唐茵心里冷哼一声，在唐铭的位置坐下。

陆迟已经转过了身体，将书竖起来，仿佛两耳不闻窗外事，可惜仍然挡不住边上的人。

唐茵顺口问："你真不加我微信？"

随后，她将草莓小蛋糕推过去，又说："请享受美食，陛下。"

这话是什么鬼……陆迟微微张着嘴，被她这个称谓吓到了，也忘了刚刚自己要说的事。他犹豫了一下，打开包装盒，发现里面是个小蛋糕，蛋糕上面点缀着几颗切好的小草莓，看着就十分诱人。

陆迟又将蛋糕推回去，磕巴着说："你、你吃。"

其实他想说你自己吃来着。

唐茵摇头，表示拒绝。

第五章 养乐多

陆迟不再客气,舀了一勺蛋糕放进嘴里,感觉甸甜甸甜的。

唐茵注意到,他吃东西时,好像都是闭着嘴咀嚼的,虽然吃得不快,但带着优雅。

她盯了一会儿,突然开口:"陆迟,你把眼镜拿下来啊。"

陆迟的手停了下来,最终还是摇了摇头。想到以前的事情,他忍不住心情低落。

唐茵敏锐地察觉到了他的情绪变化,直觉他身上可能发生过什么事情,但她没有多问,只暗自猜测这件事可能是在他以前的学校发生的。

过了很久,实验班只剩下几个人了。

赵如冰看着桌上的草稿纸,全是一片乱七八糟的涂涂画画。她明明是在写一道物理实验题,可听着后面细细的动静,只觉得耳边仿佛有蜜蜂在吵。

半晌,她深深地呼了一口气,猛地转过头,冷冷道:"能不能请你安静一点,我们还要学习。"

赵如冰边上的陈晨也被她这样的反应吓了一跳。

唐茵大摇大摆地靠在唐铭的椅子上,淡淡回应:"不好。我也要学习,可巧,请你们班学霸给我补习。"

赵如冰被她堵得半天没说出一句话来。

陈晨在下面拽赵如冰的衣服,小声道:"别说了,唐茵好厉害的,咱们别和她杠。"

明明小蛋糕还没吃完,陆迟却停下了手。

他站起来,清冷的眉眼散落着阴影,低声对唐茵说:"我要、要回去了。"

唐茵也懒得搭理前面的赵如冰，跟着站起来，笑嘻嘻道："那一起呀，很顺路呢。"

陆迟："呃……"

他们两个的宿舍楼分明在两边才对。

直到陆迟和唐茵出了班级门后，赵如冰才反应过来，她又一次被无视了……赵如冰气得一把推开椅子，椅子滑过地面，发出一声巨大的声响。

陈晨没敢出声。

教学楼里基本已经空了，只剩下一两个教室的灯还亮着。

楼道里的灯并没有亮，两人摸黑下楼，唐茵跟在陆迟身后，走在楼梯最里边，而她前面的陆迟头也不回地走着。

在快到一楼的时候，唐茵只顾着想事情，一脚踩空，直接坐在了地上，她低呼一声。

前面的脚步声停了。

下一秒，陆迟格外沉稳的声音在她耳边响起："怎么、么了？"

唐茵道："脚扭了，我走不了了。"

黑暗里，陆迟看不到具体的情况，也分不清唐茵是真的摔了还是假的摔了，只好开口询问："真的？"

"不然呢？"唐茵回。

楼梯间沉默了一小会儿。

陆迟再度张嘴："送你去、去医务室。"

"可我走不了了，怎么去啊？"唐茵伸手摸了一小会儿，终于摸到了陆迟的衣角，她默默拽住。

楼梯间里又恢复了安静。

第五章 养乐多

片刻后,唐茵就感觉自己被抱了起来。

学校的医务室一般到半夜才关门,而且就算关门,也还有人值班,就是为了随时保证学生的安全。陆迟虽然刚转来一个月,但也知道这件事。

出了教学楼后,路上就有路灯了,灯光昏昏暗暗地照着。

唐茵见陆迟目视前方,下巴紧绷,面无表情,她忽然伸手揪住他的衣领。

唐茵立刻感觉到陆迟的身体紧绷了一下,很显然,他对于这样的接触十分排斥,但他还是没有放下她。唐茵忽然有点不忍心,其实对她来说,这样的伤不算什么,只是踩空了那两级台阶,疼那么一会儿而已。

"不要、要掉下去。"陆迟忽然出声,他的声音淡淡的,却包含着关心。

路灯下飞着打转的小飞虫,在人身上留下一点点阴影,隐隐能听见草丛中传来的几声虫鸣。

陆迟走得并不快。

习习凉风从身边拂过,唐茵垂下来的长发荡在陆迟的胳膊外,随着风轻轻飘起来。

医务室在教师宿舍楼边上,距离教学楼并不近,上高中这两年多,唐茵好像只来过一次,还是因为苏可西痛经晕过去了。

医务室里,医生正在打瞌睡,头一点一点的。

推门的声音一下将医生惊醒了,他看到门口的人,愣了一下,随后起身问:"怎么了?"

一旁的椅子上,刚睡醒的小护士抹了抹嘴巴,惊讶于两人的容颜。

陆迟没看惊呆了的护士,只将唐茵小心地放在病床上,慢慢地说:"脚。"

医生走过来查看。唐茵穿着小白鞋,她自觉地将裤腿卷到脚踝上方,医生用灯一照,便看到了她脚上的擦伤。

医生检查完毕,松了口气:"还好没扭到,只是擦破皮了。"

不过受伤的是个小女生,不像男生那样粗糙,考虑到这些,医生便给唐茵细心地消了毒,又上一遍药后,他才说:"行了,少碰水,过两天就能好。以后小心点,细皮嫩肉的,留下疤痕就不好了。"

陆迟在一旁看着唐茵的反应,偏偏她坦坦荡荡的,应该没骗他吧……他又不确定了。

"想什么呢,可以回去了。"医生挥手,眼前的男孩看着清清秀秀的,但这总出神可不好,"把她带回去吧。"

陆迟回过神,看了一眼盯着他的唐茵,飞快地转移开视线,应了医生一声。

唐茵的脚还是疼,迫于无奈,陆迟只能背唐茵回去。

唐茵在女生中间算高的了,幸好陆迟也高,这才能将她背得起来。

一路上,陆迟都安安静静的。他本来就不怎么爱说话,现在背着唐茵,就更没法指望他说话了。

陆迟整个人都僵着,一切动作全靠下意识的反应。

唐茵趴在他背上,盯着他的后脑勺,看着他头顶的那个旋。她无聊地说着这段时间的那些事情,声音细细碎碎的,还伴着一些其他的声音。

第五章 养乐多

陆迟没打断她，直到女生宿舍楼近在眼前时，他终于松了口气，开口问："几、几楼？"

唐茵回神："二楼。你放我下来，我自己上去。"

她刚刚擦伤那会儿的确很疼，但休息了这么一会儿，再加上医生的处理，现在的确感觉好多了。

没想到下一刻，陆迟反而止住了她，一言不发地直接进了宿舍楼。

女生宿舍楼里凉丝丝的，宿管阿姨还在自己的房间里看电视。唐茵终于反应过来，拍了拍他的肩膀："放我下去。"

陆迟没半点反应。

"陆迟，你听到没啊，我能自己走。"唐茵挣扎了一下，终于费力地从他身上跳下来。

没想到陆迟力气还不小，看着弱弱的……

两人正站在楼梯间的平台上，面对面对峙着，后面的宿舍门关着，没人注意到这里。陆迟看了一眼她的脚，抿着唇没说话。

那扇关着的宿舍门后有零碎的说话声传出来，模糊不清。

唐茵微仰着头，放低了声音："现在也不早了，你赶紧回去。我自己可以。"

"嗯。"陆迟也意识到不早了，沉着声音应了声，便转身离开。

没过几天，期中考试就举行了。

考试成绩还没出来，最后一节晚自习时，林汝宣布了秋季运动会的事情。对于高三生来说，这次运动会大概是他们唯一一次可以放松的时候了，因为自从高二开始，他们的体育课要么自习，要么就被老师占了用来考试。

林汝小幅度地拍了拍桌子:"安静。运动会期间也不许离校,如果擅自离校被逮到了,会有处分的,都高三了,你们自己都清楚。"

运动会一共举行三天,这三天并不上课,不过晚自习还是要上的。

"报名事宜在班长那里。虽然大家已经很久没上体育课了,缺乏锻炼,但还是要试试,重在参与。"

因为没有体育委员,所以有关事宜只能交给班长来做。旗手很快就定了下来,是班里个子最高的男生,反正他已经当了两年的旗手了,对这项工作也非常熟悉。

班长从林汝那里拿来了表格,站在讲台上,挨个儿公布项目:"每一个项目都必须有一个报名的,最少也要有一个,所以大家还是踊跃点吧,不然到时候咱们班没人,多尴尬。"

他话音一落,班里就响起一片嘘声。

"说好的重在参与呢?"

"每年都这一套,这都快毕业了还这样。"

"人与人之间基本的真诚呢?"

"这还必须参与,一看就是假的,学校真没意思。"

话是这么说,但吵来吵去的,还是有不少男生报了名,很快男生的项目就剩下了一两个。女生报名表的大部分则都是空着的,看着就很尴尬。

让理科班的女生报名运动会是最受罪的事,因为人数总是缺。理科班男生倒是多,但又不可能全让男生去。本来班里女生就少,大家还不报名,那参赛的女生就更少了。

第五章 养乐多

一连几节课的课间，班长都在讲台上面哀号，他这个班长做的容易啊，又干这又干那的。

看他实在难为，张梅弱弱地举手，红着脸报了个五十米的短跑。

苏可西看着有趣，戳了戳唐茵："报名不？"

"不报。"

"也是，运动会玩玩多好，让别人去比吧。不过你真不试？咱们班的八百米貌似没人可以上。"十四班的女生加起来也就十几个，个个都是身体娇弱、久不运动的。

可以说，十四班身体素质最好的女生就唐茵了，苏可西也是渣渣一个，能参加的项目只有短跑或者接力。

前几天在苏可西不知道的时候，唐茵的脚受伤了，不过幸好现在已经恢复了。

苏可西转了转眼珠子，偷偷地道："你参加呗，让陆迟大吃一惊，说不定实验班来咱们班加油。"

唐茵突然点点头。

一整天下来，名额总算是满了，班长这才满意地将表格交上去。

期中考试是全市联考，所以改卷非常严格，改卷的形式也和高考改卷有点类似，不像之前那样由自己学校的老师批改，而是随机匹配老师批改试卷，所以这次批卷子的时间很长。

运动会报名结束后不久，离运动会开始还有几天时，期中考试的成绩下来了。

老师登记好考试成绩后，试卷便被课代表发了下来，班级里顿时哀号一片，当然，也有一部分人难掩激动。

"我就说这道题选 C，结果考试的时候不知道为什么改成了 D，果然不对劲。"

"认真算的是错的,结果蒙的都是对的,老天看我不爽……"

"明明我是认真算的,算了三遍,还全错!再也不相信什么认真写题会有回报的了,都是毒鸡汤!"

…………

苏可西翻着自己的试卷,这半个月以来,她又回归认真学习的状态了,不知道学习的效果怎么样。

唐茵还在睡觉,她的试卷也放在苏可西这里。苏可西随手翻了翻,又对比了一下自己的,只觉得自己的惨不忍睹。但是看到理综试卷后,苏可西脑子一动,将唐茵的试卷翻到物理那面,前半部分的正确率很高,但最后一题的分数……苏可西差点笑出声来,可以想象,下节物理课,物理老师的嘴能挂在唐茵身上。

上课铃响过后,苏可西才将试卷拍到唐茵身上:"醒醒,上课了。"

唐茵睡眼蒙眬,一睁眼就看到了物理最后一题的分数,忍不住捂脸——最后一题又出错了。

物理老师已经站在讲台上了,他的第一句话就是:"唐茵啊,唉。"然后无奈地摇着头,他真是没脾气了。怎么就差那几分呢?不然就可以拿个满分出来了,这样多亏啊,以后上了高考考场,她一定会悔不当初的。

下课后,唐茵就去了实验班。

唐铭一看到她,就自觉地让开了自己的位置,跑到鹿野那边,准备和他一起看热闹。

这时候,鹿野突然想到了一件事,小声对唐铭说:"上个星期,学校提前放晚自习的第二天,陆迟起得特别早。"

实验班一共五个男生宿舍,其中一个宿舍是和十四班混住的,正好他和陆迟是室友。

"学霸起早很正常。"唐铭不觉得哪里有问题。

他们宿舍也有个喜欢早起的,天天提前到教室上自习,争夺那十几分钟的时间,班主任还夸奖过他。

鹿野拍拍他:"我说的可不一样。他那天到班上的时间反而比往常还要迟,问他他也没回答,后来我才知道,原来是唐茵的脚受伤了。"

虽然他丝毫没看出来唐茵哪里受伤了,可能是她太强大了吧……

角落里。

唐茵将试卷摊在桌上,靠在椅子上喊:"书呆子。"

陆迟随意地看了一眼,最后一道题,不算难,起码他得了满分。好像上次她也是最后一题错了,这次还是错了。

陆迟看她的眼神,透着学霸的傲然。唐茵答得理所当然:"我不会啊。"

陆迟:"好……好吧。"

他叹了口气,握着笔的手无奈地点了点试卷某处,淡淡道:"这、这里。"

唐茵又仔仔细细看了好几遍自己的答案,错是这个地方错了没错,但她写的时候为什么还觉得自己的回答没问题呢?半晌后,她将视线转到陆迟的桌上,他手底下就是这次的理综试卷。

唐茵眼睛一亮,伸手拽试卷,陆迟也没挡着,微微抬了一点手臂，方便她取到。

试卷上依旧是简单却精确的步骤，唐茵看了几秒，眨着亮晶晶的眼睛道："我看不懂啊。"

陆迟沉默，将试卷拿回来，用笔在试卷上圈出几个地方，然后又将卷子推了过去："你可、可以拿回、回去。"

唐茵耐心地等他说完，然后毫不客气地将试卷往怀里一揣。恰好上课铃声响起，几秒后，她连人带试卷就消失在了教室外。

陆迟好半天才反应过来。

正好赶上物理课，而这次，换成物理老师没要到试卷了。

第二天，唐茵正趴在桌子上睡觉，她的头发被扎成了一个丸子，此刻正鼓在脑袋上。

窗户突然被敲响。

苏可西看到面无表情的陆迟，差点没把眼珠子瞪下来，连忙推了推唐茵："哎，陆迟找你了。"

唐茵迷迷糊糊地坐直，抬头便看到了陆迟。她明显还没回过神来，脸颊被捂出了两酡红晕，配着今天的发型，看着格外灵动。

陆迟将手掩在唇边，轻咳一声，飘忽地扭过头。

唐茵直接拉开窗户："怎么了？"

陆迟一顿，将手上的东西丢在窗台上，两腿一迈离开了十四班的后门处，一句话都没留。

唐茵好奇地拿起那东西：究竟是什么东西会让陆迟主动送过来？

苏可西转过头就看到了这一幕，凑过来问："日记本？"

"陆迟的。"唐茵回。

苏可西瞪大了眼睛："陆迟刚刚来送日记本的？这都愿意给你看？"

第五章 养乐多

她不过是去了一趟洗手间而已,这世界就变得这么玄幻了?还是她在做梦?她掐了掐自己,发现还是挺疼的。难道是她最近学习太刻苦,出现幻觉了?

唐茵几乎是下意识否认:"不可能。"

以陆迟的性格,他就算真的写日记,也肯定不会给她看的,不过这笔记本看起来也不厚,不知道到底写了什么。

上课铃响了,周围安静下来。

唐茵这才展开笔记本,苏可西将头挤过来,盯着她手里的本子。

等看清楚上面写的东西,苏可西蓦地惊呼出声:"厉害了……太厉害了……"

唐茵左手撑着脸,右手继续翻笔记本,当指腹与纸张摩擦时,她忍不住微笑,难以抑制心里那种突如其来的欢欣,眼里不自觉化出一片春水。

居然能给她这个,也亏陆迟想得出来,他真是认真得可爱。

本子上一笔一画写的是物理题目,再往后翻,是分门别类的题型,每一种题型,他都延伸出了类似的题目,并把详细的解题过程写在下面,甚至题目一侧还标有清晰易懂的备注。

从相关的定理、图到公式……都是和她期中考试错的那道题相关的。

December

S	M	T	W	T	F	S
				1	2	3
4	5	6	7	8	9	10
11	12	13	14	15	16	17
18	19	20	21	22	23	24
25	26	27	28	29	30	31

第六章

酸牛奶

CHAPTER 6

小蛮腰

唐茵合上本子,认真地盯着笔记本的外壳看,明显是新的,应该刚买没多久,而且这算是学校小超市独有的笔记本,她在外面很少见到,种种都指向一个答案——这是陆迟特地给她准备的。

唐茵再次翻开笔记本,慢慢地从头看到尾,翻到最后一页时,她的指尖在空白的纸张上转了转。

高三的题目多,要找同类型的题目不难,但也不简单,也许几道题很容易就能找到,但像这样找这么多的题目,他肯定是花了不少时间的,更别提上面详细的备注解析了。

因为她一道题的错误,就整理了无数同类型的题目,唐茵的心,呼啦一下就软了。

运动会如常召开。

第一天上午是开幕式,下午才会有比赛。

全校人都集中在操场上,每个班级排成两队,看各班旗手举着的牌子,往规定的位置走,喇叭里放着欢快的音乐。

十四班和实验班相邻,人数也差不多,十四班的队尾正好也是实验班的队尾,而唐茵和苏可西一向在十四班的队尾站。

第六章 酸牛奶

陆迟个子高，站在实验班的队尾，像棵倔强的白杨树似的。

老师们都站在前面，看不到队尾。唐茵悄悄移过去，站在陆迟旁边，抬头看着他道："我有比赛，你来看吗？"

陆迟没说话，内心有一点纠结。

唐茵玩心上来了，戳了几下陆迟，嘿嘿一笑。

陆迟推掉唐茵的手："不要、要戳。"

唐茵笑笑："好好。那你明天来看我的比赛，好不好？"

看他又要不回答，她又伸出另外一只手准备戳过去，还没等碰到他，就听到陆迟回答："好。"

他的声音有些低哑。

唐茵原本还有点失落，但听到他答应下来，她小声欢呼了一下，由衷地喜悦起来。

陆迟的唇边也无意识地溢出一点笑意。

一直在偷听他们对话的鹿野和唐铭几乎要把眼珠子瞪下来，这还是他们认识的陆迟吗？

长跑都安排在运动会第二天，而唐茵的比赛也在这天。

天气很好，她脱了校服，穿了件宽松的衣服，露出赤条条的胳膊，在背后贴上了号码牌。

"哎，唐茵千好万好，就是脾气不好，对谁都要夗毛的样子。"

"这样一看，学校里还真的没有人能比得上她。"

几个男生坐在地上议论着，学校不许带电子产品，他们能讨论的，也就那几个点。

运动会期间，管理比较宽松，多数人都选择和认识的人三三两两围坐在一起，所以很多不是一个班的同学，这会儿却都围在一起。

鹿野旁边的人恰好是他分班前的同学。虽然他们高一下学期就分班了，但高中第一个班级的友谊，总归是能保持得比较长的，而且又因为经常能见到，他们之间依然很熟。

那个同学撞了撞鹿野，悄声问："你们班那谁，开运动会还这么努力啊？"

听到这个问题，鹿野条件反射性地往后一看。

陆迟双腿盘着坐在地上，腿上放着一本书，此刻正安静地翻看着，仿佛与世隔绝。

实验班的人也很佩服陆迟。在他身上，所谓的天赋异禀的确存在，但更多的是努力和勤奋——他不仅聪明，还将全部的心思都放在学习上，这种人不考出这么好的成绩就怪了。他超出普通人太多，所以大家连嫉妒都嫉妒不起来。

"他一直很认真。"鹿野点点头，"哎，你有没有水，我好渴。"

"没，我今天又没比赛，自己去超市买。"

"没良心的，亏我在这儿和你聊天。"

"你那同学腿边不是就放着一盒奶，都是男生，借来喝就是。"

"说得有理。"鹿野一骨碌爬起来，三两步就跑到了陆迟边上，他坐下来，问，"陆迟，我口渴懒得去买水，借你的喝了啊。"

男生之间借水太平常了，鹿野也没什么顾忌，说完就伸手去够，结果还没碰到盒子呢，眼前的酸奶就被一只手拿走了。

"别、别人的。"陆迟说。

"哦。"鹿野愣了愣，"没事。"

说着，自己又爬起来，冲小超市直奔而去。

小超市门口也聚集着好些人。鹿野买了两瓶水，正好遇上了唐铭，两个人便一起出去。

"给陆迟也带一瓶吧，他边上就一盒酸奶。"临走到门口，鹿野又倒回去顺手拿了一瓶水。

唐铭嘲笑他："谁喝奶，陆迟这么大还没断奶？"

"班上谁没断奶，陆迟都不可能没断奶。"鹿野回他。

唐铭纳闷："可我和他坐了快一个月了，从来就没见他喝什么奶，他最常喝的就是白开水，连矿泉水都很少喝。"

"哦，那是别人的。"

这个回答出来，唐铭反而更疑惑了："等等……什么奶？"

鹿野回忆了一下，虽然没看清牌子，但外表他还是记得的，便顺口描述了一下。

等鹿野说完，唐铭已经笑得上气不接下气了。他就说陆迟都没几个熟悉的朋友，怎么会帮人带酸奶，而且他们班上的男生怎么可能弃其他饮料不顾而选酸奶，搞了半天原来是因为唐茵。

"请参加八百米跑步的选手到起点集合。请参加八百米跑步的选手到起点集合……"

广播声传遍整个操场。

陆迟动了动耳朵，呼出一口气，闭了闭眼睛，合上书本，朝绿网那边看去。唐茵在高中部里人气很旺。普通的观看者不能出现在跑道里面，只能在外面观看，因此学生们都趴在操场的围栏网上，人群几乎围成了一堵密不透风的墙。

陆迟面上淡淡的，单手撑在地上站了起来，一双长腿看着就让人羡慕嫉妒。

"这次唐茵肯定拿第一。"

"也不是，她旁边跑道的那个是体育生，你不知道吧，长跑特别厉害，她晚上在操场训练时，男生都比不过。"

陆迟靠近了一些操场，就听到了他们的议论声。他眉目微皱，借着身高的优势，很轻易就从他们头顶的上方看到了操场里面的场景。

苏可西在比赛开始前就早早地站在了操场里面，正好可以给唐茵递水。

要比赛的几个女生都在做准备动作，毕竟她们平时都不怎么运动，这次也是为了班级荣誉才被迫上场的。除了那个体育特长生，现在场上的选手里没有哪个人是习惯了跑步的。

唐茵随意地动了动身体，做了一下拉伸，她的眼睛在操场外围转了一圈，突然定在某个方向，浅浅地笑了。她笑起来，月牙状的眉眼衬得她更灵动了，甚至将近处的一些人都看呆了。

下一刻，众人就看到唐茵突然冲某个方向做了个动作。

一时间，他们都跟着看过去，很轻易地就看到了人群中最挺拔的那个人。看到那人清清冷冷的样子，大家都有点愣神，很快，就有人反应过来，这不是新转来的陆迟吗？

这个方向的几个男生还在看热闹，压根儿没发现他们后面站着的人，还和旁边的同伴嬉笑道："冲谁啊？我吗？哈哈哈哈哈。"

"想得倒美，不如去照照镜子。"

陆迟抱着书，垂在身侧的右手捏着一盒酸奶，只是轻轻瞥了他们一眼，便移开了视线。

枪声一响，几个女生就冲了出去。

唐茵跑得不紧不慢的，一直保持着第二名的位置。她平时动得不少，身体素质一向很好，八百米对她来说根本不算什么，经过陆迟这

第六章 酸牛奶

边的时候,她还偷偷朝陆迟眨了眨眼睛。

不过是那么一点时间,唐茵在最后冲刺时,就迅速超越了那个体育生,拿了第一名。

唐茵一下场,苏可西就将水递过去,给她披上校服,说:"刚运动过,可别着凉了。"

唐茵抱抱她:"我去找陆迟了。"

刚刚被拥抱感动到的苏可西翻了个白眼:"滚。"

唐茵拍拍她的肩膀,小跑到围栏边。随着比赛结束,围栏这边的人也少了很多。

学校的资金都是有限度的,有钱也不会过多花在操场上,操场边的围栏根本不算多高,举起手就可以够到顶。

陆迟定眼看着她,片刻后微微移开视线,有点不自在地动了动脚,然后他又突然开口:"接、接着。"

"嗯?"唐茵正疑惑,就看到他直接举起右手,将酸奶从围栏外投递了过来,盒子正好落在她摊开的手上,还是那个口味。

唐茵边拆包装边说:"你是不是都记住了我喜欢的?"

陆迟不理她,他的头发被风吹着,有种凌乱美。他抱着书转身离开,握书的手修长而好看。

唐茵扬了扬唇角,捏着酸奶,快步朝出口那边走去,等她出来后,陆迟已经不在原来的位置了。她转了一大圈,终于在角落里找到了陆迟。他坐的那边空了好大一块,周围都没什么人,男生们都自觉地远离了他,不打扰他看书,而女生更是没有一个人围在他边上。

唐茵披着校服,一骨碌坐在他边上,继续喝酸奶。

身边的动静不小,陆迟放在纸页上的手指略微曲了曲,又翻过一页。

唐茵看了一会陆迟,支着下巴问:"周末出去吗?"

陆迟的手微微一顿,头也不抬地摇了摇头。

"可是我想买物理资料,我不会选啊。"唐茵委屈巴巴地说,"你物理这么……"

她还没说完就顿住了,微微瞪大了眼睛,看着陆迟伸出一根手指,在她唇角处指了一下。

运动会结束后,高三的学生们又进入了紧张的复习中。

"周末去哪儿玩?"苏可西无聊地问。在学校闷了半个月,再不玩玩她就要发霉了。也许可以去几家新开的店吃东西,然后再看场电影,她的计划很美好。

"周末我叫了陆迟。"漫不经心的声音从旁边传来。

苏可西原本还在安静聆听,听到这话,满脸不可置信:"周末你要和陆迟一起出去?确定是陆迟?不是其他人?"

唐茵诡异地看她:"还能有谁?"

"你俩什么时候这么熟了?"苏可西瞪大了眼睛,虽然这段时间她没有和陆迟说过话,但从别人口中,她多少也可以得到一点陆迟的信息,按照对方的性格,不像是被邀约就会出去的啊。

苏可西打量了唐茵几眼,终于小声地问:"亲爱的你怎么让他答应的?"

唐茵从试卷中抬头,随口应道:"哦,我说让他给我选物理资料。"

苏可西:……

第六章 酸牛奶

可以说是很学霸的邀约方式了。

十一月的深秋,天气已经转凉了。

唐茵在放假前堵住了陆迟,和他说在神马书店门口见面。

神马书店的位置在一中门口,向来是购买新资料的好地方。这书店一共有两层楼,一层售卖文具用品,二层售卖资料书、试卷一类,二层还有一小块地方,摆着小说什么的。

唐茵等得无聊,便在一楼转了一圈,等她再回到书店门口的时候,就看到了对面的陆迟。

陆迟的个子十分显眼,在人来人往的街道上,就数他看着最安静挺拔。

显然,陆迟也看到了唐茵,他很快就目不斜视地过了马路。

唐茵朝他挥手打招呼,今天她可是特地早早就到了。

陆迟绷着脸没说话,轻飘飘地看了一眼唐茵。

唐茵嘿嘿一笑,和他并排进了书店。

楼梯边上放着各种杂志,有言情的也有文学类的,唐茵顺手抽了一本言情小说,放进袋子里。

看到陆迟不满意的眼神,她笑道:"苏可西要。"

木制楼梯被两人踩得发出咯吱咯吱的声音,楼梯很狭窄,很像是那种老房子里通向小阁楼的古旧楼梯。

唐茵歪着头看陆迟,他今天穿的又是衬衫,只不过外面还套了一件外套,很有她第一次见他时那种清冷的感觉。

二层的人不多,三三两两地分布在好几个书架间。

"星火感觉做得够多了,如冰,你有什么资料推荐吗?"

"我上个月买的这个,感觉还可以,不过不一定适合你。"

"没事,反正都是要试试的,你成绩比我好,都觉得这卷子可以的话,那对我来说,估计难度有点高,但也可以挑战一下,哈哈。"

赵如冰的星火阅读写完了,今天要来买新的,正好她室友陈晨的家离她很近,所以她们便相约一起买资料。

她们两人在书架边走来走去,不时地拿起一本书看几眼。

不多时,赵如冰就选好了自己想要的资料,恰好陈晨也拿好了,她便说:"走吧,一下买太多不一定做得完,学校到时候也会发资料。"

嘉水私立中学的资料书订得不多,但每科基本都有两本,一本练习居多,一本例题详解居多,以供平时作业和复习。但对于高三的学生来说,能纯粹依靠天赋学习的人太少了,大家都必须勤奋,学校发的资料远远不够,他们必须练更多的题型才能让自己安心。

陈晨对于赵如冰这个室友还是非常敬佩的,她的成绩从来就没有下降过,而且人也长得很好看,在班里绝对算得上班花,家境也有些富裕。

她们两家离得近,家境的差别却很大。对于陈晨这样普通家庭的孩子来说,赵如冰就是女神级人物,而且她的性格也不错,温温柔柔的,从不说脏话,是陈晨一直梦想着想成为的人。这次能拉着她来买资料,实在是运气。

书店有几根立柱,立柱上面架着一圈书架,其上放着一些杂志和文摘。

陈晨看到心仪的书,刚拿起一本正准备转头向赵如冰推荐时,就看到对面书架前站在一起的两个人,她的眼睛蓦地睁大了。

赵如冰看出她的出神,问:"看什么呢?"

第六章 酸牛奶

说着,她顺着陈晨的目光看过去,原本微笑的脸也不由得一僵。

"如冰,那是不是唐茵?身边的是陆迟?"陈晨回过神,看着那边,小声问道。

她们才刚说完,就看到那边的唐茵朝陆迟凑了过去,他们两个人离得极近,也不知道在说些什么。

神马书店的书都是分区域放置的,高三的资料书占据了书店很大一块地方,而英语资料则全都被放在角落里,唐茵找了好一会儿,才从拐角处摸出一本书,她将书递给陆迟:"是不是你说的?"

陆迟点头,伸手接过书然后翻了翻。

看懂了他的意思后,唐茵伸手又往那边指了指:"在那摸出来的,好像就一本了。"

说着,她又弯腰去翻,不过似乎还真是只剩一本了。唐茵失望地起身,却没想到一下子撞到了书架上,架子上放着的几本书啪嗒啪嗒地全砸了下来。

事情发生得太快,唐茵只来得及发出一声"噫"。

边上的陆迟看到这一幕,瞳孔一缩,手比想得快,直接把唐茵往边上一拽,免得她再被书砸。

"书雨"停止后,陆迟才安静地将书捡起来,一本一本放回架子上,还没等他转身,他就听到后面的唐茵直呼疼。

陆迟不由得微顿,看到唐茵捂着头可怜兮兮的样子,他敛了敛唇,飘忽地问:"哪里、里疼?"

唐茵眼里闪过笑意,扁着嘴伸手指了指额头。

半晌,陆迟轻咳一声:"该、该走了。"

二楼也有收银台,就在楼梯边上。

唐茵跟在陆迟身侧，偶尔偷偷侧头看他，中间差点撞上书架，幸亏陆迟及时拉了她一把。

陆迟无奈，语气有点着急："你看路、路！"

唐茵无辜摊手："我在看'路'啊。"

她狡黠的样子一下子就让陆迟明白了她的意思。

"你想到哪去了？"唐茵装作看不懂的样子，打趣道。

被她这么一说，陆迟反倒觉得是自己想多了，他的嘴唇动了动，半天不知道做何反应，径直转身将书放在柜台上。

唐茵笑笑，捂着嘴不让自己发出声音，每次逗他总是这么好玩。

柜台里面站着的小姑娘叫丁彤，在一中上学。这书店是她家开的，她每次放假总要帮家里一些忙，而且收银这活儿也不麻烦，她权当是锻炼了。

自从陆迟和那个女生一上来她就注意到了。陆迟她认识，当初是学校的年级第一，高二和高三开学后的一个月，她都和他一个班，即使他转学走了，老师们也总会提到他，而且有时候他的试卷还会被复印传阅，因为有些时候，老师的答案也没他答得简洁。

可以说，陆迟在一中无人不知，不过这么一个人，唯一不好的一点就是，他说话有点结巴。丁彤以前坐他前面，对他的性格再清楚不过了。那时他基本只会和班里的男生说话，有时候她去问他题目，得到的也只有点头摇头的回复，别说和他深入接触了，假如能得到他的一个笑容，那才真是太阳打西边出来了。

刚刚陆迟和那女生在书架前的那一幕，差点没让丁彤把眼珠子瞪出来，她揉了好几遍眼睛，才确定不是自己眼花。

同学一年多就从来没见过好吗？丁彤啧啧称奇。

第六章　酸牛奶

不过陆迟旁边的那个女生的确很好看，她一个女生看着都觉得赏心悦目。那人似乎有种独特的美，笑起来时让人感觉如同春风拂面，她似乎能让旁边的一切都失了色彩、变成衬托她的背景，而且，看样子，她的性格应该也挺好。

赵如冰和陈晨排在陆迟和唐茵的后面去了柜台处。

只是，还不等她们两人走到柜台处，陆迟就转身朝着她们走了过来。

赵如冰笑着打招呼："陆迟，你也来买资料？"

陆迟微微颔首，从她们边上走过，又进了书架堆里。他清瘦的身影走在书架间，自带一股书卷气。

他连停都没停……赵如冰的脸色有点难看，她看了一眼毫无所知的陈晨，幸好没让对方发现自己的失态，但看到唐茵一脸慵懒地看着自己出糗的样子，赵如冰觉得唐茵那张脸实在惹人生厌，自尊心作祟，她心里实在气急了，忍不住低声骂了一句。

唐茵正好倚在柜台上，她平时耳力就挺好，赵如冰这一声虽然小，但书店这么安静，她听得很清晰，听这声音，很熟啊。

唐茵饶有兴趣地转过身，斜靠在柜台上："哟。"

说坏话被正主听到实在不是件光彩的事情。

陈晨胆子有点小，担忧地从后面拽了拽赵如冰的衣服，小声说："如冰，咱们别管了。"

唐茵出了名的嚣张，得罪她没什么好处。

赵如冰脸色有点难看，却还是微咬着唇，瞪着唐茵。

看到她眼底的那抹不甘心，唐茵反倒没了兴趣，气定神闲地同她对峙。

陆迟刚好拿到了书,见她们两人剑拔弩张地站在一起,于是瞥了赵冰如一眼,拧起眉头。为了避免事态进一步恶化,他大步迈过来,握住唐茵的手腕,低声道:"走。"

这突如其来的变化让其他几个人都没反应过来。

丁彤更是震惊得要跳起来了,她居然看到陆迟这么温柔地和女生说话!

唐茵摇头,站在陆迟身侧,一脸挑衅地看着赵如冰。

看着眼前的唐茵摆出一副"你能把我怎样"的表情,赵如冰差点咬碎一口银牙。上次就被她这么挑衅了,为什么这次又是这样?

赵如冰真的不明白,为什么唐茵总是一副自己很有道理的样子。

陆迟看着赵如冰的脸色,僵着脸,低声说:"走、走吧。"

唐茵"哼"一声。

丁彤站在一侧,悄咪咪地看热闹,边看还边拿出手机给同学发消息——

陆迟大转性了啊啊啊啊啊啊!

对面很快回了——

怎么了?你怎么知道?

陆迟以前在他们班出了名的冷,这种人怎么会突然转变性格?

丁彤简单阐述了一下她看到的场景,然后偷偷拍了一张唐茵的侧脸,发给了同学。

第六章 酸牛奶

她是打心底觉得这个女生给人的感觉很舒服,这个女生对面的那个虽然也长得不错,但那人的性格实在让她喜欢不起来。

这次对面回复得比刚才还要快——

厉害了,是她,我就说呢,怪不得……

丁彤纳闷,这个女生很出名?难道是她平时没有注意到什么消息吗?她直接发问,对方却没有再回复了。

僵持了许久,气氛诡异起来。

陈晨也不好意思站在这边了,谁知道平时高冷的赵如冰为什么今天跟吃错了药一样,火气这么大。看到周围买书的人都在看这里,陈晨感觉丢人得厉害。上次也是这样,赵如冰非要和唐茵犟。整个嘉水私立中学谁不知道,唐茵的性子是最得理不饶人的,而且她向来要什么得什么。

陈晨轻轻拽了拽赵如冰的衣服,小声道:"如冰,咱们走吧……"

赵如冰冷哼一声,见唐茵整个人都倚在柜台上,气得把资料全放在一边,径直下了楼梯。陈晨也不想买了,跟着赵如冰飞快地离开。

唐茵挑眉,挥手:"慢走。"

看到架子上突兀地多出来的几本资料,丁彤有些不满。什么人啊,最讨厌这种把资料书乱丢,还要他们去收拾的人了,这个人真是太没素质了。

出了书店,赵如冰的脸色还是很难看。她的步子很快,陈晨有点跟不上。

陈晨很不理解,陆迟才刚刚转来,和班上人都没什么交集,赵如冰为什么要管他的事呢，而且一管还就是两次？最重要的是，她第一次就被怼回来了，怎么这次她还是要去说，这不是明摆着要再被怼一次吗？

赵如冰看不惯唐茵，放心里就是，毕竟也没干扰到她什么，非要表现出来……陈晨当时听到赵如冰骂人时，心里也非常尴尬。

赵如冰心里乱糟糟的，陆迟和唐茵才认识多久，一个月还是多长时间？他们现在居然这么熟悉？上次她问陆迟题目，对方什么也没跟她讲，转头就和唐茵说题去了，陆迟对她们两人的待遇可见差别。

陈晨小声说："如冰，别气了，管他们呢……"

陈晨还在安慰她，赵如冰却忽然伸脚踢了一下路边的一个易拉罐，低声道："不要脸！"

声音不小，陈晨听得清清楚楚。

易拉罐被赵如冰一脚踢上了马路，正好一辆车开过来，那易拉罐被压扁了，发出了一声响亮的声音。

书店二楼。

等围观的人都散了，陆迟才深出一口气，小声说："松、松开。"

"你说什么都行。"唐茵听话地和他隔开了距离。

陆迟将资料全部放在收银台上。

丁彤一边接书，一边打招呼："好久不见了，陆迟。"

陆迟点头。

丁彤了解他的性子，被这么回应，也不生气，只慢慢地扫描着资料背后的条码，全部扫完后，她将书装进袋子，然后推给陆迟："一共二百三十八元。"

陆迟停顿了一瞬。

第六章 酸牛奶

唐茵把手肘撑在收银台上:"怎么了?"

"少、少了。"

陆迟低低地应了一声,然后又转身去了高三资料区。

丁彤哈哈一笑,他这点倒还是没改变,不像她,买东西从来不算价格。

趁着陆迟去拿东西,唐茵问:"你和陆迟认识?"

"啊对,我以前坐他前面。"丁彤没想到漂亮女生会问自己,"陆迟在一中可没这么多话,平时很少开口的。"

丁彤眨了眨眼睛,压低了声音:"而且,我从来没见过他和女生这么亲近,他以前连女生的话都不怎么回呢。"

丁彤的话音刚落,陆迟就出来了,他将物理资料书放在桌上,示意丁彤结账。

车站就在书店的斜对面,陆迟和唐茵没过马路,并排走在小道上。

周末的街上,人不是很多。书店边上有条小巷子,通往一个旧小区。

陆迟走起路来步子大一些,他走到不远处时,视线稍定,微微拧眉。

"不许再给我打电话了。"唐茵走在后面,正捏着手机告诫苏可西,结果一抬头就撞上了陆迟。

"怎么停了?"

唐茵看他好像在看某个地方,心生好奇,便从他边上绕过去,想要伸头去看。

陆迟几乎是条件反射性地挡住她的眼睛。

还没等唐茵反应过来,她又被陆迟一拽,整个人跟跄了一下,不得已,她只好用双手揪住陆迟的衬衫。

唐茵回神,问:"怎么了?"

"没、没什么。"陆迟冷声答道。

他罕见地圈住她的手腕,直接拉着她朝马路对面走去。这么反常?唐茵心生疑惑。

陆迟似乎刻意放慢了一点步伐,让唐茵正好能赶上他的速度。

刚到马路对面,转身的刹那,唐茵微侧头,余光瞥到了小巷子里面的场景。

她忽然就笑了,那巷子不大,而且有些暗,但很明显能看到有个人在拐角那边撒尿,他站得歪歪斜斜的,恐怕是喝了酒。

见唐茵扭头,陆迟又将她的脸转过来,表情很是不满。

唐茵的确没有料到陆迟拽她是因为这个,她并没有什么不适,反而心里感到暖暖的。

一中不是寄宿学校,因此周围开了许多店,此刻他们站的地方旁边就有家肯德基。

两个人走到站牌那边站了一会儿,车还没来。

唐茵瞅了几秒,拽了拽陆迟的衣角,笑眯眯地微仰头道:"咱们去买东西吃吧。"

陆迟低头,目光落在她的脸上,半响眨了眨眼睛,点点头。

唐茵立刻拉着他进了快餐店。店里面比外面亮多了,暖灯照着室内,人跟着都舒服多了。

柜台那边有个年龄不大的女生。

第六章　酸牛奶

看到这两人进来,女生下意识猜测到他们的关系不一般,立刻就将几个套餐在脑子里过了一遍。

唐茵和陆迟刚到柜台边,就听到女生温柔地道:"情侣套餐可以打八折哟。"

唐茵将点在汉堡上的手指收回,对女生眨眨眼睛,问:"情侣套餐?"她又看了陆迟一眼,嘻嘻一笑,转头问,"套餐里有什么?"

陆迟出声:"我们不、不……"

唐茵用手挠了挠他,笑道:"他和我吵架了,我在哄他。快给我介绍一下。"

陆迟好半天没说出话来。

突然发现结巴很不好。

女生很快明白过来,看到陆迟纠结的表情,她在心里偷笑,快速介绍道:"这三款都是最新的套餐,送的饮料可以自己选,在这边选。"

貌似都没什么区别,唐茵抬头:"你喜欢哪个?"

陆迟的眉毛几乎要拧在一块儿了:"不——"

他话还没说完,就又被唐茵打断了,唐茵苦兮兮地看着他:"我没钱了。"

陆迟:他很有钱,可以付账。

唐茵不再给他再次反驳的机会,随意指了一个,说:"就这个就这个。"

女生赶紧记下来:"好。那饮料呢?"

唐茵快速点完,看向陆迟。陆迟做了个深呼吸,对于刚才的一切有点不开心,曲着手指随意地点了餐。

他点得很快，一触即离。

唐茵没看到，好奇地问："你点了什么？"

陆迟恍然："我、我忘了。"

因为他自己都没注意，只是随便点了一个。

这会儿店里的顾客只有他们两个，所以东西上得很快。餐盘一放到桌上，唐茵的目光就被那粉红色吸引，她亲眼看着那堆粉色被送到了陆迟面前。

女生丢下一句"请慢用"就嘞嘞地跑开了。

唐茵捏着自己的汉堡，再看看陆迟盘子里的粉色，忍不住笑出来："陆迟迟，原来你这么少女心。"

刚才点的原来是粉红可乐啊，到底是忘了还是不给她看，这个问题值得深思。

他的手停在上方，盯着那杯粉红可乐陷入了纠结：陆迟迟是什么称呼？

资料书买得多，唐茵试着提过，很重，但陆迟拎着倒是看起来很轻的样子。他们两人在车站等了好一会儿，公交车迟迟未来。

公交站附近没什么人，路灯也暗着，打眼一看，周围一片黑暗，好在没过多久，路灯突然亮了。

公交车仍然没来，陆迟皱眉，张望了几下，突然开口："打、打车。"

"好，听你的。"唐茵应道，本来她就不怎么喜欢坐公交车。

可出租车并不在这边停，他们只能往前走。

唐茵落在陆迟身后，手里握着刚刚他们吃完饭，临走时点的一杯粉红奶茶，有一搭没一搭地找话聊。

第六章 酸牛奶

说话间,两个人已经走到了一个十字路口,陆迟率先踏出一步,回头就看到唐茵还站在那里看着奶茶。他没有犹豫,又大步走回去,腾出手提醒了她一下。趁着路上还没有车,他将唐茵往马路那边带。

马路对面的人倒是挺多的,他俩正好站在一家眼镜店前面,灯光亮堂堂的。

看到陆迟冷着一张脸,唐茵有些好奇地踮脚,刚想凑上去问他怎么了。

恰好这时候来了一辆空的出租车,陆迟伸手拦住,低声道:"车、车来了。"

出租车停在路边。

还没等唐茵有什么动作,陆迟已经拉开了出租车的后门,将资料书放了进去,放好书后,他就那么看着唐茵。

唐茵盯着他看了几秒,然后坐进出租车,她上去后却没有看到后面的人,便诧异地问:"你不上来?"

陆迟摇头,准确来说,他家在另外一边。

唐茵也不强求,等陆迟帮她关上车门,看着打开的窗户,她忽然就没了气,忍不住向他挥手:"拜拜。"

陆迟颔首,站在那儿没动。

司机提醒道:"要走了,绿灯亮了。"

他话音一落,陆迟便往后退了一步。

出租车开始向前开,唐茵不由自主地回头看。

这个画面让她想起了那次放假回家的时候,但不同的是,这次陆迟一直看着车子。

陆迟盯着远去的出租车看了一会儿,一双眸子灿若星辰,这时候，他的手机突然振动起来。

　　唐唐唐：今天很开心。

　　后面跟了个表情包，很符合唐茵的习惯。
　　陆迟盯着屏幕上的动图，眨了眨眼睛，半晌回了个"嗯"，这才收了手机往回走。

　　高三比高二紧张得多，紧密的复习过后，隔天就考试的安排，让同学们的心情都比较急躁，大家把能解压的物品全都用上了，要不是学校对电子产品查得严，恐怕情况要比现在更疯狂。
　　其实高一的时候，学校对电子产品的管理并没有这么严，谁知道有个物理成绩好的，偷偷将电线接进了寝室。他的这一行动让学校老师后怕不已，只好按时给寝室断电，所以就算有人偷偷带了手机进来，那也是要预备着充电宝，一点一点地省着用手机的。
　　月末放假前，学校又给高三生做了一次测验。
　　学校总是当天考试，当天阅卷，往往成绩第二天就出来了。
　　林汝看到唐茵的物理成绩，激动得几乎要跳起来。这都快三年了，唐茵总算在最后关头有点进步了，但冷静了片刻，她又想到：等等……会不会是这次考试不难？
　　林汝又问了物理老师，得到这次试卷的难度和期中考试差不多的回答后，她才放下心来。
　　看来唐茵经常和陆迟在一块儿待着还是有好处的啊。
　　林汝也教着实验班，她平时除了管实验班学生的数学成绩外，就

第六章 酸牛奶

全身心扑在十四班学生的成绩上面。唐茵的物理成绩一直让她很揪心，现在她终于看到了希望。

轮到林汝看实验班的数学晚自习时，她将陆迟叫了出来。

林汝放低了声音："陆迟啊，唐茵的物理你是不是帮着辅导了？这次考试，她的成绩提高了一些。"

唐茵成绩的提高对林汝来说是个好消息，不管是现在还是未来，林汝一直期望唐茵能拿个高考状元回来……虽然现在看来，这事不太可能，不过她能进步一点，总归是好的。

陆迟带着迟疑地点点头，如果给她习题算辅导她的话。

看他点头，林汝反而更放心了："我知道你成绩特别好，这次她多亏了你。我一直担心她的物理成绩，现在可算是好点了，谢谢你了。"

陆迟张了张嘴："老师言、言重了。"

林汝笑笑："距离一模还有不到三个月，你们两个都要进零班的，我希望你们能相互帮助。"她兀自说了一会儿，意识到貌似陆迟不需要什么帮助，便又转了话题，"她性子比较犟，要是干什么了你别生气。"

犟……还真是犟，陆迟的余光不自觉地看向了十四班。他现在站在实验班的后门处，此处距离十四班的前门有一两步的距离，十四班的窗户是开着的，他正好可以看到后面一点点的场景。

教室里，唐茵正在用手掌撑着脸打瞌睡，她可能是睡得熟了，脑袋一点一点的。

"我可就把唐茵交给你了。"

陆迟回过神来，就听到这么一句话。

这段时间狼人杀以其独特的魅力风靡十四班,男生女生都围在一起玩,班里时不时充满各种各样的哀号声。

"每次都把我投死,什么鬼,我明明是好人!"

"哈哈哈哈,都被我弄死了。"

"论阴谋诡计,谁都比不上我!"

苏可西最爱玩这个游戏,她在教室里玩不说,还比较猖狂地偷偷带了手机,下课回了寝室后,默默地捧着手机,玩得不亦乐乎。

下午上课路上,她对唐茵说:"哈哈哈哈哈,你不知道,我们这有个广东汉子,说普通话要笑死人了。"

苏可西捏了捏嗓子,学道:"那个细号你系不系有病,我都嗦了我系好银春民……细号和习号,你们系不系脑几有病,脑几有病!"

"这是广东?"唐茵狐疑。

"他寄几嗦的。"苏可西捂脸,"我被他带得都这么说了。"

到了教室,唐茵坐着无聊,托着腮对苏可西道:"带我一个。"

于春立刻应道:"茵姐要玩,来来来!"

人一多,用手机玩狼人杀就没劲了,正好有人带了扑克牌,他们便顺手用扑克牌来代替狼人杀的身份牌。

几个男生凑成一堆,带着苏可西和唐茵,新开了一局。游戏开始后,大家个个都铆足了劲儿地想要赢。

狼人杀玩的就是逻辑和分辨能力。

唐茵拿到的身份是预言家,她本来话就少,而且向来面不改色,几个玩家都不知道她到底说的是真的是假的。

"怎么没人信我?"于春率先被投死,"茵姐,你是好人吧?"

唐茵微笑。

第六章 酸牛奶

苏可西搓了搓胳膊:"你这样我瘆得慌。"

她玩了这么多局游戏,什么样的玩家都见过,但轮到和唐茵玩时,她真的觉得对方很难以捉摸,有种指不定会被她坑的危机感。

玩到一半,唐茵瞥到陆迟走过来的身影,正巧轮到她发言,她随口就点了一个人。

那边还没回答,唐茵就冲外面喊道:"陆迟。"

陆迟默默地看了她一眼,就要继续向前走。

唐茵伸手将扑克牌拍在窗户上,摊开给他看:"知道我现在是什么身份吗?"

"嗯?"

于春悄悄伸头去看:呵!预言家。

"它有一个很好的作用。"唐茵仰着头,漂亮的五官很生动,"专门验人的,然后呢——"

她拖长了尾音。

陆迟终于有所动容了,侧过身子,居高临下地看着她,像是在等着看她能说出什么花来。

第七章

番石榴

CHAPTER 7

小蛮腰

"茵姐，这个陆迟太冷了。"有男生忍不住出声。

到现在，唐茵和陆迟认识都快有两个月了，结果现在他对唐茵还是这么冷淡。要让他说，虽然陆迟看上去很好，但似乎也没有那么好。

"是啊是啊，唐茵说话他都不应一下，甚至连个表情都不给。"

苏可西拍拍他们，骂道："就你们多事。你们知道人家心里怎么想的？多管闲事。"

唐茵坐回椅子里，歪靠在桌子上，但眼睛里似乎流淌着愉悦。

大课间很快结束了，唐茵撑着下巴，一直看着窗户外面。

前几天都是阴天，今天恰好出了一点太阳，室外明明亮亮的，非常舒服。

快上课的时候，陆迟的身影总算出现了。可能是受了那些话的影响，这一回陆迟经过十四班时，是从外面走廊的最边上走的，走廊的那一边离十四班有一米多的距离。

唐茵没出声喊他，就这么看着他走。

实验班的后门开着，鹿野正好看到了着一幕，他顺口问道："陆迟你怎么这么紧张？"

陆迟的脚步一顿，动了动嘴唇，却没说出什么，只自顾自地回到了自己的位置。

鹿野看着他的背影，有些摸不着头脑。

越是临近放假，学生们就越是放纵。

上次放假时，很多人带了手机过来，而十四班又是差生聚集地，许多人借着桌上堆得一层比一层高的书本的遮掩，时不时地玩手机。

今天又赶上放假，他们更为大胆了。

林汝还在讲台上面讲着双曲线的大题，满脸的温柔笑意。

十四班的学生们虽然总成绩比较低，但数学还算尚可，起码不是年级倒数前三，甚至还能在全年级排上名次，这也是林汝能当十四班班主任的原因。

"我放学后去三中，你去吗？"苏可西画着试卷，问。

唐茵还没回答，班级里突然响起了一阵手机铃声。这声音瞬间将还处在瞌睡中的同学们唤醒，几秒后，班里又恢复安静。

林汝放下粉笔，她还没有出声，后门处突然传来教导主任的声音："谁的手机？交上来。"

谁也没想到，这放假前的最后一节课，教导主任竟然来视察了，而他一向非常严格。许多学生在他手下得到过各种各样的惩罚，比如留校察看、罚站、请家长一类的，多不胜数。

学生最怕的自然是请家长。

"自己自觉点。"林汝只能跟着说。

她虽然不严厉，但在学生带手机、玩手机这件事上，她也绝对不能轻易姑息。学校早有明文规定，不许学生带电子产品，尤其是手机，而且临近高考，再放纵学生，他们只会玩物丧志。

班上没人敢出声了。

见教导主任脸色难看，林汝走下讲台："自己上交，承认错误。"

与此同时，教导主任直接从十四班的后门进来了。他背着手来回扫视，慢慢地在教室踱步，思量着刚刚的声音从哪里来的。

最近天气冷，窗户一直是关着的，而且他当时听到声音时，教室的后门也是关着的，他思考了一会儿，率先去了中间的那一排。

于春坐在后窗的靠墙处，手止不住地发抖。昨晚他玩手机玩到很晚，又没给手机充电，刚刚手机没电自动关机了，所以才发出声音，实际上，他刚刚根本就没玩手机。

这手机是他自己用压岁钱偷偷买的，他爸妈压根儿就不知道，这要是被教导主任逮到了，肯定会叫他家长的。

"藏好了。"同桌压低了声音说。

于春自然点头。

教导主任铁了心地想找到那部声音洪亮的手机，他在中间一排定格许久，确定一无所获后，终于将目光定在了靠窗这一排。十四班的座位是两人一排，而于春坐在最里面。

教导主任站在教室最前面，目光锐利地紧盯着这边："都把书包拿出来，现在不自己上交，等会被我逮到了，后果你们自己知道。"

教师里响起小小的抱怨声，但更多的是大家将书包拿出来的声音。

随着时间一分一秒过去，于春的心也跟着猛跳。

几乎是一刹那，他就将手机放在手里，然后从桌子底下递到了后座的腿上，后座原本是低着头的，被他的动作给吓了一跳。

第七章 番石榴

"给茵姐。"于春挤着嗓子说。

于春的后座本来还有些不知所措,听见这话,他立刻学着于春刚刚的动作,将手机飞快地递给了他的后座。

高三的课本很多,学生们为了方便打瞌睡,总是将厚厚的一摞书本都堆在桌角上,因为那些书能巧妙地挡住老师的视线,而现在,那摞书自然也能挡住教导主任的视线。

班里所有人的目光都集中在靠窗这两排。

于春和唐茵间隔不过两排,经手的几个人都很大胆,所以手机很容易就被传递到了唐茵的手上。

唐茵随便一瞥,就知道东西是于春的。她抬头,正对上于春的脸,于春做出求菩萨状,一脸紧张。

唐茵叹口气,轻飘飘地把手机放进兜里。

一直走到最后一排,教导主任终于停了下来,他将目光定在最后两个人的身上。

唐茵吧,成绩好,向来也不怎么惧怕老师,对她,他平时总是睁一只眼闭一只眼的,但现在这么多人,她犯的又是私带手机这样大的事情,要说无视那也不太可能,再说,如果他放纵唐茵,也有伤他在学生中的威信。

唐茵也没想着让教导主任丢面子,她主动把书包摊给主任看,教导主任没得到什么结果,只好狐疑地离开了班级。

教导主任走后,班里一直很安静,大家不敢发出什么说话声。

林汝似乎洞察了一切:"这件事到此为止,我不希望下次再出现,自己带的手机自己清楚。马上就要高考了,我不求你天天看书,最起码要对得起自己这三年来的努力。"

她往唐茵这边看了一眼，随后又开始认真地写板书。

下课后，外面喧喧闹闹的，基本上都是要回家的欢呼声。

于春这才松了口气，立马跑到最后，笑道："多亏茵姐了，我的心悬了一节课。"

唐茵把手机放在桌上，于春伸手去拿，但还没等他碰到手机，唐茵的手已经按在了手机上，她慢条斯理地说："想拿回去可以，有条件。"

于春一愣，苦着脸："什么条件？"

"下次考试进步一百名。"唐茵转了转脖子，"这个不难吧？如果做不到，那我只能把手机交给教导主任了。"

比起教导主任，似乎进步比较简单……他的成绩排在倒数，要进步一百名，那也就是要比平时多考那么一点，如果好好听课，指不定就可以了……于春赶紧同意。

唐茵忽然想到隔壁班，她将手机往包里一塞，拎着出了门："苏可西，我先走了。"

"走走走，就知道你重色轻友。"苏可西翻了个白眼。

实验班的班主任吴老师拖堂了。唐茵靠在实验班后门处，头一伸，就能看到教室里面的场景，角落里的陆迟应该正在写作业。

就在这时，陆迟仿佛察觉到了什么，侧脸看向外面。唐茵正在偷看他，于是一下子和他的眼神正对上。

愣了几秒，唐茵突然伸手对他做了个鬼脸。

陆迟顿住，不知道该干什么。

陆迟皱着眉头看了看被他画了一道线的资料书，好半晌才翻到下一页，没过一会儿，他却又反手将那一页折了起来。

第七章 番石榴

没过多久，终于放学了。

陆迟觉得，唐茵的话似乎又变多了，因为他才出班门，就被唐茵堵了。

从班级走到校门口，一路上全是唐茵在说话。这个星期发生的大大小小的事情，包括今天下午于春的手机差点被查到的事情，统统被她说了出来，最后不知道怎么的，话题又说到了豆腐脑上面去。

"就那家的，很好喝。"唐茵伸手拽着陆迟，走到了一个老婆婆开的摊子上。老婆婆已经六十多岁了，头发花白，但人很精神。

从唐茵上高中以来，这个老婆婆就一直在这里摆摊子，嘉水私立中学的学生们几乎都认识她。一到放假，学校外面总会出现很多小摊子，尽管婆婆的年纪很大，但大家并不介意，来吃东西的人很多。

现在学校的人已经走了挺多的，所以摊子上也空出了几个位置。

唐茵看了看，问道："你要吃甜的，还是咸的？"

陆迟还没回答，唐茵突然又开口："忘了，你应该吃甜的，毕竟你可是少女心迟啊。"

陆迟：为什么又说到了这件事？

老婆婆舀出一勺豆腐脑，随口说道："小伙子很好看呢。"

唐茵嘻嘻笑："我也很好看。"

老婆婆笑了："都好看都好看。"

摊子上还放着一些咸鸭蛋，都是老婆婆自己腌制的，蛋黄很好吃，吃过的人都会再买一两个带回家。陆迟从来没吃过咸鸭蛋，所以并不知道那是什么味道。他一向很少吃外面的东西，他妈妈也不让他吃，这会儿看着咸鸭蛋，他有点犹疑。

唐茵还在和老婆婆聊天。

陆迟预备走的脚又停了下来，他侧头看到唐茵眉眼弯弯的样子，又将脚收了回来，因为他忽然觉得，吃个咸鸭蛋似乎也没什么不好的。

这样做的后果就是——当晚，陆迟做了个梦。他梦到自己被一颗鸭蛋使劲地追，那鸭蛋上还有唐茵的脸，唐茵从蛋壳里伸出来两条腿，跑得飞快，不一会儿就追到了他。

梦里他试图敲碎那蛋壳，但那蛋壳怎么敲都敲不碎。

陆迟最后是被吓醒的，梦醒后他觉得自己以后最怕的东西可能就是鸭蛋了。

再次回到学校的时候，已临近元旦，排练元旦晚会的节目这事就被提上了日程。说是元旦晚会，其实也包含了圣诞节晚会。距离元旦晚会开始还有一个月，时间充足。

按照惯例，元旦晚会上每个班最少要有一个节目。

轮到十四班定节目的时候，为了具体的节目内容，一教室的人吵了起来，不可开交。

"最简单的唱首歌呗，麦霸上场！"

"隔壁班不是那什么话剧，咱们也弄一个。来个不同寻常的，咱们班要美女有美女，要帅哥有帅哥，不是分分钟甩他们八百米。"

"前两年都是唱歌，今年搞话剧也不是不可以，虽然可能其他班和我们想的是一样的。"

讨论了好半天，班长心力交瘁，但还是没定下来。班里的男生们个个都想让他采用自己的想法，他实在没法子了，只能在上晚自习前去找唐茵。

"问我？"唐茵含着口香糖，口齿不清地道。

班长点点头："今天你也看到了，他们各有各的想法，投票后有好几个选项都是平票，有点难。"

旁边的苏可西伸头："小说里都是话剧，要么就话剧吧，简单。"

也不是不可以，只是太寻常了。

班长又看向唐茵："唐茵，你觉得话剧怎么样？"

这一问，周围立马都安静了。

于春已经知道结局了，既然都开口问茵姐了，那最后定下来的方案肯定就是茵姐的想法了，不过这样也好，省得吵来吵去。

半晌，唐茵眯着眼睛看了一眼隔壁班："不如，和隔壁班合作话剧？"

"隔壁班？"

十四班夹在实验班和十三班中间，难道是三个班一起？

听到这句反问，班里顿时"嘘"声一片，于春从窗口探出头："班长你傻呀，当然是实验班了。"

唐茵点点头，吐出一个泡泡。

不知道班长怎么和实验班的班长商量的，最后定下来剧目的居然是老掉牙的《睡美人》。

于春气得差点拍桌子："《睡美人》是怎么想出来的？"

这种老掉牙的童话故事，看开头就知道结尾，而且就算改编，大部分有趣的想法早都被想了出来，现在他们一时间也想不到什么。这是高中生涯的最后一个晚会，要演话剧那肯定要搞得惊心动魄啊！

班长也觉得很委屈："前几年已经有人演过《白雪公主》和《灰姑娘》了，咱们还能演什么？"

"《阿里巴巴和四十大盗》啊！"

教室后面突如其来地传来一道声音，不知道是谁说的，这个想法却让班长亮了亮眼睛。

这个好像是挺新鲜的，目前没听说有人演过，反正至少嘉水私立是没人演过，这可比老掉牙的《白雪公主》《睡美人》好多了。

班长飞快地跑到实验班，和实验班的班长商量了一下，果断敲定了《阿里巴巴和四十大盗》。当然，这剧本肯定是要改的，大家伙儿都知道是什么样的故事，不创新一下就没什么看头了。

现在学校改了新的规章制度，下午一来就自习，晚上还要再上两节自习。

晚上自习课还没开始，唐茵就和苏可西约着准备去食堂。现在时间越来越紧，很多同学都是随便吃点东西就回班里上自习，学习的事压根儿不用老师说，非常积极。

苏可西嘟囔着："我今天上课差点睡着了。唉，我要好好学习，天天向上。"

陆宇现在的成绩还是那么好，她也一定要好才行。

"嗯，好好学习。"唐茵应着。

唐茵还想要再说什么，就听到窗户外面传来一阵急促的脚步声。

"茵茵姐！"吕秋秋的声音突然传过来。

唐茵转头，就看到她慌张地跑过来，脸颊通红。

苏可西问："怎么了？这么慌？"

吕秋秋急得跺脚，小声道："刚刚一放学，就有不认识的女生把文月带走了，班主任和老师又都不在办公室，我不知道怎么办才好！"

唐茵眯眼，沉声道："带我去。"她脱下校服，绕出了教室，说，"说说情况。"

吕秋秋立刻点头，一边走路一边将当时的情况说了出来。

刚才放学后，班上的人并不多，她正在和文月吃小饼干，谁知道外面突然出现三四个女生，冲进来就要找文月。

她一开始并没有意识到危险，直到后来看到她们拽着文月离开，才觉得不对劲。她跟着那群人出了教室门后，就看到她们把文月推进了厕所里。看到这一幕的瞬间，她整个人就蒙了。

她当时就想冲进去，可听到厕所里面女生凶凶的声音时，她被吓住了，所以才决定来找唐茵。

"谁找文月的麻烦？"苏可西不解。

吕秋秋回答："好像是校外的人，看着很陌生。"

她们虽然很少和外班有交流，但大家都是高中部的，基本能混个面熟，那三个女生她感觉从来都没见过。

闻言，唐茵皱眉。今天是学生返校的日子，真有人乔装混进来，也是有可能的。

说话间，她们已经上了楼。

复读班在五楼，而文科的五个班都在四楼，文科班平时和理科班几乎没什么交集，唐茵自己也很少上楼。

洗手间近在眼前。

"你先回去。"唐茵转头对吕秋秋道。

吕秋秋有点犹豫，但还是听话地离开了，而且她在这儿也没什么用。

唐茵冲过去，护住文月。

突如其来的变化让那三个女生都吓了一跳，三人回过神立马去看，等看到又是一个柔弱的女生时，更肆无忌惮了。

文月歪坐在地上，头发有点乱。幸好学校的厕所每节课上都会有专人打扫，地上十分干净，要不然她现在会更加难堪。

看到文月的脸颊上不止一个巴掌印，原本白皙的脸红肿着，唐茵抿唇，怒视着对面的人。

唐茵原本不想动粗，但此刻为了自保，也为了保护文月，她只好小试身手。

不到片刻，地上就躺了三个女生。

唐茵经常锻炼，身体素质好，反击起来动作轻巧，但效果显著，这三个女生原本就是花架子，只是看着唬人，她们被唐茵的身手和气势一吓，这会儿满脸惊恐。

文月已经匆匆忙忙地站了起来，站在唐茵边上小声地讲着原因。

这些人的确不是学生。她在三中边上住着，那边时常有流里流气的男生徘徊，有人看她老实又文静，便要追她。

那男生的迷妹倒不少，迷妹们听说了这事以后，便来找文月了。

"茵姐，你没事吧？"于春的声音从外面传进来。

唐茵应了一声："你进来，找人把这三个女生送出校门。"

"哎，我去找人。"

于春说："文月这脸……还得去医务室。"

文月没说话，跟在唐茵后面出了厕所。

文科班和复读班的学生吃完晚饭回来，上楼的时候正好看到唐茵活动着手腕，边上还跟着一个脸上有伤的文弱女生。

第七章 番石榴

有人受伤的消息在年级里传开,但大家都罕见地没把这事说出去。

可晚自习快开始的时候,大家才意识到,唐茵在四楼厕所打架的消息走漏了风声,因为不少人都看到教导主任出现在十四班后门口,而且脸色很不好。

教导主任说:"唐茵,你出来一下。"

唐茵面无表情地跟着他去了主任办公室。

实验班的鹿野正站在后门口吃零食呢,看到唐茵和教导主任的身影,又联想到今天发生的事情,很快就明了了唐茵被叫走的缘由。

他嘀咕道:"啊,教导主任恐怕又得让她回去反省了。"

陆迟突然出声:"反、反省?"

"我去!"鹿野吓了一跳。

陆迟什么时候走到他边上的,他怎么一点感觉都没有?这人神出鬼没的,这幸好是教室有灯,不然他这样突然出现,恐怕得吓死个人。

"你什么时候在我边上的?"鹿野一口咽下面包。

陆迟没说话,眼睛盯着横廊那边。

唐茵已经进了办公室,横廊里一个人都没有。

"你还不知道吧。"鹿野搭上陆迟的肩膀,"今天上晚自习前的事,被老师知道了。"

闻言,陆迟微微蹙眉,心里突然就烦躁起来。

他转身准备走,就听到鹿野又说:"我看她手腕有道痕,不会是受伤了吧?"

陆迟脚下一顿,随即离开。

唐茵一回到十四班,周围就围上来一圈人。

"怎么样?教导主任没为难你吧?"

"到底谁告的密啊,怎么这么没眼色,让我知道是谁,一定要他好看!"

"真是,茵姐你可别放在心上。"

"行了,都赶紧让开。"唐茵心情不爽,说话也有点暴躁,"没事别围在这儿。"

苏可西将男生们赶走,小声问:"是不是又让你回家反省?"

唐茵点头:"这次一星期。七天。"

"七天?"苏可西皱眉,"七天,怎么那么久,不会是有人添油加醋说了什么吧?那个告状的人是谁?"

"不清楚。"

唐茵歪靠在墙上,扭了扭手腕。她今天过于用力了,不小心钩到了其中一个女生的衣领,被别针划了一下,不过也不是什么大事,疼过那一阵就没什么了。

苏可西伸手拽住她的手腕,仔细端详:"怎么都红了?我陪你去医务室看看吧,这还是右手,这几天反省,也正好让你养伤。"

唐茵活动了一下手腕,还没来得及回答,就听到苏可西又咋咋呼呼地叫道:"说什么来什么。"

苏可西伸手从窗边拿了一盒东西进来:"我怎么今晚没看到呢,小茵茵……不过,这怎么这么眼熟?我是不是在哪里见过?"

她嘀咕了一阵,将盒子打开,里面是一叠可爱风的创可贴。

唐茵的目光落在那上面,眉眼弯弯。

这东西苏可西当然眼熟,因为这本来就是唐茵的,只不过上个月被她送给了陆迟。

实验班。

今晚的晚自习原本是班主任吴老师的,谁知吴老师正好去输液了,因此晚自习就真的成自习了。

"唉。"陈晨叹了口气,她最近总栽在一个题型上,刚刚做的一道题又错了,即使看了答案解析,她还是有点看不懂。

她轻轻碰了一下赵如冰,却没得到什么反应。

陈晨侧头去看,盯了半天,发现赵如冰在走神,她手中的笔好几分钟都不动一下,自习课开始时她看的第几页,现在还翻在第几页。虽然走神也很正常,但赵如冰这样几分钟都不动一下,也太奇怪了吧。

"如冰?"她小声地喊道。

赵如冰猛地回神看她:"怎么了?"

看赵如冰脸色不太好,陈晨将想问的话又吞了回去,她将试卷移过去:"这道题我不太懂,你能不能给我讲一下?"

赵如冰看了一眼题目,三言两语简单说了几句。

陈晨收回试卷后,更加肯定了自己刚才的想法。

被打断思路的赵如冰心里更加烦躁了,她今天晚上去复读班找人,谁知道正好听到厕所里传来声音,她鬼使神差地凑近了去看,便看到了那一幕。

看完后,她立刻离开了四楼,一路上,她的心都怦怦直跳。

赵如冰想到之前在书店里,自己被唐茵嘲讽的场景,还有唐茵那副看不起人的样子,不知怎么的,等回过神来时,她就已经站在教导主任办公室的门口了。当时教导主任还没来,她就留了一张纸条塞在门缝里。

晚自习前,她在教室里看到唐茵被教导主任带走的那瞬间,心里别提多舒坦了。

可听到鹿野和陆迟的对话,她又惶惶不安起来。

她揉了揉脸,安慰自己:她是在做好事,打架是不对的,影响很差……

于春还在纠结谁告的密。

"谁这么不长眼,要让我知道,非得教训他一顿。"

他坐在后排的位置上,一眼就看到了唐茵手上的创可贴,当即叫出了声:"哎哟,茵姐你居然用这么有少女心的创可贴!"

唐茵白皙细嫩的手臂横在桌上,暖黄色的猫咪创可贴贴在她腕间,十分明显,远远看去,显得可爱非常。

学校里不卖这种创可贴,这肯定是从外面买的。

于春觉得自己好像知道了什么,捂着嘴偷笑。

唐茵瞥他一眼:"有空不如去做题目,你手机不想要了?"

"别提这个……"手机是于春的软肋,一提到这个,他顿时蔫了,一脸沮丧地回了自己的座位。

唐茵心情尚佳,是谁告的密,她心里有数。

这个学校,看不惯她的人,也就只有赵如冰了。

第一节晚自习下课的时候,唐茵恰好在走廊碰到了赵如冰。路过她身边的时候,唐茵轻轻地"啧"了一声。

等唐茵的身影消失后,赵如冰才喘过气来。她脸色苍白,恐惧一点点在心里堆叠,她的脑海里只剩下一个想法:唐茵发现了!唐茵刚刚那个眼神,一定是发现她向教导主任告密了。

赵如冰第一次做这样的事,她恍惚着回了教室,经过陈晨的科普,她也知道了唐茵的厉害,可当时面对那样的诱惑,她没法忍住。

直到第二节晚自习的数学小测试结束,赵如冰还在出神,试卷上的题目她还剩了好几道,都是她会做的。做完小测试,她整个人变得更加烦躁了。

唐茵自是不知道赵如冰所经历的这一切,晚自习结束后,她就坐车回了家。至于元旦晚会的话剧,唐茵没说要加入,班长他们就自己先排练了起来。

唐茵反省结束后,回学校不到半个月,圣诞节就来了。

但让大家遗憾的是,临近圣诞节那几天,天气很好,没有下雪,圣诞节总要配上雪才完美。

可遗憾归遗憾,毕竟过圣诞节,大家还是十分激动的。

班级里的圣诞节晚会老师不会参加,全部由学生自己组织。

这天下午,学校照例放了一节课的假,并通知大家今晚不用上晚自习,于是班长带着几个同学出去买了各种各样的彩带、小灯之类的装饰物。

对于装饰教室,大家都很熟练了,因此布置起教室来并没有用多长时间。冬天天黑得早,等一切都弄好后,已经是七点了,外面已然黑透了。

唐茵和苏可西趴在栏杆上聊天。

苏可西指了指对面的高二:"你看对面,都已经开始了。哎呀,咱们班才刚好呢。"

"你又不表演。"唐茵翻白眼。

"我想看大家表演不行啊。你不知道吧,今天班长和张梅要合唱情歌哟。"苏可西捂住嘴小声道。

她今天下午偷看到表演名单上有他们两个人的合唱时,惊讶不已。

唐茵淡淡回道:"现在知道了。"

"吃糖。"苏可西将糖塞进唐茵嘴里,"怎么提不起兴致?我还等着过两天看你的话剧呢。"

想到话剧内容,苏可西就忍不住偷笑,不知道到时候下面看的领导们都什么表情,而且那天唐茵爸爸也会在。

唐茵瞄了一眼实验班。

他们班的灯已经熄了,窗户上也粘了其他的纸,看不太清楚教室里面的状况,只能看得出来一些五颜六色的闪光。

"都染的什么鬼,赶紧去洗了!被教导主任看到有你们受的!"林汝的声音突然出现在她们身后。

唐茵和苏可西转头,就看到林汝正在教训以于春为首的几个男生,几个人的头发都染得五颜六色的。

"老班,就今天一晚上。"

"对对对,之后就会洗了!"

林汝忍不住笑:"不行,这个不能同意,我们班本来就在教导主任那里挂了名。"

"洗了,别辣眼睛。"唐茵突然出声。

"唉。"可能是真的害怕伤害别人的眼睛,于春叹了口气,带着那群男生向厕所走去。

第七章 番石榴

看几个少年去了厕所,林汝笑笑,对唐茵说:"今晚好好玩,后面就要好好加油了,最近物理保持得不错。"

闻言,唐茵神采飞扬。

林汝微微一笑,绕开唐茵和苏可西,回了办公室。

实验班里也吵吵闹闹的。

唐铭看着同桌的动作,深深觉得这世界非常玄幻。前面的同学都在嬉闹,晚会的第一个节目即将开始,但他同桌倒好,亮着一盏小灯,将书展开看着,偶尔看两眼讲台上的主持人。

唐铭忍不住低声说:"你说你,这都办晚会了,你还看什么书。"

陆迟头也不抬,只动了动手:"还没、没开始。"

唐铭扯扯嘴角,他觉得自己遇上了这同桌后,话都不会说了,而且自己的智商还被碾压了。

"啊!"前方突如其来地传来一声惊呼。

站在灯边上的同学立刻打开开关,教室瞬间恢复了明亮,不少人都将目光移到声音的来源处。

"如冰,你没事吧?"

"怎么了,怎么了?赵如冰你怎么了?"

赵如冰左手捏着右手,站在教室中央,蹙着眉头,几个女生迅速围到赵如冰边上嘘寒问暖。

唐铭跑过去看了一眼,立马回到自己的座位上,心里暗自嘀咕:不就是手被戳了一下,见了点血嘛,这么大惊小怪的。

陈晨仔细看了一下赵如冰的伤口,道:"流血了。谁带创可贴了吗?"

女生们都摇头:"我的前几天刚好用完了。"

"现在小超市也关门了,没地方卖啊。"

"这怎么办呀,流血了,万一感染了就不好了,可能会留疤。"

忽然,有一个女生开口道:"我上次看到陆迟拿了一盒创可贴,去问他借一个吧。"

陈晨下意识地看向陆迟,只看见陆迟正低着头翻书,风度翩翩的,宛如一个优雅的贵公子,精致非常。她又想起那天在书店里的情景,虽然从那之后,他们彼此就再也没说过话了,但陈晨总觉得怪异。

她不愿意去借,另外一个女生黄蜜已经跑了过去:"陆迟,你有创可贴吗?如冰的手被戳破了,借一个行不行?"

鹿野刚好凑过来,说:"什么大不了的事。"

唐铭点点头。

"都流血了。"黄蜜瞪了鹿野和唐铭一眼,"陆迟,就借一个。"

陆迟没说话,藏在镜片后的眼睛幽深,伸手从桌子里拿出一个创可贴,放在桌边。

黄蜜拿过去,又说道:"我上次看见你那个创可贴好可爱的,这个好普通啊。"

鹿野说:"创可贴不可爱就不能用了啊?"

陆迟抿着唇,神情隐隐透出一点不耐烦,淡淡地回道:"用、用完了。"

可她上次看到的可是一盒呢,都用完了,骗谁呢,黄蜜在心里哼哼一声,拿着创可贴跑开。

看周围的人都没注意,黄蜜小声地抱怨说:"如冰,他不给那个可爱的。明明他就有,女生当然要用可爱的了。"

这个创可贴难看死了,她上次看到陆迟用的可是小猫咪的,看着就很萌。

"没事。"赵如冰眼里闪过难堪,面上却微微一笑,"反正都能用就是,而且我们也是借他的。"

黄蜜点点头,给她贴上创可贴。陈晨没说话,只是撇了撇嘴。

被众女生围住的赵如冰偷偷看了一眼教室的角落,眉眼清冷的陆迟此刻正转头盯着窗外。

时间过半,十四班的教室里正在演小品,演到一半,全场的氛围到了高潮。

唐茵坐在后门边上,趁着大家都在欢呼鼓掌,没注意到这里,她开门离开了教室。

外面的走廊上还有点冷,唐茵的头发被风吹得飘了起来,她直接推开了实验班的后门。

鹿野正在边拍桌子边吹口哨,后门猛然被推开,一股冷气就灌了进来,他立刻咒骂道:"谁啊?哪个不长眼的……啊,唐茵啊,快进来,快进来。"

鹿野旁边的男生拍了他一掌,道:"真是够善变的。"

鹿野一点都没感觉到不好,嬉皮笑脸地朝唐茵努努嘴:"陆迟在那边呢。"

她来肯定就这一个目的。

唐茵点头,径直朝窗边走去。明暗变换的灯光映出她窈窕的身影。

陆迟的座位靠着窗户，光线比较好，比其他地方稍微亮了一点。

唐铭早就挤到了前面去了，沉浸在同学们的表演中，压根儿就没看到自己的座位又被人坐了。

唐茵坐在陆迟旁边，支着下巴看他。

陆迟转头看了唐茵一眼，又将头转过去，表情变都没变一下，他泛白的手指在桌上轻轻敲了一下。

唐茵嘟囔："书呆子。"

陆迟怔了一下，握拳掩在唇边，咳了一声。

唐茵扬起唇角，转头继续盯着陆迟线条流畅的脸。

唐茵突然弯了弯眼睛，笑得放肆。

唐茵看向窗外，彩灯闪烁之下，偶尔可以看到飘过的雪花，亮晶晶的，她靠近陆迟了一点，小声道："小结巴，你看，下雪了。"

今年冬天的第一场雪。

"下雪了！"不知道是谁突然喊出了声。

一瞬间灯也被点亮了，正好一个节目也结束了，教室里的人便都聚到了窗边。

雪下得不大，但借着光，能看到雪花飘落下来的模样。

今年冬天的第一场雪可算来了，而且还是在圣诞节的晚上，这样的时间和场景，给人的感觉很不一样。

赵如冰站在最前面，看着后排两个相处融洽的人，一不小心掐到了自己受伤的地方，疼得她"嘶"了一声。

"唐茵真讨厌。"黄蜜突然靠了过来。

站在最边上的陈晨一看赵如冰的表情，就知道她绝对不爽，便拉了拉黄蜜："别说了。"

第七章 番石榴

黄蜜"哼"了一声："怎么不能说，她都跑到我们班来了，像这样总打扰别人，不影响别人学习吗？还是说——"她像是突然发现了什么，一下子瞪大了眼睛，"还是说她是故意的，她想让陆迟走上歪路，最后成绩下滑，这样她又能是第一名了！"

黄蜜越想越觉得自己的猜测有道理。陆迟抢走了唐茵的第一名，以唐茵的性格，她肯定不服气，所以她想转移陆迟的注意力，让陆迟满脑子都装着其他的东西，看不进去书，这样以后，她就可以达到她的目的了。

"没想到唐茵居然是这样的人。"黄蜜愤慨地说。

陈晨还没来得及开口，就听到赵如冰用冷冷的声音说："别废话了。"

黄蜜想反驳，但看到赵如冰脸上明显不高兴的表情，还是悻悻地停了下来。她看向最后面站着的两个人，心里很不服气。

凭什么一个整天不看书的人能拿到第一、第二名的好成绩？如果说第一名是陆迟，那是理所应当的，因为人家天赋异常，还整天捧着本书做题目，但第一名是唐茵……指不定学校就让她次次作弊了呢？

唐茵似是有所感应，抬头朝讲台那边看去，看清楚人后，她张嘴"呀"了一声。

之前看不惯她的赵如冰此刻低着头，反倒是赵如冰边上的另一个女生，看起来似乎对她非常不满，女生的眼神里，可谓是敌意满满。

唐茵琢磨了一下，她明明没得罪过这个人啊，看来是无形之中又树敌了。

要是唐茵真的知道黄蜜的想法，恐怕都能笑掉大牙，因为她唐茵的试卷资料书，足以甩大部分人一大截。

唐茵饶有兴趣地盯着陆迟，刚刚自从灯一亮，陆迟便与她拉开了距离。

两张桌子靠在一块儿，椅子之间的距离也就那么大，他最远也就只能是靠着墙坐。

陆迟捏着笔，眼睛紧紧地盯着面前空白的纸。他被唐茵盯着，简直如坐针毡。

"继续，继续！"

前面突然传出一声大叫，陆迟瞬间回神，他的余光瞥到唐茵正在看着这边，便掩饰性地整了整衣领，更加不知所措了。

唐茵看得有趣，若有所思地抬了抬下巴。

教室里又黑了下来，看够了雪，大家伙终于舍得关灯了。尽管距离晚会结束还有一段时间，但现在大家都十分激动，主持人站在前面，慷慨激昂地说话，教室里又充满了各种各样的声音。

唐茵在实验班又待了一会儿，才悄无声息地回了十四班。

实验班的晚会开始得早，结束得也早，而且因为班里很多人的心思在学习上，所以大家准备的节目也不多。晚会结束后，大家都开始收拾桌椅，也有的人累了，便坐在自己位置上休息，和别人聊天。

唐铭回头看到唐茵已经离开了，于是立马坐到自己的椅子上。

过了片刻，他终于止不住自己的好奇心，悄悄凑到陆迟边上，问："那个……陆迟，我刚刚好像看到你……"

陆迟听到他说话，将脸转向他，露出疑惑的表情。

陆迟这副样子，反而让唐铭问不下去了，剩下的半句话他在嘴里含了半天，最后还是果断地咽了下去，然后伪装自然地换了个问题："唐茵来找你做什么啊？"

陆迟顿了一下，平静道："做、做题。"

做题？这是在逗猴吗？不可信不可信。

但他看陆迟一副不想说的样子，心里也清楚肯定撬不开陆迟的嘴，索性歇了心思，自己慢慢脑补。

十四班的节目还在进行。

苏可西察觉到旁边有人落座，忍不住开口："终于想到回来了啊。"

唐茵伸手捏她的脸："嘿嘿嘿。"

"你真猥琐。"苏可西打掉唐茵的手，她刚才听到唐茵的"嘿嘿嘿"声，都起鸡皮疙瘩了。

"你哪根筋不对？"苏可西追问。

唐茵高深莫测地摇摇头。

苏可西狐疑地盯着她，绝对哪里不对劲，看她这高兴的，好像下一秒就能飞上天似的。

圣诞晚会结束后，大家高强度地学习了几天，便又到了元旦晚会。

学校的元旦晚会自然不同于各班级自行准备的圣诞晚会，元旦晚会的每个节目都是精心排练出来的，连主持人也都是精挑细选出来的；至于来看节目的人，不只有高三生，还会有个别的学校领导。

不过学校里的多数领导没兴趣看学生的表演，去年表演现场只来了个校长，不知道今年会来哪个领导。

上完一整天的课后，学校通知参与班级去大礼堂。

学校的大礼堂占地面积很大，里面的观看位置也多。

表演的衣服早就做好了，只不过今晚才被送过来。由于表演服是两个班所有参演人员的服饰，所以数量非常多，装衣服的袋子满满当当地占了好大一块地方。

两个班的班费加起来，数额不少，又因这会儿已经是高三上学期期末了，班费这学期不花，下学期也花不了多少，鉴于班费多又没处花，所以两个班在服装上的投资不小，因此所有衣服的做工都很精致。

唐茵本来想拉着陆迟一起去表演话剧，可惜陆迟不愿意，她也不好强迫人，只能让别人上。

正好苏可西满腔热情，于是强盗头子的角色就被苏可西拿下了。

礼堂舞台的后台不大，所以唐茵他们便在礼堂旁边的教室里做上台准备，没和其他班人挤在礼堂后台里。

门忽然被推开，鹿野上气不接下气地问："陆迟在不在这儿？"

"陆迟不在这儿。"不知是谁回了一句。

"不在？"鹿野重复，"我的天，那他跑去哪里了，刚才学生会的来查勤了，每个班没节目的人都要到。"

之前出教室时，明明陆迟还和他们在一起呢，但到大礼堂不久后，他就没了人影。

现在学生会都开始查勤了，如果他再不来，就会被记名字，虽然这也没什么特别负面的影响，但被班主任找，总归不是什么好事。

教室里一下子安静下来。

唐茵正在帮苏可西弄假发，听到唐铭这话，干活儿的手也停了下来。

第七章 番石榴

苏可西偷偷地从镜子里看唐茵的表情。

唐茵这几天都没去找陆迟,他们两人偶尔在走廊里碰上,反应都十分平淡。

苏可西虽然没和陆迟打过交道,但她觉得,陆迟这人,应该不会迟到才对……

班长说:"可能是有什么事吧,我今天好像看到他去校门口了,应该是他妈妈来了……不过我不太确定,要不你去看看?"

班长并不确定陆迟的动向,只能试探地道。

鹿野还没回答,唐茵已经转过身:"我去找。"

她脸上平静得很,完全不像平常那样。她刚说完,周围的人便都停下了动作,安静地站着。

苏可西先反应过来:"我这边自己弄,你去吧。"

鹿野紧跟着说:"那行,我回去和学生会的人说一声,这儿可就交给你了。"

有唐茵在,应该不会出什么事。

"嗯。"唐茵点头,放下手中的东西,加快速度离开了教室。

刚才班长说的话,唐茵并没有错过。

唐茵没见过陆迟的妈妈,但因为上次陆宇的事,唐茵对陆迟家里的情况多少有了一些猜测,起码陆迟家没有看上去那么光鲜亮丽。

陆迟的妈妈肯定是进不来的。

平时,嘉水私立中学不允许家长随意进入,尤其是高三学生的家长,家长们到了学校,只能在门卫室等着,等学生确定了进校人员后,家长才可以进学校,并且当天进,当天就要出来。

她最后一次看见陆迟,还是在十几分钟前,想必他现在还在门卫室那边。

学校的大礼堂在行政楼边上,距离校门口有很长一段距离,要去校门口,必须穿过天桥。

这几天都是晴天,外面的雪已经化了。

路灯还亮着的,唐茵加快速度跑了起来,终于在出了行政楼后看到了陆迟的身影。对陆迟的背影,她绝对不会认错。

等跑近了,她更加确定那人就是陆迟。

陆迟和他妈妈果然站在校门口那边,两个人似乎因为什么事情正在对峙,而从她这边来看,他妈妈的表情似乎有些疯狂。

唐茵小跑过去,还没走近他们,就已经听到了女人的声音。

"迟迟,快跟我走!"王子艳声音尖锐地说。

她的两只手紧紧抓住陆迟的右手不放,自言自语着,偶尔蹦出一两句声音尖锐的话。

陆迟见他妈妈的神情不太对劲,没敢用太大的力气甩开妈妈的手。他的手腕被王子艳攥得有些疼。

"妈,你先、先放……"

他的话还未说完就被打断了。

"不行!你一定要跟我走,不然你就要被他带走了。你是我的儿子!一定要跟我走!"

陆迟的话堵在嘴里,此刻他有些埋怨起自己的结巴来。他不知道为什么不到半个月,妈妈就变成了这样。上次他从家里离开的时候,已经成功说服妈妈去和爸爸离婚了,他还想着,等下次他回家,可能父母就已经离婚了,但现在不知道哪里又出了问题。

越急越出错,陆迟一边磕磕巴巴地说着话,一边想抽出自己的手。

"迟迟……跟妈走……走、走……"王子艳说着。

唐茵听到这话直觉不对劲,陆迟的妈妈就像是魔怔了一样,正常人哪里会这么说话,还是和自己的儿子说。

陆迟的手腕处有些充血:"妈、妈……"

王子艳充耳不闻,重复着自己刚才的那句话,还蹲了下来。看到她的动作,陆迟也不由自主地蹲了下来。

唐茵上前,眼睛微眯,将目光落在陆迟已经变得通红的手腕上。看到陆迟作为孩子反而在安慰他妈妈,唐茵有些心疼地伸手去碰他。

看到儿子和陌生人接触,王子艳更加敏感,红着眼睛直接将陆迟往自己那边一拽,陆迟瞬间歪倒在地上。与此同时,王子艳也尖叫起来。

February

S	M	T	W	T	F	S
			1	2	3	4
5	6	7	8	9	10	11
12	13	14	15	16	17	18
19	20	21	22	23	24	25
26	27	28				

第八章

覆盆子

CHAPTER 8

唐茵赶紧上前将两人分开。

被别人阻止后，王子艳反而更加疯狂，她的手又朝陆迟抓过去，一边抓一边嘴里还在喊着让人听不懂的话。她看起来横冲直撞的，仿佛没了自我意识。

等看清王子艳的下一个动作后，唐茵倒吸一口冷气。她眼疾手快地直接一把推开陆迟，挡在陆迟前面，被撞得发出一声闷哼。

陆迟的妈妈疯狂起来的力气也不小，唐茵摸着自己的胸口，只感觉胸前的骨头都差点碎了，但她没想到的是，陆迟的妈妈撞完人后，竟然昏迷了。

唐茵有些吃惊。她伸手碰了碰王子艳，对方一点反应都没有，看来是真的昏迷了。

陆迟将妈妈抱到自己那边，对唐茵说："你、你别管。"

唐茵瞪他："我怎么不能管？"她拍拍衣服站起来，"看来要去医院，正好医院离得近。"

嘉水私立中学对面正好是新搬来的市第三医院，现在去那里最好不过了。

"嗯。"陆迟低低应了一声。

第八章 覆盆子

妈妈现在已经完全昏迷过去了,但看她清醒时的状态,整个人似乎十分不安,恐怕这段时间,她一直是在这种情绪下生活的吧。

陆迟将妈妈背起来。

唐茵有先见之明地带了手机,她飞快地拨了120。

"疼、疼不……"

唐茵疑惑,收了手机抬头发现陆迟正盯着她。

陆迟见她没反应,又问了一遍。

唐茵浅浅一笑,朝他摇摇头。

两个人朝门口走去。

"哎,你们要去哪儿?"门卫叫道。

这大晚上的,他可不能随便放人出去,万一学生出事了,那可就是他的罪了;再说,学生晚上离校后出事故这种事,之前也不是没有发生过。他以前看新闻的时候,新闻里就报道过住宿学校的孩子大晚上离校后出了事故,然后父母找到学校闹这类型的事件。作为学校的门卫,他自然不能让这样的事情发生。

唐茵指了指对面,又指了指陆迟背上的王子艳:"我们要去三院。"

门卫看清病人后,有些纠结:"你们这样去?叫救护车了吗?"

"还没来。"大冬天的肯定不能站在外面等,唐茵转了转眼珠,转身对陆迟说,"门卫室里有空调,把阿姨放在里面吧,等救护车来。"

陆迟一言不发,却抬脚往门卫室里面走。

门卫也赶紧让开,想要过去帮帮陆迟,却被陆迟闪开了。

"那就等救护车来。"门卫说,"救护车肯定来得快,等等吧,你们自己出去太危险了。"

他话音刚落，救护车的声音就出现在校门口。

几个护士下来，动作熟练地将王子艳抬到了担架上。陆迟看了一眼身后的唐茵，迈开步子跟着护士上了救护车，唐茵也赶紧跟了过去。

"哎哎——"

看到门卫叔叔担忧的表情，唐茵说："我待会儿会跟我爸讲的。再说了，我跟着救护车去，不会有事的。"

门卫本来也想跟着唐茵他们去的，但他考虑到今天另一个值班的人生病请假了，他也不能随意离开这里，只好作罢。

等救护车的门都关上了，门卫才猛然反应过来，拨了十四班老师的电话。虽然他不知道那个男孩子是哪个班的，但唐茵的班级他还是知道的。及时通知老师的话，应该没什么事吧。

救护车里很安静，偶尔有护士和医生的说话声。

陆迟紧紧地盯着王子艳。他脸色苍白，一双薄唇抿成一条线，衬得他越发清冷了。

唐茵小声开口："陆迟，你不要担心。"

她也没想到事情会严重到这样的地步。

"手。"唐茵惊呼一声。

刚才她还没注意，现在仔细一看，陆迟露在外面的手，红痕明显，他的指甲被划伤了，最严重是，他的手上布满了被地面摩擦出来的小伤口，那些细小的沙子黏在伤口处，混着丝丝血迹。

陆迟低眉，条件反射性地将手往后一缩。

唐茵直接将他的手拽出来，蹙着秀眉，担忧道："你看，都破了，

第八章 覆盆子

赶紧处理一下。"

"没、没事……"陆迟哑着声音。

护士听到动静,过来给陆迟处理了一下伤口。

整个过程中,陆迟都没有说话。他脸上的大框架眼镜遮住了他的眼睛,唐茵看不到他的表情,自然也不知道他现在的情绪。

到了包扎的时候,唐茵突然伸手接过医用绷带:"护士姐姐,我来吧。"

护士一愣,但看到唐茵的表情和眼神,立刻就懂了,不过她还是追问:"你会吗?"

"会的,我学过包扎。"唐茵点头。

她以前经常去医务室,去得多了,自己也就学会处理了。

"那好,你小心点。"护士也没多推辞,毕竟唐茵说她学过包扎。

陆迟有些不满,抬眼看着唐茵。

唐茵拍拍他,笑道:"放心,我技术很好的。"

不过几分钟,救护车就到医院了。

等做完一系列检查,已经是深夜了,王子艳最终被医生确定为是精神过度紧张造成的昏迷,再加之身体所需营养不够,只要给她打点葡萄水就行了。

将人送到病房后,医生叮嘱了陆迟和唐茵几句,便带着护士离开了。

不一会儿,吴老师也赶了过来。他看到这情形,也是暗自叹气,陆迟养成如今的性子,可不就是家庭原因嘛,这次还出了这样的事……

吴老师看向对面:"唐茵,你先回去吧,这里我在就行了。"

唐茵直接回道："不。"

被唐茵如此直白地拒绝，吴老师也不知道说什么好，毕竟自己也不是她的班主任，而且按照唐茵的性格，估计就算是林老师来了说她也没用。吴老师沉思了一会儿，想着总归自己待在她身边，应该也不会出什么大事，便没再说什么了。

陆迟转向吴老师，低声说了几句。

吴老师有些愣神，随即又叹了口气，便离开了病房，去下面交费了。

已经很晚了，这会儿医院的人不多，走廊里只有几个护士在走动。

陆迟又转向唐茵，强硬地说道："回、回去。"

他说话的语气罕见的十分强势，唐茵一下子没反应过来，直到陆迟又重复了一遍，她才明白了。

"好，我回去。"唐茵无奈地说道。

半夜，王子艳突然呻吟起来。动静不大，陆迟却被骤然惊醒了，他凑近了才听到王子艳说的是"水"。

病房里暂时只有他们母子，医院的水房在外面，陆迟只好去外面接水，推开门，他的视线就定在一处。

唐茵居然歪在门口的椅子上睡着了。

"咦？"转角处突然传来一声低低的声音。

陆迟看了一眼唐茵，发现她没醒，他又转过头去寻找声音的来源，才发现一个护士走了出来，刚才的声音应该是她发出来的。

"你们不是一起来的吗？"护士走近了，疑惑地小声问，"我几个

第八章　覆盆子

小时前就看到她待在这儿了,怎么没走还睡着了?"

陆迟睁大眼睛:"几、几小时?"

"对啊。"护士点点头,想了一下,"那时候……大概是十二点吧。"

几个小时以前,她来给另一个病人换药,就看到一个漂亮的女孩孤零零地坐在这儿,便询问了两句,当时这女孩说自己待会儿就走,所以她也就没再说什么了。给病人换完药后,她不放心,又问了一遍,确定对方的样子不像说谎后,她才放心地离开了。

谁知这都凌晨三点多了,这女孩居然还在这睡着了,这也太不安全了,而且要是冻着了怎么办?虽然医院开着空调,但温度并不是太高,人要是醒着,恐怕还觉得温度正常,一旦睡着了,肯定会感觉冷的。

陆迟没回答。

"我去叫醒她吧,睡着会着凉的。"护士说,准备走过去叫醒唐茵,衣服却被身后的人拽住了。

陆迟朝她摇摇头,声音极低地说道:"不、不要。"

"嗯?"护士大概听懂了他的意思,但行动仍有些犹豫。

陆迟直接挤在她面前,挡住了她的路,小声道:"我来。"

"那好吧,一定要记得轻点噢。"护士微笑着叮嘱陆迟,接着便拿着药进了隔壁的病房。

走廊又恢复安静,只剩下他们两个人。

陆迟的嘴唇动了动,弯下腰来,正准备伸手,椅子上的人却突然动了一下,他顿时收回了手。

唐茵眉间微蹙,无意地缩了缩。

见她并没有被自己惊醒,陆迟松了口气,将自己的外套脱下来盖在她身上。而后他动作极轻地戳了戳唐茵，试图慢慢让唐茵回神。

唐茵并没有醒过来，只是皱眉动了动，于是陆迟僵在那里不敢动了。

护士刚好从病房里出来，看到他这副样子，就要走过来帮忙，却看到这男孩摇了摇头，显然是不用她帮忙。

唐茵没醒，陆迟深出一口气。

他还真怕她醒过来。好在她睡得够沉。

病房门刚才没关，陆迟侧着身子，轻手轻脚地朝最里面的病床走去。

病房的灯只开了一盏，靠近里面的区域比较暗，里面的两张病床都是空的。

陆迟缓缓走到第二张床旁边，弯下腰将唐茵小心地放了上去，生怕将她吵醒。看人还没醒，他又拿被子给她搭在了身上。

陆迟起身，站在病床边上看着上面的人，侧脸被凌乱的头发挡住一些，隐隐若现白皙的脸颊。

半晌，他伸手捏了捏耳朵，微弱的热气传到凉凉的指尖。

他像做贼似的偷偷看了一眼唐茵，心里松了口气，幸好她不知道，不然她又要说什么了。

陆迟收回心神，将被子又披了披，这才想起自己是要出去打水的，赶紧离开了病房。

巧合的是，在水房他又碰上了那个护士。

女护士值夜班，有点困，还在捂着嘴打着哈欠。看到他进来，护士说："又看到你了。你现在还在上学吧？"

"嗯。"陆迟低低应了声。

第八章 覆盆子

"我跟你说，下次不要让女孩在外面了，不安全。"护士在他走出水房前又忍不住开口。

陆迟脚步一停，回头向她点了点头。

等回到病房给王子艳喂过水，陆迟没了睡意，就坐在床边出神。

他不由得将目光落在第二张病床上，一双眼睛显得幽深。

他之前让她回去，因为这边不需要她，而且也怕耽误她学习，有他一个人就够了。

可没想到唐茵压根儿没听他的话。

想到之前唐茵在椅子上睡着的画面，陆迟紧抿了唇。

唐茵醒过来时天已经亮了。

她蒙蒙眬眬睁开眼，对着雪白的天花板发了会儿呆，终于回神了，正要起来就看到陆迟趴在那边的床上睡着了。

唐茵轻轻地掀开被子，下床离开了病房。

洗漱完，她便朝外走去，才走到转弯处，一个护士走出来对她笑了笑："昨晚你可是在外面睡着了，也不怕着凉。"

唐茵这才想起对方是那个问过她话的护士姐姐，对她笑了笑。

"凌晨的时候，那个男孩把你抱进了病房。"护士接着说，"以后在医院可不能这么做的，太不安全了，你是女孩子。"

唐茵看向病房，不知道在想些什么。

唐茵去医院的食堂买了早餐，又回了医院病房。

陆迟醒来时已经八点了。

看到妈妈没醒，他条件反射地朝里面看去，病床上已经没了人，掀开的被子随意地叠放在那里。

不知怎么的,陆迟突然有点不舒服。他呆了几秒,然后出去洗漱,回来后将被子叠好,还没等他回到椅子那边,病房的门就被打开了。

进来的是唐茵。

"你醒了啊?"唐茵顶着一张笑脸。

陆迟有些意外。他眉眼微垂,低低地应了一声,有些不知所措。

唐茵没发现不对劲,考虑到病房里还有病人,压低了声音:"我买了早餐,你快过来吃。"

陆迟站在不远处,看着她笑靥如花,终于走了过去。

王子艳在昏迷后的第二天晚上,终于醒了。

吴老师给陆迟准了假,还和十四班的班主任林汝说了一声,顺便给唐茵也请了假。

恢复神志的王子艳要求出院,被陆迟拦了下来。没办法,她又要求儿子回学校去。

眼前她的状态和昨天的疯狂判若两人。

唐茵在她醒过来后便走去了病房外面,她心里知道陆迟肯定不想她看见这样的情景。

没等多久,陆迟出来了。

"要回去了?"唐茵抬头问。

陆迟点头。

"你还没吃晚饭呢。咱们先去吃饭吧,然后再回去,反正回去也是上晚自习。"

第八章 覆盆子

刚刚他只顾着给自己妈妈喂粥，根本没吃东西。

陆迟盯着她看了几秒，最终安静地颔首，算是答应了。

医院离嘉河近，唐茵带陆迟去了那边。

嘉河边搭着红色的棚子，都是大排档之类的，现在虽然是冬天，但还是有三五个摊位。

因为嘉河每晚都有一些演出，这边的人总要吃吃喝喝，这时候赚钱的机会就来了。所以即使是冬天，也有不少人出摊，毕竟有些人平时就靠这些营生赚钱。

唐茵随便找了家比较近的摊位，点了几样烧烤，然后就撑着脸和陆迟说话，才说了几句就听到后排的桌子传来哭声。

她回头去看，是一个长相挺秀气的女孩，看起来年纪和她差不多，哭得一抽一抽的，脸上的妆都花了。女孩对面坐了一男一女，举止貌似很亲密。

"凭什么……"女生抽噎着问。

男生答："我俩不合适，一直以来我都把你当妹妹。"

妹妹？

听到这个词的唐茵几乎要笑出声来，这都什么年头了，居然还有这样的劈腿理由。

两张桌子离得不远，唐茵想了想，还是伸长胳膊，将自己刚刚才要来的抽纸放到了她的桌角。女生本来还在哭，被突然冒出来的抽纸吓得一愣，偏头去看。

唐茵说："别哭了，委屈也别当着别人的面哭，多掉价。"

要是她，才不会轻饶了对方。

"你管呢？"男生站起来，一拍桌子，蛮横道，"多管闲事，我和我女朋友吵架关你什么事？"

唐茵眼皮子都没抬，出口嘲讽道："你看看自己长的样子，能不能别给自己加戏？"

男生立刻火了，推开阻拦他的女生，就要冲过来打人。

唐茵本来也不想多管闲事，只是看不过去罢了，偏偏对方是个暴脾气。没等男生靠近，她先出手自卫，把对方反手按在了桌上，动作快得旁边几个人都没反应过来。

男生没想到会这么轻易被她撂倒，本来就难堪，现在更难堪了，而且还挣扎半天都没起来。

陆迟无奈，上前伸手拉开两人，将唐茵带到了自己身后。

男生这才直起身子，转过身来就看到面前站着比他高一个头的俊冷男生。陆迟面无表情的脸，无端生出几分气势。男生情不自禁后退，不小心碰到桌子，趔趄了一下，又赶紧站稳，撂下狠话："你们等着瞧！"说完，他转身狼狈地跑了。

唐茵撇撇嘴，正巧被陆迟看到，她立马又做了个鬼脸，笑嘻嘻地吐舌头。

陆迟没搭理她，径直回了座位。

没过一会儿，唐茵听到隔壁桌又有了动静。她侧头去看，隔壁桌上放了几罐啤酒。大冬天的，那女生猛灌啤酒，虽然瓶子很小，但一罐接着一罐，可想有多难受。

她一个人喝，喝着喝着就哭了，哭了也没停，继续喝。

陆迟将唐茵的头转过来，低声道："别、别看了。"

唐茵与他对视，应道："好好，不看了。"

他们吃的是烧烤，烧烤却一直没上来，她又朝服务员催了一下。

第八章 覆盆子

就在这时,隔壁桌的女生肿着眼睛,红着一张脸,走到唐茵面前,小声地说了一句:"谢谢。"

唐茵笑说:"不用谢。"

女生的眼睛里还有泪珠,夜里被灯照得亮晶晶的,微笑的表情都做不出来。

她偷偷地看了一眼唐茵身边戴眼镜一直没说话的男生,扯了扯嘴角,轻轻道:"还是要谢谢你们。"

说完她便转身离开,很快消失在了茫茫夜色里。

关于陆迟妈妈的事情,唐茵没有多管。她感觉陆迟妈妈对她的印象不太好,而且又是人家的家务事,她管也没什么用。

第二天回到学校,林汝问了几句,唐茵才知道吴老师帮她请假了。

晚自习,唐尤为也来了她的班级。

唐茵转了一圈:"爸,你还不放心我。"

"我是你爸,当然担心了。"唐尤为瞪眼,"你看看你,教导主任都和我说过多少次了。"

"可我就是觉得他不容易。"唐茵挽上他的胳膊,"陆迟真的很好。"

唐尤为:"你……"

唐茵又补上几句:"你放心,我的成绩不会下降,看到陆迟我还能有动力学习,这状态不比以前好多了?"

唐尤为思考了一下,好像唐茵是好了一点,起码不用担心她每天在外面玩会不会有危险。

不知道他这么老实的人怎么会有一个这么上蹿下跳的女儿,一定是蒋秋欢的错,非要送她去学武术和散打,现在可好了。

唐茵拍了拍他的肚子,低声道:"爸,我有分寸。"

唐尤为摸摸她的头才离开。

终于把自己老爸糊弄走了,唐茵笑了笑,伸了个懒腰才回教室。

"陆迟,你怎么从那边进来的?"鹿野问。

陆迟想到刚刚不小心听到的话,耳朵动了动,敷衍道:"走、走错了。"

鹿野:你看我信吗?

和我们最近的楼梯在这边,他从那边最远的楼梯上来,都过了大半个学期了,还能走错?

十点四十分,晚自习结束,学校放学,但不少学生还会再留一会儿,用几分钟的时间争分夺秒。

十四班留下的人很少,不过十几个。唐茵也无聊,没打算回去。

而且苏可西这阵子全身心扑在学习上,就差没整天拿着书本去办公室了。这也是唐茵不干涉她和陆宇交朋友的原因,因为有个人能让她进步。

就在唐茵发呆的时候,桌前突然出现一本从没见过的资料,上面"物理"两个字大得很。

唐茵飞快转头,果然看到陆迟坐在她旁边。

"你来……有事?"唐茵迟疑着问。

陆迟看她一眼,然后转过头直视黑板,嘴里吐出几个字:"补、补习。"

看他这紧绷的样子,唐茵忍不住扬起嘴角,歪着头看他:"补习什么呢?书呆子。"

陆迟又转过来:"物理。"

他的手指在资料书上敲了敲。唐茵拿过资料书,翻了几页,是她没做过的资料,和上次陆迟帮她选的有很大不同,这本延伸点居多,那本则是偏练习。

她点点头,坐直身子:"好啊,补习就补习。"

陆迟翻开资料书:"那就做、做完这、这道题。"

唐茵收回落在他脸上的视线,应道:"好,做做做。"

时间过得很快,一模考试也临近了。一学期的紧张复习都是为了这次模拟考,不仅学生紧张,就连老师也紧张,生怕自己班上的学生出了什么错。

唐茵这段时间的物理成绩没让人失望,物理老师和班主任也都轮番叮嘱,让她放宽心。

之前的考试都是市里联考,这次可是全省的一模考试,要是考进前十名,说出去多光荣啊。

林汝说:"一定不能掉下去,一分就是千人之差,尤其是成绩好的那些同学,一分就可以甩开别人好几个名次。"

去年的省状元和榜眼的差距只有一分,别说当事人觉得可惜,恐怕两个学校之间都一个庆幸,一个惋惜吧。

这是最接近高考的模拟考,一定要好好对待。

林汝微笑说:"你这段时间物理成绩有很大的进步,物理老师跟我夸过你很多次了,好好保持。"

"是。"唐茵嘴上应着,心里却把进步归功给了陆迟。

这段时间陆迟每天都会来十四班,用课间的十几分钟给她讲题。唐茵的物理小考成绩丢分越来越少,最后基本稳定在一个范围,前几次考试离满分总是差上一两分,有一次甚至得了满分。

她本来讨厌某种题型,因为不喜欢基本就不研究,但陆迟非逼着她,还专门找这一类的题型,做多了她倒是再也生不出什么讨厌的心思了。

而且有人专门帮她补习,这感觉也挺好的。

考试当天,学校取消了早自习。考场是打乱了分配的,监考老师也是从外校来的。

早上唐茵一起床,就听见张梅叽叽喳喳地说:"……我好紧张,不知道突击有没有用,要是考不好今年也别想过好年了……"

一模时间已经是一月末了,相当于期末考试,考完不久就放假,所以同学们也都很担心因为成绩过不好年。

张梅穿好衣服,幽怨地看了一眼唐茵:"我要是像你这么淡定就好了。"

唐茵眼皮子也没抬:"羡慕不来。"

"唉。"

几个人相伴去了食堂。考试期间每个人起床的时间不一样,食堂的人也不多,都不用排队,大家拎着豆浆和包子在路上边走边吃。

南方的冬天很冷,冷在骨子里。昨天晚上下了雪,学校没人扫雪,现在踩在上面还有咯吱咯吱的声音。

"唐茵,你看前面,是不是陆迟啊?"张梅忽然开口。

第八章 覆盆子

唐茵眯眼去看，那熟悉清隽的身影不是他还能是谁。

陆迟和鹿野、唐铭他们走在一起。和身边勾肩搭背的鹿野、唐铭一比，陆迟走路又安静又平稳。唐茵三两口喝完豆浆，加快速度走了过去。

陆迟突然被人拍了肩膀，他朝左边看，没人。这时唐茵从右边凑过去："你怎么这么傻。"

突然冒出来一个人，鹿野和唐铭惊得往旁边一跳。

"陆迟，我突然想起来我没吃饱，我再去买个包子。"鹿野说。

唐铭紧跟其后："我也是！我去买豆浆！"

陆迟动了动嘴唇，半天没说出话来，半响无奈地转过头看了唐茵一眼。

唐茵吸了一口豆浆，说："陆迟，我们好像很久没见了呀。"

陆迟觉得似乎哪里出错了，机械回应："才一、一个晚上。"

明明昨天晚自习才给她补习过，怎么可能很久没见面。

唐茵却说："一个晚上难道还不久啊！"

陆迟沉默，他就不该回答她的话。

这次考试，她和陆迟的考场一个在一楼，一个在三楼，一个在左边的角落，一个在右边的角落。陆迟没再说话，径直往前走。

唐茵跟在他旁边，把什么无关紧要的事情都拿出来说了一遍。

唐铭和鹿野落在后面，偶尔能听到唐茵的声音。两人对视一眼——和陆迟相处了大半个学期，他们都清楚陆迟的性子可不是能听废话的，起码在他们说的时候，今天的太阳从西边出来了？

考完试时间还早，学校要求同学们回班上自习，毕竟现在离原本中午放学还有将近一节课的时间,不能浪费。

自习上到一半,外面突然下雨了。雨下得很大,冲散了地上的雪,也让大家走起路来更加艰难了。

苏可西朝窗外看了一眼:"幸好我带伞了。"

这场雨下得太大了,也算是冬天的第一场雨,即使关上窗户还能听到外面的雨声。

班上不时有人哀号自己没带伞。大家都在问谁带伞了,好挤一把伞回宿舍。

"哎呀,待会儿恐怕有很多人要淋雨了。"苏可西说。

唐茵没说话,转着笔写题目。她有两把伞,一把放教室,一把放宿舍。

下课铃声一响,大家急匆匆地冲出教室,唐茵和苏可西走在最后,慢悠悠地晃着。

"那个……"

苏可西一转头就看到了走过来的人,有点不敢置信,揉了揉眼睛,迟疑地拽了拽唐茵的袖子。

她们刚走到一楼的转弯处,刚好可以看到窗外的情形。雨下得很大,连带着雨里的景象都模糊起来。陆迟站在对面的走廊上,看着雨帘,脚步有些迟疑,俊秀的脸上略显烦躁。

唐茵将书扔给苏可西:"帮我带回去。"说完,她拿着自己的伞大步朝外跑去。

还没等她跑到那边,陆迟已经踏出了走廊,整个人浸在雨里,不过几秒身上就湿透了。

他个子高,步子大,又小跑起来,唐茵在后面撑着伞反而跟不

第八章 覆盆子

上他。

眼见他越跑越远，唐茵喊道："陆迟。"

大雨中，陆迟转身，在雨帘里看着模糊的她。

唐茵赶紧跑过去。她比他矮一点，只能举高了手臂，把伞撑在他头顶，不满地道："这么大雨，你怎么不和同学走？"

陆迟的下巴紧绷着，头发上的雨滴落下来，整张脸在氤氲的水汽中，泛上了一层暗哑的光。

黑发被水打成了一缕一缕的，遮住了他的额头，衬得他的脸更加白净。

陆迟转开头，不再看她。

唐茵刚想说什么，手中的伞就被男生接了过去，随之头顶传来一道低哑的声音："走。"

她回神："走走走。"

唐茵的样子反而让陆迟觉得无语。

陆迟个子高，打伞方便，唐茵乐得轻松，乖乖地跟在他身边。

唐茵说："你没带伞，怎么不来问我，我有伞啊！"

陆迟心想，他怎么知道她带了伞。

他们走到食堂前面才发现那边都被水淹了。有没带伞的学生直接蹚水过去。积水已经到了大家的小腿下面，而且浑浊不堪。

"我的天哪，这怎么过去？"

"今天不吃饭了吗？我好饿啊！"

"小超市今天也没开门，这里又这么多水，难道真要直接走过去？"

这季节蹚水肯定很冷，大多数人还是不愿意的，但又不能不吃饭，于是纠结成一团，这导致周围聚集了不少人，将水塘围成了一圈。

大家的哀号声此起彼伏，陆迟和唐茵也停在那里没动。

唐茵低头看了一眼自己的雪地靴，这要是踩进去，恐怕直接就一靴子都是水了。

她幽幽地叹了口气。

她最讨厌鞋子里进水，黏腻腻的，难受死了。

陆迟也跟着低头，目光同样落在她的鞋上。

半晌，他开口问："宿舍有、有零食吗？"

"昨天才吃完。"唐茵苦兮兮地摇头，昨天她和苏可西将柜子都翻了个遍。

陆迟的眼神里透出一丝无奈。正说着话，又有几个人直接蹚过了水，站在台阶上哇哇大叫。他们脱了鞋站在那边倒水，冬天厚重的棉鞋里全是水，苦不堪言。

唐茵又叹了口气，拽了他一下："咱们也过去吧。"说着就迈出了一只脚。

就在这时，陆迟突然拉住了她，直接将伞塞进她手里，弯腰在她面前蹲了下来。

唐茵还没反应过来，瞪大了眼睛："你干吗？"

陆迟平静地回答："过、过去。"

唐茵揪他的衣服："大冬天的，我这么重，算了吧。"

陆迟没反驳，直接拉过她，背起来，抬腿往食堂走。

在他背后的唐茵实在没忍住，嘴角弯了一下。

食堂里的人很少。

第八章 覆盆子

陆迟和唐茵进来就打到了饭，本来还准备回去吃，现在雨这么大，只能先在这儿吃了。

"得让学校改善伙食。"唐茵戳着米饭说，"你看你，多瘦。"

陆迟："我……"

"不过胖也不好看。"唐茵揉揉脸，盯着他看了会儿，"还是就这样吧。"

陆迟憋了半天，终于忍不住打断她："食不、不言。"

"好好好。"唐茵做了一个给嘴巴拉拉链的动作。

等他们吃完饭从食堂出来，雨已经停了。

门前原本的积水已经被排放干净，现在只剩下浅浅的一层。

两个人从食堂边的小路拐进了一栋宿舍楼。这栋宿舍楼离食堂很近，从一楼走廊穿到另一头出去，可以直接到达后面两栋宿舍楼。

宿舍楼的一楼走廊总是有些黑，陆迟先走进去，唐茵还没跟上就听到一声"哎哟，疼死我了"的哀号。她赶紧大步走过去。

此时声控灯也亮了，唐茵这才看清眼前的情景，愣在了原地。

认识了几个月，直到今天唐茵才看见陆迟不戴眼镜的样子。

好看极了。

就连陆迟面前的男生也呆住了。

下一秒，陆迟冷冷地吐出一个字："滚。"

这与他往常温和少语的形象截然不同。

男生被他吓得一愣，莫名没敢多说什么，径直消失在了楼梯口。

等人走了，陆迟弯腰去捡眼镜，唐茵却先他一步把眼镜捡了起来。

她问："你怎么了？"

陆迟面无表情，往常冷淡的眼眸微眯，此时幽深中仿佛燃着一团明明灭灭的火。

他直直地看进了唐茵的眼底，而后陆迟的眼尾渐渐发红，直至捂住自己的眼睛，别扭地偏过头，从她手里拿走眼镜，戴在了鼻梁上。

唐茵看到了他的手在抖。

重新戴上眼镜的陆迟又恢复了往常的样子，清冷温和，与刚才的样子截然相反。

两个人保持着蹲在地上的姿势，空气都安静了下来。

唐茵低头看地面，问："陆迟，你为什么要戴没有度数的眼镜？"

她刚才碰到眼镜时就发现了，那眼镜根本就没有度数，是很普通的镜片，和近视、远视的眼镜片不同。

陆迟呼吸一窒。楼梯间陷入了寂静，陆迟僵在那里一动没动，薄唇却抿得很紧。

唐茵迟疑地开口："陆迟，你……不抬头吗？"

陆迟眨了眨酸涩的眼，就是不看她，倔强地说："不。"

唐茵发现，陆迟从刚才到现在就一直没看她，刚才甚至捂住了自己的眼睛。

显而易见，他不想让别人看见他不戴眼镜的样子。

可是他那双眼那么好看，为什么要遮住呢？唐茵有些不解。

她琢磨了一下，又开口问："陆迟，你为什么戴眼镜？"

藏在陆迟记忆深处的某段画面又浮上了心头。

"陆迟是女孩子！"

"不对不对，是女、女、女孩子！哈哈哈！"

"快来验证一下！他一定是装男孩子和我们一起玩的！"

第八章 覆盆子

那是五年级的时候,下课后有几个人把陆迟围在了教室后排的角落。

从人群的缝隙中可见,一个漂亮的男孩被围在了一圈人的中央,他的眼泪在眼眶里打转,哭着说:"不、不要……"

那些嬉笑着的人夸张地做着鬼脸,有的还伸手去拽他的衣服:"你是不是女孩子?你干吗要装男孩子?"

…………

"都是一群小孩子,闹着玩的,哪有那么严重,我家阳阳就是调皮了点,是吧阳阳?"

"老师,你看是不是那个小男孩先惹的他们,不然怎么几个人都围着他,我看源头肯定在他身上!"

"李老师,小孩子不懂事,道个歉就行了。"

…………

断断续续的话语组成了一幅幅画面。

唐茵仿佛能感觉到陆迟当时的无助。想到那些人的嘴脸,她恨不得能穿越时空,出现在陆迟最需要人帮助的时候。

"我、我走了。"陆迟的声音有些飘。

唐茵忽然上前:"陆迟。"

她走到他面前,认真地说:"你要知道,你没有错,是他们在嫉妒你。"

陆迟睁开眼,视线透过镜片与她的目光不期而遇,唐茵亮晶晶的眼睛里犹如盛满了星星。

March

S	M	T	W	T	F	S
			1	2	3	4
5	6	7	8	9	10	11
12	13	14	15	16	17	18
19	20	21	22	23	24	25
26	27	28	29	30	31	

第九章

蜂蜜水

CHAPTER 9

小蛮腰

走廊不长,半分钟后,两个人就走到了尽头。

外面很亮,他们远远地看到了一些走来走去的学生。

唐茵先走了出去,朝陆迟挥了挥手:"下午见。"

少女明媚的一张脸上五官生动活泼。陆迟看着她,脑海中不禁想到,她似乎从来不会感觉自卑,整日都是这副自信张扬的模样。

这种自信一直是他缺少的。

昔日嘲笑他的话语又响在耳边,他的脸色渐渐变差,心口也突然感觉到烦闷。

恍惚间,那句话再次跳上心头,驱散了记忆里所有的黑暗。

陆迟的目光落在唐茵的身上,眼看她的身影消失在前面那栋宿舍楼的门口,唇角不自觉地勾了起来。

一模考完以后,成绩出得很快。最近所有老师的注意力都在一模的成绩上,因为一模虽不是高考,试题难度却是和高考最接近的,并且学生的成绩参与全省排名,能最直观地看出各个学校的学生成绩怎么样。

学校自然考虑到了大家的关注重点,发给每个班主任的成绩单上还添加了学生在全省的排名。

高中部办公室的老师们自拿到成绩单的那天,喜悦就冲上了心头。实验班的吴老师最先拿到的成绩单,看到班级第一名陆迟排在全省第一的位置几乎笑成了一朵花。

陆迟的天分他是知道的,偶尔有失误丢分的情况,但更多时候除了语文,其他科目都是满分。

这个学生他非常喜欢,有天赋,但从不骄傲,每次看到陆迟,他基本都在看书,复习资料书比班上其他人都多,并且对各种各样的题型也烂熟于心。

教陆迟的老师都夸过他,有天分又努力,怎么可能不成功。

这份成绩单在办公室里传阅着,单科老师拿的是单科成绩,等看到总成绩的时候还是挺震惊的。

"这要是保持下去,看来今年的状元没跑了。"

"这每一科的成绩,哎哟,我当年要是有这成绩,清华北大还不是随便填?"

"吴老师明年拿了奖金可得请吃饭!"

不仅教育局对状元学校有奖励,学校对出状元的班级也会有奖励,而且这笔奖金还很丰厚。

吴老师笑说:"一定一定。"

林汝看着成绩单上的排名,不由得有些担忧。

这段时间,唐茵的其他科成绩还是很好,物理成绩也很稳定,但就怕一模中出现意外,那可就不得了了。好在下午林汝也拿到了班级的成绩单。

看到唐茵在全省排名第三后她终于松了口气，再看物理成绩，只丢了两分。

以往最少都要扣七八分的物理，这次可算没拖后腿。

晚自习的时候，她将唐茵叫了出来，说："唐茵，你这次成绩很好，继续保持，也许高考能更进一步。还有两次模考，一定不能懈怠。"

她虽然只是自己带的第一届学生，但在办公室里三年，老师们不止一次提过高三的重要性，而且每次成绩单下来，吴老师也会感慨。很多学生一模成绩好，后面就放松了，等到二模成绩就会下降，如果知道奋发还好一点，要是此后一落千丈，那高考结果基本上就好不了了。

她可不希望在唐茵身上发生这样的情况。

唐茵从老师手里拿过成绩单，视线先落在了物理成绩上，她微微皱眉，感觉成绩还可以，但没有自己想的那么好……

她又将视线移到了省排名那一列，"3"这个名次刺眼得很。

唐茵忽然就不开心了。

陆迟的成绩早就被传开了，他是省第一，她居然是第三，中间还隔着第二，太让她不开心了。

"林老师，你知道第二名多少分吗？"

林汝一愣："第二名？"

唐茵点头："对，全省第二名。"

林汝说："这我还真不知道，我刚拿到成绩单。我去问问吴老师，他可能知道。"

说着，她就回了办公室。

第九章 蜂蜜水

吴老师自己有门路，认识的老师比较多，听她这么问，直接就给出了答案："第二名啊，好像是临市一中的一个男生，叫什么我忘了，临市一中也是很好的学校呢。"

林汝将第二名的成绩告诉了唐茵。等回到班上后，唐茵就开始支着下巴出神。

苏可西还不知道自己的成绩，看她这副样子，不禁猜测发生了什么，问："你怎么了？你看这草稿纸，都快被你看出窟窿了。"

"省排名我是第三。"

"成绩这么好还闷闷不乐？"苏可西睁大眼睛，"那我岂不是要哭死了。"

"第二名是临市一中的。"

苏可西问："第二名怎么了？又和你没关系。"

唐茵歪头看她，理所当然道："我和陆迟就隔了一个他，当然要知道多少分才好。"

苏可西忍不住说："你可真是的，连这种事也要在意？！"

下了晚自习，唐茵在楼梯口遇见了陆迟。

两人并排下楼梯，唐茵突然出声："我才第三。"

陆迟被她突然的一句话弄蒙了，察觉出她的声音有点闷，不由得开口："很、很好了。"

借着声控灯的微弱亮光，唐茵幽幽地看他："你是第一，中间还有个不认识的人拿了第二。"

陆迟差点一脚踩空。

一模成绩出来后三天，等试卷都讲解完了，零班的筹备也开始了。

高三和复读班的前三十名组成零班，配备的老师都是校里资历最深、教学成绩最好的。

唐茵自然也在零班学生的名单之上。不过零班的正式组建还要等到周末放假回来后。

唐茵最满意的其实是零班可以自己选座位。

能进入零班的学生基本上都比较自觉，选座位是给他们自由选择的权利。一开始还有老师不太同意这个规则，后来看支持的人比较多也就没再反对了。

回到家的时间比较空闲，唐茵吃过晚饭，拿手机玩了半天，点进微信。

不知道陆迟这时候在干吗。

她发过去一条信息。

很快，那边回复了一个问号。

他平时话少，发微信居然也这么简洁。

唐茵索性直入主题："明天出不出去啊？"

　　陆陆陆：不。
　　唐唐唐：一起出去吧。
　　陆陆陆：不。

唐茵不满意了，开启大招："我物理丢了两分哎，就这两分让我变成了第三名，我需要你帮我补习！"

第九章 蜂蜜水

陆陆陆：……

唐唐唐：你都说帮我补习了，不许反悔。

等了好一会儿，都没得到回答，唐茵哼哼两声，将手机扔到边上，开始吃零食。

下一刻，手机响了。

她赶紧拿起来，果然是陆迟的回复："……好。"

这语气很无奈啊。

新信息又跳出来："明天下午一点，书店。"

"都不给我发挥的机会。"唐茵对着手机做鬼脸。

她原本想借买复习资料的由头，和他出去放松放松，结果陆迟一眼就看破了她的心思。

可真无趣。

不过也还好，谁让他聪明又学习好。

星期六刚下过雪，星期天雪虽然停了，但路上的积雪不少，都被环卫工人扫到了马路边。

唐茵刚到书店门口就看到站在那里的陆迟。他穿了大衣，衣服到膝盖的位置，长身玉立，脖子上围着暗色的格子围巾。从她的角度看，他的下巴隐在围巾里，只露出半张精致的脸。

更让她意外的是，陆迟今天没戴眼镜。

唐茵跑到他面前："书呆子！"

陆迟条件反射地转头，他那没有丝毫遮挡的狭长眼睛明亮又清澈，唐茵忍不住看出了神。

她偷偷靠过去，小声说："你不戴眼镜很好看。"

陆迟被她这副理所当然的样子搞得哑然无语。

他倒退一步，和她拉开距离，转开脸，在围巾里的声音有些闷："进、进去吧。"

唐茵站回原来的位置，跟在他后面进了书店。

等上了楼梯，她又突然问："你是不是故意的？"

"嗯？"陆迟有些疑惑。

"你今天没戴眼镜，肯定是故意的。"唐茵停下来，大声说。

陆迟脚步一顿，摇了摇头。

"算了，问你你也不说。"唐茵撇撇嘴，心想反正他肯定是故意的，"哎，好看的人总有特权。"

陆迟被她说得有些心虚。他看了一眼周围，今天书店的人不多，一楼就老板娘一个人，正在前台看电视剧，外放的声音都盖过了唐茵的声音。

他轻咳一声，继续跟着她往楼上走了。

书店里什么都没变。

唐茵说买物理资料不过是一个借口而已，现阶段她的物理成绩已经很稳定，如果能在语文上再拿点分，肯定能超过那个第二名。

那个第二名，哼，她就是不开心自己排在他的后面。

陆迟又想起一模成绩下来的那天晚上，唐茵在楼梯间的表情和语气。等他回过神，唐茵已经走到他前面了，看他没跟上，又转过身等他。

"想什么呢？都落后了。"唐茵问。

陆迟立刻回道："没。"

第九章 蜂蜜水

唐茵瞥他,猜他肯定在想什么不想对她说的事。

走到书架旁边,陆迟抽出了一本资料书,唐茵伸头去看,在上面发现了"物理"两个字。

她跟在陆迟后面嘿嘿笑。他嘴上说着不愿意出来,实际上都想好帮她选什么资料书了。

真是靠谱。

唐茵没打扰他,像个小尾巴一样,跟在他后面,转来转去的,也不多说话。

陆迟又选了几本新出的试卷册,都拿了双份才离开这边的书架。

书店的收银员还是丁彤。

她看到两个人一点都不觉得意外,其实上次她回去后就打听了唐茵的信息。

没想到这个女孩在学校那么出名,这次她获得省里第三名的成绩也让丁彤十分敬佩。

他们从书店出来已经是一个小时之后了。

外面突然下了雪,雪花飘在空中,冷风直往脖子里灌。

唐茵皱着一张脸,她今天没带伞,明明雪都快化了,怎么又下雪了,而且天气预报压根儿没说会下雪。这么大的雪,不打伞衣服肯定会湿。

她怕冷,也是看到今天不下雪才出门的。

陆迟默不作声地又进了一家书店。

书店一楼不仅卖文具,还有各种各样的其他商品,伞自然也是有的,只不过都放在收银台里侧的桶里。

陆迟言简意赅地问:"有伞吗?"

老板娘拿出来一把:"十块钱一把,要几把?"

这里的伞不贵,都是应急用的透明伞,卖的也还不错,毕竟有些人出门就是不喜欢带伞。

陆迟顿了顿,回道:"一、一把。"

唐茵一转头发现陆迟不见了。她张望了一下,刚好看到走出书店的陆迟。

"你去买伞了?"

"嗯。"陆迟淡淡应道。

一把伞有什么用?

唐茵疑惑,正要进去再买一把伞,还没等她转身就被陆迟拽住了胳膊。

他把围巾递给她:"给你。"

唐茵笑着接过来,整张脸都缩在厚厚的围巾里,像只过冬的松鼠,看得陆迟觉得好笑。

看她把围巾围好,陆迟才开口:"走、走吧。"

不远处的理发店,透明的玻璃门将窗外的景象一览无余。

赵如冰坐在沙发上玩手机。

镜子前一个正在弄头发的女人问:"如冰,你在学校没跟学习不好的同学交朋友吧?"

"小姨,你说什么呢,我怎么可能,我要考上好学校的。"赵如冰说。

赵乐意满意点点头:"那就好。"

第九章 蜂蜜水

"好了，我们走吧。"赵乐意对着镜子转了一圈，心花怒放。

赵如冰点头，正收拾东西站起来，一转身就看到了店外的陆迟和唐茵，不由得愣在那里。

赵乐意拎过自己的包，见她出神，问："怎么了？发什么呆？"

赵如冰回神，赶紧低下头说："没事没事。小姨我们走吧。"

"嗯。"

赵乐意应了一声，却产生了几分狐疑。等两人走出理发店，她顺着刚刚赵如冰的目光看了过去。天气不好，街上的人就那么几个，这段路也就走在前面的一男一女很引人注意。

赵乐意看出来了，问："如冰，那是你同学吧？放假就和男同学一起出来玩，肯定耽误学习，她这学期是不是成绩下降了？"

赵如冰动了动嘴唇，没说话。

"看你这样子，恐怕他们两个人成绩都很差，你可不要和他们混在一起，"赵乐意说，"不然会影响你的成绩。"

赵如冰的脸色不是很好看。

事实上，人家不仅成绩不差，还比她好，尤其是这次一模考试，她排在全省第十三名，比他俩落后那么多。

路过一家小吃店，唐茵开口说："我饿了。"

陆迟歪头看她："你要、要吃什么？"

唐茵笑了笑，眼睛看向对面的一家店，和他一起穿过马路："你吃过这家没？"

陆迟摇了摇头。

"那今天尝尝，我请客。"唐茵说。

这家面馆开的时间不短了,自唐茵上小学起就在这儿了。如今她上高中,老板和老板娘还是在这里。

店不大,里面也就摆了六七张桌子,布置得很干净,不像一般的老店,桌面上总是积很多灰。

他们才刚进门,收拾东西的老板娘就看到了,笑说:"茵茵来了。"

唐茵扯开嘴角笑。她问陆迟:"你吃什么?"

陆迟看了一眼墙上贴的菜单,点了一份葱油拌面。

"那就一份葱油拌面、一份酸辣粉。"老板娘在一旁说,"快坐,很快就好。"

两个人刚在靠墙的餐桌坐下,里面就传出了声音。

"哎,和你说过多少次了,不要这么干。"老板娘不满道,"怎么就是说不听,下次再这样你就别进厨房了。"

没过一会儿,老板反驳:"这样才好吃。你别和我吵架,耽误我做事,老板娘就该有老板娘的样子,哪有你这样的。到外面去,我刚买的烧饼在桌子上。"

两个人的说话声音渐小,过了几分钟,老板娘走了出来。

看到唐茵旁边的男生盯着她,她笑了笑,走到最里侧的桌边——烧饼就放在那儿。

"看什么呢?"唐茵问。

陆迟收回了视线。他只是觉得这两个人虽然在吵架,但能从中窥见其中的温情。

唐茵顺着他刚才的目光看过去,小声道:"这家店的老板和老板娘当初结婚没经过父母的同意,老板娘自己非要跟他,据说当时老板

第九章 蜂蜜水

一无所有。然后两个人一起奋斗,经营出了这家店。"

让唐茵羡慕的是,老板每天都会给老板娘买她最喜欢吃的烧饼,而那家店在这条街的尽头。老板不止一次说过,是他让老板娘过了苦日子,她喜欢吃什么,必须满足,不然拿什么逗她笑。

唐茵简要地和陆迟说了他们的故事。陆迟又看向了那边,不由得想到了自己的家庭,同样是奋不顾身地嫁给一个人,得到的却是不同的结果。

上次从医院回家后,他请假陪了妈妈几天,才终于让她的情绪稳定下来。如果不是那会儿已经接近一模考试,他就不去学校了。

关于他们离婚这件事,他劝了很多次,妈妈松口近在眼前。

"来了,小帅哥的面。"

陆迟出神间,老板娘已经将面端到了他的面前。嫩绿的葱花拌在面里,葱香四溢,看着令人垂涎欲滴。

唐茵盯着他的面看了一会儿,也终于等来了自己的酸辣粉。

吃饭的时候,这张桌子突然就变安静了。

不知过了多久,唐茵突然听到陆迟说:"你……"

陆迟的表情有些纠结。面前没有了围巾的阻挡,此时他整张脸都露了出来,清秀好看得不像真人。他动了动嘴唇,声音有些低:"你……为什、什么要、要跟我交朋友?"

唐茵一愣。她朝陆迟看去,他罕见地没有转开脸,而是与她对视,眼睛里满是疑惑。

"这个问题……"唐茵咬着勺子看着陆迟,然后搅了搅碗里的面,"我最喜欢吃这家的酸辣粉,从我知道有这家店开始。"

苏可西问过她不止一次,为什么喜欢吃这个,因为她觉得并没有多好吃，有时候老板的调料放少了就没有那么香了。

唐茵直直地看进陆迟的眼底："当然是因为，我觉得它最好吃，它就是最好的。"

店里吃东西的只有他们两个人，老板娘和老板也进了后面的厨房，在唐茵说完这句话后气氛陷入了一片安静。

良久，陆迟闷闷答："……我……没你、你想的那么好、好。"

他根本没有她想的那么好，相反，她比他好很多，自信张扬，家庭幸福，与他截然相反。

唐茵放下筷子，说："陆迟，你看着我。"

陆迟抬头与她对视。

唐茵正襟危坐，认真道："你怎么不好了？我就觉得你很好，哪里都好。"

吃完饭，唐茵和陆迟去了不远处的商场。这个商场是新建的，设施齐全，哪怕是冬天客人也不少，而且里面玩的项目也很多。

商场里开着空调，很暖和。唐茵将围巾取下来搭在胳膊上。等上了二楼，她的视线就落在了某一处。

"……你怎么这么笨。"

"那你上啊，看你多能耐！"

"……我最拿手的就是这个，你还跟我斗。"

唐茵转了转眼珠，拽了一下陆迟，小声说："你会抓娃娃吗？"

陆迟侧身看过去，想了一下："没、没玩过。"

但是看她跃跃欲试的样子，他还是朝那边走了过去。

唐茵偷偷地感叹了一声，有些惊喜。正巧刚才那两个玩家离开，娃娃机前面一下子空了出来。陆迟投了一个币进去，又让开一些，

第九章 蜂蜜水

说:"玩。"

唐茵也没客气,伸手握住了手柄。

她还真没玩过这个,主要是妈妈也不许她玩,说什么这有赌博性质。结果玩了半天也没抓出来一个,唐茵生气地拍了一下机身,这也太不给她面子了。

她偷偷去看陆迟的表情,见他没嘲笑她才松了口气。她的一世英名都败在这抓娃娃机身上了。她回去一定说说蒋秋欢,要是小时候允许她玩,现在她一定抓到很多玩偶。

唐茵哼了一声:"不玩了,不好玩。"

陆迟笑了一下,没回答她的话,而是径直走向旁边的那台抓娃娃机,对着上面的东西打量了片刻,再次投币。唐茵站在他身后,心想她都不会,这书呆子怎么可能会。

打脸来得很快。

不过几分钟,娃娃就跟自己长了腿似的纷纷被爪子夹了上来,眼看就要堆成一堆了,陆迟还在夹。有人围过来看热闹,唐茵这才反应过来,拽了一下陆迟:"够了够了。"

陆迟有点意犹未尽,回头看了她一眼:"你、你不玩了?"

唐茵点点头:"下次再来。你一下全夹完,当心待会儿老板过来打你,到时我可不帮你。"

陆迟抿了抿嘴,看到不远处围观的人,弯腰将娃娃捡起来拍了拍,把其中几个塞进唐茵怀里,自己怀里也抱了几个,说:"那、那走吧。"

陆家。

偌大的别墅平日只有两个人住,今天却来了两个人。

王子艳坐在沙发上,妆容精致,面无表情地看着对面的两个人,恨意再一次冲上心头。陆跃鸣坐在对面,面前的茶几上摆着一份文件,他把文件推过去:"签字吧,拖着没什么好处。你也知道现在的情况。"

他看了一眼这个房子,又说:"这别墅,我就准备放在迟迟名下了,抚养费我会每个月打过来的,还有给他的零花钱。"

陆跃鸣顿了顿:"如果你实在没钱,可以找我要,不过我需要正当的理由,迟迟生活的各个方面我都不希望再出现短缺的情况。他也是你的儿子,你应该知道。"

虽然他偏爱宇儿,但迟迟总归是自己的孩子,而且学习方面从来没让他操过心。这孩子意外得了结巴的毛病,他说不心疼是不可能的。

可摊上这么个妈……他只能在其他方面弥补陆迟了。

陆跃鸣脸上的表情不显,只是和坐在自己身边的女人对视了一眼。

看他说得这么轻松,一副云淡风轻的样子,王子艳原本平息下去的怒气又起来了。她一把拿过文件,飞快地翻了翻,扔到他面前:"说得这么漂亮,不就是急着让你的小三转正!"

对面女人脸上的微笑瞬间僵住。

"王子艳,你说话非要这么难听?"陆跃鸣出声呵斥,"邱华不是小三!"

王子艳冷声道:"我和你还没离婚,她就和你住在一块儿,卿卿我我的,不是小三是什么?"

第九章 蜂蜜水

陆跃鸣被她抢白,脸色也难看起来。邱华攥紧他放在身侧的手,心里实在是受够了。明明当初她是正牌女友,和跃鸣两情相悦,谁知不过短短一个月的时间,她就变成了被抛弃的那一个。几个月后,肚子显怀,她的生活一落千丈。她来自普通家庭,未婚生子受人唾弃,被周围人、亲戚数落,父母也觉得她丢脸,更是和她断绝了关系。

就因为王子艳先说出来自己怀孕,他们就结婚了?

邱华此时想起过去的遭遇,依旧喘不过气来。

她独自生子,还没出月子就去找工作支付房租和陆宇的花费。就在那时,她和陆跃鸣又遇见了。邱华实在无力承担小陆宇的抚养费用,就这么稀里糊涂地当了所谓的小三,一当就是十多年。有时候她会想,如果当初她先和跃鸣说自己怀孕,会不会现在被称为"陆太太"的就是她?想到这里,邱华对王子艳满是仇恨。

不过,此时她却很平和地开口:"当年的事情你自己清楚,你插足我和跃鸣,你的孩子怎么来的你自己最清楚。"

王子艳半天没说出话来,她脑海里闪过儿子的脸,顿时心生愧疚,嘴上却强硬道:"离婚不可能!"

见到邱华,她就不甘心。

陆跃鸣皱眉说:"你难道真想法庭见?"

王子艳看到邱华吃瘪的样子只觉得大快人心,回道:"那要看谁是过错方。你结婚期间养小三,法庭只会偏向我。"

邱华的脸色越来越难看。自从陆宇知道她和跃鸣还没结婚,性格就变得十分叛逆,家长说什么都不听。以前的陆宇多乖啊,生活和学业从来没让她操过心,更是非常孝顺,什么都能第一时间想到她,现在呢?

"拖着对你没好处,你们已经分居这么多年了。"邱华平静下来,冷道,"你就不为陆迟考虑一下吗?他应该不止一次劝你们离婚了吧?"

天色已经黑透了,雪也停了。

"我到家了。"唐茵的声音闷在围巾里。

"嗯。"陆迟轻轻地应了声,却没停下来。

直到唐茵站在自家庭院门前,两个人才停下脚步。

唐茵转过身,面对陆迟。庭院里的灯透出来一点光,陆迟的脸在夜色里忽明忽暗。

陆迟将装着娃娃的袋子递给她。

唐茵接过袋子,没等说什么,身后传来一道清朗的男声:"茵茵?"

唐茵飞快地转头,轻快地喊道:"哥!"

陆迟的身子僵住,迅速后退一步。

原本站在不远处的唐昀狐疑,大步走上前,很快整个人站在了灯光下。

他打量起眼前的男生,随后目光又回到了妹妹身上,不客气地问:"他是谁?"

唐茵咳嗽一声,懒得回答。

唐昀又问:"茵茵,这是你同学吗?"

唐茵点头:"是啊,这是我们年级第一,陆迟。"

唐昀的目光更不客气了。

陆迟:……总觉得他看自己的眼神有点奇怪。

第九章　蜂蜜水

唐昀的目光在他身上转了几圈,然后说:"谢谢陆同学送我妹妹回家。"

陆迟正要开口,就听到他继续说:"想必陆同学家人也挺担心的,你还是早点回去吧,天黑不安全。"果然很不客气。

唐茵蹭到唐昀身边,不满地喊道:"哥。"

唐昀瞪她,但还是伸手摸了摸她的头发:"这么晚了,不如让司机送他回家?"

陆迟却开口:"不、不用了。"

说完,他对唐茵点了点头,转身走了。

唐茵拿开唐昀的手:"你别过分啊。"

唐昀看她追上去的身影,有些无语:"我搭自己妹妹的肩膀都过分了?"

刚才她介绍时非得介绍对方是年级第一,难道不是在嘲讽他成绩不好吗?

唐茵追上人:"陆迟。"

陆迟停下来,转过来看她。

大概是她跑得太急,睫毛颤动得厉害,呼出的气变成了一团白雾,映出朦胧的脸。

"你别和我哥计较。"唐茵说。

陆迟不免想到刚才唐昀的表情,又听到唐茵的形容,有点想知道她哥哥听到的反应。

"没。"他说。

唐茵又挪过来,"那你一声不吭就走,我们多玩一会啊,怕我?"

陆迟脸转开,没过多长时间又转回来,说:"好、好学习。"

唐茵回到家后,唐昀的目光就一直盯在她身上。

她心情不好:"看什么?我天生丽质,你再看也不会变好看。"

"你那个同学走了?"唐昀问。

"不走难不成住下来啊。"唐茵回。

唐尤为正巧从楼上下来,看女儿满是火气的样子,问:"你小子又怎么招惹她了,才回来就这样?"

唐昀大叫:"我冤枉啊,谁招惹她了?我不过是刚才回来看她和一个男生在家门口,就问了对方是谁,然后就被瞪到现在。"

"男生?"唐尤为的视线在唐茵身上转了转,"谁啊?"

唐昀:"她说学校年级第一。"

"陆迟?"

"爸,你也知道啊?"

唐尤为"哼"了一声:"那小子学习成绩那么好,我能不知道?"

"……厉害厉害。"唐昀转头,"真是第一啊。"

唐尤为严肃道:"我可提醒你,好好向陆迟学习,别整天不务正业,打些乱七八糟的算盘。"

唐茵喊:"唐校长。"

唐尤为坐直身子:"你喊我爸爸也没用。"

唐昀一脸不忍直视:"唐校长,你说这话前能不能把脸上的笑给收了?"

唐尤为:"我哪里有笑?"

陆迟回到家已经是九点多了。

家里又是一片漆黑,他轻轻地喊了一声,打开玄关处的开关,客

第九章 蜂蜜水

厅一下子亮堂起来。

家里没人。

陆迟去了楼上，楼上也没人。他有些疑惑：妈妈去哪儿了？

就在这时，门铃声响起。

陆迟快步走到玄关，是邻居家的保姆王阿姨。王阿姨在隔壁做了十几年的保姆，和他家也算熟悉，偶尔遇到会打招呼。

"王、王阿姨，您知——"

话未说完，王阿姨就打断了他的话："你妈妈傍晚的时候被救护车带走了，你赶紧去医院吧，我问了，就在第一医院！"

陆迟瞳孔微缩，来不及回应就拿着手机出了门。

一打开手机，果然有好几个电话。

王阿姨知道他着急，但还是没忍住说："我傍晚出去买菜，看到一男一女从你家出来，没过多长时间救护车就来了。"

一男一女？

陆迟眼前出现陆跃鸣和那个女人的脸，脸色有些难看，他和王阿姨挥了挥手就跑了出去。

王阿姨站在原地叹气，这都叫什么事哦，可怜了陆迟这么好好的一个孩子。

陆迟从车上下来就喘着气直奔楼上。他把病房门一推开，映入眼帘的是王子艳苍白的一张脸，她正坐在那里盯着输液瓶看。看见儿子走进来，王子艳的不安少了一些。

现在她的身边只有自己的儿子了。

陆迟给她整理了一下靠背和被子，目光落在她脸上的伤口上。他拧着眉，心里千言万语却没说一句话。

王子艳突然开口:"迟迟,你说妈妈是不是做错了?"

陆迟动了动嘴唇,不知道怎么回答。

王子艳又转过头去看输液瓶,药水不紧不慢地顺着管子进入她的体内,她不由得想到了今天下午的事情。

陆迟的声音响在她耳边:"离、离婚吗?"

这个问题他似乎问了无数遍,每次只有这几个字。

王子艳的心里转过了万千思绪,然后对上了陆迟的眼睛,这双眼睛还是遗传了陆跃鸣。

良久,她终于开口:"……等你放寒假就离。"

她不想签离婚协议,法庭见也许会让她好受一点。

病房里一片安静,王子艳又看向儿子,以往冷淡的眼里似乎藏了一丝笑意。

陆迟在病房里待了一夜,第二天直接回了学校。

天气渐冷,回校后大多数人都穿上了羽绒服,只有少部分人还顾及风度,不要温度。

零班也成立了,前三十名就要进入新的班级了。

十四班一众人围住唐茵,叽叽喳喳说了一堆话。

于春凑在边上:"你走了没人给我讲题了。"

唐茵睨他:"是吗?你的真实目的是看不到我的作业了吧。"

于春故意翘起兰花指:"哎呀,你不要戳破嘛。"

"受不了了!"周围几个男生忍不住,顿时将他拽了过去,一顿"围殴"。

苏可西嘬着一根棒棒糖:"我可听说零班自由选位,到时候你还不是近水楼台?也不知道那什么赵如冰会不会找碴。"说着,她凑到

第九章 蜂蜜水

唐茵边上,"加油。"

"闪开点。"唐茵嫌弃地推开她,"你的脸蹭到我了。"

"去你的,我可是巴掌脸。"苏可西一掌挥过去,"下次再这样,绝交!"

唐茵专心收拾书本。

零班是新开出来的班级,在五楼,和复读班相邻,学生们的课桌都是直接从原班教室搬过去的。

半晌,苏可西又从外面回来,端着两个水杯。

"喏,蜂蜜水。"她递过去,"美颜养容利器,从今天开始,我要天天开始喝,闪瞎陆宇的眼。"

唐茵:"……你已经把他的眼戳瞎了。"

"唐茵你现在说话越来越毒舌了啊,当心陆迟看清你的真面目。"苏可西哇哇大叫。

唐茵不理她,接过蜂蜜水,第一口就被这甜死人的口味齁得差点喷出来。

蜂蜜水都是这样的?苏可西加了几斤蜂蜜?看苏可西几秒就喝完的样子,唐茵产生了怀疑,咬牙把它喝完了。

甜腻的口感充斥着口腔,唐茵觉得这辈子怕是再也尝不到比这还要甜的东西了。

刚喝完,发觉窗前有一大片阴影,唐茵一把拉开窗帘就看到陆迟站在外面。他又戴上了眼镜,此时一副不苟言笑的样子,在身后落雪的衬托下精致得如同一幅画。

她问:"你怎么来了?"

陆迟的目光落在她面前。

唐茵顺着看下来，突然懂了："你要帮我搬桌子？"

陆迟抿着薄唇，点了点头。

"那好。"唐茵笑着答应了。

陆迟从后门进来，把唐茵桌上厚重的书本资料都收拾到了边上，随后搬起桌子出了教室。

唐茵抱起一摞书跟在他后面，上楼梯的时候，两个人都放慢了速度。

等到了五楼，唐茵突然开口："我爸爸对你评价很高呢。"

"唐……校长？"陆迟有点迟疑。

"要是他听到被你这么称呼，会很得意的。"唐茵撇嘴。

陆迟想到唐校长严肃的样子，总觉得和唐茵说的形象有些差距。他对于唐茵爸爸的印象全在学校的一些重大仪式上，多数时候就算是升旗仪式也看不到他，毕竟他总是站在最后面。唯一一次近距离接触就是转校那次。

"我爸可虚荣了。"唐茵不知道他在想什么，揭短道，"他生气的时候，我妈要是喊他一声唐校长，他能立马笑出声。"

陆迟知道此虚荣非彼虚荣，唇角无意漾出一个好看的弧度。

唐茵眼尖："你以后要多笑，你笑起来好看。"

陆迟的笑容却一下子消失了。

唐茵想了想，咧开嘴，露出一口小巧精致的白牙，拿指甲敲了敲，说："我今天喝了蜂蜜水，蜂蜜水都甜腻牙了。"

陆迟看着她一口瓷白的牙齿，有些疑惑。

这两件事有关联？

唐茵又补充道："你笑起来比我今天喝的蜂蜜水还甜。"

第十章

野红莓

CHAPTER 10

陆迟还没说话，楼上就急急忙忙跑下来一个人。男生跑得很快，来不及刹车，陆迟眼神一凛，空出一只手将还没反应过来的唐茵往他这边一带，那男生就从缝隙里跑了下去，很快消失在了视野里。

"谁啊？"唐茵嘀咕了一声，皱眉。

复读的学生她并不经常见，有些也不认识。

零班在五楼楼梯口边上，走近就能看到教室门口已经挂上了班牌：0班。

这就是他们接下来要待的班级了，以后的荣誉、失败等都与之前的班级无关了，只属于它。唐茵盯着班级牌子看了会儿，不知不觉落在了陆迟后面。

教室里已经来了一些人，桌子摆放得奇奇怪怪，这里一张，那里一张，还有空出来的座位。

零班的成员有一小半都来自实验班，包括鹿野和唐铭。两人虽然平时爱插科打诨，但成绩是不唬人的，这次排名都进了前二十。

唐茵后进教室，看陆迟已经站在鹿野前面了。

鹿野抬头："哎哟，故人相见。"

唐茵不理他，翻开隔壁桌的书，上面的名字正是陆迟，字迹偏潦草却很好看。

她正准备坐下,陆迟却指了指她的手侧面,那里有一块微红色的皮翻了起来。

唐茵出声:"大概刚刚不小心蹭到了。"

她丝毫不在意,也没感觉到疼,这伤对她来说不算什么,于是抽回手继续收拾东西。

陆迟却在桌子里摸了会儿,摸出来一瓶医用酒精和创可贴……

谁上学还带这个?唐茵惊讶地说:"你怎么有酒精?"

陆迟低垂着眼睛,眼镜遮住了一大半的情绪,低声道:"从家、家带的。"

唐铭刚巧从外面回来:"陆迟,咱学校的医务室就在那儿,你还带酒精干吗,你也太懒了吧?这么点距离都不去?"他咬着苹果,有点奇怪,陆迟可不像是懒惰的人啊。

鹿野朝他使眼色,唐铭毫无知觉,顺着陆迟的目光看向面前背对他的人,不由得问:"新来的?谁呀?"

话音刚落,唐茵转头看他。

唐铭立刻被呛住,倒退一步,红了一张脸:"唐茵啊……哈哈哈,你和陆迟同桌啊……很好很好……欢迎欢迎!"

一旁的鹿野直翻白眼。

陆迟没说话,低着头用棉签细心地将唐茵的伤处消了毒,过了一会儿陆迟才抽出一个创可贴,轻轻贴在了伤口处。

创可贴是可爱款的,贴在手上显得活泼可爱,实在不符合陆迟的性格,倒是很适合唐茵。

唐茵心有所察,收回手,朝他嘿嘿一笑。陆迟觉得,她这次笑得有点傻。

唐茵中途去了趟洗手间，回来就碰上了赵如冰。

她正一个人艰难地搬桌子，停在楼梯上，喘着气。现在正是上课时间，她的同学都在上课，也不知道她怎么现在才搬。

见唐茵看她，赵如冰的脸色不太好看。赵如冰最不想碰见的就是唐茵，可现在一上楼就看见她，突然有种奇怪的狼狈感。

虽然知道现在自己和她一个班，但赵如冰已经做好了心理准备，不准备和她有任何交流，反正左右只有一学期的时间，撑撑很快就结束了。

唐茵耸了耸肩，径直去了教室，走了几步又退了回来，问："要不要我——"

话未说完被赵如冰打断："不要！"

"我还没说你就知道了？"唐茵似笑非笑，直接伸手拉过桌子上的椅子，轻巧地拎了起来。

赵如冰"哼"了一声，抬着桌子上了楼梯。她一把夺过椅子，架在桌子上，不怕累地往前拖，丝毫不想唐茵帮忙。

唐茵也知道自己多管闲事，却在经过她身边的时候听到了一声"谢谢"。

她转头去看的时候，赵如冰已经别过头不看她了。

她突然发现这位赵大小姐也很好玩啊。

唐茵摸着下巴，从后门进了教室，一眼就看到赵如冰所在的位置在第一排，也就是讲台边上，顿时心生佩服。这位置上课的时候可是什么小动作都不能有的，看来她也是一心学习的人。

第十章 野红莓

唐茵回到座位上开始撑着下巴发呆，也不知道在想些什么。

而赵如冰正在收拾自己的书本。和她玩得好的女生没能进来零班，现在的班级她认识的女生一个都没有。她不由得想起刚才的唐茵。

唐茵似乎不把任何事放在心上，上次还对她挑衅，这次就能伸手帮忙，一点都没有记恨。

唐茵的人生肆意盎然，和她完全相反。

赵如冰有些怅然，她在唐茵面前根本不算什么，她连最基本的勇气都没有。

上午的第一节课都是给大家搬教室的时间，直到第二节课老师才姗姗来迟，正是他们的新班主任。新班主任看着年纪四十多岁，戴着眼镜，一副温和的模样，让班上一些人松了口气。他们最怕的就是遇到一个严厉的班主任，本来学习就够苦的，班主任再严厉那就无趣死了。

"同学们，欢迎来到新班级，我是你们的班主任周成，以后有什么事都可以在这层楼后面的走廊处找我。"

这层楼和实验楼有一条走廊连接，办公室就在走廊上，和洗手间相邻。

周成的目光在班级里转了一圈，对学生们也都有了一个大概印象。

最后他将目光停在了最后那排的角落——年级第一和年级第二。这次一模，他们在省里的排名也相当出色，可以说他未来要是带领得好，这一届的省状元非他们班莫属。

他这个班主任虽然半道上任，到时候也是有奖金拿的。

教育局给状元所在学校的奖金可不是一点半点，数目相当大，算一算，可是他很久的工资。

他们两个人只要最后一个学期的成绩别落下去，相信未来成绩斐人。

"你们的座位都是自己选的，我暂时不动。"周成移开视线，继续说，"下学期开学有开学考试，到时候你们要是想换可以再换。每个大考结束我都给你们换座位的时间。"

他又补充了一些要求，然后摊开书本开始上课。

唐茵听得昏昏沉沉。昨天晚上她被苏可西拉着说了很多话，导致她凌晨才睡。

周成教语文，现在正好讲解这次的语文试卷。文言文一念下来就跟催眠的曲子一样，唐茵不知不觉就撑着脸闭上了眼。陆迟才记完一个词，不经意往旁边一看，就看到唐茵小鸡啄米似的点着头。

时间很快过去，下课铃声突然响起，唐茵的手肘突然从桌角滑了下去，头也歪了下来，眼看就要磕在桌上，陆迟迅速伸手扶住了她。

唐茵迷蒙地醒过来，看陆迟若无其事地翻试卷。

过了一会儿，她整个人清醒了，问："刚刚是不是你？"

陆迟目不斜视："不、不是。"

唐茵得意地笑了一下："你怎么知道我在说什么？一看就是在说谎。"

上课铃没响，眼保健操的音乐先响了起来。冬天的大课间没了课外活动，学生们也就做做眼保健操。唐茵向来对这些活动不感兴趣，平常在十四班也没人做，只有偶尔学生会来检查的时候才会动一下。

现在是冬天，学生会也不经常检查，她已经有很多天没跟着做操了。

但音乐刚响起来,她就看到整个教室的同学都在做眼保健操,身边的好学生陆迟更是做得很认真。冬天学校就不要求穿校服了,只有升旗仪式的时候才要求大家在外面套一下校服。

现在天气冷,升旗仪式也基本取消了,所以学生们几乎没有带校服进教室的,唐茵的校服早就压箱底了,估计只有陆迟还乖乖地把校服套在外面。

偏偏一件校服也能让他穿出时尚感。唐茵的目光从上而下,将陆迟打量了一遍。

陆迟似有感应,扭过头对上她的眼睛。

她狡黠一笑,问:"你干吗偷看我?当心我去告诉班主任!"

陆迟:"我……"

眼保健操的音乐还在响,班上的同学都在认真地做操,毕竟是新班级组建的第一天,大家总是充满着无缘无故的热情。就像是每一个新学期开学的第一天,大家也总是下定决心说要好好学习,动力十足。

等眼保健操结束,上课铃声随之响起。

零班的物理老师还是他们以前在实验班的物理老师,名字叫王晓峰,唐茵也算认识,上次出的糗现在她还记得呢。

都怪陆迟,她又瞪了他一眼。陆迟不明所以,自顾自地翻试卷。

王晓峰看了一眼班上的学生,笑说:"今天把试卷讲一下,从后面的大题开始。"

唐茵翻到试卷的大题部分。这次她考得还算好,最后一道题可能是因为解题思路不对,不知道在哪里扣了两分,不过比起以前可是好上太多了。

这次试卷出题是按照高考来的,所以题型虽然是新题型,但知识都是学过的。

唐茵不是很喜欢物理,以前没分班时的物理老师性格不怎么好,她上课基本都在睡觉,那时候她的物理也是丢分最多的科目。高一下学期时换了新的物理老师张老师,她挺喜欢张老师的性格的,于是就重拾了物理,基础也是后来重新学的。

唐茵偷偷看向陆迟那边,果不其然是满分。

陆迟这次省排名第一,只有语文扣的分比较多。

唐茵的语文阅读理解题被扣了很多分,前几天因为这事,她被十四班的语文老师说了好半天。唐茵有些无奈地想,好吧,她一向想的和别人不一样。

陆迟的卷子干干净净的。

王晓峰在上面讲着题目,学生们也都在认真听,毕竟现在不听以后可没机会了。

唐茵歪头偷瞄了一眼他的卷子,顺带看了一眼陆迟。

陆迟突然扭过头。

四目相对,唐茵先是愣住,而后眨眨眼睛。

陆迟嘴唇微动,"听课"的口型清晰可见。

半响,唐茵伸出手,把他的试卷抽了过来。

陆迟没反应过来,愣着没动。

唐茵把自己的试卷扔给陆迟,正大光明地将陆迟的试卷摊在桌上。

陆迟在心里叹气,翻开有点皱的试卷。答题卡上的字体娟秀,倒

第十章 野红莓

是和唐茵的性格不怎么像。

他一点点浏览着试卷,片刻后,便看到了物理的最后一题。

上次唐茵说自己的最后一道题被扣了两分,还真是被扣了两分,他还以为唐茵是骗他的呢。

下课的时候,陆迟才将试卷放回唐茵的桌子上。

唐茵早就忘了卷子这回事,她记起来有本笔记放在苏可西那儿,一下课就跑了出去。

鹿野回头就看到陆迟正在往唐茵桌子上放卷子,他朝陆迟道:"哎哟,唐茵这试卷。"他拎起卷子,大惊小怪道,"怎么这字迹这么熟悉,陆迟,这不是你的字吗?"

陆迟毫不犹豫:"不是。"

鹿野:认真的吗?

真是说起谎来都不怕被打,明明就是他的字迹。看陆迟一直盯着自己,鹿野只好放下试卷。

鹿野偷偷问唐铭:"你有陆迟写过的什么字吗?"

"什么?这东西你找他要啊。"唐铭先是诧异,而后翻出了草稿纸,"你等一下,上次他给我讲题,这个草稿纸还没扔。"

鹿野一把夺过草稿纸,上面的内容是物理题。他转身偷看唐茵的试卷,试卷上,不论是字母还是数字,分明都和草稿纸上的一模一样。

不得了了,陆迟学会撒谎了,他帮唐茵订正试卷还不承认。

等唐茵回来的时候,陆迟刚好被老师叫去了办公室,鹿野趁机问:"唐茵,你看这,是不是陆迟给你订正的?"

唐茵的表情都不带变的:"不是。"

鹿野兴冲冲的一张脸立马僵住，这俩人是合伙逗他玩的吧？

看他连续吃瘪的样子，唐铭在一旁哈哈大笑。

一天的时间转瞬即逝。

因为一模，这学期的期末考试就取消了，一模的成绩就被当成是期末考试的成绩了。据唐校长的说，这么操作也是为了让同学们过个好年。

因为明天下午就要放假，晚自习时，大家不由自主就放松了许多，大多数人要么和同学聊天，要么自己做题目。

唐铭和鹿野带了手机，他们用书挡着手机，偷偷地看视频。怕被老师发现，两个人都没用耳机，即使看着无声电影，他们还是津津有味的。

唐茵看到旁边的陆迟还在一丝不苟地做题，她不忍心打扰，只好戳了戳前面沉迷电影的两个人："看什么呢？"

唐铭被唐茵吓了一跳，做贼似的四处看了一眼，看到老师没来才放下心来。

他不满道："唐茵，你别吓人。"

唐茵狐疑地看着他："我不过戳了你一下，你干吗这么紧张？你在看什么？"

唐铭扯了扯嘴角，没说话。

他的同桌鹿野也回头对着唐茵道："哎，你管这个干什么，你又不看，还是好好学习。"

说完，他又转头和唐铭窝在一起。

两人看得津津有味，丝毫没有察觉到外面发生的一切。唐茵仰头喝水的时候，余光无意间看到了窗户外的光景。

第十章 野红莓

窗户外，班主任冷冷地站着，凝视着教室内。

唐茵嘴里的一口水差点喷出去，戳了戳唐铭的后背，好心提醒道："班主任来了。"

好歹都是唐姓人家。

唐铭和鹿野一下子将手机盖住，立马拿出试卷，装成好好学习的模样。

陆迟抬眼，盯着前面的两个人，微微皱眉，沉声说："晚自、自习不许、许说话。"

唐茵收回手，感到有些奇怪，怎么突然说这个了……

唐茵看了一眼窗外，班主任已经进来了，只不过他在教室前面站着。

晚自习过得很快，下课铃响后，唐茵和陆迟一起往宿舍走。

高中部各年级的晚自习时间都是一样的，所以一下晚自习，楼道里满满当当的全是人。

冬天的夜晚，天气很冷。

唐茵戴了厚厚的围巾，整个人窝在宽大的羽绒服里，头顶还戴上了羽绒服的帽子，只露出一双眼睛。

她一身黑，在黑漆漆的冬夜里，仿佛与夜色融为一体。

唐茵裹得很严实，被冷风吹着，也感觉不到冷。

他们两人走到行政楼外面，陆迟却转身走了另外一条路，唐茵"哎"了一声，才明白过来。

如果从行政楼里面走，经过操场后，会先到男生宿舍，再到女生宿舍。要是从行政楼外面走，顺着学校的隔墙，会先到角落里的女生宿舍，然后往右转直走，才会到男生宿舍。

唐茵心里暖暖的，陆迟刚刚的走法，完全是为她考虑的，他嘴上什么都不说，行为却处处为她着想。

"明、明天见。"已经走远了的陆迟突然开口道。

唐茵眉眼弯弯，仰头："明天见。"

等唐茵到了宿舍，才发现宿舍里已经回来了不少人。因为搬宿舍太麻烦，所以唐茵即便换了班级，还是住在原宿舍里。

她一进宿舍，张梅就问："在零班感觉怎么样？"

苏可西刚好从外面进来，听见这句话，撇嘴道："你不如问，今天她和陆迟一个班的感觉怎么样。"

"哈哈哈哈哈……"张梅笑笑，"是不是同桌呀？"

唐茵大摇大摆地坐在床上："当然。"

苏可西挤过来："今天我看到他帮你搬桌子了，我都没派上用场。"

她本来还准备去零班看看唐茵，顺便帮唐茵收拾一下杂物的，但等她走到零班门口，才发现有陆迟在，自己毫无用武之地。

唐茵听到这话，笑了一下，没再理苏可西她们，自顾自地去打水。

正值高三，唐茵寝室里的同学们虽然偶尔会熬夜聊天，但次数比起高一高二时明显少了，这会儿，还有一两个人正在床上用小灯看书。

寝室的灯已经熄了，唐茵躺在床上，却怎么也睡不着。

半晌，她摸出手机。上回放假时，她不小心把手机夹在书里带到了学校，但因为忙于学习，她一直没玩手机，所以手机直到现在还是满格电量。

第十章 野红莓

唐茵玩了一会儿手机，等她再回神时，已经快十二点了。她叹了一口气，手指一滑，就点进了微信。

屏幕上是她和陆迟的聊天框，聊天记录停留在他们上一次出去玩的时候，那次之后，他们两个人就再也没聊过天。

唐茵看时间不早了，伸手点了点，同陆迟打了个招呼。

唐茵原本以为这么晚，陆迟应该不会回复她，没想到下一秒，陆迟就回复了她的消息。

唐茵看着意料之外的回复，忍不住在床上打滚。

安静而幽暗的宿舍里，只有唐茵这里还亮着微弱的光。

一片寂静里，唐茵不由得想起第一次看见陆迟时的场景。

所有人，包括她最亲近的朋友苏可西都以为那天在办公室，是她第一次见到陆迟，但没人知道，那是她第二次见他。

她第一次见到陆迟，是在一中。

去年入夏，市里举办了一次数学奥赛，因为并不是什么正规比赛，所以比赛场地就选在了省示范高中一中。这种奥赛并没有多少人参加，嘉水私立中学里报名的人也很少。可能为了增加参赛人数，唐尤为给唐茵也报了名，还美其名曰是为了增加唐茵的履历。

考试的地点在一中的大礼堂。

一中建校早，礼堂自然没有嘉水私立的新，唐茵坐在礼堂里，忍不住有点嫌弃周围的环境。

奥赛的题目对唐茵来说，难度并不高。

等唐茵写到最后一题时，有人提前交卷走了，她抬头，却只来得及看到对方出门的背影。

那背影清瘦又高挑。

考试结束，唐茵出了礼堂后，下意识寻找记忆中的背影，却再也没能找到。那次奥赛的参加者们来自多个学校，没有具体的信息，她根本无从得知那个背影的主人到底来自哪个学校。

直到后来，她重新遇见他。

一夜好梦。

第二天一早，唐茵哼着歌，心情愉悦，连带着做事都轻松起来。

苏可西收拾好东西，见到唐茵这愉快得快要飞起来的样子，撇撇嘴道："昨晚做什么梦了？今天这么高兴。"

唐茵睨她一眼："单纯心情好。"

"怎么可能？"苏可西怀疑道。

唐茵却只是嘻嘻一笑，整理好东西便走了，没再说什么其他的话。

外面的天气又糟糕了许多，下了雪，气温比昨晚还要冷上几分，唐茵看着阴沉的天，心里有点不安。

教室里的人很多，班里的人基本都来齐了。

唐茵三两步就走到了教室后面，还没走到座位上，就看到陆迟的桌子上放着一袋抽纸。

很明显，他感冒了。

"你昨晚不都好好的，怎么突然感冒了？"唐茵自然地坐下去，问道。

陆迟嘴唇微动，却没回复她。

陆迟的动作虽小，唐茵却眼尖地看见了，她只觉得有些刺眼。

她没再继续问，而是很淡定地坐了下来，思考到底是哪里出了问题，按照昨晚的情况，现在也不该是这样的啊。

第十章 野红莓

陆迟为什么突然这样？这是在耍她还是搞什么？不管是什么原因，陆迟的行为都让唐茵很不爽。

她才不会委屈自己。

教室里的空调开着，温度宜人，唐茵心里却冷冷的。她拿起围巾，把围巾绕着自己的脑袋圈了三圈。她缩在围巾里，两耳不闻窗外事。

不到两节课的时间，整个班都知道唐茵和陆迟冷战了。鹿野和唐铭是最先发现这事的人。

以前这两个人不在一个班，一天不说话都很正常，但自从昨天他们在一个班后，两个人的互动就没断过。

可今天就很不一样了。

鹿野发现，自从早晨唐茵进来问了陆迟一个问题后，两人就再也没有过任何交流。

这可不寻常啊。

尤其是唐茵，平时就算陆迟并不搭理她，她也能自顾自地说下去，今天她居然面无表情地坐在座位上，要么直接趴着睡觉。

唐铭用胳膊捣了捣鹿野："你说这两人怎么了？"

鹿野摊手："我哪知道啊，我又没注意发生了什么。不过我猜，肯定是陆迟做了什么，唐茵不想理他了。"

"陆迟能做啥……"唐铭不理解。

两人一边说，一边回头偷看。

第三节课，因为老师有事没来，所以变成了自习课，同学们都在做自己的事。鹿野和唐铭一回头，就看到唐茵正趴在桌上睡觉，似乎睡得很熟。

陆迟则正在做试卷。

他们两个人都沉浸在自己的世界里，似乎丝毫没有受到影响，但一旦仔细观察，便能发现，两个人相处的气氛俨然有了明显的不同。

后座传来细碎的声音。

"昨天晚上，陆迟是不是……受凉了？"鹿野突然问，他和陆迟不是同一个寝室，所以并不太清楚陆迟晚上遭遇了什么。

闻言，唐铭也陷入了回想。他昨晚还真没注意到陆迟，不过半夜他去上厕所时，似乎恰好看到陆迟站在水龙头前洗手。

等他上完厕所出来时，陆迟已经不在了。他迈步回了宿舍，结果一推门就看到阳台上有个阴影，那一瞬间，他的魂都快被吓没了。

虽然他平常看了不少恐怖片，自诩胆大，但大半夜的，周围又那么安静，阳台上突然出现个影子，那恐怖程度简直令人绝望。

唐铭看了一眼，随后便直接关门上床，缩在被子里，抖了好一会儿，才重新睡着。现在想来，那个阴影很像人啊，而且还高高的……

听完唐铭的描述，鹿野摸了摸下巴，问："你确定你看到的是真的？"

唐铭点头："当然是真的。我快睡着的时候隐约还听到了一点动静，应该是陆迟回到自己床上的声音吧。"

鹿野想了一会，更加确定了。大半夜的不睡觉，在阳台外面吹冷风，这恐怕真是陆迟能做出来的事。但这其中的原因很耐人寻味啊，究竟是什么事值得陆迟这样吹冷风呢？

鹿野又回头看了一眼陆迟，眼神充满不解。

唐茵醒来后，发现旁边的位置上没有人。她盯着空座位看了几秒，长出一口气，撑着下巴开始翻书，可翻了好一阵，却发现自己丝毫看不下去，于是，她踢了踢鹿野的椅子。

鹿野回头："咋了，大小姐？"

"下节课我们换位置坐。"

唐茵的表情淡淡的，语气也很正常，只是她说出来的话让鹿野有点不敢相信。

他沉默了一阵，转头看向唐茵："你和唐铭换，正好我有事要告诉你。"

唐茵想了想："行吧。"

唐铭对此也没什么意见，反正在哪上课都一样，老师也不会管换座位的事情，而且换了座之后，旁边就是陆迟，他还可以趁机问陆迟一些学习上的问题。

"那换换换。"唐铭语气轻松道。

闻言，唐茵起身，连书都没带，直接就坐到了唐铭的位置上。

坐定后，她转头看着鹿野问："你要和我说什么？"

"心情不好？"鹿野看出了唐茵的不高兴，微微一笑，表情很是奸诈，"那我说的肯定能让你高兴。你离我近点，这事可不好宣扬。"

唐茵虽然有点不爽，但还是往鹿野那边挪了一点。

唐铭坐在唐茵的位置上，认真地数了数唐茵的资料书，发现对方的书比自己的还要多。虽然唐铭没打开看，但他知道，这堆书唐茵肯定都做了，不然她的成绩也不会这么好。

听到邻座的声音，唐铭歪头和陆迟打招呼："嘿，我又和你做同桌了。和学习好的人坐在一起，感觉真爽。"

陆迟顿了顿，侧目看了几秒唐铭桌子上的书，便移开视线，淡淡地应了一声："嗯。"

唐铭没想到陆迟会这么冷淡，愣了好一阵，心里暗道：好歹还做过几个月的同桌呢，情谊都喂了狗啦。

直到老师都走进教室了，唐铭这才想起自己换座位的时候没有把试卷一起带过来。他原想让唐茵把卷子递给自己，但一抬头，却看到唐茵还在和鹿野说话，不好打扰前座的两人，于是他顺手拿起唐茵摊在桌子上的试卷。

看着手里的卷子，唐铭不得不承认，看唐茵的试卷真的是一种享受。

她卷面上的字整齐又好看，放在橱窗里展览都不成问题。

就在唐铭感叹的时候，他旁边突如其来伸出一只手拽走了试卷。

"哎哎哎，你要干吗？"唐铭眼疾手快地赶紧压住试卷，"我还要用呢，别拿走啊。"

陆迟心烦，直接将自己的试卷扔给唐铭。

唐铭："啊？"

这是不是没事干闲的？好好的突然这样，就为了换试卷？但想归想，唐铭犹豫了一阵，还是把唐茵的试卷递了过去。

第四五节课，唐茵都坐在唐铭的位置上。

最后一节课临下课时，唐铭拿着一道题靠近陆迟，道："陆迟，快教我这道题，我这里总是不理解。"

陆迟敛眉低目，把笔在手上绕了一个圈。

唐铭以为他没听见，又说了一遍。

陆迟回答了什么，唐铭根本没听见，他只听见前同桌用冷淡的声音问："唐茵为什么和你换座位？"

唐铭不动声色地看了一眼前面的两人，咳嗽一声，小声说："那

第十章 野红莓

个……唐茵要和鹿野说话,我们就换座位了。"

他说的是大实话。

然后唐铭就看到前同桌在他那摊开的资料书上用力地画了一道痕,那声音格外刺耳。很快,陆迟又把被画的那一页撕了下来,毫不留恋地扔进了后面的垃圾桶。

直到放学,唐铭才想起来,他都回答陆迟的问题了,可陆迟还没给他讲题呢。

吃饭事大,教室里的人纷纷往外走,但唐茵一直留在座位上,并没有走。

直到教室里快空了,唐茵才起身回了自己的座位。她站在桌边,居高临下地看着陆迟。看对方迟迟没反应,唐茵伸手,一掌拍在陆迟的桌子上,压住了对方正在做的那张试卷。

陆迟别开头,表情有些不自然。

看到陆迟的反应,唐茵愣了一瞬,又弯下腰,倾身同他对视。

窗外有冷气扑面而来,雪花也顺着风飘进来,落在人脸上,又融化变成一颗小水珠。

对峙半晌,陆迟转头。

唐茵被他的动作搞得有些蒙,下意识去抓陆迟的胳膊,还没碰到,就见到陆迟的眉头轻轻一皱。

陆迟站起身,收拾好东西,而后推开椅子,径直走出了教室,将唐茵一个人丢在教室里。

唐茵瞪大眼睛,她没想到陆迟是这个反应。

但此时此刻,她真的很生气很生气,自己都低头求和了,他居然……

唐茵坐回自己的位置，心里气不过，又踢了踢陆迟的椅子。

鹿野回教室找东西，刚走到教室门口，就见陆迟站在走廊。鹿野问："你怎么现在才走？"

陆迟瞥他一眼，刚要回答，就听到对方说："唐茵呢？前天我还看到你俩站在一块儿？大小姐今天不和你一起回去了？"

陆迟绕过鹿野就走，一个字都没说。

鹿野：他这什么反应？真是浪费口水。

鹿野走进教室，就看见唐茵靠在椅子上，说道："我刚在外面碰上陆迟了。"

唐茵理也不理他。

怎么两个人都是这个反应，鹿野叹了口气："哎呀呀，同学之间有摩擦不是正常的嘛，陆迟的性格你还不知道？别扭嘛。"

虽然鹿野嘴上这么说，但实际上，他也觉得陆迟有毛病。

闻言，唐茵瞪了他，便离开了教室。

自从中午过后，唐铭觉得，自己周遭的空气好像又冷了几分。他总觉得哪里似乎怪怪的，而一切的变化，好像都是从唐茵将她的桌子直接搬到鹿野旁边的那一刻开始的。

下午上课的时候，他总是看见老师盯着他这里，以为是自己又干了什么错事，诚惶诚恐的，直到后来，他突然发现老师盯的是陆迟。

下课后，他问陆迟问题，但每次必须说好几次，陆迟才会回答。

种种迹象之下，唐铭感觉，世界上好像只剩下他一个正常人了。

下午有节数学课，新的数学老师性格比较强势，上课最爱提问，尤其爱提问班里数学成绩不太好的人。

要说数学成绩不太好，自然会想到鹿野。

第十章 野红莓

"鹿野,这道题我上次讲过,还有一种解答方法,你来黑板上写一遍吧。"

鹿野露出一张苦瓜脸,他哪记得做过这个啊。

看着鹿野犹犹豫豫背影,再想想他为难的表情,唐铭没忍住,偷偷地捂着嘴巴笑。

唐铭笑完,转头要和陆迟说话,结果就看到陆迟歪着头盯着鹿野,看他的表情,似乎心情还不错。

看到陆迟这样,唐铭心下疑惑。也不怪他迟疑,陆迟很少笑,每次唐铭看到陆迟笑,都觉得自己看到的是幻觉。

今天一整天,陆迟整个人似乎都不对劲。

看鹿野没什么动作,数学老师又说了一遍:"你做了吗?"

鹿野张嘴:"啊……我……"

他边上的唐茵递给他一张纸条。

鹿野立马昂起头:"老师我做了!"说完,他就大步上了讲台。

看鹿野写完,数学老师夸奖了黑板上的答案。

鹿野终于长出一口气。

数学课结束后就放假了,下课铃一响,数学老师就收拾书离开了教室。

这次放假意味着寒假的开始,而且再过不久还要过年。约莫是因为这样,教室里都是欢呼声,

鹿野转头问唐茵:"一起?"

唐茵迟疑了一下,点头:"嗯。"

明明整个教室都是收拾东西的声音,但唐茵的耳朵偏偏听见她说话时,陆迟那边的动静停了一瞬,她微微勾唇。

鹿野先离开了教室,在外面等唐茵。

唐茵慢吞吞地收拾书本,她的确是气急了才会做出不理人的事情。陆迟的性格她是知道的,要是她不主动,陆迟肯定会缩在自己的世界里。陆迟这么久都不和自己说话,显然是陷入了什么怪圈,但他却什么都不和她说。

唐茵抬腿要往外走,但她还没走出座位,就被陆迟挡住了。

"我……"陆迟说了一个字,又纠结着脸。

唐茵看着他,等了好一会儿,没等到下一句,便问:"你怎么了?你要干吗?不说话我就走了。"

陆迟条件反射性地看向外面,鹿野正扒着窗户看着教室里,他的脸压着玻璃,五官都有点变形。

陆迟张了张嘴,却没有说出什么。现在已经放假了,如果他现在不说,待会儿唐茵走了,接下来的一段日子,他完全没有机会说。

唐茵双臂环胸,等着他开口。

"我……不是……"陆迟说得有点急,但越着急越容易出错,他结巴了好一阵,还没有表达清楚,无奈,他最后直接拿笔在纸上写了几个字,然后将纸递到唐茵眼前。

纸上写着——

　　我不是故意的,对不起。

唐茵伸手去拉他。

陆迟缩了一下。唐茵看到他躲避的动作,犹豫了一下,还是伸了伸手。

第十章 野红莓

"你今天上午那么对我，我很不开心。"说完，唐茵就感觉到陆迟有点僵硬。

半晌，她终于听见陆迟用低低的声音说："对不起。"

因为感冒，他的声音还有些沙哑。

唐茵说："你不用向我道歉，我只是不开心你那样对我。我不喜欢无缘无故就冷处理。"

被人冷处理的感觉很烦。

唐茵说完，突然笑了，笑容狡黠又灵动。看着眼前的人，陆迟瞬间想到了很久以前的一件事。

陆迟并不是第一次见唐茵。

高一的时候，他的班级在一楼，窗户贴着围墙。

当时正在上课，他坐在教室最后一排的窗户处，一抬眼就能看到围墙，甚至能看见围墙上面冒出的草。

那时候正值盛夏，外面十分燥热，蝉鸣聒噪。

数学老师在讲台上面讲着必修一的新内容，很枯燥，他记笔记的时候，突然抬头看了一眼窗外，就看到围墙上坐着一个少女。

她坐在围墙上，背对着他。

陆迟看不到对方的脸，只能看到那人的后脑勺和雪白的脖颈，她扎着俏皮的马尾，马尾随着她的晃动也跟着晃动，荡出好看的波浪。

陆迟打开窗户。他听见少女在说话，嗓音悦耳，不过仔细听，发现她是在骂人。根据内容，陆迟猜测应该是一中的几个人惹了她的同学，她来为她的同学出头。

陆迟开着窗听了一整节课。

下课铃声响的时候，老师去窗户那边倒水，看到围墙上的人，怕她受伤，立刻叫了她一声。

然后他就看到围墙上的人转过了头，撇撇嘴，跳下了围墙，消失在他的视线内。墙上的人转头的时候，他看到对方有一双活泼生动的眼睛。

后来，他再也没在围墙那边看到她来过，偶尔，他甚至都疑心那天是因为他眼花，那次见面就像是一个梦，但直到今年。

唐茵接受了道歉，作怪地拍了拍陆迟的肩膀。

陆迟却转过头去看外面。

唐茵最不喜欢的就是被人冷处理，但一切都解决了以后，她的心情也跟着变好了。

放假前，唐茵想着，恐怕假期时想约陆迟出来玩，他也会不出来，而事实证明，她想的没错。

寒假，无论唐茵怎么找借口，陆迟就是不出来。好在年前的时候，苏可西要过生日了。

一早，苏可西就给唐茵打电话："这可是我在高中的最后一个生日狂欢，明天先来我家，然后再去其他地方玩。"

唐茵说："你家？请多少人？"

电话那头安静了一下。

苏可西说："就几个人吧？毕竟不是特别方便……"

唐茵叹了一口气："不如来我家吧。"

"会不会……"

"有什么会不会的，放心，我没关系的。"唐茵百无聊赖地说。

苏可西简直开心得要跳起来："啊呀呀，大佬，我真爱你！"

第十章　野红莓

挂了唐茵的电话后，苏可西又给陆宇打电话。自从上次她去三中找过陆宇后，就再也没见过对方了。

苏可西生日那天，正好是星期天，天气不错，罕见地出了太阳。

生日会说是大请，其实最后邀请的人就是和苏可西玩得好的几个人。

一早，唐茵就被突袭而来的苏可西给弄醒了。

两个人在床上打闹了好一会儿，快到中午时才起来。反正生日会定的时间是下午，也不怕晚。

蒋秋欢和唐尤为今天被唐茵赶出去约会，唐茵告诫他们，不到晚上不许回来。

苏可西坐在沙发上，掰着手指算："下午呢，就吃蛋糕了。晚上，咱们再去吃其他好吃的，正好是冬天，吃火锅或者烧烤都可以。吃火锅吧，比较暖和；要不还是吃烧烤吧，毕竟人多热闹，再定个大一点的地方……"

唐茵已经换好衣服了，苏可西还在那算晚上吃什么。

门铃声叮咚叮咚地响起，听起来按门铃的人似乎很着急。

唐茵刚把门打开，各种各样的彩带就先进了门，接着一群人就挤了进来。

于春是第一个进来的，见唐茵一头彩带，他当即倒退一步："不是我做的！"

唐茵嫌弃他，一脚踢过去。

一群人嬉笑着进来，看到沙发那边的苏可西后，又冲上去朝着苏可西一顿喷，差点把寿星给埋进彩带里。

唐茵倚在门边问:"陆迟没来?"

鹿野回头说:"不知道哎。"

唐茵向门口张望,随意这么一看,还真看到了陆迟。

庭院的门开着,他从门外进来,身姿提拔,袖口卷起,露着了精致的腕骨,远远看去,就像个彬彬有礼的绅士。

唐茵踏出门去,一把将门关上,挡在陆迟的前面。

陆迟没说话,但显然心情不错。

陆迟环视了一下周围,夸道:"你家很、很漂亮。"

唐茵撇嘴,笑着点头,道:"那当然。"

在唐茵家里嬉闹了几个小时后,这群人又挤着公交车去了下一个地点。

晚上玩的地点是苏可西选的,据说是苏家的某位长辈新开的店。熟人熟店,一群高中生晚上出去玩,家里的长辈也能放心点。

苏可西特意点了一个能唱歌的大包厢,一群人一进屋,就听见音乐震天。

文月和其他人不熟悉,就乖乖坐在角落里。有女生看她落单,特意凑过去和她说话。女生之间的友谊建立得很快,不过几分钟的时间,文月就能和大家说笑了。

"寿星来唱歌!"于春把话筒递给苏可西,"不唱不行啊,今天咱们可得听一听你的歌喉。"

苏可西瞪了他一眼。

事实证明,于春错了,苏可西唱歌真的很难听,她一张嘴,差点没把大家的耳朵给祸害聋了。

陆宇推门进来的时候,正好碰见苏可西抱着个饮料瓶子当话筒,

第十章　野红莓

站在沙发上蹿来蹿去,蹦得比谁都厉害。包厢里灯光有点暗,但他一瞥就看到了角落里的陆迟,当即抬脚就走。

"陆宇!"

苏可西从沙发上飞奔下来,猛地扑向门,冒着差点撞上墙的危险,成功揪住了陆宇。

"你不是说不来吗?"苏可西凑上去问,"快进来,快进来,不然我生气了。"

陆宇的表情有些不耐烦,他刚要推开苏可西,没想到苏可西一个不小心,差点摔在地上。

陆宇一愣,将苏可西捞起来,两人一起进了包厢。鹿野看到他们两个过来,便让出位置。陆宇一落座,以前的同学们纷纷和他打招呼。

陆宇礼貌性地待了一会儿,起身就要走。

鹿野说:"陆宇,你才来就走啊,多玩一会儿吧?"

"就是啊,这才刚开始呢,走了多没意思。苏可西可是寿星,寿星就在你边上,你也走?"有人搭腔。

苏可西跟着点点头:"对对对。"

陆宇转头,就看到陆迟安静地坐在角落里,他又想起几个星期之前发生的事。不知道那天出了什么事,他妈妈回家后就大哭了一场,他问了半天才问出答案来。

那天他听到的真相和他以前想的完全不一样。

昏暗的灯光下,陆宇死死地盯着陆迟,眼神锋利,包厢里的空气都跟着一滞。

包厢里的人,除了十四班的就是实验班的,大家都认识陆宇,但是，可以说，这还是他们第一次见到这样的陆宇。

他们并不知道陆迟和陆宇是什么关系，但懵懂地觉得这两人之间一定是有什么麻烦。

文月一向胆小，看到这样的状况，心里更是惊慌，当下就想找唐茵来阻止这事，可她还没站起来，就想起唐茵刚刚出门接电话了，压根儿还没回来。

鹿野站起来打圆场："陆宇，别吧，苏可西生日，开心最重要。"

他话未说完，就看到陆宇盯着他。在陆宇眼神的威压下，鹿野一时沉默。

包厢里明明音乐声震天，却让人觉得太过安静。大家看看陆迟又看看陆宇，不知道该怎么办。

"好，我知道了。"唐茵挂了电话，就接到了于春的电话。

于春说："刚刚陆迟跑出去了，你看到了吗？"

"陆迟？跑出来？"

于春赶紧将刚才发生的事简要地说了一下："也不知道陆宇抽了哪门子风，非要和陆迟对峙，等逼走了陆迟，他自己又在那儿郁郁寡欢的……你说……"

唐茵听得心头直冒火，没听于春讲完，就直接挂断了电话。她往包厢里面走，谁知才进去就看到陆迟正坐在大厅里。

看见了人，唐茵顿时松了口气，毕竟她刚才一直担心他出事。

陆迟这会儿正襟危坐，双手交叠地放在膝盖上，严肃得像个刚上课的小学生。

待唐茵走近了，才发现陆迟整张脸都是红的，他的眼神直勾勾地盯着前面，也不知道在看什么。

第十章 野红莓

唐茵问:"你脸怎么这么红?"

陆迟张了张嘴,却什么也没说出来。

唐茵突然觉得他的样子,似乎是有点委屈。唐茵不知道该干点什么,于是朝大厅的服务人员要了一杯蜂蜜水,递给陆迟。

不过陆迟显然很有性格,丝毫没有理会唐茵。

唐茵无奈:"水。"

陆迟好像才看到唐茵的动作,慢吞吞地接过杯子。

外面的天已经黑了,大厅里的人也很少,只有他们两个人。

陆迟眯着眼,眼尾一片通红。

唐茵看着陆迟的表情,不知道该说些什么。

陆迟的目光随着她的动作转移,十分专注。

唐茵掩着嘴,咳了一声。

虽然自己的想法有点乘人之危,但谁让她就是这样的人呢。

她突地转过来,对上陆迟的眼睛。

陆迟眨眨眼,乖乖地看她,还伸舌头舔了舔嘴唇,应当是刚刚的蜂蜜水留在上面,甜甜的。然后他就皱眉,看唐茵的手放在那,又去拿。

"唉。"唐茵叹气。她掰正陆迟的脸,和他对上,放慢语速哄骗他,"说我最可爱,好不好?"

就在唐茵以为自己的计谋被识破的时候陆迟突然又开口:"好。"

她还没反应过来,陆迟就凑过来,冒着星星眼看她,像极了等待表扬的一年级小学生,俊秀的容颜越发好看了。

唐茵半天没动。

好大一会儿她才回神,把他头转过去。

半晌，陆迟自己转过头来，委屈巴巴地看她。

过了会儿，唐茵才道："和我回去。"

陆迟没说话，也没做任何动作，只是定定地看着她。

唐茵和陆迟才走几了步，包厢里的人已经都出来了。

"陆迟他……"于春紧张地问。

鹿野盯着陆迟看了几眼，发现陆迟好像有点不对劲，他想了一会儿，只开口说："找到了就好。"

苏可西看到陆迟和唐茵站在一起，这才放下心来。陆宇刚刚也直接离开了，不知道去了哪里。

唐茵说："你们先回去吧，他情绪不太对，我把他送回去。"

苏可西张张嘴："陆迟，你没事吧？"

她没想到知道陆宇会做那样的事，事后她质问陆宇时，陆宇也只是沉默。

苏可西小声问："茵茵，陆宇他不是……"

陆迟不说话。

唐茵心情尚好，于是对苏可西说："没事，替我谢谢陆宇，虽然我一开始想打他。"

唐茵说："你们先走吧。"

苏可西没太听懂唐茵刚才那句突如其来的谢谢，但她听到唐茵的话，也没再追问，只安静地和其他人先离开了。

等人都走了，唐茵也拉着陆迟出门。她拦了一辆车，告知了司机地址。

很快就到了陆迟家。

唐茵拽了拽陆迟："下车。"

第十章 野红莓

陆迟顺从地跟在她后面下车。

陆迟家的灯还亮着,唐茵猜测,应该是陆迟的妈妈在家。她不太想碰见他妈妈,毕竟之前的那次遇见,实在是太让她记忆深刻了,也许之后她们可以再见面,但现在……

陆迟被唐茵推到门口。

"你怎么不进去?那是你家。"唐茵又推了一把陆迟,"快进去。"

陆迟呆了一瞬,接着朝唐茵眨了眨眼睛,摆手告别,转身进了屋子。

小蛮腰

/下册/

姜之鱼 著

天津出版传媒集团

百花文艺出版社

CONTENTS 目录

○	第十一章	无花果	253
○	第十二章	红醋莓	293
○	第十三章	葡萄柚	299
○	第十四章	佛手柑	325
○	第十五章	雪梨汁	347
○	第十六章	薄荷冰	377
○	第十七章	芭乐提	403
○	第十八章	热红酒	431
○	番外一	爱情玛奇朵	479
○	番外二	好事花生茶	495
○	番外三	薄荷碎冰冰	509

第十一章

无花果

CHAPTER 11

小蛮腰

周三,清晨,天气很好,暖洋洋的太阳从窗外照进来,驱散了不少冷气。

邱华理着头发,对着镜子照了又照。看着不一样的自己,她露出一个大大的笑容。她转向外面:"跃鸣,今天之后咱们就过新生活了。"

只要离婚的事情一切顺利,那不久以后,她就是陆跃鸣的合法妻子,而不是所谓的"情人"。她对"情人"这个词深恶痛绝。

陆跃鸣正坐在沙发上整理文件,闻言也笑了笑,随口问:"陆宇呢,他昨晚又没回来?"

邱华顿了下来,哀怨道:"你还不清楚吗?"

陆宇现在基本不回家,他要么直接回外婆家,要么住在他外公以前的一套小房子里。

"我当然知道。"陆跃鸣走过去揽住邱华,"以后不会了。"

邱华叹气,拎着包和他一起出了门。

王子艳坐在桌边喝茶。

自从上次去了一趟医院后,陆迟就把她盯得很紧。她自己也感觉自己有点不对劲了,所以也去医院检查了一下身体。检查结果显示,她有点神经衰弱,只要再受到刺激,她就得进医院。

她不能进医院,儿子还在上高中,还没有毕业,家里还有两位老人都需要她照顾;况且她还年轻,这么好的时光在医院度过,她是不甘心的。

经过这么长的一段时间,她现在也想通了,就像律师说的,不论当初她和陆跃鸣是怎么结婚的,自始至终,她都是陆跃鸣的合法妻子,是陆跃鸣出轨在先,出轨多年的男人想要离婚,自然要付出代价。

现在,娘家没落了,她早已没有当初飞扬跋扈的资本了,如果不能从这段糟糕的婚姻中得到一点属于自己的东西,她之后还怎么过日子。所以王子艳思来想去,最终还是同意了律师的方案。

年前,他们几个人同坐一桌。

陆跃鸣气色不错,直接开口:"离婚协议,上面的条款都写清楚了。"

王子艳拿过协议查看,内容和上次的一模一样。她直接扔出一沓照片,都是她以前找人拍的,全是他和邱华约会的照片。照片里,两人动作亲密。王子艳还知道,邱华如今的房子也是陆跃鸣的。

"其他的我就不说了,婚姻期间你公然出轨,从出轨到现在这么多年了,真上法庭也不知道谁理亏。"

陆跃鸣的脸色不太好看:"我说了你们现在住的房子归迟迟,抚养费我会给。你还想怎么样?你是不是又想做什么怪?"

王子艳只是冷笑一声。

邱华没说话，她等这天已经等了很久了，就差这最后一步。她最对不起的就是陆宇，让他以为的幸福家庭实际上如此不堪，可她能怎么做呢？她当时不过是一个普通家庭的孩子，王子艳却是有钱人，两者对比下来，是个人都知道要怎么选择结婚对象。

王子艳的律师一开始没说话，看几人讨论得差不多了，也拿出了他早就拟好的离婚协议。虽说签了协议后，还要去办离婚证，但签下协议，离婚这事基本算是定了。

陆迟在楼上，楼下的动静他听不到，也不知道进行到了哪里。

手机突然振动起来。

唐唐唐：今天天气很好。

陆迟一下子就猜到了她的意思，偏偏就当不知道，回了个"嗯"字。

唐茵盯着手机，有些沮丧，他怎么可以这么冷淡！虽然他以前似乎也这样。

她敲击键盘，发——

要不要出来玩？我那天那么照顾你，你不会这么忘恩负义吧？

快过年了，自从上次见面后，陆迟就再也没出来过了，过年后她要回老家走亲戚，压根儿没时间找他玩了。

陆迟皱眉，正要回复，就听到楼下王子艳喊他："迟迟。"

第十一章 无花果

可能是楼下谈好了吧，他看了一眼屏幕里满屏的委屈表情，轻轻抿唇，敲了敲手机键盘，打了几个字。

陆迟下来的时候，客厅里很安静。

王子艳说："陪妈妈去民政局吧。"

陆迟看了一眼对面脸色非常不好看的两个人，没说话，只是浅浅点了点头。很小的时候，他一直知道爸爸经常在外面，那时候他以为爸爸是出差，或者是在忙着其他的事。直到上学期他才知道，原来爸爸从来就没把这里当作家。

他一直以为父母不怎么说话，或者妈妈说话爸爸不应是很正常的家庭关系，实际上完全不是。

他从来就是不被期待的。

陆迟看着外面明亮的天空，蓦地想起，大约只有唐茵觉得他哪儿都好了。

看着陆迟回的那句"明天"，唐茵仰天大笑，可算是成功了。

蒋秋欢一进女儿的房间，就看到唐茵正缩在被窝里，她抬手拍了一巴掌被子："你都洗过脸刷过牙了，怎么还赖在床上，赶紧下来，去吃早饭。"

唐茵从被子里面冒出头："嘿嘿嘿。"

蒋秋欢："神经。"

"快去给我买昨天的那条围巾。"蒋秋欢坐下来，对着唐茵说，"乖女儿，妈妈我可喜欢那条围巾了。"

"你自己去。"

"你去，我不跟你爸说你上次做的坏事了。"

唐茵撇嘴，她都学会威胁人了。

蒋秋欢又说："我可跟你说好了，不许出格。"

唐茵一骨碌从床上跳起来："略略略。"

蒋秋欢朝唐茵扔了一个枕头，佯怒道："你怎么跟你妈说话的？"

换好衣服后，唐茵就出了门。她昨天陪妈妈逛街，妈妈看上了一条围巾，犹豫再三却没买。回来后，妈妈思来想去有些后悔了，决定还是要买。

好在店里的围巾还没有被人买走，唐茵付完款，就拎着袋子出了商场门，一眼就看到对面民政局里出来的几个人，陆迟恰在其中。

从民政局出来后，陆迟整个人都轻松起来。

王子艳的心情也莫名地好了不少，尤其是她刚刚看到那工作人员看邱华的眼神时。

现在她一身轻松，只要顾着自己的儿子和自己的父母就行，其他的不用管。她的律师为她争取到了额外的一间门面，那门面在市中心，人流量很不错，虽然比起那条街上真正赚钱的门面还有一定的差距，但那也够她吃一辈子、养儿子和父母了。

要在民政局外面分道扬镳时，王子艳突然喊住了邱华，笑道："你一直觉得是我给陆跃鸣灌的酒，可你不知道，我当天只让他喝了两杯酒。"她强调道，"只有两杯。"

果不其然，邱华脸色突变。

邱华和陆跃鸣是多年的男女朋友关系，她自然知道陆跃鸣的酒量，寻常的酒，陆跃鸣喝不到十杯基本是不会醉的。

第十一章 无花果

陆跃鸣咬牙:"别理她。她现在就是发疯。"

邱华的脸色有些不好看,只是随口应付了陆跃鸣一句,她的脑海里乱成一片。刚才王子艳的话让她感觉到不安,不管王子艳到底是什么目的,是真的为了提醒她,还是为了让她感觉不爽,不管怎么样,王子艳的目的都达到了。

王子艳深出一口气,盯着他们的背影。站在她旁边的陆迟没说话,只是面无表情地看着他们。

就在这时,陆迟抬头看了一眼马路对面,就看到熟悉的身影。

隔着一条马路,陆迟和唐茵对视上,他忽然觉得,自己所有的不堪都摊了在唐茵面前。

手机突然振动起来,陆迟打开手机,看到唐茵刚刚发来了微信——

唐唐唐:我要告诉你一个秘密。

他还没回复,几秒后手机里又跳出新消息。

唐唐唐:我觉得你是世界上最好的。

街对面的唐茵正在朝他挥手。她笑得灿烂,冬日暖洋洋的阳光照在她身上,像给她镀了一层浅色的光。

"迟迟,我们回家吧。"

王子艳终于将目光从走远的两人身上收回,转头对陆迟说,语气里充满了她自己都没有意识到的轻松。

刚才那句话是她故意提的，陆跃鸣让她不好过，她也不会让他好过的，也就只有邱华觉得，陆跃鸣当初真的是被逼的。

王子艳在心里冷笑，陆跃鸣如果真不愿意，怎么可能还会和她结婚？

她现在反而想知道，在未来的日子里，邱华和陆跃鸣要怎么相处？知道当年的真相后，他们还能毫无芥蒂地相处吗？不可能的，邱华一直以为陆跃鸣是被她逼婚的，坚信她和陆跃鸣是真爱，是被拆散的苦命鸳鸯。

实际是怎么一回事呢？真相只有陆跃鸣自己知道。

"嗯。"陆迟淡淡回道，目光却一直停在对面，落在那张明媚的脸上。

王子艳观察到儿子的心不在焉，顺着他的目光看过去，却没发现什么异常。

陆迟蓦地转身，径直离开，没有再回头。

王子艳却盯着街对面，看了半晌，她突然觉得对面那个女孩子好像有点熟悉，总觉得在哪见过，但让她想，还真想不起来。

唐茵看着走远的两人，不禁思索，刚才陆迟妈妈的目光究竟是什么意思，难道是觉得她上次多管闲事？她拎着袋子，百思不得其解，慢悠悠地逛回了家。

放假的时间总是过得非常快，不知不觉，除夕已经来了。

一大清早，唐茵就被远处的鞭炮声吵醒。

唐茵被吵醒的时候，真觉得不该放鞭炮，但真的清醒了之后，她又觉得放鞭炮很有过年的气氛，不然的话，过年冷冷清清的也没什么感觉。

第十一章　无花果

因为过年，爷爷奶奶也被接了过来。

一家人吃饱喝足地躺在沙发上。

唐茵摸出手机，登录微信，给陆迟发了一条"新年快乐"的消息，然后歪着头等回复。

他们上次在民政局外远远地见了一面，说好的要再见面，却又没能成功。这次，不管陆迟说什么，唐茵也要约他出来。

陆迟正在做寒假的试卷，手机振动，他打开一看，是唐茵的消息。

　　唐唐唐：新年快乐。

他打了同样的几个字正要回复，又看见一条新消息。

　　唐唐唐：嘿，今晚去跨年啊。

说到跨年，陆迟就知道她的意思了。市里有个远达广场，从几年前开始，便弄了个跨年夜倒计时的活动。新年时，很多在家闲着没事干的人就会来广场，喝茶、聊天、跳舞，然后在凌晨的时候一起倒计时跨年，年年都热闹非凡。

陆迟看了一眼自己的试卷，回复了一个"好"字。

唐茵激动得快要跳起来，下一秒，她就看见手机上突然又冒出一条新消息——

　　十点广场见。

他没说具体地点，也就意味着她要在那么大的广场找他在哪儿。

　　唐唐唐：那么多人！！！

足足三个感叹号，可见唐茵的震惊和疑问，陆迟抿唇轻笑。
他发过去一个"嗯"。
微信久久没有回复，陆迟猜测可能是唐茵觉得很难，或者是她心情不好。
直到过了好一阵，手机才又振动起来。

　　唐唐唐：好吧好吧，那你就等着看我在人群中一眼看见你。

发完这条消息，唐茵就扔了手机，躺在沙发上深呼吸。陆迟不得了了，现在开始学会捉弄人了，这太让她吃惊了，竟然让她在一个大广场里找他……
跨年夜那么多人，又是大晚上的，不约定地点去找人，眼睛都会瞎。唐茵笑笑，陆迟想刁难她，但结果还未定。
电视上还在放着春晚的节目，虽然节目都很精彩，但她实在提不起兴趣。
唐茵摸了摸自家老爸的肚皮，忽然开口："我待会儿出去和人跨年了啊。"
唐尤为慢悠悠地问："谁啊？"
唐茵张嘴："同学。"
躺在沙发上的唐尤为瞪着眼睛看了一眼唐茵，有些宠溺地点

第十一章 无花果

点头。

远达广场距离唐茵家也不过十几分钟的路程,往常过年,唐茵和家里人也会去广场上闹闹,只不过不会待到那么晚,毕竟倒计时跨年也不是什么多有趣的事情。

但今天不同,今晚她约了陆迟,和同学一起跨年,有趣多了!

十点多,广场上的人已经非常多了,卖东西的、跳广场舞的,还有不少捧着棉花糖吃的小孩子。

"现在还早呢,我先回家里睡一觉,到时候你再找我。"

"那有什么意思,我们就是要熬夜跨年,那才好玩!"

周围人声鼎沸,唐茵坐在广场外面的圆球上,一边听别人说话,一边琢磨陆迟在哪儿。

昏黄的路灯,加上各种七彩的霓虹灯牌,将广场照出夜市的感觉。夜色深沉,广场上熙熙攘攘的。

唐茵穿过人群,最终停在广场偏西的一个地方,她想起这个地方,是因为上次他们聊天时曾说到过这里。

那次在面馆里,她逼问陆迟喜欢什么,陆迟最终回答说远达广场西角的一家店。

那家店很普通,唐茵不止一次路过,却从来没进去吃过,也不知道里面的味道,要不是这次找人,她几乎就要忘了这事。

随着唐茵的靠近,那家店里的情况也逐渐映入她的眼帘:透明的橱窗内摆着好几张桌子,三三两两地坐着人,有情侣,也有一家人。

唐茵没有直接走到店门外,而是站在不远处。

她果然没猜错,陆迟就在里面,他坐的位置就在窗户边上,外面的人一眼就能看到。他坐在那儿,也许是考虑到了她的缘故。

一个小男孩从人群中挤过来，猝不及防地撞上了她，那小孩软糯糯地开口："小姐姐，要买棉花糖吗？"

唐茵低头，小男孩七八岁大，一脸的稚嫩可爱，他手里拿着好几根棉花糖，棉花糖多得能把他的头都遮住。

她揉了揉男孩的脸："给我两个。"

小男孩欢天喜地，立刻抽出两个最大的棉花糖，还说道："签子有点冷了……"

唐茵笑笑："没事。"

广场上卖东西的小孩子很多，他们大多都是为了给父母帮忙，比如这个小男孩，唐茵上次就遇见过他。

"等等，小弟弟，你叫什么名字？"

"我叫阿博。"

唐茵弯下腰，对他小声说："那阿博，你帮姐姐一个忙好不好？不麻烦的。"

阿博纠结了一会儿，想到这个姐姐一下子买了两根棉花糖，而其他人都没买，于是他点点头："好。"

"看见里面那个哥哥没有，戴深蓝色围巾的？"唐茵指了指陆迟，"帮我把这根棉花糖送给他。"

她又低声叮嘱了阿博一句话。阿博听完点头，转身朝店里走去。

陆迟转着手机，思索这次会不会太为难唐茵了，毕竟广场很大。他扭头看向外面，只看到来来往往的行人，行人们千人一面，那些陌生的面孔中，没有那张笑容张扬的脸。

陆迟打开手机，准备给唐茵发消息。

就在这时，他的胳膊突然被晃了晃，一个小男孩站在他旁边，手里捧着一个巨大的棉花糖,眼睛正一眨不眨地盯着他。

"深蓝色围巾……"小男孩凑近瞅了瞅,"找对了。"

陆迟疑惑地问:"有、有事吗?"

阿博乖巧一笑,露出两个小小的酒窝:"有个姐姐让我把这个给你。"

他递给陆迟一根粉红色的棉花糖。

陆迟接过棉花糖,几乎在一瞬间就知道,这事肯定是唐茵做的。他往外看,还是没看到人。

"姐姐让我跟你说。"阿博挠挠头,"粉红色的棉花糖很适合少女心的陆迟迟。"

陆迟还没回答,就听到小男孩又问:"大哥哥你叫陆迟迟吗?好可爱的名字。"

唐茵……她可真是够了。

陆迟低头问:"她在、在哪儿?"

阿博伸出小小的手,指了指某个地方。

陆迟顺着阿博手指的方向看过去,就看到微微眯眼的唐茵正站在那儿吃棉花糖,她的脸被糖遮住了大半,只剩下明亮的一双眼睛。

等陆迟走到唐茵边上的时候,唐茵已经换了一样吃的东西,她握着一支雪糕吃得正开心。

唐茵伸着舌头轻轻舔着手里的雪糕。现在是深冬,外面的温度很低,但气温给人的刺激丝毫比不上雪糕给她的刺激感。反季节吃东西有种特别的刺激感,比如夏天在空调房里吃火锅,又凉又辣;冬天站在外面看下雪,然后吃雪糕,又冷又甜。

唐茵正舔得专心,眼前落下一大片阴影,她眉眼弯弯,笑道:

265

"呀,少女心迟。"

广场上的大显示屏正在放海外华人恭祝大家新年快乐的视频,那一声声的祝福语盖过了她的声音。

陆迟虽然没听到唐茵说了什么,但从她的表情上来看,他觉得她肯定没说什么好话。

唐茵三两口吃完雪糕,拉着陆迟走进广场。

"有没有来这里跨年过?"

"没。"陆迟拢了拢围巾,应道。

唐茵满意地点头,笑着说道:"那我就是第一个跟你跨年的人了。"

陆迟低头看她,什么都没说。

两个人在广场漫无目的地逛,陆迟的话很少,一路上,都是唐茵在说话,她一会儿吃这个,一会儿吃那个。

不知过了多久,大屏幕上开始倒计时。

广场上的人都激动起来,个个跟打了鸡血似的,纷纷跟着大屏幕上的数字开始倒数,广场上充斥着尖叫声,还有小孩子的笑声。

唐茵眯眼,突然挡在陆迟面前。他的围巾现在在她脖子上,所以陆迟的脖子和下巴处此刻空空如也。

唐茵看着陆迟,也跟着周围的人一起倒数:"五!四!三!二!一!"

倒计时的热闹逐渐散去,但唐茵还沉浸在之前的氛围里,站在广场上发呆,陆迟抢先回过神来。

周围的人开始往四面八方走,唯有他们两个人还站着不动,有人将目光落在两人身上。

第十一章 无花果

唐茵舔舔唇。

今年的最后一秒,她过得很满足。

年后不久,嘉水私立中学的高三年级就开学了。

高三的最后一个学期,学校希望学生们都能把心思放在学习上,每一分钟每一秒都不要错过。

开学后,照例有开学考。

这次考试,座位是按照上学期一模考试的成绩排的。唐茵和陆迟没有任何意外地坐在第一考场,还是前后座。

鹿野上次的考试成绩还不错,此刻坐在第一考场的第九位。对鹿野来说,虽然他的省内排名并不如意,但校内排名还算可以,毕竟校外能人多。鹿野当时看到自己的省内排名时,尽管有点意外,但还是很快就接受了。

时间过得很快。

每天上课时总觉得难熬,秒针走得太慢,但日子真的过起来,反而是一天天在不知不觉地就消失了。

不知不觉就来到了三月初,还有半个多月就是二模考试了,教学楼的灯熄得越来越晚,晚自习之后留下的学生也越来越多。

二模还未开始,百日动员大会倒先开始了。基本上每个学校都会有这样的活动,学校想用这种活动激励即将要参加高考的学生,也为了让他们在紧张的学习中放松那么一会儿。

百日动员大会上,一模考试中成绩突出的几个学生要上台讲话,因此陆迟和唐茵两人自然是要被当作榜样,被安排到台上讲话的。

百日动员大会临开始的前一天，教导主任来到零班，叫出学校拟定的上台讲话的学生。

他笑眯眯地看着陆迟："明天陆迟第一个，今天就要把演讲稿写好，再拿去给班主任审阅一下，省得出错。"

陆迟轻轻颔首。

教导主任又转向赵如冰："你是第二个，也要提前准备好。你们两个都是学校的尖子生，从高一开始成绩就很好，你们一定要给同学们做好榜样，必要的时候，可以分享一下学习的窍门。"

赵如冰嘴上答应了，心里却想着，什么学习方法、窍门，都是说得好听。以前他们听上一届高三生演讲的时候，人家怎么没有分享什么窍门？其实哪有什么窍门，所谓的方法就是多做多练罢了。

"然后呢，你们就适当地鼓励鼓励一下同学们。我知道你们的压力也很大，但压力再大也要努力。"

陆迟迟疑地开口："第二……不、不是唐茵？"

教导主任顿了一下，道："唐茵的性格太随性了，上次她演讲，差点搞砸了，这么重要的动员会，还是不要让她讲了。"

"我怎么讲得不好了？"唐茵的声音突然从后面传出来。

教导主任也没想到唐茵会突然从后面冒出来，他开口："你上次当着全校人演讲的样子，我可还记着呢。"

他摆摆手，接着道："你别想，反正你就是别想演讲。这都什么时候了，你别捣乱。"

赵如冰站在一边，仿佛是个隐形人。

唐茵撇嘴："我写演讲稿，给您看还不行吗？"

教导主任闻言，又迟疑了一下。

第十一章 无花果

"那你要保证按照演讲稿来。"教导主任妥协了，盯着唐茵道，"你的演讲稿我也要过目。"

"好。"唐茵点头，装作乖巧的样子。

开春后，温度升高，大家都脱了羽绒服。

升旗仪式过后，教导主任和校长一一上台鼓励高考生们。作为老师，他们都非常希望这一届的成绩比上一届更加出色。

轮到学生讲话时，第一个上台的就是陆迟。

他才站上旗台，台子底下就有了轻微的骚动，大家都在小声地议论着。

"这是……陆迟？他不戴眼镜是这个样子啊？"

"这样看上去和以前的差别太大了……他头发再长点，打扮起来简直和女生没什么差别，他的眼睛看着也太像女生了。"

…………

陆迟手拿着稿子，但稿子上的内容他早已背了下来。

升旗台底下站着乌压压的人，满当当的，他抬眼望去，大部分人都盯着他。

陆迟微不可见地侧头，看了一眼零班的位置。

唐茵正坐在椅子上，用右手支着半边脸，朝他微笑。她似乎做了什么口型，但陆迟看不清到底是什么。

陆迟收回视线，微微闭眼，几秒后，才睁开眼睛，语速正常地开始演讲。

一个人的演讲也不过几分钟，陆迟的演讲很快就结束了。

陆迟走下升旗台时，迎面碰上要去演讲的唐茵。唐茵从他手中接过话筒,陆迟递话筒的手一顿,然后突然微微扬了扬唇,很轻地笑了一下。

唐茵觉得,他肯定是故意的。

轮到唐茵演讲时,同学们都安静了下来,大家静静地等待着。

留下来参加百日动员大会的,只有高三生和复读生,大家对唐茵都是非常熟悉的,就算并不熟悉,也多少听过一些她的传闻。

上一次唐茵的演讲状况,不少人都还记着呢,现在大家看到教导主任又让她上台,都忍不住捂住嘴,怕待会儿笑出声来。

唐茵手上拿着卷起来的稿子,吹了吹话筒。

角落里的几个女生都睁大了眼睛,仔细地瞧着她。

有个女生小声道:"她似乎也没有传闻中那么嚣张啊……"

另一个女生道:"那你是……"

赵如冰站在队伍里,听着旁边的人叽叽喳喳,也跟着抬头看站在旗台上的唐茵。她对唐茵,嫉妒归嫉妒,可向来是承认唐茵比她厉害的。唐茵这人……

旗台上的唐茵还没开始说话,也没有做出什么多余的动作。

不远处的教导主任看着唐茵,忍不住跟着揪心:她不会都不打开稿子吧?她又要出什么幺蛾子了?就不该相信她,让她上台演讲。

唐茵随意地扫了一眼下面的同学,道:"学习方法已经有人给了,我就不讲了,反正讲了你们也不听。"

教导主任顿时倒吸一口冷气,看唐茵刚刚那架势,他就知道要出事!唐茵的稿子是他亲自审核的,稿子里的开头明明是"亲爱的同学们"才对,哪有这句话。

底下的同学们听到唐茵说这话,立即来了兴趣,个个都认真地

第十一章 无花果

听着。

唐茵见状,露出一个微笑:"现在临近高考,咱们学校有不少人都在浑水摸鱼地过日子吧……既然有本事干别的,怎么没本事考个好大学?"

操场顿时一片哗然。

教导主任眼前一黑,他就知道唐茵不准备说什么好话。下次演讲,打死他他也不会再让她上去。

"不管你们信不信,反正我和陆迟都会考上最好的大学。已经到了这个时刻,希望大家能真的静下心来,对得起自己。"

大家被她的话一震,一操场的人都没反应过来,反倒是唐茵,她扔了稿子,从旗台慢悠悠地下去了。

操场上响起后知后觉的掌声。

赵如冰看到这个样子,直接和教导主任说稿子丢了,她也忘了背内容,说完,便回了自己的位置。

百日动员大会就在这样的轰动中结束了。

唐茵的演讲所造成的轰动让大家记忆深刻。

即使事情都已经过去好几天了,还有不少人在追问唐茵的事情,零班门口,偶尔还会出现一些好奇心重的人。

晚自习前,鹿野窝在后门处,拿着兄弟的零食吃得津津有味。突然后门被敲响了,还没等他打开门,窗户前就出现一个女生,眼睛一眨不眨地盯着他看。

鹿野咽下丸子:"你找谁?"

"陆迟。"女生有些迟疑,"他是在这个班吧?"

鹿野眼珠子一转："不在，你找错了。"

正巧，他这句话刚说完，唐铭就从前门走进来，大声喊："陆迟在吗？班主任找！"

鹿野闻声，气得直翻白眼。

窗外的女生也对他怒目而视："你不是说不在吗？"

"是不在啊。"鹿野将手一摊，"教室就这么点大，你还不知道他在不在？"

看他如此强词夺理，女生也不再和他说话了，而是用力地关上了窗。

"可真没礼貌。"鹿野嘀咕。

他直觉这个女生来找陆迟没什么好事。陆迟转学过来的一学期，都不怎么认识外班的人，甚至自己班里好些人都没和他说过话。

鹿野从来没见过这个女生，看她的样子，恐怕是高二或者高一的，如果是高三的，她应该多少知道一些陆迟的信息。

不一会儿，唐茵从外面回了教室。

鹿野见她进来，朝她努努嘴："外面那个人，找陆迟的。"

唐茵转过脸去看，眼睛微眯，那女生不是高三的，倒是像高二的，她应该在某个地方见过，不过记不得了。

晚自习快开始的时候，陆迟姗姗来迟，手上拿了不少东西。看唐茵又在睡觉，陆迟没吵醒她，顺手将酸奶放在她桌子前方。

第一节晚自习是生物老师的，唐茵太困了，一整节课都迷迷瞪瞪的。

第二节晚自习，还没等唐茵清醒，物理老师又站上了讲台。今天这节晚自习，老师说要用来讲题。

第十一章 无花果

进入高三,小测试已经是家常便饭了,平时上课,老师上到一半,就能来一句"不上了,考试"。今天白天的两节课就被物理老师用来做小测试了,但小测试的成绩不太理想。

临近二模,又快要高考了,不少人都紧张起来,还有的人已经患上了"考试综合征",浮躁和不安的情绪蔓延在整个教室里,而这种不良情绪也直接影响到了一部分人的成绩。

因为学生们的成绩不理想,物理老师在讲题时心情并不愉快。讲到最后一道题的时候,她突然停了下来,对着教室里的人张望一下,开口:"唐茵,你到黑板前做这道题。"

教室里困得眯眼睡觉的人都猛然惊醒。

上了一天课,身心疲惫,上晚自习时,很多人熬不住,都会偷偷地打瞌睡;加之物理老师讲题时声音温柔,很有催眠效果,让人忍不住想睡觉。

唐茵是被陆迟推醒的。

她站起来,看到最后一道题,转了转脑筋。这次的物理小测试,她因为被教导主任叫去写保证书,压根儿没参加,这会儿看着题目,一时之间也有些蒙,算不出什么结果。

她张张嘴,正欲说话,老师突然又说:"你就做第一小题吧。谁来做第二小题?"

教室里没人举手。

物理老师正要喊人,就看到陆迟举了手,她顿时满意地点头:"那就陆迟吧。"

鹿野在下面捂嘴狂笑。

他知道,唐茵压根儿就没写这道题,她写完保证书回来后,也没补上这次的试卷，现在她去做，只能当场算，但那肯定是要时间思考的。

肯定是老师看她在睡觉，才叫她起来做题的。

有人要上去当场做题，一些喜欢逗趣的男生在下面吹口哨，刚刚还安静的教室里热闹起来。物理老师很温柔，从来不发火，所以班上的人也都比较大胆，上课时，时不时会开玩笑放松一下，也不耽误正事。

陆迟和唐茵一前一后上了讲台。

唐茵一脸迷茫地对着黑板，脑子里一片空白。

陆迟侧头看唐茵，就看到她正揉着眼睛在打哈欠，看起来是还没睡醒。他朝后看了一眼，看到物理老师背对着他们，正往教室后面走。

陆迟抽出唐茵手里的试卷，把自己的试卷塞到她的手心，一整套动作非常自然。

同学们看到英雄救美的场景，顿时发出欢呼，教室里，口哨声与掌声齐飞。

物理老师听到声音回头，只看到讲台上两个人都在写。

鹿野起哄拍桌子。

唐铭瞠目结舌："他真不怕老师看见？"

物理老师可就在后面呢，一个转头就能看得清清楚楚，他居然还当着这么多人的面换卷子。

陆迟已经对着一张空白的试卷写起自己的答案来，他一笔一画，写得流畅自然，一点都也看不出来是现写的。

同学们看着陆迟写题的样子，又是一阵惊叹，起码他们就做不

第十一章 无花果

到这么快就能想起自己的答案，还能把数字记得清清楚楚。

物理老师说："起哄什么，赶紧看试卷。这次班上除了陆迟，你们都没有把最后一道题全部做出来。"

教室里顿时又响起叹气声。

唐茵虽然还有些蒙眬，但手上的动作倒是快，三两笔就把答案抄了上去。抄完之后，她发现陆迟的解法很棒，这一路抄下来，居然都能够直接看懂。

唐茵写完又打了一个哈欠。

陆迟刚好也写完了，他扭头看着唐茵，眼里露出一些笑意，显然心情不错。

唐茵写完题目，已经彻底清醒了。她和陆迟两人又一前一后从讲台上走下来。

物理老师回到讲台上开始讲解试卷，讲到一半不忘表扬："你们怎么就不能向唐茵和陆迟学习学习，他们的解法多好。他们两个思路相同，就说明这种解法肯定不止一个人能想到，你们真想也能想到的。"

同学们腹诽：明明是唐茵拿的陆迟的试卷，能写出不一样的答案就怪了。

物理晚自习下课后，零班后门处的窗户又被敲响了。

窗户边的同学直接扭头就喊："陆迟，有人找。"

唐茵听到有人找陆迟，也跟着回头看，结果就看到先前那个女生又来了。她看向陆迟，面露疑惑。

陆迟说："也许有、有事。"说着，他站了起来，迈开步子朝外面走去。

唐茵有些好奇，跟在陆迟后面也出了教室。

教学楼走廊里的灯没亮，但两边教室里的灯光透出来，给走廊稍微增加了一点光亮。

见陆迟出来，女生的眼睛一亮，道："陆迟，我是……"

唐茵也凑过去。

女生被唐茵这样一打断，当即脸色就有点不好看，但她也没理会唐茵，继续自我介绍。

"你想认识他啊？认识陆迟又没什么用，小妹妹，赶紧回去好好学习。"说着，唐茵朝陆迟努嘴，"是吧？"

陆迟没说话，却微不可见地点了点头。

女生有些生气，当即就是一跺脚，朝唐茵喊："关你什么事？"

"嚄。"唐茵皱眉，脾气倒是不小。

唐茵扬眉："怎么，我关心同学，关心学妹，不可以吗？"

说完，唐茵就拉着陆迟回了教室。

日子很快过去，二模转眼间就到了。

连着两天的考试，就跟一场梦似的，轻飘飘地就画上了句号。同学们出了考场，伤心之情在整栋教学楼弥漫开来。

只是这伤心来得快，去得也快，考试的具体分数还没出来，大家却又都突然放松下来，而且似乎比以前放松得还要厉害。也许是因为这次考试的内容太难了，也许是因为临近高考，大家有点破罐子破摔了。

而唐茵还在为检讨忧愁。她要写检讨，正是因为上次在百日动员会上，她的演讲造成了轰动。教导主任训了她好一顿，最终给了她严

第十一章 无花果

厉的口头警告，就让她回去了。唐茵本来以为这件事就这样过了，但是不知道怎么回事，教导主任竟然在二模考试结束当天找到她，说要她写一份检讨。

唐茵猜，可能是因为教导主任不相信她的保证吧。

面对唐茵的疑问，有人直接笑出声来："哈哈哈，不相信不是正常的吗？谁让你前科累累。"

说话的男生叫苏询，和唐茵是初中同学。两人虽然不经常说话，但实际上关系非常不错。

唐茵这次找他，是因为苏询从初一开始，就经常因为调皮捣蛋的事被老师要求写检讨，说起写检讨，苏询可以说是行家里手。

而唐茵从来没有写过检讨，况且这次，教导主任还要求她写得情感真挚，这种难度，对于唐茵来说，不亚于让她去参加高考了。

苏询笑着说："你两次都下了教导主任的面子，每次在他面前都保证得好好的，结果上了场却是另外的表现。你这样，他能高兴就怪了。"

对于自己这个老同学，苏询还是非常敬佩的。

尤其是那两次演讲，她一次比一次表现得厉害，他当时都瞪大了眼，不敢相信。

唐茵歪着头看他："要不你帮我写？"

唐茵坐在窗边，晃着腿，看着逍遥自在得很，一点也看不出来她因为要写检讨而烦恼。

苏询摇头："我现在可是好学生，不干这种坏事。"

闻言，唐茵一巴掌拍过去。

苏询往后一仰，躲开了这一掌，倒是唐茵，因为拍人的动作，一瞬间有些失去平衡。

"你这样子我很不满意。"她说。

"那没办法。"苏询笑眯眯地摊手,"你去找陆迟写,他肯定愿意。"

鹿野从办公室里出来,猝不及防地撞上了一个人,抬头一看,原来是陆迟。

他一掌拍在陆迟的肩膀上:"你咋站在这啊,把我撞坏了,怎么赔呀?"

陆迟没说话,只是动动肩膀,躲开了鹿野的手。

见他一直盯着前方,鹿野转头去看。

陆迟隐在镜片后的眉拧在一起,问:"苏询、询和……"

鹿野没听完就知道他要问什么,笑着说:"你说苏询啊。他和唐茵是初中同学,好像很熟悉。"

闻言,陆迟只是点头。

两人说完,并肩往教室走,突然听到不远处有人在尖叫。

那人声音不小。很快,楼上楼下的人都出来围观了,教学楼走廊栏杆处黑压压的一片,全是站着的人。

看了半天,大家才发现似乎是有什么东西从楼上掉下去了。

唐茵还在和苏询扯:"你真不帮我写?你确定?"

听唐茵这么说,苏询眼珠子一转,立刻露出一个笑容:"好姐姐,我写。检讨这种事,小意思啦,包你满意。"

"只要教导主任满意就行。"唐茵满意地点头,算这小子识相。

唐茵刚想伸手拍拍苏询的头,还没等她碰上他的头发,边上突然横插过来一只手。

第十一章 无花果

　　唐茵本就是歪坐在窗台上的，她被这么一拉，顿时站到了地面。

　　唐茵转过头看到陆迟，疑惑地问："陆迟，你干吗？"

　　苏询也伸出头来，道："怎么了？"

　　陆迟单手"哐"的一下关上了窗户，苏询的鼻子撞上窗户，"哎哟"了一声。

　　唐茵挣扎了一下："怎么了？"

　　陆迟皱眉，声音很弱："下、下来。"

　　唐茵一向有个技能，在他没说完就能猜到意思，遂接口他的话："觉得这样危险啊？"

　　"不会的，我又不会掉下……"

　　唐茵有些好笑地看着陆迟。还没等唐茵说话，不知道从哪里冒出来了一堆人，直接将唐茵挤到了陆迟身边。

　　突然的肢体相撞，唐茵本能地试图躲避，但略一偏头，她却发现自己的头发卡进了陆迟的校服拉链里，她疼得龇牙咧嘴，嘴里一直嘟囔着："疼疼疼……"。

　　听到唐茵喊痛，陆迟焦虑地低头，帮唐茵解卡在自己拉链里的头发。

　　一瞬间的寂静过后，高中部突然变得吵闹，口哨声和起哄声充斥着整个教学楼。

　　每个看到唐茵和陆迟动作的人，都有些怀疑自己的眼睛。

　　唐茵刚要解释，不知是谁突然大喊了一声："老师来了！"

　　喊话的人声音洪亮，瞬间传遍了整个教学楼。

　　教学楼入口处果然走来几个老师，原先站在走廊上的人看到老师，纷纷跑回了教室里。

刚到楼下的老师们一脸蒙，不知道发生了什么。

周成刚从外面回来，一进门，就看到办公室里的一群老师齐刷刷地看着他。

他连忙低头看了看自己的身体，很好，裤子拉链是拉上的，身上也没什么毛病。他是上学期才来到嘉水私立中学的，所以和办公室其他老师没那么熟悉。检查完自己，他就没再看他们，径直回到了自己的座位。

几个老师又开始议论起来。

往常办公室里都很安静，今天……周成虽然不明白刚刚发生了什么，但在其他老师有意无意的透露下，他大概拼出了经过。

五楼只有一个办公室，复读班四个班、零班，还有其他几个班的班主任都在这个办公室里。可以说，每个班的班主任都有点羡慕和嫉妒周成：论在这个学校的资历，他们比周成老，结果零班这样一个优秀的班级被分配给了周成带。优秀的班级，不但意味着更有纪律，更容易管理，在私立学校里，优秀的班级也意味着无数奖金。一众老师没得到带零班的机会，因而看着周成，心里总不是滋味。

复读三班的英语老师见周成紧皱眉头的样子，忍不住开口说："周老师，你们班的唐茵和陆迟可不得了啊。"

周成直觉有事，他虽然是刚带这俩学生，不过对他们也早有耳闻，特别是唐茵。因为上次演讲的事，教导主任还对他发火了。

肯定是这俩人又干什么轰动的事了。

周成笑笑："刘老师你怎么知道啊，我刚拿到的成绩单，陆迟和唐茵的二模全省排名分别是第一、第二。我也觉得很厉害。"

第十一章 无花果

刘老师叹了口气，心想：谁说这个了，我明明说的是刚刚发生的事。

等等……刚刚周成说什么了？

"全省第一、第二？"

周成自然地拿着成绩单扇风，其实办公室里压根儿不热："是啊，这次除了他们，班里其他的学生也相当出色，我正要说呢。"

闭上你的嘴吧！刘老师在心里叫道，这人和人的差距，也太大了……

刘老师对桌的女老师又开口："周老师，你可能还不知道，刚刚我们说的是你们班的陆迟和唐茵的事。"

听到其他老师的话，周成"哎哟"一声："怎么了？那我没看到嘛，不知道具体情况。"

正说着，办公室的门被敲响，一个学生突然推门说："周老师，教导主任请您过去。"

周成霍地一下站起来。

零班里一片寂静。

良久，鹿野出声："咳咳。今天天气很好啊。"

"今天是阴天。"唐铭说。

鹿野踹他一脚。唐铭这个同桌真是够了，他随便找个借口还要戳穿。

班级里的人都有意无意地往后看，毕竟，刚刚那一幕，着实让人吃惊……

就在这时，班级门被敲响，一个头探进来："请问陆迟和唐茵在吗？教导主任找。"

鹿野说:"不得了,教导主任知道了,肯定要发火。"

周成一进教导主任的办公室,就发现教导主任的心情很差。

"周老师。"

"主任。"

教导主任语重心长地道:"你们班上的……唐茵和陆迟太不像话了!今天做出这样的事,以后还想怎么样?"

周成跟着痛心:"主任我也是才知道,是该好好说说。"

"说说就行了?你身为班主任,不对他们进行管教?你这班主任当得不够称职!"

周成赶紧否认:"当然要惩罚,只不过还没有弄清楚经过……可能就是个误会……最近快到高考了,学生们也都比较紧张……我一定会好好惩罚和教育的!"

教导主任被周成说得半天没回过神来。

办公室的门在这时,恰好被敲响。

教导主任坐回位子上:"进来。"

唐茵和陆迟进了办公室,就看到教导主任坐在椅子上,眼神直勾勾地盯着他们。

唐茵和陆迟两个人进了办公室,就看到新班主任坐在椅子上,眼神直勾勾地盯着他们。

教导主任咳嗽一声:"唐茵,你的检讨写好没?"

唐茵说:"没。"

"没啊……"教导主任一拍桌子,"上次的检讨还没写,今天又在全校人面前……"

教导主任正在气头上,他原本想继续训唐茵,但临张嘴前,又觉得自己这样不问事情经过,平白无故地训人,实在是有些不辨是非。

他沉默了好一会儿,等到心情平复得差不多了,这才缓缓开口道:"你们怎么回事?还想不想上学了?!"

陆迟结结巴巴地解释:"不是……我们、我们没有。"

教导主任一愣,盯着唐茵和陆迟,等着他们下一步的解释。

来办公室前,唐茵就猜到了教导主任生气的原因,这会儿对方终于开口问了,唐茵赶忙解释道:"我们什么都没干,我的头发卡进他的校服拉链里了,这才……发生了大家看到的那一幕。老师,您相信我们,我们真的什么关系也没有!"

教导主任一顿,问:"真的?"

唐茵和陆迟同时点点头。

教导主任看着对面两张懵懵懂懂的脸,思索了片刻,终于还是相信了。

唐茵刚想出声再说点什么,就听见教导主任一脸严肃道:"虽然今天走廊上的场景不是你们的主动造成的,但是,你们的行为已经产生了不良影响,特别是在学生群体内!为了维护学校的校纪校规,消除不良影响,引导学生们在学校注意行为举止,下星期一,你们两个人要在全校人面前做检讨!有没有异议?"

教导主任从办公桌后面走出来,看着唐茵和陆迟,等着他们两人的回复。

周成见教导主任如此安排,几乎立马就明白了主任的用意,他也道:"这不是为了惩罚你们,你们今天在走廊上的动作,引起了大误会，造成了严重的不良影响，让你们做检讨，是为了给大家提个醒，不要再犯……"

周成还想再说什么，但看到唐茵那幅"不用你多说，我都明白的"的表情，忍了忍还是闭上了嘴。

唐茵看了一眼班主任周成，又看了一眼教导主任，最终还是决定接下引领优良学风的任务，她认命地点点头。陆迟自然也明白班主任和教导主任此举的用意，他也跟着点了点头，表示自己并无异议。

看到唐茵和陆迟的表现，教导主任放下心来，他刚平复好心情，转头又想起了前两次唐茵演讲的事，他差点眼前一黑，于又是补充道："检讨的稿子得给我过目，如果不按稿子说，后果你们自己知道，哼！"

唐茵听见这话，没忍住笑了一下。

教导主任看着偷笑的唐茵，摸了摸自己的秃头，长叹一声道："你真是！"

安排完任务，教导主任就要赶两个人走，他边赶边严肃地说："检讨检讨！必须按照稿子读！"

往常学生演讲，都是半背半读的，因为唐茵，他现在都有阴影了，还是觉得照着读更好一点，省得再出什么幺蛾子，到时候还得辛苦打敲。

等出了办公室，唐茵问陆迟："检讨写啥？"

陆迟停顿了一下："我写。"

"你会写吗？你怕是从来没写过检讨吧？"唐茵怀疑地看向他，他这么一个好好学生，还会写检讨。

陆迟含糊道："总有第、第一次。"

第十一章 无花果

"算了反正就检讨也没什么。"唐茵嘻嘻一笑,"一起写呗。"

他们刚回到零班,一直在偷偷议论这件事的同学们便围了上来。

"怎么样怎么样?教导主任让你们干啥了?"

"教导主任喊你们去是不是把你们大骂了一顿,然后还给了惩罚?"

"怎么样?"鹿野也凑热闹地问:"教导主任准备怎么惩罚你们?处分什么的有没有可能?"

唐茵大大咧咧地坐下:"检讨呗。"

闻言,鹿野露出古怪的神色,教导主任居然还敢让唐茵做检讨,前两次的演讲还没有吃够亏吗?唐茵一看就不是安分写检讨的人啊。他突然有点莫名期待下星期一的升旗仪式。

现在的生活,整天除了考试就是讲题,生活枯燥又无聊,他巴不得遇到什么刺激的事。

就在大家打打闹闹,以为没什么事了的时候,教室门被推开了,有学生传话,说班主任叫唐茵和陆迟去办公室。

鹿野叹气道:"自求多福。"

办公室里,周成早已坐在自己的位置上等着他们了。

陆迟和唐茵一进来,办公室其他老师的目光都齐刷刷地望向周成。

周成说:"站过来点。"

可就在这时,物理老师突然出声:"哎,陆迟你在正好,我这试卷改不完。周老师,把他借我用用。"

周成顿了顿:"陆迟,你过去帮物理老师改试卷吧。"

陆迟看了一眼唐茵,唐茵表情淡淡地看着他。

陆迟抿唇，缓步走向物理老师那边。

走神的唐茵突然反应过来，为什么她要被训，陆迟就被叫去改试卷？

周成还在说："唐茵啊，你这次二模成绩比上次有提升，但不能骄傲。有老师跟我反映，你晚自习睡觉，是不是？"

"嗯。我就睡了一次。"

周成敲桌子："一次也是睡，现在马上就到高考了，晚自习是自己可以利用的最后时间了，你怎么能睡觉呢，你想高考的时候后悔吗？"

陆迟还在整理试卷，昨晚他们新做了一个小测验，老师一个人改不过来。

办公室里很安静，大部分老师都没有出声，忙着干自己的事情，但偶尔也会关注一下周成那边。

"哎呀，周老师。"一个女老师出声，"年轻人嘛，上课打瞌睡肯定是晚上太用功了，不要太严苛，会打击到她的。"

周成被别人这么说，一时脸上也有些挂不住，他点头称是，又将视线转回到唐茵脸上："你下次再打瞌睡，就起来站着。你这么做，保证你之后就睡不着了。"

周成皱着眉，有继续和唐茵聊学习上的事。

过了好一会儿。

物理老师问："陆迟，试卷怎么样了？"

陆迟答："还差、差一点。"

物理老师听他说完，就没再打扰他。

良久，她突然想到什么事，抬头要去翻文件夹，结果就看到陆迟

第十一章　无花果

握着笔,看着周老师那边——唐茵正在那儿和周老师聊天呢。

现在的学生啊,心思都不少,但也不难猜。

物理老师见陆迟一直盯着那边,也没注意到自己的眼神,她咳嗽一声,唤回了陆迟的心神。

陆迟有点不好意思,略微掩饰性地看向手下的那张试卷,却半天没打出来分来。

物理老师看在眼里,忍不住摇摇头,她想了一会儿,摆出一张面无表情的脸:"行了,行了,试卷给我吧,你去你们班主任那儿吧。"

她话音刚落,陆迟就站了起来。

周成听到陆迟起身的动作,他抬头看了一眼面前的唐茵,结果就看到唐茵在偷笑,他有些无奈,想着已经聊了好半天了,便挥挥手说:"行了,唐茵你回去吧。之后多注意点,别再犯了,好好学习。"

"是。"唐茵应道。

周成低头弄教案,几秒后抬头,见她还站在那儿,问:"你怎么还不走啊,还想站着?"

刚说完,陆迟就过来了。

周成看到他俩,又忍不住嘱咐:"现在还是高考重要,你们两个都是学校寄予厚望的,一定要好好努力。"

哪个老师不希望自己的学生上好学校,周成也不例外:"这段时间不要浪费心思了,等高考结束,你们想干什么干什么。"

周成说了很多,最后陆迟点头:"嗯。"

这些道理他自然是知道的,也不会让任何事影响到他的成绩。

周成满意地点头,比起唐茵,他更放心陆迟这个学生。平常做事就能看出来，陆迟很理智，有自己的主见，很多道理，他都不用多说，陆迟就能明白。

"行了，你们回去吧。下次再出事我就把你们调开，别想坐一块儿了。"周成威胁道。

"嗯。"陆迟抿唇，离开了办公室。

星期日的时候，教导主任又将唐茵和陆迟叫进了办公室。

"检讨写好没？"

唐茵将两张纸递过去，洋洋洒洒一大篇，看上去极为认真。

只有教导主任才知道，上次演讲，她也是这么认真，写了好几百字，结果上了升旗台，就说了三四句话，差点气死他。这次说什么，她都得保证不能再出现那样的情况。

陆迟也递给他一张纸。

教导主任看了一眼两人，没发现什么特别情况，他放不下心，又拿起纸来仔细查看。看到唐茵那份检讨的开头是"亲爱的同学们"时，他的眼皮一跳。

尤记得上次演讲，她的开头就是这个，结果最后……

唐茵耸肩，这检讨还是陆迟帮她写的，她就抄了一下，要不是怕教导主任从字迹上看出端倪，她都不准备抄。

良久，教导主任终于看完了检讨，轻咳几声，语重心长道："你俩成绩这么好，重心要放在学习上，还有两个月就高考了，不能再浪费时间了。"

唐茵乖巧地说："是。"

看她这么乖，教导主任反而觉得有怪，又叮嘱道："你这次不好

第十一章 无花果

好检讨，下次就不是这么简单的惩罚了。"

陆迟和唐茵都点头。

看两人都没什么问题了，教导主任这才放两人离开。

星期一，早上本来在下小雨，不过到升旗仪式时，天又晴了。

不少人都知道这次唐茵要和陆迟一起做检讨，为了看热闹，大家都兴致勃勃的。

"我好想知道这次检讨，唐茵是会认真检讨，还是会像以前一样那么干。哈哈哈哈哈……"

"听说教导主任说如果不好好念，会惩罚他们，她应该会按照稿子来吧。"

"上次她也是这么讲的，结果不还是随性而为了吗？"

女生们三三两两地议论着。

国歌过后，照例是领导说话，往常都是教导主任讲话，但这次，讲话的是校长。

唐尤为看着底下乌压压的学生，心里很是满意。他激情澎湃地演讲了一番，结果说得同学们昏昏欲睡。教导主任在一边看着，默默叹气。

过了好一会儿，话筒还是回到了教导主任手上。他看了一眼那边的唐茵和陆迟，冷哼一声："上星期，高三零班的陆迟和唐茵同学在下课期间，未注意自己的言行举止，给大家造成了误会，他们二人，身为榜样，却未能起到带头作用，反而造成了不良影响。"

教导主任刚说了个开头，瞬间，高中部这边的人全部抬起了头。

教导主任又说："下面，他们两个做全校检讨。大家也要引以为戒，以学习为重，不要想不该想的事，做不该做的事，争取在考试中取得好成绩，也对得起自己努力的这几年。"

他走下升旗台，把话筒递给站着的两个人。

唐茵刚要伸手去接，教导主任却中途转了方向："陆迟先来。"

说真的，对唐茵，他都有阴影了，还是陆迟先来。按照陆迟的性格，他应该不会做出什么出格的行为。

陆迟接过话筒，上台前看了一眼唐茵。

唐茵被他看得不明所以，张嘴无声地问：你看我干吗？

陆迟没回答，只是抬了抬眼镜，转身上了升旗台。

经历过这么多次之后，大家都知道，陆迟演讲的时候向来不会结巴，而且他的声音很好听，比起教导主任和校长，大家更愿意听他说话。

陆迟站在旗台上，在教导主任的注视下开了口，说完一系列的问候语后，检讨内容终于到了正题。

初中部和高中部的同学们都竖起耳朵，等着听他检讨的内容，两伙人马都齐齐看着台上，不敢走神，生怕错过了什么重要情节。

"上星期下课期间，大庭广众之下，我未注意言行举止，让大家误会我对唐茵同学做了不可描述之事，严重违反了校纪校规，给大家做了不好的引导。"

操场一片安静，众人都被"不可描述"这个词震得愣神。

教导主任坐椅子上，听见这话，直接蹿了起来，哆嗦着手指，半天没说出一个字来。

旗台上，陆迟抿唇，想了想，又继续背："那真的是个意外，但是无论如何，我的确造成了不良影响，没有起到表率作用。在此，我要为我不妥的行为举止道歉,我不应当在学校如此严谨的地方做出这样的事。希望大家不要向我学习,引以为戒,以学习为重。"

后面的都是一些劝诫的话,操场上起先还是一片安静,不一会儿,又躁动起来。

May

S M T W T F S
           1 2 3 4 5 6
 7 8 9 10 11 12 13
14 15 16 17 18 19 20
21 22 23 24 25 26 27
28 29 30 31

第十二章

红醋莓

CHAPTER 12

操场上的人议论纷纷。

陆迟念完稿子，拿着话筒走下了升旗台。

唐茵从他手里接过话筒，忍不住开口："你怎么敢的？"

他怎么敢用那种措辞的稿子……原来上去之前，陆迟看她的那个眼神是这个意思，她压根儿不知道。

陆迟淡定地看着她，镜片后的狭长眼睛微微弯曲。

"等等！"教导主任终于回过了神，大叫。

他大步走过来，直接拿走了陆迟的检讨书，凑近看了好几秒，果然稿子上的内容和刚才说的话完全不一样。教导主任一时气得直哆嗦。

"陆迟，你你你你你也要和唐茵学吗？这么肆意妄为，不守规矩，你还记得来学校之前的你吗？"他痛心疾首地说。陆迟刚转学过来时多乖巧啊，几个任课老师都说陆迟自律。

结果现在，他就做出这样的事情。

教导主任实在是太气了，好好的一个检讨，怎么就变成了这个样子，简直让人焦头烂额。他很想给这孩子长个记性，但考虑到陆迟的未来，他又有些心软。

第十二章 红醋莓

陆迟看着教导主任，小声说："我、我检讨了错、错误。"

他的确检讨了错误，只是方式有些独特、措辞有些出格。

陆迟的话气得教导主任半天没说出一个字来。他深呼吸几下，一转头看到唐茵在偷笑，原本有点平复的心情又开始躁动，他道："唐茵，你还笑什么？"

唐茵瞬间变成面无表情的样子。

教导主任还在说："你也别检讨了。从今天开始，你俩不许做同桌。如果你们再这样无视校规纪律，你们就等着处分吧！"

唐茵开口："别啊，主任，我保证我会按照稿子来的，我绝不会骗你的。"

教导主任被她这一手弄得有些蒙了。

唐茵又和教导主任说："主任，这次我一定会安全地把稿子念完，不然你就给我处分好了。"

教导主任看了一眼后面的校长，唐校长正和几个领导在说话，恐怕也是在议论这件事造成的不良影响。

尽管唐茵一脸真挚，他还是有点不放心："你的真会按照写的稿子来？"

唐茵点头："绝对。不会漏一个字。"

想到之前的两次经历，教导主任还是有点不放心。

一时间气氛有些僵持。

等了这么长时间，操场上的学生都有些不耐烦了，说话声越来越多，很多人的目光都集中在唐茵和教导主任这里。

教导主任看着唐茵，这次她保证得这么多，应该不会反悔吧，毕竟老师都说她比较说话算数的。

"你不按照稿子来，我就让你受处分。"他假装严肃地说。

唐茵说："主任，如果我今天没有把稿子内容完整说出来，您尽管处分我就是。"

看唐茵答应得如此爽快，教导主任终于放心了。

但陆迟却觉得里面肯定有问题，当他对上唐茵的眼睛时，还能看到里面的狡黠。

教导主任把话筒给唐茵，回头瞪着陆迟："你跟我过来！"

陆迟薄薄的唇微抿，跟在他后头。

唐茵一上升旗台，操场上的欢呼声就不绝于耳。

唐茵前两次的演讲，让大家记忆深刻。她可是从来不按套路出牌的人，虽然不知道为什么教导主任还放她上来做检讨，但是如果能让他们听到不一样的检讨，那站这么久也是值得的。

唐茵侧头看着教导主任那边，陆迟站在他对面，估计是在挨教导主任的训。

唐茵露出一个浅浅的笑容，站直身子，展开了准备好的稿子。这份稿子是陆迟写的，内容当然是最正规也是最正常的，是教导主任最喜欢的风格了。

底下的同学们都仰着头看着唐茵，心都快要蹦出来了。大家在心里暗暗期待，唐茵可一定要来个轰动点的检讨，好让他们在考试前再放肆一次，将来能告诉别人，自己的学校生活是与众不同的，是不枯燥的，是波澜壮阔的，即使主角不是他们自己。

"敬爱的老师，亲爱的同学们，大家上午好，我是高三零班的唐茵。"

一听这个无聊的开头，大家虽然有点失望，但还是耐着性子继续

第十二章 红醋莓

听,毕竟刚刚陆迟就是在这个开头后走上不同寻常的路的。

唐茵轻咳一声:"今天我感到十分愧疚,上星期我未注意自己的言行举止,让大家造成了误会,事后,我认识到自己的行为不仅给大家造成了不良影响,还破坏了学校的校风。"

听到唐茵说的中规中矩抑扬顿挫,教导主任终于长舒了一口气,她可算是正常一次了。想到这里,他又对陆迟怒目而视:"你和唐茵的成绩都很好,平时还是多放心思在学习上,不要影响前程。"

陆迟眉目低垂地听着。

升旗台上的唐茵还在努力地念着检讨:"……对于自己的行为,找出根源,并认清其中的后果,进行了这次检讨。"

零班和十四班的人看着唐茵念如此正式的稿子,心情复杂,又是吃惊又是想笑。

"我可是第一次见她这么努力地念稿子,这份检讨肯定不是她自己写的。"

"所以这次她和陆迟角色互换了?轮到她讲正常的,陆迟震惊世人了?"

"虽然唐茵的声音好听,可是这检讨是真的很无聊啊。"

他们以前每个星期都要听千篇一律的演讲稿,每隔几个星期,也都会有做检讨的学生。可以说,同学们对这种毫无新意的演讲稿和检讨稿,熟悉得都能背出来。

唐茵的这份检讨实在让他们提不起兴趣。

微弱的太阳从云缝里透出来,洒落在操场众人的身上,给大家的身体镀了一层浅色的光芒。

唐茵愈加缥缈的声音再度传来:"望学校老师、教导主任能念在我的深刻认识和平时表现上，对我进行严格的监督。"

好无聊，好枯燥，唐茵的检讨怎么这么长！

"检讨内容到此就结束了，但我还有几句话要和各位说。"

可算结束了，还有话？等等，检讨结束了还要说什么？

一瞬间，操场上打瞌睡的人都抬起头。

唐茵的声音还在继续："首先，是好好学习天天向上，不要因为任何事让你留下遗憾。你得对得起给你支持的家人。"

似乎没什么特殊的，教导主任十分满意。

停顿了一秒，唐茵又开口："同学们，要找个好的学习目标，我已经找到了……"

升旗台上的唐茵轻轻抬手，看向学校领导坐的地方，教导主任被陆迟扶着，脸色通红，怕是真被气着了。

操场上的人看着教导主任气呼呼的表情，再看看唐茵的手势，一下子好像明白了什么。他们仰着头，等着唐茵继续说些让人惊讶的话。

唐茵突然对准话筒喊道："陆迟！"

"嗯？"陆迟转头看她。

有人突然大叫："陆迟？"

刹那间，整个操场像是秋季的麦田，被风一吹，便形成了层层麦浪，涌起了爆发性的浪潮。

June

S	M	T	W	T	F	S
				1	2	3
4	5	6	⑦	⑧ 高考	9	10
11	12	13	14	15	16	17
18	19	20	21	22	23	24
25	26	27	28	29	30	

第十三章

葡萄柚

CHAPTER 13

唐茵走下升旗台，看了陆迟一眼，笑嘻嘻地说："哎呀，教导主任晕了，咱们赶紧把他送到医务室去吧。"

教导主任猛然惊醒："唐茵！你也……"

"主任，我说完了稿子并且真诚检讨了。不信你问同学们。"唐茵连忙开口，"别气。"

教导主任当然知道她念完了稿子，但他压根不记得稿子上有后面那几句话。

唐茵做出好学生的样子，又重复了一遍她在台上说的话："都快高考了，让他们放松一下。"

教导主任也终于醒悟了过来，他暗自发誓：以后，绝对要让唐茵远离演讲，远离检讨！

他深呼吸了几口气，先是看了一眼扶着自己的陆迟，又看了一眼"乖乖"认罚的唐茵，但一想到他们两个人干出来的事，真是……

唐尤为走到唐茵和陆迟身边，道："你们两个要把老师的教导放在心上，不听从杨主任的教导，这严重破坏了杨主任的工作。检讨还做出这样的事，一定要严加惩罚。杨主任，你觉得怎么惩罚好？"唐尤为看向教导主任。

第十三章　葡萄柚

教导主任犹豫了一下，虽然他真的被气得不轻，但过度惩罚他们，怕是真的会影响他们的成绩。

唐尤为叹气："既然这样，就让他们回家反省吧，什么时候反省好了，什么时候再回学校，尤其是你，唐茵！反省不满三天，你就别回学校了。"

唐茵没说话。

教导主任想了想，觉得这个惩罚还行，不重，但是能让他们记住。

"好好反省，早点回来学习，专心准备高考。"教导主任说完，终于满足地眯起了眼。就该这样才对，犯错的学生在他面前就是要沉默听话才好，不然怎么教。

"听明白了吗？"教导主任问。

唐茵说："知道了。"

陆迟低低地应道："嗯。"

教导主任背着手，舒心了不少，也不那么气了，便道："行了，你俩回去吧，好好反省。"

升旗仪式结束后，大家围住了陆迟和唐茵。

鹿野摸着下巴说："真没想到啊，真没想到，你们两个真的是太可怕了，太可怕了。"

他无法用言语形容那一瞬间的感觉。

唐铭问道："陆迟，你怎么想起来念那个检讨的，那明明是用来搞笑的。"

周围还有人要继续问其他问题。

唐茵佯怒道："问什么问啊，让你们都开心了，我俩得回家反省了。"

鹿野闻言，哈哈大笑。

周成作为零班的班主任，升旗仪式时，是和其他几个老师站在一块儿的。事情一尘埃落定，他就觉得别的老师看他的眼神都不太对了——大家的眼神很复杂，有幸灾乐祸的，也有揶揄的，但更多的是怜悯，恐怕所有老师都觉得，摊上这么两个学生很不好吧。

可事实上，周成觉得并没有什么不好。

回家反省是真的反省。

升旗仪式结束后，唐茵和陆迟就直接回了家。

教导主任原本是想着让双方父母来接的，可是陆迟的妈妈没有时间，而唐茵的妈妈又在外地，都来不了。教导主任也才知道，陆迟的父母离了婚，他跟着妈妈生活，与爸爸的关系不好。这样的状况下，要让陆迟的爸爸来接陆迟，自然也是不可能的。至于唐茵，总不可能让唐校长抛下工作送她回去吧。

最后，教导主任只能让两个人自己回家了。

看着唐茵和陆迟离开的背影，教导主任也开始做深刻反省。这次检讨给他的打击太大了，从此以后，他再也不可能让他们两个人接触检讨、演讲一类的活动。但教导主任又想到，学校每年都要请优秀毕业生来给学弟学妹们传授经验，如果不出意外，今年最优秀的毕业生肯定是他们两个人，如果那时候再发生这样的事情，可怎么办！愁死人了！

学校外面没有车，所以唐茵和陆迟只能步行，过了桥后，交通便方便了，但唐茵的眼睛却定在一家冰激凌店里。

陆迟没听到后面的脚步声，还觉得奇怪，一回头就看到唐茵眼巴

第十三章 葡萄柚

巴地盯着冰激凌店。他走过去问:"没、没带钱?"

唐茵点头,可怜兮兮地道:"是啊。我身无分文,好心的大爷赏点吃饭钱吧。"

她作怪的样子还挺可爱的。陆迟看了一眼唐茵,转身去买了一杯大份的冰激凌。

唐茵本以为陆迟是买给她的,结果他回来后丝毫没有递过来的意思。看陆迟捧着个大号的冰激凌又不吃,唐茵终于忍不住问:"书呆子,你给不给?"

"不。"

"你真不给?"

"不。"

唐茵不再忍了,伸手拽住陆迟的胳膊,把头凑过去,咬了一口冰激凌,才站回原地。

冰激凌实在太凉,唐茵忍不住哈气,她的牙齿被冻得厉害。

陆迟看她这个样子,叹了一口气,小声道:"我说着玩、玩的。"

唐茵转了转眼珠,索性在桥边的长椅上坐下不走了。

陆迟捧着个缺了一口的大号冰激凌站在她面前,看着就像犯了错的小少爷。

看到他手足无措的样子,唐茵忍不住笑。

见陆迟红着脸也说不出什么的话来,唐茵主动开口:"今天你得夸我一句,不然我不起来。"

闻言,陆迟一愣,张了张嘴,却没有发出声音。

唐茵不满意,催促道:"快说快说。"

时间一分一秒地过去。

就在唐茵以为陆迟不会说的时候，他却小声地开口："你最厉害了。"

说完这句话陆迟很快站直，立在那里他神情淡，只有微红的耳根出卖了他的心情，唐茵说话算话真站了起来。

唐茵将冰激凌吃完后，两个人便分别坐上了车。

反省反省，就是在家不出门就是了。三天的时间一晃而过，唐茵在晚自习前回到了学校。

陆迟和唐茵一回来，几乎就成了学校的关注重点。不管是初中部还是高中部的学生，路上遇见了他俩，都会多看两眼。他们回来了也不代表事情结束了，教导主任说不让他们两个做同桌的决定也是真的。

一开始，大家都以为这只是教导主任的气话，谁知道等他们从家里反省回来后，位置还真就换了。

唐茵喜欢坐后面，教导主任也不想让她去前面，再者她个子高，坐前几排也不合适。陆迟个子也高，自然也不能坐前面。最后两人分坐在教室的两个角落，一个靠墙，一个靠后门，离得很远。为了防止他们阳奉阴违，教导主任还每隔几节课就来视察一遍。

下节课是生物课。

生物老师是个女老师，以前也是带实验班的，她性格开朗，能和学生打到一块儿去。去年她由于身体不好，缺了一学期的课，这学期回来后就带了零班，大家伙儿还是非常喜欢她的。比起物理老师，这位生物老师更加开明。可以说她在零班的人气丝毫不比物理老师差，她每次上课的时候，专注听课的人总是很多。

唐茵的生物成绩挺好的，二模只丢了一分，而且那个小错误还是

第十三章 葡萄柚

由于马虎造成的。

上高三以后，生物基本都是在复习旧知识，因此对于唐茵来说不算难，她比较担心的反而是数学和物理会出新题型。

鹿野支着下巴说："昨晚的测验还没改。我刚去办公室，老师说这节课边改边讲。"

现在为了节省时间，很多试卷都是学生交换着改的。

唐铭就是生物课代表，他才刚把试卷发下去，还不小心把唐茵和陆迟的试卷发错了。

陆迟摊开试卷，熟悉的字眼映入眼帘，干净整洁，和她本人有点像，也有点不像。

他转头看后门处，正巧看到唐茵的新同桌坐下。理科班男生多女生少，个子高的女生就更少了，唐茵坐在后面，自然没有女生可以和她坐一起，最后只能和男生做同桌，而且她前面坐的就是苏询。

陆迟眯眼，苏询正回头不知道在和唐茵说什么，显然心情不错。

唐茵刚睡醒，用手枕着胳膊，慵懒劲儿一览无余。

苏询说："你就帮帮我呗。"

"你都问了这么多次，人家文月不想答应你，你找我也没用啊。"唐茵慢悠悠道。

苏询双手合十："借你的名义帮我一次。请你吃东西。"

唐茵抬着下巴，似在考虑这个问题，身旁忽然落下阴影，拉椅子的声音引起了两个人的注意力。

唐茵扭头就看到陆迟坐在自己边上，疑惑道："你怎么在这儿？马上就要上课了。"

她往陆迟原本的位置一看，自己的新同桌正在那儿和鹿野他们聊天，聊得非常开心。

陆迟绷着下巴，矜持道："换、换位置。"

上课铃声响起。

半学期已经过去了，班级里每个人的位置，老师们基本都清楚，因此生物老师一进教室门，便觉得哪里有点不对，但又找不出来。

"这道题，你们有人居然还会错？"她正说着，目光在教室里环绕，很快，她就明白了觉得不和谐的地方。

生物老师轻咳一声："陆迟啊，你的座位不在那儿吧？"

教室里的人齐刷刷地回头。他们之前下课，要么在做试卷，要么就是在睡觉，根本没有注意到教室后面的事情，现在才知道陆迟居然偷偷跑到那边去了，真是太大胆了，也不怕教导主任突然来查。

中午午睡后，唐茵和苏可西去教学楼。

路上全都是直接去上课的人，也就是这时候，才能直观地看出来学校里到底人多还是人少。

天气不热也不冷，所以唐茵和苏可西这次选择走大路。她们走了没多久，便看到了前面的陆迟、鹿野和唐铭。

唐茵起了玩心，和室友们挥手告别后，悄无声息地从后面追了上去。大约是时间充裕，陆迟他们走路的速度并不多快，否则男生走路速度快，唐茵不一定能追上。

"今晚物理老师又要测验，唉。"鹿野感慨道，不小心将笔弄掉了，他正俯身要捡，一低头就看到唐茵在他们后面。

鹿野正要出声，唐茵向他摇头，他秒懂，便装作什么都没发生的样子，不动声色地追上前面的两人，走到唐铭边上。

第十三章 葡萄柚

唐茵放轻了脚步,快步上前,伸手去拍陆迟的肩膀。谁知就在这时,陆迟突然回头,两人直接四目相对。

看陆迟的表情,恐怕早就知道她在后面了。

唐茵一时沉默,感觉自己刚刚的样子好像有点蠢……

"哈哈哈哈……"看她吃瘪,鹿野和唐铭都忍不住大笑。

陆迟眼里也晕出浅浅的笑意。

进了行政楼后,学生们就少了许多。

"物理课要是我睡着了,你可得把我弄醒啊。"唐茵说,"物理老师最近好像很喜欢找我提问。

"唉——"她一口长长的气还未叹完,面前忽然落下一片阴影,眼前变得黑暗。

宽大的手掌遮住了她的眼睛,手掌的冰凉感似乎都带冷了那片皮肤。

唐茵伸手去拽他:"干吗遮我的眼睛?"

走路走得好好的,上手做什么?就在这时,不远处传来一声重物落地的闷响,耳边顿时尖叫声四起,周围也是杂乱的脚步声。

陆迟单手捂不住她的耳朵,心中的思绪绕了一圈,他低声在她耳边说:"闭眼别、别睁开。"

虽然不知道怎么了,但唐茵还是很听话地闭上了眼睛。

陆迟看了一眼不远处的场景,嘴唇紧抿,几乎抿成一条直线,他黑黝黝的眼底映出猩红的颜色。

有老师从走廊里跑出来,将围观的人驱散开。

陆迟知道了发生了什么,便迅速移开视线,拉住唐茵的手,快步往教学楼走。

唐茵不明所以，但被陆迟大力拽着，只好跟着后面。她想睁眼，但她知道陆迟显然不是故意捂她的眼睛的，应当是不想让她看见什么才这样做的，就像第一次和他去书店时，他不想让她看到那个撒尿的醉汉一样。

陆迟的速度很快，不一会儿，两个人就到了教学楼。

陆迟松开手，深出一口气，眼前不停地浮现出刚才的情景。他眉间紧蹙，忍不住心悸。

唐茵见他神情不太好，扶住他，问："怎么了？你没事吧？"

陆迟摇头，并未说什么。

身旁有学生飞快地跑过，书掉了都不知道。

"怎么了，发生了什么？"

"好像有人摔下去了！"

唐茵弯腰捡起书，喊住了他们："你们的书掉了！"

那几人回头，其中一个男生跑过来接过书："谢谢，谢谢。"

唐茵手上用劲，没抽走书的男生一愣，不解地看着唐茵。

唐茵问："你们刚刚在说什么？"

说到这，那个男生的脸色又变得惨白，他哆哆嗦嗦地说："好像有人从楼上摔下去了！"

说完他就跑了。

唐茵下意识回头去看，却被陆迟拦住："不要。"

唐茵侧脸，问："你是不是怕我见到？"

几秒后，陆迟缓缓点头。

唐茵忍不住叹气。她没陆迟想象中那么脆弱，只是现在他怕是有了阴影了吧，怪不得刚刚神色那么差。

第十三章 葡萄柚

两个人在原地待了好几分钟，直到救护车的声音从校门口处传来，唐茵终于回神："走吧。"

她伸手拍了拍陆迟的肩膀，虽然她知道可能起不到什么作用，但如果能让他稍微心生暖意的话，也是值得的。

"下次不要这样了。你自己看到难道不可怕么？那就一起承担，我没那么弱。"

陆迟呆呆地说不出一句话。在唐茵灼灼的目光下，他微微点头。

很快，这件事就传遍了整个学校。

当时正值中午，大家都赶着去上课，不论是高中部还是初中部的，很多学生都会路过行政楼的天桥，正好亲眼见到了那个场景。

不少人都心有余悸，一下午过去，许多人频频走神。

不少学生都要求请假回家，老师们自然也没有办法。学生们现在的状况，肯定是学不下去的，如果把他们留在学校里，他们反而会更加紧张，不如让他们回家休息。

一时间，不少班级里都空出来了许多位置。

唐茵虽然没看到那可怕的一幕，但班里有人看到了，一下课，唐茵都能听见他们的议论声。

下午第四节课是班主任周成的语文课，因为发生了这样的大事，最后改成了班会课，用来缓解同学们的情绪。

还剩最后十分钟的时候，唐茵突然举手站了起来："老师，我想去洗手间。"

周成没察觉什么，说："行，你去吧。"

窗边的陆迟看了一眼走廊处，只看到唐茵飞快跑开的身影，细长的马尾随着她的动作一跳一跳的。

他知道她要去哪儿。

校长室在行政楼。唐茵一路飞奔，跑出教学楼，到达行政楼的天桥下时，她忍不住停了下来。地面已经打扫干净了。

她不由得抬头，五楼很高，究竟是因为什么，才会发生这种事？半晌，唐茵转身进了行政楼，跑上三楼。

她一推开校长室的门，正好对上几个老师的视线。她神态自若地关上了门，走了进去。

唐尤为说："你不上课，来这儿干吗？"

"我想问问那个学生的事情。"

教导主任直接开口训她："你是学生，做好自己的事情就行了，快回去上课，这里有老师在。"

唐茵说："不走。"

说完，她大摇大摆地在后面的沙发上坐了下来。

教导主任很是生气，怒道："唐茵，不学习你想干吗？这是你该管的事情吗？"

其他的几个老师都认识唐茵，对她的性格自然也都了解，他们知道说再多也都是白费口舌，便都没说话。

唐尤为叹气："算了，我们继续说。"

教导主任听到校长这么说，便又皱眉继续说："学生是高三一班的，叫程欣，家住嘉水小区，她父母现在在医院。目前她摔下去的原因还不清楚，咱们得等调查结果出来。"

出事那会儿，他原本还在睡觉，被喊醒的时候，差点没被吓死。怎么就出了这样的事呢？

高三一班的班主任也开口："程欣平时比较沉默，她家里的情况

第十三章 葡萄柚

不是太好,是离异家庭,她和妈妈过,生活水平普通偏下。她平时在班级里也很努力,只是成绩不太理想。"

这个学生他还是很喜欢的,也希望她的努力能换来回报,谁也没想到会出现今天的情况。

高三一班的班主任又道:"我之前请过一次她的家长,最后她父母都没来。从这件事就能看出他们对女儿忽视到了什么程度。"

唐茵听完,便默默出了门,没再打扰老师们和校长的讨论。

不管发生了什么事,高考在即,学总是要上的。

因为是在行政楼天桥那边出的事,晚自习放学后,没人敢走那边了,大家都选择从外围的食堂后面绕过去。天桥下面如今似乎成了禁地,而且大家即便从食堂外围走,气氛也不太好,每个人都不像平时那样嘻嘻笑笑打打闹闹的,都异常沉默,甚至连走路速度都快了不少。

唐茵和陆迟并肩走在围墙边,两个人都没开口说话。唐茵不停地想,怎么会发生这样的事。

陆迟突然问:"你有、有压力吗?"

唐茵沉默了许久,说:"有压力。全国这么多人,我怕我发挥失常。"

虽然她现在的成绩看着还不错,但她自己也知道自己的弱项。

陆迟没想到唐茵会这么回答,停下来看着她:"不会、不会的……"

唐茵以为只要等着警方的调查结果就行了,谁知第二天,就出了事。

鹿野从小超市回来,恰好看到校门口围了很多人。他去看了一眼，回来就说："她父母在门口哭，说是要追究学校的责任。"

唐茵从外面回来就听到这样的话，心里有些烦闷，趁着下课，直接就去了校门口。

上课铃声响起，大家都回到了自己的座位，教室里安静下来。

陆迟从办公室回来，却没看见唐茵，等半节课都快过去了的时候，她还没有回来。

他问鹿野："你看见、见……"

鹿野打断他的话："唐茵？她好像上课前跑出去了，不知道去哪儿了。"

陆迟心中有了一个猜测，脸色顿时变得不太好看。他迅速举手。

物理老师问："有什么事吗？"

"洗、洗手间。"

"行，去吧。"

陆迟长腿一迈，离开了教室。他下楼的时候，不由得放快了速度，等他出了教学楼，整个人已经在跑了。

由于是上课期间，校门口已经没多少人了，只有一些学校的领导在门口劝程欣的家长进办公室说。

"有什么事进办公室再说吧，在外面像什么样子呢？"

"是啊，静下心来才好谈事，你们站在这里解决不了问题。"

程欣的爸爸梗着脖子说不去，程欣的妈妈则在一边埋头哭泣。

唐茵冷眼看了半天，走上前。现在调查结果还没出来，他们这样做是什么目的？

教导主任见唐茵来了，觉得她要多管闲事，便说："快回去上课，这里没你的事。"

第十三章 葡萄柚

唐茵不理他,刚要张嘴说话,程欣爸爸却突然叫道:"哪里来的小女娃?关你什么事,管好你自己就行了!"

"不好意思,校长是我爸爸,这事和我爸爸有关,我当然有权管。"唐茵又上前了几步,"如果你们再这样死缠烂打,别怪我报警。"

她扬起手机。

闻言,程欣的爸爸和坐在地上大哭的程欣妈妈脸色一变,开始破口大骂,言辞十分难听。

教导主任将唐茵拉到一边:"姑奶奶,别瞎管,去上你的课,这些事自然有我们……"

教导主任话未说完,唐茵就见到不远处的陆迟。她朝他招了招手,但令唐茵意外的是,陆迟看着她,脸色一变,大喊着:"快、快让开!"

他朝她跑了过来,不过几秒就到了唐茵的面前。

今天的风很大,唐茵没听清他的话,疑惑问:"怎么了?"

陆迟目光骤缩,撞开教导主任,一把拽过唐茵,自己反身挡在唐茵面前。

教导主任冷不丁被撞到了一边:"哎哟哎——"

唐茵换了个方向,就看到陆迟背后飞来一块板子。她来不及反应,一下子将陆迟推倒,因为惯性,她也跟着摔在地上。

那块白板啪的一声掉落在地。

白板落的地方就在唐茵和陆迟边上,震起响声,白板边缘处的钉子划破了唐茵的校服,扎进了她的胳膊。

事发突然,谁也没想到会发生这样的变故。

教导主任原本因为被撞一肚子气,但看到这样惊险的一幕后,心都快蹦出来，他赶紧站起来跑过去："你们两个没事吧？没受伤吧？"

唐茵忍不住蹙眉："好像扎进去了。"

春天的衣服本来就比较薄，这钉子又尖，很容易就划破了衣服，戳进皮肤。

陆迟的神色很难看，他阴着脸，小心地按住唐茵的胳膊："别、别动。"

教导主任看到这个状况，也万分焦急，他对着陆迟喊："快，快去医务室叫医生过来。"

唐茵见主任如此着急，朝主任一笑，道："没多大事，待会儿医生来包扎一下就行了。"

陆迟抿唇对唐茵低声说了一句小心后，便飞快地跑走了。

教导主任又训道："早让你不要待在这里，你看现在好了，出事了，受伤了还是自己疼，你这不是没事找事吗？"

唐茵坐在地上一动不动地说："我只是看不过而已。主任，您站了半天都没什么用，这怎么解决啊？"

教导主任的脸色不太好看。

唐茵伸手去拨弄白板，不小心碰到了伤口，伤口又开始疼。唐茵学乖了，再也不动，深吸了一口气。

教导主任见她这样，也不敢碰她："好好待着，待会儿医生来就行了。我已经告诉唐校长了。"

没几分钟，医生就踉踉跄跄地过来了。他被陆迟拽着，又跟不上陆迟的步子，所以一路都走得急急忙忙的。

等停下来，医生吐槽："哎哟，要是我腿脚不好，今天就被你拽坏了。"

陆迟冷着一张脸，面无表情。

唐茵看着他们，笑出了声，校门口的阴郁气息顿时散了不少。

钉子虽然戳进胳膊里，但还不算深，取出来后，能看到钉子上锈迹斑斑的。

医生取出钉子后，也松口气，他包扎好唐茵的胳膊后叮嘱："没什么大事，戳得不深，结疤就好了，不过待会儿还是要去医院打破伤风，以免感染。"

唐尤为也赶了过来。因为担心唐茵，他顾不得其他人，一个劲地问唐茵有没有事。

到这会儿，其他几个校领导也都从发愣中回过神来，他们连忙让保安将程欣的父母控制住："把他们带到保安室去。太不像话了！居然出手伤人！"

这么大一块白板，要是刚刚砸中了头呢，后果不堪设想。

程欣的父母被保安押着，还骂骂咧咧的。

唐尤为放心不下唐茵，亲自送唐茵去医院，好在医院就在学校对面，不远，几分钟就能到。

唐茵上车后，唐尤为发现车里还坐了个人。他愣了一下，清了清嗓子道："陆迟，现在是上课时间。"

上课时间这么乱跑，恐怕不合适吧。

陆迟看了一眼唐茵，丝毫不畏惧地看着唐尤为道："她因为、因为我受伤。"

陆迟话还未说完，唐尤为就明白了。他在心里叹气。

唐茵出声提醒："爸爸，你还不走？你女儿要挂了。"

唐尤为瞪她："怎么说话的，一点也不吉利。"

直到晚自习时，唐茵和陆迟才回到班里。

学校里人多嘴杂，几乎没什么秘密，唐茵受伤的事很快就被人广而告之了，零班和十四班的同学们也都知道了。

鹿野以往都大大咧咧的，这一回，看着唐茵受伤，他生气道："他们真的太过分了，居然出手伤人。"

"就是，还是做父母的，都要对学生下手。唐茵你今天有点倒霉，歇几天吧。"唐铭附和。

大家都没想到，唐茵不过是出去一趟，就变成这样了，好在不是很严重。

晚自习的课间，十四班的人一窝蜂冲进零班，给唐茵送上了好些她爱吃的东西，说要慰问她。

苏可西看着唐茵，也心疼道："你非要多管闲事。破皮了舒服了？下次再这样不管你了。"

唐茵翻了一个白眼，道："你慰问就可以了啊，不许说我。"

苏可西"呸"了一声："这几天水什么的就我来弄吧。"

"我是胳膊被戳，不是手断了，你也太大惊小怪了。"唐茵忍不住说，"赶紧回去上你的晚自习。"

苏可西被她这么一说，不情不愿地走了。

但很快，程欣摔下楼的原因也水落石出了。

其实她摔下楼是个意外。她父母离异，妈妈丝毫不关心她，原本家里就没钱，上个月她妈妈更是忘了给她生活费，她最后还是靠着室友的接济才过下去的。据程欣的室友说，她们不止一次听到她半夜在厕所隔间里小声地哭。

第十三章 葡萄柚

这样的生活,她一个高中生如何能忍受,高三学习压力又大,她认真努力了很久,却丝毫看不到学习的成果,在生活和学习的重压之下,她有些精神恍惚。那天,她原本是要去天桥散心的,但不知道怎么回事,一个不小心,居然从楼上掉了下去。

程欣父母将女儿扔在医院里,每天都妄想通过在学校门口闹来讹钱,没想到学校最后选择要和他们打官司。

唐茵受伤的手是右手,自然不能用右手用力地写字。唐茵偷偷试过,轻点写字实际上还是可以的,只不过陆迟为了能让她更好地恢复,总是严格地监督着她,不让她用右手写字,每次她要动笔,陆迟就把她的笔抽过来。

陆迟和唐茵再次成为同桌,是在唐茵受伤的那个晚自习上。那天,班里因为最近发生的事情乱哄哄的,不知怎的,陆迟就和唐茵坐在一块儿了。可奇怪的是,后来班主任周成和教导主任来教室巡查,却都没再要求唐茵和陆迟换座位。

第二天物理课上,唐茵不小心迷糊了几分钟,等回过神来要记笔记的时候,一转眼,她手中的笔就没了。

唐茵又抽出一支笔,还没写第一笔,手里又空荡荡的了。她再转头,见陆迟手里正拿着那支笔。

唐茵不满:"陆迟,你不能这样。"

陆迟面无表情,丝毫不觉得自己哪里做错了。他对上她瞪圆的眼睛,重复:"你受、受伤了。"

唐茵撇嘴:"我是受轻伤,手没断,你们怎么都把我当珍稀动物似的。"

不过几天，唐茵的笔袋里一支笔都没有了，笔袋里空空荡荡的，只剩下了橡皮擦。

不用写字的日子，唐茵倒也过得快乐，然而好日子总是短暂的，月中的时候，化学老师突然说要上交错题本和笔记本，他要检查。

唐茵的错题很少，因此不交错题本也没事，但笔记本不交就不行了。

第二天化学课上，因为没交笔记，她原本等着化学老师点名，结果不仅没被点名，而且更让她意外的是，化学老师居然还给她发了一个笔记本。

她一脸莫名其妙，将笔记本从头翻到尾，然后将目光转向陆迟："你什么时候记的？记了两个本子？"

化学老师的板书笔记一向很多，这次，他要检查的是四个单元的笔记，那量就更不用说了。

陆迟轻轻抿唇："你受、受伤了。"

唐茵忍不住扶额。

时间一晃而过，不知不觉已经到了五月初，三模如期而至。

考试结束后，大家轻松的轻松，哭的哭，各种各样的情绪弥漫了整个教室。考完试的当晚并没有其他安排，学生们自己上自习。

周成对学生们的情绪早有预料，往常，他会在晚自习的最后一节课开班会，但这次，他把班会提前到了第一节晚自习，目的是舒缓学生们的情绪，让他们别紧张。距离高考还有一个月，这期间，容不得丝毫差错。

唐茵的胳膊已经恢复了一段日子，她自然也恢复了跳脱的模样。

当周成在讲台上啰唆地当着心理医生时，唐茵和陆迟却在座位上说话开小差。

唐茵刷刷地在纸上写两个字，平摊在他面前，问："来，这两个字怎么念？"

陆迟目光落在上面，半晌没说出话来。

唐茵却兴致勃勃："快说快说。"

她促狭地看着他笑，陆迟忍不住瞪她，但是因为没有眼镜的遮挡，没有力度。

唐茵又加了条件："快说，不许结巴，之前我教你的。"

虽然她觉得结巴可低，但这样对他没什么好处。

头顶上有夺目的灯光落下来，照得陆迟眉宇间仿佛流光溢彩，他脸稍稍别开，声音小小的："我们。"

没有丝毫停顿。

三模成绩出来得很快。

所有科目的试卷都发了下来后，班里的气氛就不太好了，不少人都考得不如意。

鹿野连着无数次叹气："我和人对答案的时候，他们都说我选错了，但我认为我就是对的，好了，现在的后果就是班里只有我一个人错了。"

他哀怨的语气让周围人忍不住笑出声。

有人回他："谁让你在问了陆迟的答案后还认为自己是对的。"

鹿野歪着头："以后不能相信我自己了。"

陆迟被人调侃，依然没什么反应地坐在位置上翻看着自己的试卷。

唐铭从外面进来，小声说："我刚刚看到赵如冰在那儿哭呢。"

这次考试，赵如冰的成绩不理想，她的班级排名下降了两个名次，而省内排名则降低了几十个名次。她一向心高气傲，这次出了成绩后，又被老师找去谈话了。

鹿野说："心态崩了吧，高考前调整好就行。"

赵如冰的基础自然是好的，这次考试成绩不理想，肯定是意外。不过不可否认的是，好的心态也是考出好成绩的关键因素。

鹿野又兴致勃勃道："我给你们讲个笑话吧。有个博主发博说打出一个'吃'字，然后一直点下面出来的第一个字，有个回复你们绝对猜不到。"

众人一脸冷漠。

鹿野拍桌子："你们怎么这么不配合？"

唐铭说："你都说了我们猜不到，我们还怎么配合？好吧，我就问那是什么答案？"

鹿野叹了一口气，良久才重新开口："点赞最多的有两个，一个是'吃了一个人'，一个是'吃屎的时候记得放盐'。"

说完，他忍不住大笑，笑了一会儿又拍桌子狂笑。他的笑声吸引了教室里众人的目光。

唐茵看他疯癫的样子："你没病？"

鹿野还在笑："哈哈哈哈哈，你们怎么都不笑，哈哈哈，哎哟——"

只听见"咔嚓"一声，鹿野的嘴巴合不拢了，他的下巴居然脱臼了。

"快去医务室。"唐铭推他，"让你一个人笑，现在好了。"

唐茵伸手，一脸狞笑地看着鹿野："我会，你要不要我给你捏？"

鹿野摇头，疼得"哎哟哎哟"直叫唤，连忙拉着唐铭直奔医务室

第十三章　葡萄柚

而去。

三模结束后，大家又进入了紧锣密鼓的复习当中。

大家每天上课看着钟表，期待着下课，觉得时间过得怎么这么慢，但等六月真正到来的时候，大家却都沉默了。

周成拿着准考证进了教室："我先把准考证发下去，你们别弄丢了，如果有怕丢的，可以放在我这儿，等明天放假再拿走。放假三天期间不能太放松，也不要过于紧张。不求超常发挥，只求稳妥。"

带了零班一个学期，他也有点感慨。这个班的学生都是尖子生，但是高考，大家都是大姑娘坐花轿——头一次，说不紧张恐怕是不可能的。要是学生们因为紧张而没有发挥好，没考上心仪的学校，那真是可惜至极了。

他将准考证一一分发下去。这次高考的考场主要分布在小学和初中，还有其他的一些高中，嘉水私立中学因为刚成立，又是私立学校，所以并未被作为高考考场。

陆迟第一个拿到了准考证，他的考试地点在一中。看到自己待了两年的学校，他有点愣神，沉默了良久。

"我俩一个学校呢。"耳边突然传来唐茵的声音。

他俩都是在一中，还是相邻的考场，这样的运气也是极少了。

见陆迟情绪不对，唐茵说："教我做物理试题呗。"

陆迟转过身去，问："哪里？"

两个月的时间过去，陆迟的结巴有了好转，只是他说话速度变得慢了一些。

唐茵随手翻开模拟卷，指了指。

最后一节晚自习的时候，周成来到了教室。三天后就要高考，现在除了一些爱看书的人，大部分学生基本上都没有任何心思去复习了，每个人的情绪里，更多的都是不知名的烦躁。

周成敲了敲桌子："明天放假，今晚就不让你们上自习了。你们是想听音乐还是看电影？"

临近考试，太过紧张也不是一件好事，他自然知道不能让学生们一直紧绷着神经，那样只会适得其反。

原本无精打采的学生们立刻抬头："看电影！看电影！"

平时教室的多媒体都不怎么能派上用场，这次快离开学校了，终于可以用上了。

周成点头："我准备了好几部电影，你们想看什么？"

他早有准备，很快，屏幕上就显示了几部电影，都是非常经典的老片子。

鹿野忍不住说："老师，这我们都看过了！放别的吧！来个恐怖片！"

他这么一说，追寻刺激的男生们立刻附和："对对对，都快高考了，就一起看一部恐怖片吧！"

周成严肃道："看什么恐怖片，我这儿没有。"

鹿野不怕死地继续说："可以联网啊，班主任。我们都快离开您了，您还不满足我们这个愿望？"

零班的女生不多，只有几个人，她们的意见被扑灭在众男生的起哄中。其实她们也挺想和其他人一起看恐怖片的，大家一起看的感觉肯定不一样，自己一个人看恐怖片会害怕，但边上都是同学，肯定就没那么怕了。

第十三章 葡萄柚

但周成还是不同意。

教室门被敲响,有人进来说:"周老师,主任有事,让您去他办公室。"

"好,我知道了,谢谢你。"周成又转向班里,"我先去开会,你们等等,等我回来再说。"

说完,他就离开了教室。

鹿野直接跑上了讲台,咳嗽几声:"同学们,解放的时候到了。大家想看恐怖片吗?如果是大多数的人,那我可就直接搜了啊。"

下面唰唰地举起一片手。

鹿野也没数有多少人,但一眼看过去,班级里大半的人都举了手,他心里有了个数,便快速地上网搜影片,最后选了一个恐怖电影。

很多电影都标榜自己是恐怖片,但多数电影的结局,一切恐怖都是人为的,这类影片有一个好处就是不可怕。快要考试了,看太可怕的万一大家被吓着了,考试受影响也不好。

鹿野指挥大家:"把灯都关了,我开始放了,大家做好准备。待会儿你们周围的可能不是同桌哦——"

他阴森森的语气,配着电脑屏幕上的光,看起来有些瘆人,前排的女生都忍不住拿书打他:"废话怎么那么多。"

鹿野嘻嘻一笑,点了播放,跑回了自己的位置。

为了方便大家看电影,所有的桌子都被搬到了一起,黑暗中,只有教室最前方的多媒体还亮着灯。

诡异的音效传至教室里。

唐茵和陆迟一直在最后排,从头到尾都没说话。

一直到大家渐入氛围,她才转向陆迟,紧盯着他,却没说话。

陆迟无奈地转过头:"你干什么?"

"我正好饿了。"

陆迟从桌肚里掏出一袋薯片,还是白天唐茵自己放进去的,他一直没动。

唐茵收过薯片,又从口袋里摸出一颗糖递给陆迟。

June

S	M	T	W	T	F	S
				1	2	3
4	5	6	⑦	⑧ 高考	9	10
11	12	13	14	15	16	17
18	19	20	21	22	23	24
25	26	27	28	29	30	

第十四章

佛手柑

CHAPTER 14

小蛮腰

六月五号下了一场大雨,天气又阴又凉,可七号那天又突然出了大太阳,又闷又热,让人难受不已。

好在唐茵家里有车,可以让她不用忍受外面火辣辣的阳光,能舒舒服服地去考场。

蒋秋欢一大早就起来了,给唐茵准备了丰盛的早餐。做完一切后,她就在餐桌边坐立不安,自家女儿现在可是真的要上战场了,以往的考试都是小打小闹,高考才是最重要的。

学校都放假了,唐尤为自然也在家里。他从楼上下来时,正好碰上女儿,他拍了拍她的肩膀,说:"好好考。"

唐茵笑得很明媚:"你还担心我?"

孙阿姨端着碟子走出厨房,笑着说:"在我们那儿,每到这种时候都要准备油条和鸡蛋,图个喜庆,茵茵可要吃啊。"

唐茵不忍心告诉孙阿姨现在她的试卷分数,不过孙阿姨这样的关心,也让她感觉心里暖暖的。她点头说:"吃吃吃,把它都吃掉,谢谢孙阿姨。"

餐桌上,唐尤为和蒋秋欢都没说话,他们生怕哪里说错了,所以全程都小心翼翼的。

第十四章 佛手柑

唐茵叹气："爸、妈，你们两个把我想的也太脆弱了。"

蒋秋欢瞪着她："还不是怕影响你。待会儿我送你。"

"好好好，你最大。"唐茵投降。

唐茵家里距离一中并不远，坐车也就十分钟的路程。以前，唐茵去一中都直接走路过去，今天这么热，她也不想坚持走路了，能舒服当然是舒服好。

等她要出门的时候，唐尤为就像是得了啰唆症似的："准考证带了吗？身份证呢？笔和橡皮呢？涂答题卡时一定不要涂错了。"

作为教育从业者，唐尤为见多了考试时的各种错误，答题卡涂错的、涂错位的、看漏题目的，总之一遇到考试，学生们什么错误都能犯出来。

唐茵抱住他："放心好了，你女儿还用担心？"

去一中的路上，车子行进的速度很慢，马路两边都是家长和孩子，路边的很多商店都打上了"高考加油"的横幅。

唐茵看了一路，有些闷，便打开了车窗，一股热浪扑面而来。

"别紧张，写自己的就行。"

"东西都带了吧？水到时候少点喝，不然老要上厕所。不会写的先放着，写后面的。"

叮嘱声不绝于耳，每一声叮嘱里都是家长对孩子的关心。有时候，家长反而比参加考试的孩子更紧张。

几分钟后，一中近在眼前，一中门口有交警拦着，蒋秋欢将车停在路边："要我送你进去吗？"

唐茵摇头："别，你这样我紧张。你回去和阿姨去逛商场吧，平时怎么样现在还怎么样就行了。"

蒋秋欢叹了口气,怎么可能还和平常一样呢?她神经再大条,自己的女儿参加高考,她也静不下来:"加油。"

唐茵眉眼弯弯:"嗯。"

唐茵下车撑开了伞。从空调车里出来后,她整个人被热气包裹着,有些不舒服。

一中门口处有志愿者服务的摊点,那里摆着很多没拆封的矿泉水,戴着帽子的志愿者将一瓶瓶的水递给家长和考生,并鼓励道:"考试加油。"

唐茵盯着志愿者服务摊点看了几秒钟,转身进了一中。第一场考的是语文,九点钟正式开始,但她到的时候才八点。

她顺着准考证找到了考场。她的考试地点在二楼楼梯边上的那间教室,这会儿,教室门窗紧闭着,上面还贴着封条,估计八点半教室才会被打开。

教室外面有空桌椅堆着,唐茵抽出一把椅子,坐在教室门口,然后顺着栏杆看下面形形色色的人。

随着考试时间的临近,考生们也都陆陆续续地往楼上来。

唐茵把椅子放回原位,背靠在墙上,想着陆迟什么时候来。她正这么想着,余光就瞥到楼梯上上来了一个直挺单薄的身影,那人穿着一件T恤,看着干净美好。

"陆迟!"她叫道。

陆迟转头看到唐茵时,淡淡地笑了一下。

有老师开了门,大多数考生们都进了教室,仅剩一些嬉皮笑脸的男生还在走廊打闹。

陆迟看了一眼时间,低声说:"好好考。"想了想,他又补充,"物

第十四章 佛手柑

理最后一道题多留点时间,不会、会就算了。"

他一紧张就又结巴了,于是顿住没再说。

唐茵笑嘻嘻地道:"理综在明天呢,要不你晚上给我做考前辅导啊。"

看到走廊尽头有老师拿着考卷袋正往这里走,陆迟开口:"该进去了。"

陆迟正要走,唐茵又道:"也许我会超常发挥。"

陆迟点点头。两人说完,便各自进班找到了自己的座位。

唐茵一向不担心自己的语文,今年的语文卷,也就最后一道题偏灵活,其他的题目都是普通水平。写完作文后,唐茵还多了十几分钟的时间用来检查试卷。总的来说,她觉得这次语文考试还算顺手,没有出乎她的意料。

考试结束后,有人一交卷就哭出了声的,那一声声的抽噎听得人心里很不是滋味。

第一天的考试很快过去了。

等到第二天考理综的时候,唐茵先看了物理大题,看完后,她不由得松了口气。高三下学期,一整个学期,每晚,陆迟都要和她说一种题型,她不听还不行,不然,陆迟第二天就能不理她。

一看到熟悉的变形题目,她就忍不住想起那些晚自习,那些记忆真的让人记忆深刻。

直到上午结束,唐茵的考试一切顺利。

中午,唐茵一回到家,便觉得有点不舒服,但她又说不出来是哪里不舒服。

因为不想父母担心,唐茵没说自己不舒服的事,她吃了一两口午饭后，便上床休息了。只是躺在床上一个多小时，她的身体还是没见好转，甚至有加重的趋势。唐茵猜测自己恐怕是因为昨天下午考完后吃了雪糕，晚上又吹空调，受凉了。

下午出门的时候，唐茵的腹部愈加难受。

一路上唐茵都没说话，蒋秋欢还以为她早上考得不好，所以心情不好。纠结再三，蒋秋欢也没敢问唐茵考得怎么样，只是有些担忧地将她送进了学校。

送完唐茵，蒋秋欢转头就给唐尤为打了电话："茵茵脸色好像不太好看，不知道是不是考得……"

唐尤为打断她的话："现在什么也别说。她愿意的话，会自己跟你说的。"

蒋秋欢叹了一口气，侧目往学校里看，马路上都是考生。她忍不住心想，可千万不要出问题。

好在下午考的是英语，是唐茵擅长的，且这次的题目，竟然没有想象中那么难。

因为身体不舒服，唐茵加快了做题的速度。等她涂完答题卡时，时间还剩将近半小时，但那一刻，唐茵的额头已经冷汗涔涔的了，她有一种恶心感。

讲台上的老师提醒道："还有三十分钟，没有写作文的抓紧时间了。"

监考英语的是个女老师，她见唐茵脸色惨白，主动上前询问："同学，你身体不舒服吗？能不能坚持考完？"

唐茵正好想交卷，直接就咬牙开口："我交卷。"她趴在桌上，将试卷往外推了推，"老师，我写完了，提前交卷。"

第十四章 佛手柑

女老师看她实在坚持，点了点头，毕竟现在是可以提前交卷的。她看唐茵面色痛苦，又问："要不要叫 120？你的脸色不太好看。"

唐茵摇摇头，从后门离开了教室。一出教室，热浪随即扑面而来，全身的衣服黏在她身上，这让她更加难受了。

唐茵扶着栏杆，不住地干呕了几下，蹲在地上深呼吸。

"不要东张西望，自己答自己的试卷。"

伴随着老师的提醒，陆迟认认真真地收好自己的东西。答完试卷后，他一身轻松。这是最后一场考试，明天紧接着的就是无比放松的暑假生活了。

陆迟靠着窗，不经意朝外看了一眼，顿时定在某处。这么热的天，唐茵怎么会在外面？

陆迟拧着眉，将她干呕的动作看在眼里，恰好唐茵抬头，她惨白的脸色立马映入陆迟的眼帘。

"这位同学，你站起来做什么？"讲台上的老师被吓了一跳。

陆迟的目光依旧放在窗外，他快速说："交卷。"

说完，他便离开了教室。

唐茵歇了好一会儿，终于好一点了。这种不间断地干呕实在太让她难受了，她从没体验过这样的痛苦。以后，她再也不随便乱吃东西，不瞎吹空调了。

"你、你哪里不舒服？"陆迟的声音突然出现在她的耳边。

唐茵扭头，见陆迟蹲在她旁边，表情看着就好像现在不舒服的人是他似的。

没等她回复，陆迟突然伸手过来，捏住她的手腕。

她虚虚地问："你干吗？"

说着，她又忍不住干呕了一声，嗓子难受得紧。

陆迟看着她，在唐茵还没缓过神来的时候，就直接将她背了起来："去医院。"

唐茵将脸靠在陆迟的肩膀上，虚虚地呼吸，难受得不想说话。

从楼梯上走下去时，陆迟非常小心，生怕一个不小心就踩空。好在二楼并不高，两分钟后，他们终于下了楼。

校门外都是等孩子的家长，见两个人出来，纷纷盯着看。

陆迟直接无视了他们的目光，扭头看了一眼身后的唐茵，她紧闭着眼睛，睫毛颤动，鼻尖有冷汗冒出。

校门外，有几个顶着大太阳拿着手摇扇的家长，主动上前询问陆迟："怎么了？""要不要去医院？"

"我送你们去医院吧，这孩子怕是中暑了。"有个家长走过来说。

陆迟乖乖道了谢。

门口执勤的交警也主动走了过来："是不是中暑了？赶紧送去医院，你这又不打伞的。"

旁边的志愿者见状，赶紧将伞撑在陆迟他们头上。

一中的地理位置很好，不远处就是第五医院。

因为高考总有出意外的，所以每个考点外都有救护车等在不远处。救护车上的医生们一开始还没注意到陆迟他们，交警过去打了招呼，他们立刻抬了一副担架过来，交警帮着陆迟把唐茵放上担架。

将唐茵送上救护车后，陆迟也跟着上了车。唐茵似乎是睡着了，他将唐茵往担架上放时，她也没有睁眼，只是眼皮子动了动，头歪在一边。

车上的医生给唐茵检查后，发现她的症状并不是中暑，但具体的

第十四章 佛手柑

病因,还是需要去医院看。

几分钟后,陆迟一行人就到了医院,而这时,正好唐茵也醒了,她看着一直陪着自己的陆迟,弱弱地叹了口气。

来来回回检查了一遍,医生又问了几个问题,最后说:"急性胃炎。你是不是吃了过冷的东西又受了凉?"

最近有好几个孩子都因为这个来看急诊,一到夏天,最容易吹空调没节制了。

陆迟看向唐茵,唐茵和他责怪的眼神对上,悻悻地回答:"昨晚偷偷吃了一根雪糕。"

医生一副果然的表情。

唐茵又去看陆迟,他的脸色不太好看。

"你们是今天的高考生吗?"医生写着病历,不经意地问。

陆迟应道:"嗯。"

医生用不赞同的眼神看着唐茵:"今天高考,昨晚还偷吃雪糕,真是不注意身体,受罪了吧,要是影响考试,你心里会舒坦吗?"

唐茵没说话,这种状况下,她实在不敢反驳呀。

医生开了点药,又让唐茵去输液,足足两瓶药。

可能是看唐茵身体太弱,别人输液都是在一个统一的大厅里,坐在一排椅子上打,但偏偏唐茵得了个病床。

她来医院的这一路上,都是陆迟跑前跑后地照顾她,他也没有半点怨言,唐茵趴在病床上看着他的身影,心里觉得很温暖。

药瓶不大,唐茵看着那个瓶子,猜测打完可能还不到两个小时。护士给她戳针的时候,陆迟就站在那儿死死地盯着,看到护士扎成功后,他才移开视线。

他紧张过头的样子让护士忍不住打趣:"我都工作好几年了,不会戳坏你朋友的。"

陆迟没说话。

唐茵插嘴:"小姐姐,他性格害羞,你别逗他,不然今天要不理我了。"

护士忍笑点头:"待会儿药要是快没了记得喊我,你也要看好了,不然会回血的。"

这次陆迟乖乖地点头。

唐茵的一瓶药快要打完的时候,病房送进来一个中暑的姑娘,家长在那边骂骂咧咧的。

"这里怎么这么差,有没有好点的?医生呢?护士呢?当心我投诉!囡囡你有没有哪里不舒服,妈妈这就去喊人!"

女人已经跑远了,但过了好几秒,唐茵都还能听见她的声音。没过一会儿,她又回来了,又是一阵嘀嘀咕咕。病房里就他们和唐茵两床病人,所以她嘀咕的声音在安静的病房里异常明显,听得人心里烦躁。

唐茵原本还打算睡一觉的,被她这么一吵,瞌睡全没了。

陆迟拧着眉,出声打断那个说话的女人:"请你安静点。"

女人回头,见陆迟是个学生样的年轻人,冷笑几声:"关你什么事,真是闲的。"

刚才给唐茵扎针的护士敲门道:"女士,请您安静点,不然我们会请您离开这间病房。"

这话一出,女人总算安静了点,不过她还是隔几分钟就废话一次。唐茵瞪了那人好几眼,继续躺在床上发呆。

第十四章 佛手柑

陆迟站在唐茵一旁,拿了一个水果慢慢削着,这还是刚刚校门口的一位家长送的。

唐茵本来在目不转睛地看着陆迟削苹果,看着看着,她就有些恍惚,转头便睡着了。

陆迟放下刀和苹果,轻轻给唐茵掖了掖被角。

高考完自然是要聚会的,十四班的同学们面对考试一向放得开,因此高考结束的当天晚上,十四班的同学就宣布要出去吃饭,玩个通宵。

唐茵虽然后来去了零班,但她在十四班待了整整两年,和同学们关系都不错,这种聚会肯定是要去一下的。

她生病的消息没人知道,所以要聚会时,十四班的人照常喊了她,而彼时唐茵正在打最后一瓶药。

"你可一定要来,一学期没出去玩,都想死你了。今天晚上咱们先吃一顿好吃的,再去晴天,不来不行啊。"打电话的是于春,他一向管这些事。

唐茵说:"去。不过我可能会迟点,直接去晴天。"

她话还没说完,手机却被陆迟拿走了,陆迟沉着声音说:"她身体不好,今晚不、不去。"

于春哇哇大叫:"陆迟你和唐茵在一块儿,她咋了?中暑了?考试的时候没事吧?"

于春被唐茵生病的消息砸蒙了,明明上午他还碰见了唐茵,那会儿唐茵还好好的。

唐茵拿回手机:"我会去的。"

陆迟不满地说："你要、要休息。"

唐茵可怜兮兮地看着陆迟："我就去那边待着。全班聚会我不去多没意思，就这一次呢。"

陆迟抿着唇，没再说话。

但唐茵看他这样子，显然是同意了。

唐茵和陆迟到聚会地点的时候，已经七点半了。外面天刚黑，但晴天里面看着非常亮堂。

凑巧于春出来上厕所，一眼就看到了唐茵和陆迟的身影。他看着唐茵，道："你到了，身体没什么事吧？"

唐茵摇头："已经好很多了。"

"嗯。"陆迟突然开口。

唐茵觉得陆迟的语气不怎么好，估计是还在生气自己输完液就跑了过来吧。两瓶药打完，下午的那种恶心感的确没了，只不过身体还是软绵绵，但她能撑住。

于春也不知道怎么了，挠挠头："你们快进去吧，里面人都到齐了。"

他们订的是个大包厢，空间很大，足够他们玩闹。唐茵一推门，就听见了乱哄哄的音乐和笑声，其中还夹杂着"喝喝"的起哄声。

苏可西看到唐茵，立马跑过来，说："没事吧，看你的小脸，怎么这么惨？"

唐茵一把推开她作怪的手："这么黑也能看到惨，你眼神可真好。"

"看你这个样子，应该还行。"苏可西嘻嘻一笑，又有些担忧地问，"你考试考完了吧？"

第十四章 佛手柑

纵然苏可西平时很相信唐茵,但高考进医院,还真不是小事,就怕万一……

唐茵说:"都写完了,你放心。"

她并不担心自己的成绩,英语她本来就十分擅长,而且写完试卷后她也检查了一遍。虽然没有其他的几门科目检查得仔细,但她也敢保证,自己的答案是没错的。

"那就好。"苏可西说,转头又看到了陆迟。

陆迟对她点点头,苏可西也尴尬地和他礼貌点头示意。

一群人看到门这边的动静,都围了过来。之前他们就听于春说了唐茵去医院的事,当时大家还准备一起去医院向唐茵嘘寒问暖,没想到此刻,这位病人就出现在了他们眼前。

于春指了指座位最末尾那块好地方:"就那儿,你不舒服就坐那边,没人打扰你。"

陆迟和十四班的人基本不认识,大家互相点了个头,就算认识了。唐茵和其他人打完招呼,便直接拉着陆迟坐在了座位的末尾。

唐茵伸手去够茶几上的果汁,她嘴里有些干涩,不太舒服。

结果一只手按住了她,陆迟说:"不行。"

音乐声太大,唐茵没听到,她在陆迟耳边大声问:"你刚刚说什么?"

陆迟的耳朵被音乐震着,他偏了偏头,放大了声音:"你现在不能喝。"

陆迟说话的速度依旧很慢,他的语调普通,但能听出来其中的强势,唐茵嘻嘻一笑:"我听不见。"

陆迟转过头,再次重复:"你不、不能喝,听到了吗?"

337

唐茵点头。

陆迟满意地点点头，然后转过身，端起茶几上的饮料抿了一口。

唐茵看着陆迟端着的饮料，凑过去说："你喝的这个是我刚刚要喝的。咱俩怎么这么有默契。"

陆迟点点头，没有回复。

没过一会儿，安静了几分钟的唐茵又挤到陆迟身边，苦兮兮地说："陆迟，我饿了，嘴巴苦。"

陆迟一怔，轻声问："要吃什么？"

唐茵噼里啪啦地报了一串菜名，听得陆迟眉角一跳。她说的这些东西，又是烤又是炸的，个个都很油腻。看着唐茵期待的眼神，陆迟点头说："你等着。"

说完他便放下饮料，离开了包厢。

于春凑到唐茵身边，好奇地问："陆迟怎么走了？你们是不是闹别扭了？我看他今天进来时脸色都不怎么好。"

他今天看到陆迟那张不想说话的脸，就觉得一定有异，肯定是哪里出了什么问题。

唐茵趁陆迟不在，偷偷喝了一小口饮料，说："你想多了，他去给我买吃的了。"

不知道他会买些什么，虽然现在她的身体还是不怎么好，明天需要继续输液，可是已经考完试了，顶着身体会不舒服的危险，吃一点好吃的，也不是问题。

于春听完，夸张地"嗷嗷"了两声，便继续和其他人狂欢去了。

唐茵等了大约二十分钟，还差点在沙发上睡着。好一会儿后，陆迟终于带着吃的回来了，不过看样子，他手里提着的东西好像有

第十四章 佛手柑

点少。

唐茵伸着头,看陆迟用修长的手打开袋子,又打开外卖的盒子。

等吃的东西被掏出来后,唐茵的目光定住。

"陆迟。"她不可置信,伸手将陆迟的头扭向那边狂欢的一群人,"你看看他们都在喝酒吃烧烤,你居然给我买粥?你忍心吗?"

陆迟转头看着她:"你只能、能喝粥。"

说着,他拿出一柄小勺,放在唐茵的手心。

整个包厢里都飘荡着烧烤的香味,唐茵吸吸鼻子,乖乖地被陆迟看着喝粥。

于春玩得有些迷糊了,走过来见到袋子上印着的粥店名,嘲笑道:"茵姐,你的日子怎么这么清苦,陆迟你是怎么照顾的?"

唐茵一脚踹过去:"去唱你的歌。"她转向陆迟,"别理他。"

聚会一直到晚上十点多才散,唐茵也想早点回去睡觉,因为生病,她现在浑身都软软的,没有丝毫力气。她从来没得过胃炎,这一次生病,简直深受其害。她总算知道了胃炎的厉害,尤其是下午恶心干呕那一阵,她恨不得把胃给呕出来。

陆迟将唐茵送到家门口的不远处后,便不动了,哪怕唐茵让他多走一点,他也不走。

借着灯光,唐茵小声问:"你是不是还记着上次那事呢?"

不会是真的产生阴影了吧?那回去她要揍唐昀一顿的。

陆迟摇头,回道:"你快回去。早、早点休息。"

唐茵不再强求,乖乖地转身回去。看唐茵进了院门,陆迟才沉默地转身离开。

唐茵进了家门后,才发现家里很安静。蒋秋欢和唐尤为坐在沙发上，两个人都木愣着，也不知道在想什么。

她随口一问:"你们这是在修仙?"

看到她回来，蒋秋欢和唐尤为对视一眼。

唐茵觉得奇怪，琢磨了一会儿，又想到今天下午自个老妈那个表情，不会是担心她考砸了吧?

唐茵还没说话，唐尤为就开口了:"人生不只高考这一条路，以后还长得很呢。"

蒋秋欢附和道:"你爸说得对，学历虽然重要，也没重要到非它不可的地步。前途是掌握在自己手里的，你看那么多成功人士也才是高中、初中学历。"

两个人一唱一和的，大道理一堆堆地往外冒，唐茵听着好笑，没阻止他们，准备看他们说到什么时候。

足足半小时后，蒋秋欢喝了口水，看见自己女儿一脸奇异的表情，觉得怪异，便道:"茵茵啊，你要不要出去旅游一段时间?"

唐尤为跟着说:"对啊，三个月的时间。"

唐茵终于忍不住了，笑道:"你们以为我考砸了?"

蒋秋欢瞪眼:"难道不是吗? 你今天下午的表情那么难受。"

唐茵把手伸过去，她手上的针眼还在:"我下午只是身体不舒服，你俩这双簧排的。"

蒋秋欢松了一口气，开口说:"吓死我了。哎，那我去睡觉了。"

她毫不留情地离开了客厅，抛下丈夫和女儿上了楼。

"无情无义。"唐茵说。

唐尤为回家后，被蒋秋欢一吓，还真以为自己的女儿高考失利了，现在误会解开了，自然也就没什么事了，他说:"明天学校发答

第十四章 佛手柑

案,你要不要去对?"

唐茵直接否决了唐尤为的提议:"不去,二十三号成绩就下来了,对什么答案。"

她才不要对答案,患得患失的,有这工夫还不如出去玩,就是这天太热了,还是躺在家里舒坦。

唐尤为也不强求她,便没再提这事。

六月二十三号上午,是查分的时间。

天刚亮,蒋秋欢和唐尤为就起来了,他们坐在电视机前,听专家分析这次高考的相关信息。

唐茵下来的时候,他们两个人坐得端端正正的,一脸严肃。她上次看到这么严肃的两张脸还是在初中。

蒋秋欢在心里叹气,听着电视里的分析,她越来越觉得女儿可能会考差。虽然唐茵上次说没事,但她心里还是有点慌慌的,不知道待会儿查成绩她会不会被吓晕过去。

唐茵看他们这样,只好又悄无声息地回了房间,想着时间一到就查成绩。九点一到,系统就可以正式查分了,她坐在电脑前,第一次觉得紧张。

做好心理建设后,她登上了查分入口,对着准考证输入自己的考号,最终点击确认,谁知下一秒,跳出来的却是系统崩溃的提示。

唐茵气得差点想踹电脑一脚,这时候了,网页崩溃什么!她又输入了一遍准考证号,页面上还是那样的提示。迫于无奈,唐茵最后直接用手机拨打了查分的官方号码,并报了自己的准考证号。

"语文138,数学141,英语146,理综287,总分712。"

听到成绩被缓缓地报出来,每知道一科,唐茵的心就下落一分,听到最后的总分时,她忍不住扬唇。这次的成绩似乎比以前的模拟考要出色一点,记得省内组织的三次模拟考,她最高也就考了六百九十多分,这次高考是超常发挥了。

她放下心来,又给陆迟发去了微信,但没得到回复。

唐茵又跑下楼,蹬蹬蹬的脚步声让沙发上的两人齐齐回头,他们的目光盯着她紧紧不放。

过了一会儿,蒋秋欢问:"茵茵啊,成绩查到了吗?"

唐茵面无表情地回答:"嗯。"

看到唐茵的反应,唐尤为和蒋秋欢两个人的心里就更忐忑了,他们刚刚才做好心理准备,这会儿又都前功尽弃了。

唐茵挤到他们中间,然后才慢慢开口:"出来了,712分。"

蒋秋欢瞪眼,这和她想的不太一样。

唐尤为率先回神,激动得一拍大腿:"好啊!不愧是我女儿!哈哈哈哈哈哈哈!状元都可能了!"

"爸,你想太多。"唐茵说。

唐尤为瞪了一眼唐茵,问:"陆迟的成绩多少,你问了吗?"

唐茵正要摇头,手机响了,她点开屏幕,是陆迟发来的微信。

陆陆陆:不太好。728。

蒋秋欢也看到了消息,忍不住说:"这孩子,728分还叫不太好,那茵茵你这成绩在他眼里,就是不咋的了。"

唐尤为摸了摸下巴:"人家一向成绩好,咱学校都指望他拿

第十四章　佛手柑

状元。"

现在陆迟这个成绩，状元应当是稳的了，不过就怕突然冒出来一匹黑马啊。

下午，学校组织高考志愿预填。

外面的天气很热，大太阳高高挂在天空上，唐茵本不想去的，但想到能见陆迟，她又来了劲。

她去得早，到的时候，陆迟还没来，教室里都是在问成绩和填哪个学校的声音。

鹿野这次也是超常发挥，高考成绩比前几次模考出色不少，他兴奋得简直要在桌上跳舞，一直哼着歌。

他看到唐茵进来，便迫不及待地问："唐茵你多少分？"

唐茵笑笑，没说话。

唐铭转过头："她肯定比你考得好。我都听说了，咱们学校有两个七百分以上的。"

"你怎么知道的？哪两个？唐茵和陆迟？"鹿野惊讶，问题一个接着一个。

唐铭挠挠头："我也没听清楚，刚才路过办公室听说的，有老师推门出来，我就跑了。"

唐铭回答完，就开始和鹿野讨论这次的成绩和自己的意向志愿。

鹿野和唐铭聊得愉快，没过一会儿就遗忘了唐茵的事。

唐茵撑着下巴，想着她和陆迟应当是可以被同一所学校录取的，但具体录取到什么专业，那就要看那学校专业她感不感兴趣，喜不喜欢了。

正想着，她身边落下来阴影，她一歪头，陆迟正正经经地坐在那。他今天没戴眼镜,看着干净又清爽。也许是因为热,他的衬衫扣子被解开了一颗,露出了一小片皮肤。

唐茵侧头问:"你要填哪个学校?"

陆迟想了想:"还没太确定,目前有想法的就一个。"

唐茵又问:"哪个?"

陆迟看着她,轻轻说:"S大。"

S大是所综合性大学,在首都,距离他们这里挺远的,不过S大的名气很大,在全国的大学中排名第一。以陆迟的成绩,完全可以进S大的王牌专业。

唐茵估摸了一下,以她的成绩,应该是可以进S大的,毕竟每年高考成绩上七百分的也没多少人,她来学校之前考虑的也是这所学校;再说,S大的专业很多,选择也多。

"你呢?"陆迟问。

"巧了,我也是和你一样的想法。"唐茵笑道,随后,她"哎"了一声,"我比你少十几分呢。你还跟我说你没考好,这不是在打击我吗?"

陆迟的唇角悄悄扬起。

班主任周成拿着预填表走进来:"这只是预填,让你们熟悉一下高考志愿的填报流程,不过还是要好好对待,有什么问题找我。"

他将预填表一人一张地发下去。

唐茵拿着笔,查了一下S大去年的录取成绩——去年的最高录取成绩是七百三十多分,最低的则是六百九十多分,她又仔细查了查往年的录取成绩,都大差不差的。

看完录取成绩后,唐茵没动笔,伸着头看陆迟要填什么。

第十四章　佛手柑

陆迟的预填表上，只写了个大学，没写专业，他扭头对着唐茵说："你写你自己的。"

唐茵吐吐舌头，想了想，在自己的表上勾了英语专业。看来看去，就这个专业她还有点兴趣了。

唐茵没有刻意遮挡，陆迟轻而易举地就能看到她的选择，看完后，陆迟愣了一会儿神，便握笔认真勾了一个专业。

唐茵填好自己的表格后去看他的，出乎意料的是，陆迟填的专业不是和物理学相关的，而是临床医学专业。

等全班的预填单都填好后，周成又将表收了上去，他宣布大家可以回去了，过几天再来学校上机填志愿。

说完这些，周成又叮嘱道："你们不要让别人看到自己的信息，也别相信什么野鸡大学，每年都有学生上当受骗或者被篡改了志愿，高考志愿填报关系自己的一生，大家一定要仔细。"

随着他最后一个字的落音，教室里齐齐应声。

周成脸上露出欣慰的笑。不少人都和他打电话说过成绩，班级里的学生们，成绩不说超常发挥，但还是符合一向的水平的，没有人发挥失常。

唐茵还在和陆迟说悄悄话，只要想到会和陆迟上同一所大学，她的心情就变得万分明媚。

August

S	M	T	W	T	F	S
		1	2	3	4	5
6	7	8	9	10	11	12
13	14	15	16	17	18	19
20	21	22	23	24	25	26
27	28	29	30	31		

第十五章

雪梨汁

CHAPTER 15

等全省的成绩都公布后,大家发现,陆迟的确是省状元。他的照片和分数在成绩公布当天,就被人传上了网络。

第二天,有新闻媒体来采访。原本他们只想采访文理状元的,但发现理科状元和榜眼在同一个学校后,便说要一起采访理科状元和榜眼。

教导主任叮嘱陆迟和唐茵:"这次是电视台采访,不要乱说话,一定不能,不然是会被播出去的。"

陆迟点点头。

教导主任转向唐茵:"尤其是你,唐茵,你这可是代表着学校的形象。在校内小打小闹没事,但上电视了,你就是代表学校的,千万不能像之前一样肆意妄为。"

唐茵笑眯眯地应了。

很快,一男一女两个记者带着摄影师和其他工作人员到达了学校,学校领导热情地迎他们进了学校。

女记者采访的是陆迟和唐茵,她一进来看到两个学生出色的容貌,惊讶了一下。她先问了教导主任一些问题:"陆迟同学和唐茵同学平时在学校,成绩也十分出色吗?"

第十五章 雪梨汁

教导主任公式化地笑笑："这是自然的,他们两个在省内的三次模拟考中,都是全省前三,每次联考也都是第一第二。他们平时很热爱学习,有自己的学习方法。能有这样的成绩,对他们来说,其实也很正常。"

听着教导主任夸自己的话,唐茵差点绷不住笑了。

一连几个问题,教导主任都极尽所能地将他们往乖乖学生的方向上引,看记者的反应,她恐怕也是信了的。

陆迟一向话少,女记者采访他时,他对记者的提问也是几个字就解决,记者自己都觉得快问不下去了,最后只能转向一旁的唐茵。

唐茵笑得明艳动人："我的成绩能有这么好,多亏了陆迟给我讲题,我高中最幸运的事就是遇见他。"

陆迟侧过脸去看她。

怎么听着有点不对劲?记者虽心生疑惑,但还是面带微笑地结束了采访。

当晚,采访就在电视台播出了。

大多数学生都被家长押着看电视,家长们都想让自己的孩子看看状元是怎么成功的,再监督自己的孩子也向状元学习。但等到陆迟和唐茵时出现的时候,不少人都傻眼了。

陆迟没戴眼镜,露着一张好看的脸,他的脸在电视上更显精致,比起那些精修的明星丝毫不差,甚至可以说更胜一筹。坐在他旁边的唐茵也一点不落后,容颜明艳,笑起来的时候眉眼弯弯,一双眼里仿佛星光闪烁。

嘉水私立的学生们看到神态自若的两人,都忍不住想起那一次精彩的检讨,真是到现在还记忆深刻。

不到一天的时间,陆迟和唐茵的名字就传遍了网络。

原本经过三次省内的模拟考后,很多人就对他俩记忆深刻,毕竟每次考试,两人的名字都排在最前面,现在高考了,他们的成绩还是很出色。

每年到了成绩出来的那几天,大家对于高考成绩的关注总是非常热烈的,每个省的高考状元总是会单独上热搜。在陆迟和唐茵接受电视采访之前,许多报道学生高考成绩的媒体,没有从嘉水私立中学要到省状元的图片,只好用文字报道了一下。

电视台的采访一播出,那些媒体迅速将采访内容编辑成了截图。

比起文字,大家还是更愿意看图片的,都想看看今年的理科状元到底长什么样。

某些媒体也许是为了夺人眼球,特意转载了唐茵和陆迟同坐的图片。看到陆迟和唐茵的照片,评论区纷纷表示:

今年的状元长这么好看,确定不是学表演的?

他旁边的女生笑起来好阳光,他们是哪个学校的?

这成绩我膜拜,随便借我一百分我就可以过个痛快的暑假了!

嘉水私立中学的不少同学,在新闻上看到自己学校的人,心中别提多骄傲了,纷纷在底下评论——

这是我学姐和学长啊,超厉害!

他俩在我们学校,那可是风云人物。

第十五章 雪梨汁

这两条评论一再被赞,最后还上了热门。陆迟和唐茵的词条搜索量快速上升,热度一度居高不下。

不过几天后,高考的热度就降了下来,不再引人注意。

对于新闻,唐茵没多大兴趣,自然也不怎么关注。

几天后,总算要上机填志愿了。

唐茵没能和陆迟坐在一起,但填志愿时,她选了S大的商务英语,然后又选了另外两所首都大学的同一专业。填完后,她往陆迟那里看了一眼,陆迟正背对着她,后背挺直。

唐茵看了几秒,最后出门站在教室外面等陆迟出来。

看陆迟出来,她仰着头问:"你最后填了什么?"

陆迟张了张嘴:"和之前的一样。"

他原本只准备填一个学校的,但最后还是增加了另外两个也在首都的学校。

听见他的话,唐茵淡淡一笑,眼里荡着独有的风情,明媚得教人移不开眼。

陆迟愣神了一会儿,不自在地转开了视线。

周成站在教室外面,见他俩出来后,也只是笑了笑,没上前问什么。作为班主任,他自然能看到两个人的预填报志愿信息。他们两人选的学校,符合他的猜测,也在他们的成绩范围,算是最合适不过了。

时间真是一晃眼就过去了,不久前他还在担心学生们的考试呢。

周成的目光落在楼下并肩行走的两人身上,不由得感慨青春就是美好啊。他们的成绩,也没让他失望。看着两个人逐渐消失在校门口,他在心里默默希望两个孩子以后越走越远。

七月上旬的时候，就能查到录取信息了。

等成绩的这段时间，唐茵一直处于亢奋的状态中，她一会儿担心陆迟没和她填一样的学校，一会儿又担心自己没被录取上，就连晚上做梦都能梦见这些事。

昨晚，她还梦见自己滑档了，填报的三个学校一个都没有录取她，她最后回学校复读去了。

因为这个梦，唐茵早上醒来一身冷汗。

她紧绷着心，查了自己的录取信息，看到页面上显示着"已被录取"的字样后，才大大地松了口气。

专业也是她心仪的专业。她当初勾选了服从调剂，就是怕滑档，不过现在结果倒是不错。她在床上蹦了好几下，差点要尖叫出声。

蒋秋欢推门进来："发什么疯啊？床塌了没人给你买，自己睡地上去。你的床年纪可不小了。"

"略略略。"唐茵笑笑，"我被 S 大录取啦。"

"真的吗？"蒋秋欢瞬间就将刚才的事忘到脑后了，"哪个专业啊，英语？"

"嗯，英语。"

蒋秋欢说："那可太好了。哎哟哎，我实在忍不住了，我要去跟你爸说。"

她急急忙忙地出了卧室。家里的亲戚对唐茵都关心得很，这时候她一定要把这个好消息告诉大家，省得到时候大家说她不够意思。

还有一个婆家亲戚，蒋秋欢冷笑，去年她女儿考了六百八十多分，考上了首都一所知名师范大学，她炫耀得厉害。

后来蒋秋欢才知道，原来这个人曾经对别人说过，唐茵现在成

第十五章 雪梨汁

绩好没用，高考指不定怎么样呢。当初唐茵出成绩的时候，她都忘了告诉那人，现在，唐茵的录取学校能甩她女儿一大截，看她还怎么炫耀。

唐茵合上门，将头发扎到耳后。就在这时，放在床头的手机屏幕突然亮起来，她立刻趴下来解锁。

陆陆陆：图片

唐茵深吸一口气，点开图片的一瞬间，她差点手抖，要不是一个学校，她就追去陆迟家里，先打他一顿再讲。图片放大后，是他的录取信息——S大，临床医学。

得知了录取结果后，唐茵的心就放下来了，没有什么比一切尘埃落定更加让人开心了。

录取信息出来的第二天，天气还不错，唐茵决定偷偷去一趟陆迟家。

蒋秋欢正春风得意地和人打电话："哪有，这个成绩很正常，这是正常发挥的，学校已经填了，S大。你女儿也很好。谢谢。"

挂断电话后，蒋秋欢又接到了另外一个人的电话。

唐茵换鞋的期间，就听蒋秋欢讲了好几遍她的成绩。妈妈的话语都很正常，可听意思能听出来自豪劲。

唐茵无声地笑，能让她这么开心也是挺好的。

一路坐车到陆迟家小区外面，剩下的路程，她便走路过去，好在距离不远，几分钟就能到。

看着和她家差不多的房子，唐茵感觉房子没有多少人气，冷冷清清,她给陆迟发微信——

> 唐唐唐:我在你家下面。

许是这条信息太过骇人,没几秒后,她便听到动静,一抬头,她就看到二楼那边的一扇窗户被人从里面推开。

陆迟的上半身映入她的眼帘。

他们两个现在的样子,有点像王子来拯救被困的公主。唐茵被自己的想法逗笑,冲他挥了挥手,没发出声音,不然被大人听到就不好了。

没过一会儿,陆迟从大门里出来,他迟疑道:"你……你怎么过来了?"

唐茵笑笑:"当然是想你啦。"

陆迟的耳根露出可疑的红色。也许是因为在家里睡觉,他的头发有些乱,却衬得他更加慵懒迷人了。

或许是因为戳破了所有,因此暧昧期直达末尾,两个人之间的气氛与往常相比,更加不同。

唐茵拍了拍他:"快回去换衣服,我们出去玩。"

陆迟点点头,慢吞吞道:"你要不要进来?"

这次轮到唐茵迟疑了:"你妈妈不在家吗?"

陆迟摇头:"不在。"

自从离婚后,他妈妈反倒是一腔热情地出去找工作,现在每天都在关心她的工作业绩,闲暇时间也是去逛街,之前那些异样的魔怔再也没有发生过。看到这样的妈妈,陆迟的心里非常开心。她总算摆脱

第十五章 雪梨汁

以前的那个她了，不再目光只盯着一处，而是拥有了自己的生活和新的模样。

"好啊，那我可就去参观了。"唐茵推着陆迟进了屋子，静静地观察着周围。

和她在外面的感受一样，陆迟家的客厅里，摆放的东西很少，十分单调，但偏偏屋子的空间很大，这就更显得冷冷清清的。

唐茵跟在陆迟的后面上了楼，进了他的房间。

陆迟的房间和唐茵的完全不同。

她的房间的装修全都是她自己想的，喜欢的才安装，她不喜欢的一样也看不见。而她房间的装修和家里的其他装修也无法搭配，每次蒋秋欢看到她房顶的大海绵宝宝就翻白眼。

陆迟的房间就像陆迟的人一样，看着很清爽，东西都摆放得规规矩矩的，书架一眼看过去就能清楚地知道什么书在哪里。他收拾屋子就和他穿衣服一样，整洁干净有条理。

桌上摆着一张照片。

唐茵的指尖落在上面，照片的背景是一中，她看着上面清冷的人问："这是你什么时候拍的？"

陆迟目光微动，轻声道："高一开学。"

那时候他可真稚嫩啊，和现在差距很大了，唐茵看着照片心想。

在唐茵参观屋子里其他陈设的时候，陆迟已经从洗手间出来了。他换好了衣服，将换下来的衣服整整齐齐地放在床上。

忽然，楼下传来声音。

卧室的房门是开着的，屋外的声音清晰可闻，隐约还能听到高跟鞋走在地板上的声音。

唐茵出声问:"是不是你妈妈回来了?"

自从那一次和他妈妈见过后,好像就再也没有见过面了,现在她也不知道他妈妈到底是好是坏。

陆迟迟疑了一下,说:"应该是。"

"迟迟,你在家吗?"王子艳的声音从外面传来。

陆迟看了一眼唐茵,应道:"嗯。刚起来。"

王子艳没有怀疑:"那我走了,你注意别让不认识的人进来。"

陆迟说:"好。"

脚步声渐远,最终一点也听不见了。

到了这会儿,两个人也不浪费时间了,唐茵按照原计划,拉着陆迟出去玩。

出了成绩,录取学校也定了,没了顾虑,他们放松起来也肆无忌惮了。

录取结果出来后不久,零班又搞了一场聚会。

和十四班相比,对于参加聚会这事,零班的学生就较为激动了,因为班里的大部分人整整面对书本三年,娱乐活动很少,好不容易高考完了,自然要疯狂玩乐。

唐茵现在只能吃清淡的,她怕去早了看着大家吃会馋嘴,所以准备晚点过去。

聚会现场,因为有些同学已经成年了,于是大胆地点了啤酒。

大家围着一张小桌子玩真心话大冒险,一转到女生喝酒时,有的女生直接喝,有的就让关系好的男生代喝,大家说说笑笑,玩得不亦乐乎。

第十五章 雪梨汁

赵如冰坐在角落里嗑瓜子,一点都没被周围的氛围影响。

鹿野中途来叫过她一次,但被她冷淡的模样给轰走了,这之后,就没有男生再过来找她了。

唐茵到包厢的时候,已经八点了。她张望了一下包厢内部,没见到陆迟,兴致顿时少了一大半,便找了个角落的位置坐着玩手机。

唐铭过来喊她:"唐茵,过来玩啊,在这坐着多无聊。今天好多人呢。"

唐茵摆摆手:"你们玩吧。"

见她真的不太想玩,一副兴致缺缺的样子,唐铭也就没再强求,自己又去玩了。

过了会儿,唐茵放下手机,她的眼睛转了转,招来鹿野:"交给你个任务。"

被招来的鹿野满嘴酒气:"什么任务?包在我身上,一定让您满意!"

唐茵说:"待会儿陆迟来,你想办法让他喝点酒,不用多,少量就行。"

鹿野嘿嘿一笑,豪气盖天地拍着胸膛:"包在我身上!不喝也得让他喝!"

"行,你去玩吧。"唐茵满意点头。

鹿野点点头,又去找其他同学。

包厢里音乐声巨大,混杂这同学们的喊叫声,听起来热闹非凡。

赵如冰坐在唐茵边上,突然出声:"你为什么要让陆迟喝酒?"

唐茵看了一眼赵如冰,从她进来到现在,这人就没和自己搭过话,现在关系到了陆迟,就出来和她搭话了?

唐茵淡淡回道:"我自然有我的想法。"

赵如冰没再说话,继续嗑她的瓜子。

鹿野退到一个安静的角落,给陆迟发去了一条消息,问他什么时候到。

正巧陆迟已经到了门外。

看到陆迟回的消息,鹿野急忙跑到门边,一打开门,看到对方的瞬间,他的眼前一亮,他一把揽过陆迟:"来来来,进来的都要喝一杯,不然不给进。"

喝了酒的鹿野胆子比平常大了不少,他直接带着陆迟去了酒桌。

看到有新人来,桌边散开了一点,男生们也跟着起哄:"喝一杯!喝一杯!"

鹿野笑嘻嘻地说:"不喝不给进。"

鹿野遵循唐茵的意思,只给陆迟倒了半杯啤酒:"看你恐怕平时不喝酒,这次就喝半杯就行!"

陆迟皱着眉:"必须喝?"

男生们果断点头起哄:"当然是必须的!不喝不行,不喝不给走!"

纠结了一会儿,陆迟慢慢喝了手里的半杯酒。

"喝、喝完了。"他将杯子倒过来。

鹿野接过杯子:"行了行了,那你过关了,去玩吧。"

虽然不知道唐茵为什么让他这么做,但肯定不是什么好事,鹿野这么想着,有些同情地看了一眼陆迟。

唐茵看陆迟在自己边上坐了下来,她屏住了呼吸,伸出手指在他面前晃了晃。

第十五章 雪梨汁

陆迟的眼睛动了动,看着唐茵说:"你、你做什么?"

唐茵有点失望,难道啤酒不会醉?她瘪了瘪嘴:"没什么,我就晃晃。"

陆迟觉得怪异,歪着头看她,目光澄澈,眼睛在灯光闪烁的包厢里熠熠生辉。

唐茵的恶作剧失败了,她有些无聊,伸手抓了一把瓜子嗑,陆迟也伸手抓了一把瓜子。

陆迟和唐茵两个人铆足了劲地嗑瓜子,等桌上的瓜子都被吃没了的时候,已经过去大半个小时了。

唐茵从瓜子里回神,转头喊:"陆迟。"

陆迟扭头,用亮晶晶的眼睛看着她,一言不发。

唐茵没觉得哪里怪,他一向话少,就又喊了一声,陆迟还是不说话,只目不转睛地看着她。

这回唐茵总算觉得不对劲了,便凑过去观察他,发现他脸色微红,整个人非常安静。

唐茵伸手在陆迟的眼前晃了晃,陆迟的目光追随着唐茵的手。

就在她不知道如何试探的时候,陆迟突然开了口:"唐茵。"

唐茵应道:"嗯?"

陆迟抿了抿唇,说:"我、我……"

他两个"我"字之后话还没说出来,急得脸皱成一团。

真是可怜,唐茵哄道:"你要说什么?慢点说。"

陆迟安分下来,又说:"唐茵。"

唐茵扶额,继续应了声。

陆迟安静下来,没过一会儿他又喊:"唐茵,唐茵,唐茵。"

唐茵几乎要抓狂，这喊老半天不说话是怎么回事，虽然声音很好听，但也不行。

她威胁道："你要说什么？快说，不然我打你。"

陆迟露出委屈的表情，眼睛瞪圆得像小鹿一样，慢吞吞地开口："我、我喜欢你。"怕她打他，他又补充道，"特别、特别喜、喜欢你。"

怎么这么可爱！

唐茵被陆迟委屈巴巴的样子弄得心都化了，忍不住上手捧着他的脸，小声地问："你真的喜欢我啊？"

陆迟乖乖回答："喜欢，喜欢，喜欢。"

一连重复了三遍，含了糖一样的。

唐茵凑上去轻轻亲了一下他的脸，慢悠悠地说："我也特别特别特别喜欢你。"

陆迟高兴得笑起来浅浅的，眼尾微扬。

今天的陆迟依旧那么乖，那么可爱。一旁的赵如冰没听到两个人在说什么，包厢里很吵闹，而且她离两个人还有点距离。

赵如冰扔了手里的瓜子壳，去了人多的地方，毕竟眼不见心不烦。

看着醉酒的陆迟，唐茵捧住他的脸叮嘱道："以后只有我在的时候才能喝酒，知道吗？"

陆迟看看她半天才回答："好。"

唐茵看他不舒服的样子，拉着陆迟站起来，道："今天先回家。"

"好。"依旧是这个字。

等聚会散时，大家才发现，角落里的唐茵和陆迟两个人已经不见了。

第十五章 雪梨汁

"去厕所了?"

"提前走了吧,唐茵今天好像不舒服。"

"给我发微信了,他们回家了。"

S大的报到时间在八月末。

早上将东西收拾好,唐茵就准备出发了。

蒋秋欢在一旁狐疑道:"真不用我们去?"

首都在北方,他们这算南方,从这去首都还挺远的。

唐茵摇头,挽住她的胳膊说:"不用了,东西到那边再买,我带的不多,不用送。"

最重要的是,她和陆迟一起走啊。

"妈你还问,她都约好和别人一起走了,肯定又是上次那个小子。"唐昀从楼上下来,正好听到蒋秋欢的话,当即开口嘲讽。

哪知蒋秋欢很淡定:"那个陆迟啊,好像你爸说他挺不错的样子,茵茵和他一起,那我也放心了。"

出远门,她总是担心女孩子一个人不安全,现在一听有同学和唐茵一起走,那她就放心了,好歹也有个照应。

唐昀没想到会得到这个答案,有点瞠目结舌。

另一边,王子艳看着自己的儿子将行李箱合上,叮嘱道:"路上小心点。"

一转眼都要上大学了,她最得意自豪的就是自己的这个儿子,聪明乖巧,细腻贴心,从来不会让她操心。

陆迟站起来,看着她,轻轻说:"我走了。"

王子艳点头,又重复了一遍刚才的话。他不要人送,她也不能强求。

外面的天刚刚大亮,天气并不是多热,雾蒙蒙的,偶尔有风来,吹得树叶沙沙作响。

陆迟走出大门,步履平静地走进树荫下的大道中。街上的出租车不少,陆迟停在路口,正要拦车,马路对面的状况让他眯了眯眼。

是爸爸和那个阿姨。

邱华一把将包扔在陆跃鸣的脸上,讥讽地看着他。

早上出来上班的买菜的人很多,听到街上有动静,大家都将目光转过去,兴致勃勃地围观。

包掉在地上。

陆跃鸣的脸色一阵青一阵白,尤其是看到周围人的目光,听到他们嘴里的碎碎念时,他心下愤怒,最后深呼吸了一口气,放低了声音:"别闹了,让别人看笑话。"

"你以为我在闹?我现在才知道王子艳说的真是一点都没错,你压根儿就是知道情况的!"邱华忽然就平静了下来。

陆跃鸣上前一步,邱华却后退一步。

当初在民政局门口,邱华满心以为自己会进入新生活,王子艳的那一句话不过是为了让自己心塞而已,现在看来,一切都是自己错了。

陆跃鸣还在说什么,邱华已经听不进去了,她觉得他身上的光环卸了下来。

她未婚先孕,为他付出了那么多,最后换来的却是一场骗局。

说什么让她去陪一场饭局!她邱华活了这么多年,那一两年什么苦都吃过,但那时的苦,丝毫也没有听他说这句话时候的苦。

第十五章　雪梨汁

她说:"陆跃鸣,你但凡有点良心,都不会让我做那样的事,真够恶心的。幸好我还没和你结婚。"

当初因为陆宇的反对,王子艳和陆跃鸣离婚后,他们两人要结婚的心思也停了下来。她原本准备等陆宇高中毕业后再结婚,结果拖到现在,她觉得自己真是幸好没跳进火坑。被爱情迷了眼的后果,她算是领悟到了。

邱华捡起包转身就走,只留下陆跃鸣一人,脸上带伤地站在那儿,面对着路人的指指点点和好奇的目光。

陆迟站在马路对面,将两个人的争执听得一清二楚,但心中没有丝毫波澜。他叹了一口气,拦了一辆出租车,却在进去的前一秒,看到了不远处的陆宇。

陆宇站的位置距离刚才的事发地点不过几米远,因为被东西挡着,所以他没被人发现。恐怕他清楚地知道了刚才的事情。

出租车启动,随着车子的行进,陆宇变得越来越小,最终消失在他的视线内。

陆迟收回目光,点开手机,看到上面新来的一条消息,心情忽然就变好了。

唐唐唐:我已经出发了。

虽然唐茵说不用送,但蒋秋欢还是将她送到了机场。

见女儿看一个方向这么认真,蒋秋欢也跟着看过去,只见远处站着一个挺拔的男生。

蒋秋欢问:"那个是陆迟?之前我接你好像见过一次。"

唐茵点头,不由得想到去年的事,那时候他们还是普通的同学呢。

唐茵和蒋秋欢走过去,蒋秋欢主动开口:"你是陆迟吧?"

陆迟转身,对她点点头,礼貌道:"阿姨好。"

看到他这样子,蒋秋欢就心生好感。这人看着乖巧,长得也不错,性格嘛,她听老公说好像也很好,就是话有点少。

蒋秋欢又看唐茵,同她说了几句后,就满意地离开了机场。

等蒋秋欢走后,唐茵才开口:"我妈对你很欣赏啊。"

陆迟自然是能看出来的,他将目光转向唐茵,提醒道:"该登机了。"

唐茵嘻嘻一笑,拉着他朝登机口那边走。

天气很热,机场里倒是凉快。

他们定的是九点多的飞机,十一点多就能到首都,等报到、住宿的一系列事情定下来,估计也差不多该吃午饭了。

很快,两人就上了飞机,他们的座位靠窗,位置相邻。

唐茵走在最前面,她过去的时候发现自己的座位上被一个中年女人占了。唐茵对着票又看了一下自己的座位,的确是自己的座位没错。

唐茵还真没碰见过这种一声招呼都不打就直接占了别人座位的人,她原本心里很高兴,此刻高兴度直线下降,她提醒道:"这位阿姨……这个位置是我的。"

那女人仿佛没听到,还是看着窗户外面。

唐茵皱眉,还是加大了一点声音:"不好意思,您坐的位置是我的,可以麻烦您让开吗?"

第十五章 雪梨汁

座位上的人终于扭头看她:"小姑娘,和我换个位置,就在那边,行不行?"

唐茵顺着她指的方向看过去,那边的座位是三连坐,只有中间的位置空着,边上的两人这会儿正在说话,很明显是认识的,他们两个人的身上还有文身,看上去就凶神恶煞的。让她一个女生坐在那里,这人心里也不知道怎么想的。

虽然不愿意把人想恶,但她是不会坐那儿的。

唐茵咧开嘴:"不好意思,我不和别人换座位,请您回到自己的座位上行吗?"

"你到我后面去。"陆迟轻声说,原本他站在唐茵后面,但下一秒,他就侧过身挡在唐茵面前。

看那女人一脸理所应当的样子,陆迟第一次情绪外露,他冷声道:"麻烦你回到自己的座位。"

也许是陆迟冷淡的样子唬人,也许是看唐茵身边有男生在,那女人不敢强行换座,慢吞吞地收拾着自己的东西。

不过她还是一脸鄙夷,小声道:"你这小姑娘,和你换个座位怎么了?一点都没有尊老的好习惯!不就是换个座位,多大事。"

陆迟拧着眉,淡淡道:"不劳你费心。"

唐茵在陆迟肩膀上探出头冷眼扫了一下正在收拾东西的女人。

女人瞪了一眼唐茵,骂骂咧咧地站起来,到了自己的座位上还在不停地碎碎念。

唐茵哼了声,冲她做鬼脸。

要真是个脾气好的,说话礼貌的,她还真就换了,这人不知道从哪儿冒出来的,素质这么低。

本来想高高兴兴地去学校报到,结果路上发生这么一件事,实在是太令人扫兴了。

她坐进座位,仰着脸说:"我家迟迟真棒。"

陆迟被她说得脸红,心里头倒是很开心。

飞机起飞后不久,唐茵就瞌睡了。她坐交通工具,一般都不会醒着,总会睡过去,然后又会神奇地在到达目的地之前醒过来,一次都没有失误过。

虽然边上是陆迟,但那也抵挡不住她的睡意,她才戴上眼罩几分钟,就进入了梦乡。

陆迟一开始是在看杂志,后来他被肩膀上的一点一点所吸引,扭头一看,是唐茵的头在一点一点地晃来晃去。

她显然睡得很香。

陆迟思索间,唐茵又迷迷糊糊地坐直了,没过几秒,她的头又歪过来,直直地砸在他的肩膀上。

陆迟眼疾手快,伸手挡住她的脑袋,将自己的手垫在下面。他紧绷着的心,终于又松了一口气。他轻轻将她扶正,可没等他松开手,唐茵的脑袋又歪了过来。

这次他吸取了教训,从空姐那儿拿了一张毛巾毯,将毛毯叠好垫在肩膀上后,直接让唐茵靠在自己的肩膀上。

做好一切后,他才继续看杂志,偶尔,他也会侧脸去看唐茵有没有出意外。

唐茵醒来的时候一脸茫然。

过了好一会儿,她眨了眨眼睛,才恢复了一点意识。看时间,还剩下半个多小时就到了,她看向旁边,陆迟好像睡着了。

第十五章 雪梨汁

闭上眼睛的陆迟看着很乖巧，和他安静下来的样子很像，只是更加清冷一些。

唐茵盯着陆迟看了一会儿，偷偷凑上去，在他的脸上亲了一下，然后又偷偷坐回去。

陆迟没有醒。

唐茵也不再打扰他，她一转头，就看到对面有个女生正在看着这里，从她这个角度看，对方的一双眼睛亮晶晶的。

一见她看过去，那个女生就收回了视线。

唐茵心里虽然奇怪，但没有多想，也许是别人觉得她偷亲别人的行为不怎么好。不过，趁着陆迟没醒，她又偷偷亲了一口陆迟。

出机场时，唐茵又碰见了那个女生。

按道理说，唐茵并不认识那个女生，但是那个女生一直盯着自己，而且中途被自己发现后很快转头的动作实在很奇怪。

陆迟在唐茵后面，见唐茵停下来问："怎么了？"

唐茵朝那边努嘴："那个女生和我们是一个航班的，她从刚才起好像就在关注我们。"

闻言，陆迟也抬头看过去，但那个女生已经转过了头，正背对着他们。

"不管了，我们先去学校。"唐茵说着，拉着行李箱就要走，"天气还有点热。"

陆迟轻轻应了一声。

而那个女生，已经坐上了车。陆迟他们紧跟其后坐上出租车，直奔S大而去，没再耽误时间。

唐茵和陆迟谁都没意料到，那个女生和他们走的是同一条路，她在他们前面下了车。

S大的新校区在市中心,非常繁华。

出租车停在校门口后,怎么也不愿意进去了。

司机说:"你们看,学校里面的人太多了,我进去不知道什么时候才能出来。"

陆迟没有强求,和唐茵一起下车。

巧的是,天气不知道为什么突然阴了下来,让他们舒服了不少,毕竟没有太阳直射,也就没那么热了。

一位女生停在保安室边上,看着周围人来人往,给室友打了个电话:"我到校门口了。"

"张媛,你赶紧来报到点,今年好多小鲜肉,抓紧时间,不然你就要单身一辈子了!"

被称作张媛的女生忍不住笑,开口道:"你是没看见我遇见了谁!待会儿我去论坛发帖,记得给我顶啊。"

学校里有专有的论坛,学生们会在上面灌水聊天、分享经验,也还会回答新生的问题。

"我还在帮助小学弟报到呢,哪有时间顶帖啊!"

听着室友絮絮叨叨的声音,张媛挂断了电话。看着那两道熟悉的身影进了校内,她立刻用手机抓拍了一张。

看着手机里的照片,她自顾自地欣赏了一会儿。这两个人她暑假就在微博上看到了,郎才女貌,成绩又优秀,当时她就在想会不会成为校友,现在成真了。

她迅速登录论坛,将帖子编辑好,发了出去。

S大校门口有志愿者在发学校的地图,唐茵只拿了一份,反正她

第十五章 雪梨汁

和陆迟在一起。

他们并肩走在梧桐大道上,树荫挡住了重新探出头来的阳光,有微风轻轻吹来。

唐茵说:"看上去挺不错的。"她歪着头看陆迟,"以后你就是陆医生了,穿着白大褂,正正经经。"

片刻后,陆迟指了指一栋楼:"医学院。"

唐茵的目光立刻移过去。

那栋教学楼很气派,而且有自己的风格,上面的标识清楚地表明了它的身份。

因为食堂位置多,所以学校把新生报到的地点安排在了食堂。

唐茵和陆迟才进入食堂,就看到里面满满当当全是人,有新生也有家长。人太多了,连空调都不怎么管用,一进去就感觉很闷。

地图上标了每个学院的报到点,医学院和外国语学院的报到点在食堂两端。

陆迟没说话,只是圈住唐茵的手腕,将她往前面带。有他在前面,挡住了挤来挤去的不少人,唐茵在后面走得很轻松。

没过一会儿,外国语学院的报到点到了。

陆迟停下:"到了。"

食堂里的人很多,唐茵没有听清他在说什么,大声问:"你刚刚说什么?"

陆迟露出无奈的表情,因为周围太吵了,他不得不贴近她的耳边:"你的报到点,到了。"

陆迟的个子高,唐茵走在他后面,被他的身高挡得严严实实,所以看不清楚远处有什么。

自从陆迟在暑假里练习了说话后,她基本上就听不到他结巴的时候了。

唐茵从陆迟的肩膀处探出头去看,看到对面有个牌子写着外国语学校,那牌子两边,还站着几位学姐和学长。

她踮脚问:"你要不要先去报到?"

陆迟几乎没有思索,就摇摇头。他让开了一点,让唐茵从他边上钻过去。

唐茵小声说:"等我,一会儿就回来了。"

陆迟点头,"嗯"了一声。

外国语学院每年录取的女生居多,男生很少,今年更是只招到了一百多个男生,分到每个班的男生很少。

几个新生都围在女生那边,站在那的两个学长忍不住刷起了论坛,想看看有什么新闻。

没想到,他们一上去就看到了一个新的热帖,还是关于外国语学院的。

灌水帖:暑假微博热搜上的高颜值学霸来我校了!

楼主:今天回校在飞机上遇到的,啊呀呀,实在忍不住星星眼偷窥,结果被发现了。但这并不能阻挡我的火热,女生还偷偷亲男生,看得我脸红耳赤。咱们学校的颜值水平要上涨一大截了,哈哈哈……

楼主的帖子下面,还附带了一张照片。

学长们虽然已经高考过了好几年,但每年都还会关注高考的信

第十五章 雪梨汁

息,尤其是每个省的状元,因为有很大可能,省状元会填 S 大。

这对学霸情侣是默默流传的,他们也只看到了微博上的图片,然后在评论区被科普了一些相关事迹。

这对学霸情侣,他们最受瞩目的当然是高考成绩,尤其是那个叫陆迟男生,成绩太出色了,虽然不知道这人在其他方面怎么样,但估计不会差。

学长们往下滑帖子,那个灌水帖下面的回复很多。

1 楼:哪个省的?

2 楼:不知道啊,前段时间上过热搜的,而且两个人都填了我们学校,应该是情侣无疑了。

3 楼:我去,这么早就两情相悦了,身为学长学姐还能有人要吗?

4 楼:是真情侣还是假情侣啊,难道一点机会都没有了?可怜。

…………

466 楼:我刚刚看到了两个人,手牵着手在食堂呢,好有爱!不要打扰我花痴,女生长得太好看,笑起来美美哒!

最后一条就是 466 楼,两个学长猛地抬起头。既然在食堂,那就说明很快就来报到了啊,到底是不是情侣还是个问题呢。

"请问商务英语专业是在这里登记吗?"

一声清脆好听的声音瞬间将伸长了脖子往外张望的学长们唤了回来,他们眼巴巴地看着眼前的女生。居然是刚才帖子里的那个女生,真人比照片还要好看！

两个人连忙回神，给唐茵递过表格："是啊，是啊，外院的这里登记。填好了交给我们就行。"

唐茵的行李箱在陆迟那边，没有其他东西拖累，她很轻松就填完单子。将单子交给学长们后，她道："谢谢学长。"

虽然外语学院女生多，但这两个学长还是单身，所以他们才会过来当志愿者，也是存了认识小学妹的心思。

唐茵从小生在南方，五官精致细腻，肤色白皙，看上去就娇娇嫩嫩的。

学长们看见她，眼睛都要放光了："不用谢。学妹行李多吗？需不需要我们帮忙？我们是可以进宿舍里的。"

唐茵转了转眼珠，明白了他们的意思，明媚一笑："不用了，我男朋友在那边。"

她指了指几米远处。

两个人往那边一看，高挺的青年站在那里，长身玉立，气质出众，还一直眼神锐利地盯着这边，保不齐就是看他们在对他的女友献殷勤，不高兴了。

既然名花有主，两个学长也不再纠缠，他们遗憾道："那学妹小心点，不要迷路了。"

唐茵拿了自己的东西，礼貌和他们道谢，还没等她转身走，她的手腕就被人拉住了。

陆迟的眉宇间隐隐有些不悦，他看向唐茵的表情没什么变化，但声音很轻柔："好了吗？"

唐茵点头："好了，走吧。"

第十五章 雪梨汁

两个学长看着学弟临消失时看他们的眼神，默默登上了论坛，在帖子里回复了两条——

678楼：咳咳，刚刚给学妹报到完。学弟好凶啊，看她女朋友两眼就要被瞪！

679楼：不是被瞪，是被默默记恨啊！劝你们不要有歪心思了！还是乖乖吃瓜比较好。

医学院的报到点在食堂的另一端。这边的新生比外语学院那边的少，所以去医学院报到的路上轻松了不少，不用挤来挤去。

唐茵察觉到了陆迟的心情。

一出外语学院的报到点，陆迟就没再说话，和之前的样子完全不同。肯定是刚刚那两个学长让陆迟心里不舒服了。

她凑近了问："你是不是吃醋了？"

每次他不开心的时候都是这样，当然绝大多数时候，唐茵都对他了如指掌。

陆迟微微低头看着她，抿了抿唇，良久才说道："不舒服。"

看她对别人笑，他就不舒服。

唐茵钩住他的小拇指："报到啊，不能不礼貌。你个醋罐子，要把盖子盖好。"

陆迟还是不说话。

大学里的男生宿舍和女生宿舍的分布方位，与唐茵他们的高中相比有了很大的变化。

唐茵所在的宿舍是6号楼，6号楼离报到的那一个食堂比较近。

两人并肩走到路口。

唐茵对陆迟说:"你先去宿舍吧,咱们待会儿再联系,然后去吃饭。"

陆迟犹豫了一下没同意,轻声说:"那个学长说今天新生报到,男生可以进女生宿舍,我进去帮你。"

唐茵一听,有点发愣:"你真要跟我进去?不行,那么多女生,万一看上你了,这可不好。"

陆迟盯着她。

最后唐茵被他打败了,无奈道:"好吧,进进进。"

6号楼门口都是家长和新生,一个个手里大包小包的,他们边上,还有做志愿者的学长和学姐们。

唐茵和陆迟之前拒绝了学长的服务,此时就只能自己上手了。唐茵拿到了自己宿舍和柜子的钥匙,知道了对应的床号后,就和陆迟一起进了宿舍楼。

新生报到持续三天,因此报到第一天,新生并没有来全。

S大是知名学府,宿舍条件自然不差,唐茵的运气好,宿舍在一楼,也不用爬楼。

一推开宿舍门,唐茵就见到了一个正在吃苹果的圆脸女生,正在给她铺床的应当是她的父母。

陆迟扫了一眼整个宿舍,面积挺大,每个床位都独立的柜子,还有阳台和卫生间,宿舍里看着很新,也很干净。

唐茵一开始和家里人商议的是,先撑过军训,然后便搬出去住。她仔细查过,S大并不强求学生住在宿舍,只要家长同意、辅导员签字,就可以搬到外面住,所以这次来报到,她带的东西很少。

第十五章 雪梨汁

圆脸女生主动和唐茵打招呼:"你好,我叫赵乐。"

唐茵也说:"你好,我叫唐茵,这是我男朋友陆迟。"

赵乐好奇地问:"他也是我们学校的吗?"

"医学院的。"唐茵说完,就不再多说了,她没有要把陆迟介绍给还没有互相熟悉的室友的意思。

看出来唐茵不想多说,赵乐也没有再问。

没过多久,宿舍里另外两个女生也到了,她们二人的目光在陆迟身上停留了许久。

唐茵看着不舒服,随便收拾了一下,就和陆迟离开了宿舍。

September

S	M	T	W	T	F	S
					1	2
3	4	5	6	7	8	9
10	11	12	13	14	15	16
17	18	19	20	21	22	23
24	25	26	27	28	29	30

第十六章

薄荷冰

CHAPTER 16

小蛮腰

开学没多久,便是军训。

各个学院是分开军训的,但偶尔练正步的时候,也可以看到别的学院的队伍。

天气很热,外语学院的教官不敢太严格,因为前两天就有一个女生中暑了。

休息的时候,他便让学生们在阴凉处待着。好在学校大路旁边都是树,能够遮挡住毒辣的阳光,偶尔有风吹过来,稍微凉快了一点。

外语学院女生多,八卦也多。

"刚才过去的那个是体院吗?果然个子高。咱们班的男生,只有一个过了一米八,简直可怜。"

"别说了,再说我要心痛了。"

"我当初怎么想起来填商务英语的,明明师范英语专业的男生稍微多一点。"

"唉,我是理科生,只能填商务英语。"

叽叽喳喳的议论声传到唐茵耳里,她摸出手机,想了想,给陆迟发了一条消息。

她边上的赵乐出声:"给你家医生发消息呢?"

第十六章　薄荷冰

唐茵眯眼，将矿泉水瓶贴在脸上："是啊。"

军训进行了差不多一星期，唐茵和同宿舍的赵乐相处倒是不错，但和其他两个人的关系就一般般了。

自从上次赵乐知道陆迟学的是临床医学后，她和唐茵说话时就喜欢用"你家医生"来称呼陆迟。

这种称呼让唐茵感觉很舒服。

唐茵的班是商务英语一班，班里有几个行事很高傲的女生对唐茵似乎很有意见。

当然，如果她们不来招惹唐茵，那唐茵对这些人一律持无视态度。

旁边突然插过来一道声音："医生？唐茵有男朋友了吗？已经工作了？"

说话的声音不大，但半个班级都能听到。

有几个女生闻言看过来，打量了一下唐茵，目光有些奇怪，然后开始小声地讨论起来，说唐茵的穿着打扮像个富家女，现在的大学生似乎……

唐茵皱眉，没有回答。

女生捂着嘴娇笑："不好意思啊，我不是故意的，不知道你没和别人说。"

"关你什么事。"唐茵淡淡道。

女生脸色一僵，顿时觉得唐茵恐怕是恼羞成怒了，否则怎么会突然变得这么强势。

唐茵边上的赵乐心里不舒服，回嘴道："人家是医学院的。"

说真的，赵乐觉得唐茵和陆迟可般配了。

傍晚，军训终于结束了。

今天训练了一整天，唐茵觉得，自己的脚底应该是被磨破了。之前训练了一星期，她的脚昨天就有出泡的迹象，现在更是疼得厉害。

大家三三两两地坐在路沿上休息，因为实在太累了，都不想立刻回去。

赵乐已经脱了鞋，把垫在鞋里的纸扔进不远处的垃圾桶，哀号道："哎哟，我的妈，脚断了。"

见唐茵在捏脚腕，但看着脸色还行，赵乐也不担心了："今天晚上要是有人给我按摩按摩就好了。"

唐茵瞥她一眼，笑道："你可以去学校外面，有专业按摩。"

赵乐小声说："但出学校也好累啊。"

唐茵正要回话，她的手机振动起来。

陆陆陆：你在哪儿？

唐茵手指轻点，回复——

明德路开头那个转角。

她知道陆迟认识这里，前几天他们没怎么见面，军训结束后都各回各的宿舍。

唐茵站起来，脚底板传来的疼痛让她皱着眉坐下去。

赵乐问："是不是脚起泡了？早让你垫东西你不干。我跟你讲，姨妈巾最管用，不然卫生纸也还行。"

第十六章 薄荷冰

初中军训只有一星期，忍一忍就过去了，高中军训也不严格，这就让唐茵觉得，大学的军训应该也没什么，然后她就吃亏了。

唐茵呼出一口气："明天试试吧，今晚回去把泡挑了。"

两人说话间，赵乐发现周围人的目光都移向了右手边，她转头去看，"哎哟"一声："你家医生来了。"

这个词对商务英语一班的女生来说并不陌生。

这几天赵乐不止一次和唐茵说过，所以大家伙儿都知道，并且有不少人私心里认为，所谓的医生，估计是外面的社会人士。

唐茵扭头去看，她还是第一次见陆迟穿军训服。深绿色的迷彩服衬得他皮肤更白了，身子笔直又挺拔，随着他的抬头，一双狭长的眼睛从绿色的帽檐下露出，他完美的身材和脸让不少女生都愣住了。

赵乐忍不住叫："妈呀，你家医生真好看。唉。"

她怎么遇不上一个好看的呢，班里的男生都不入她的眼。

唐茵骄傲地微抬下巴，心情愉悦。赵乐夸她的人好看，自然就是在夸她眼光好。她伸手晃了晃。

于是众多女生就看到那个好看的青年看向唐茵那里，并目不斜视地走了过去，一点目光都没有分给别人。

真是够气人的，怎么这么好看的人就被那个气人的唐茵给叼走了，太让人不服气了。

之前说话的女生这才知道，原来赵乐说的医生指的是医学院的学生。

陆迟坐在唐茵旁边，将手上的东西递过去，轻声问："累吗？"

唐茵惊喜道："啊，酸奶。"

她都好久没喝酸奶了,想想也够可怜的。

"累啊,一看见你就不累了。"她一边将吸管插进酸奶瓶,一边问陆迟,"你们军训累吗?听说那边树荫很少。"

陆迟微微点头,他们那边的树荫的确很少:"还可以。"

他一向话少,周围有外人在,他就更不怎么说话了。

唐茵将酸奶喝完,扬手准备扔进垃圾桶里。

几个偷看的女生看到这场景有点激动,她们默默祈求,最好别让唐茵扔进去,然后丢脸丢到外婆家。

谁知酸奶盒飞起一道弧线,准确地进了垃圾桶。

她的投篮还是很准啊!唐茵吹了一声口哨:"我们回去吃晚饭吧。"

陆迟应道:"好。"

两个人就要站起来,旁边的赵乐却嘿嘿一笑,道:"陆医生,你家唐茵的脚都起泡了。"

陆迟看了一眼唐茵。

唐茵乖乖说:"军训嘛,破了正常,我又不是瓷娃娃。"

话还没说完,她的鞋和袜子就被陆迟脱了下来。

唐茵的脚底通红,的确长了几个水泡,而且其中一大半都被磨破了。看得出来,唐茵这段时间很受罪。

陆迟心里一抽,轻轻揉了揉唐茵的脚,强硬道:"要上药。"

"好好好,上药。"唐茵一被揉脚就想笑,"哈哈哈,陆迟,你别揉了,我会笑死的。"

陆迟的唇角微微扬着,映着垂柳的背景,如同漫画里走出来的那样。

第十六章 薄荷冰

他站起来，半蹲在唐茵面前，说："上来。"

他的语气虽轻，却不容置疑。

唐茵一向知道他什么时候可以被回绝，什么时候不可以，比如这时候，她要是拒绝，他肯定会非常不开心。

她趴到陆迟的背上，揽住他的脖子。

直到两个人走出去很远，班里的女生们才回过神来。

赵乐被丢在原地，默默地心想：估计陆迟真把唐茵当瓷娃娃了，瞧这心疼劲。

陆迟背着唐茵去了校医院。

一路上遇到的人的目光基本都会被两人吸引，尤其是看到他们还穿着代表新生的军训服时。

校医院的一楼办公室里，只有一位男医生正在记东西，见他们进来，问道："哪里不舒服？"

陆迟眉头微皱地将唐茵放在病床上，开口说："脚起泡了。"

男医生点点头："嗯，我看看。"

他放下笔，才走出几步，就听见眼前的男生问："请问这边有女医生吗？"

被这么冷不丁一问，男医生有些不高兴了："你这小伙子，我就是医生，男的怎么了？"

唐茵拽了拽陆迟："陆迟。"

陆迟没说话，门口进来一位年轻的女医生，穿着白大褂，脸上带着微笑，她道："怪不得你找不到女朋友，人家怕你下手太重，伤到他女朋友呗。"

她朝男医生招招手："我来看看。你做你的笔记去。"

男医生被这么一说，顿时有些无奈，扫了一眼陆迟后便坐回了原位。

女医生蹲下来看了看唐茵的脚："军训辛苦吧，你要是实在受不了，可以请假，不用逞强。"

每年军训都有这样的，这两天也有很多脚起泡的学生来医务室处理，她都习惯了。女医生用酒精擦了擦唐茵脚底的水泡，然后用针轻轻挑掉，水泡里流出浅色的水。

陆迟走到唐茵旁边，在她耳边悄悄问："疼吗？"

女医生耳力好，忍不住调侃："挑个水泡疼什么？！你这男朋友当的，小姑娘你算是被放在手掌心了。"

她见过的情侣不少，像这一对的实在是少见。

陆迟也没想到会被听到，有点尴尬。

唐茵扬唇一笑，捏了捏他发热发红的耳朵，说："别人都羡慕不来。"

女医生不置可否："好了，我给你抹了消炎药，你每天晚上泡完脚后继续抹，过几天就好了。"她站起来，笑着对陆迟说，"好了，先付一下药钱，然后就可以把你女朋友背回去了。"

唐茵也跟着说："回去，回去。"

陆迟蹲下来看了几眼，发现唐茵的脚底板现在不忍直视。她脚底的伤疤和脚背的光滑形成了鲜明对比，让他心里不舒服。

他几乎是拧着眉去了外面结账，回来时却恢复了原样。

陆迟给唐茵穿上鞋："走吧。"

唐茵乖乖趴在陆迟背上，翘着两条腿晃来晃去。

等出了校医院的大门，周围空无一人时，唐茵伸长了脖子，凑到

第十六章 薄荷冰

陆迟耳边说:"我家迟迟真是好男友。"

陆迟没说话,但整张脸无处不散发着愉悦。

唐茵晚上是在宿舍吃的饭,陆迟给她订了外卖,不许她下地出门。

原本宿管阿姨是不准男生进来的,但看唐茵不能走路,宿管阿姨一时心软,放了陆迟进女生宿舍给唐茵送外卖,不过阿姨还是限定,陆迟必须在十分钟内出来。

等唐茵吃完收拾好,宿舍里的其他人也都晃晃悠悠地回来了。

另外两个人和唐茵的关系不是太热络,但看唐茵不舒服,还是随口问了一句,唐茵也就随口答了一句。

等过了一会儿,赵乐进门,看她抱着平板在床上看电影,问:"怎么样?脚没事吧?"

唐茵笑笑:"没事,就是起泡,医生给我挑了。"

赵乐点点头,一屁股坐在凳子上:"累死我了。这天气,明天要是阴天就好了。太阳好晒,我都涂了好多的防晒霜,还是变黑了。"

赵乐坐那儿没动,突然想起来刚才唐茵和她男朋友走后,她背后几个女生议论的声音。

"她怎么这么有福气啊,男朋友真听话,一言不发就背着她走,真想我也这样。"

"我上次逛论坛看到,他俩是高中同学,毕业了就在一起了,所以感情才好吧。"

"说是这么说,长久的可都不多,学校里这么多女孩子,保不齐蹬了再找一个。"

"你这话不厚道，不过也是大实话。"

…………

赵乐把这些话都告诉唐茵，也是存着担忧，毕竟陆迟这么好看，看她们班就知道，有几个人都蠢蠢欲动的。

唐茵却捏了捏她的圆脸："没有谁可以从我身边带走他。"

她相信陆迟，自然是因为整个高三的相处和对他的信任。

赵乐愣了愣，半晌，她终于回神："唐茵你这句话太霸气了，我喜欢！你家医生知道吗？"

唐茵关了视频，点点头："知道啊。"

陆迟早知道她是什么样的人了。

赵乐忍不住问："我看微博上的评论，很多你们学校的都说你很大胆。你是先追他的吗？"

唐茵眉眼弯弯："是啊。"

如果当初不大胆，她怎么会和陆迟在一起。

赵乐看着唐茵，再想想她仅见过几次的陆迟。陆迟眼里就只有唐茵一个人似的，她也才和他说过一句话，而且只有一个字。话少的行动派。

军训结束后没多久便是选社团的日子。

一大早，学校广场的空地就被各种各样的社团占领，每个社团都尽情地展示着自己。

社团活动的地方一直从广场延伸到后面的操场。

西门旁的操场很漂亮，排球场、乒乓球场、篮球场俱全，每天晚上都有很多的同学在这锻炼。

第十六章 薄荷冰

"学妹,这是我们动漫社的宣传单,今年的新生晚会有宅舞,你这么好看,不进来试试吗?"

"汉服社可以体验一下穿汉服的感觉,这里有襦裙,还有发饰,每周会有课程教茶艺和制作簪子。"

唐茵转了一圈,没发现什么感兴趣的社团,可是偏偏学校要求每个学生至少要参加两个社团,不然修不到相应的学分。

陆迟也对这些社团不怎么有兴趣,因此两个人就漫无目的地走着。

唐茵指了指那边的汉服社:"要不你去汉服社,穿袍子和他们一起扇扇子?"

陆迟看了一眼:"不去。"

唐茵哈哈一笑:"逗你玩的。你要不去学生会?"

陆迟还是说:"不去。"

他们边上有个男生正在发着传单,看到唐茵后,他眼睛一亮,快步走过来拉人:"学妹,要不要来?"

陆迟在一旁看得清清楚楚。还没等那男生把句话说完,唐茵就被陆迟拉到了一边,远离了刚刚的位置。

唐茵一开始还不清楚,后来回头看到目瞪口呆的那位学长,恍然大悟。

转了好一会儿,唐茵的眼睛一亮:篮球社!

陆迟自然也看到了:"你要去吗?"

他还记得刚转到嘉水私立中学没多久时,唐茵在操场上的那次投篮,漂亮又自信。

唐茵笑嘻嘻地点点头。

两人很快就到了篮球社。篮球社招新的地方布置很简单，他们在篮球场的边上摆了摊，架了棚子。因为篮球社的男生已经招满了，所以围在周围的人并不是很多。

篮球社招新的棚子里面坐着一男一女，正在说话。

男生说："张媛，你别指望今年有女生进来了。你不知道现在的女生多娇贵，学篮球的多累，女生玩乒乓球还差不多。"

他说的是实话。S大的篮球社分为女篮和男篮，每年社团招新，男篮都会很快招到新人，而女篮则要花很长的时间去说服别人来参加社团。男篮的队伍加起来都有三队了，就这，都还是严格控制了人数，而女篮只有一队，可见其中的差距。

篮球社团其实也是校篮球队，只不过男篮里最好的一支队伍才会出去和人比赛，其余的都是在学校里练习。

张媛撑着脸，看着女生们都目不斜视地进了旁边的社团，只好兀自叹气。一个多月后，她们要和隔壁的大学打友谊赛，必须招到新人补上空缺才行。

她原本是副队，大三的学姐升了大四后，开始为论文和实习忙碌，自然就退了出去，于是她就成了队长。本来打篮球的女生就少，大四的退出去后，人就更少了。

友谊赛虽然是比赛第二，但是个人就想拿冠军，不为学校，也为了自己。不拿冠军，总是让人很心塞的。她正想着，面前来了两个人。

"咦？"张媛没想到是这个学妹。

她上次还在飞机上偷看呢，结果还被正主发现了，想想就觉得尴尬。

第十六章 薄荷冰

篮球棚里面的男生看了一眼陆迟，赶紧说："不好意思，男篮队已经招满了。"

喜欢篮球的男生太多了，这个男生看着感觉有点小白脸，白白嫩嫩的，不知道篮球技术好不好，不过人已经满了，再怎么样也没用了。

不过这个学妹倒是长得还挺好看的。

他看了一眼陆迟，笑着问："学妹，你也喜欢篮球吗？加个微信吧，以后有比赛我可以给你留位置。"

这年头，喜欢篮球的妹子可不多。

唐茵还没说话，陆迟就开口了："没微信。"

过了几秒，他又说："不用留位置。"

唐茵反应过来，跟着说："不用了学长，有比赛的时候我会和我男朋友去看的。"

陆迟紧跟着点点头，表示肯定。

张媛对陆迟的反应忍俊不禁，捅了捅发愣的男生，低声说："人家男朋友在边上，你要什么微信。"

男生十分挫败地坐回了椅子上，开始唉声叹气。

桌子很高，唐茵悄悄从桌子底下绕住陆迟的手，眉开眼笑地问："女篮还有名额吗？"

张媛不可置信，猛地站起来："你要报篮球社？"

唐茵点头："还是女生不行？"

张媛再次问了一遍："你要报篮球社？会玩篮球吗？打得怎么样？"

唐茵看了看不远处的篮筐，没有回答，反倒是问："学姐，你是社长吗?"

张媛摇头:"不算是,但女篮的新任队长是我。"

唐茵指了指操场上的那个篮板:"学姐我看你现在也没事,不如我俩试试?"

张媛顺着她手指的方向看去,忍不住笑笑:"你确定吗?如果报名是可以直接进的,毕竟女生很少。"

话虽如此,她还是觉得这个学妹很有感觉,就像她在飞机上见到的那次一样,张扬又肆意。

看着唐茵自信的表情,张媛最终应道:"好。"

唐茵赶紧转向陆迟,星星眼地看着他:"快给我爱的鼓励。"

陆迟有些不好意思,沉默着不说话。

被唐茵紧紧盯了好一会儿,陆迟终究是先开了口,掷地有声地道:"加油。"

唐茵道:"给你看看你女朋友什么水平。"

高三之后,她便很少打篮球了,学习之余,她有时间才会在操场上稍微动动,但一个月才那么一两次。回到家里后,可以和唐昀打一打,稍微学学技术。这个暑假,她大多数时间也都是和篮球一起过的。

也许是因为天气热,篮球场上很空,这给了两人方便。

但两个女生打篮球,还是吸引了不少人的目光。

张媛一开始觉得唐茵的自信也许来自她在高中时很厉害,但在她心里,无论是谁,高中的技术也就那样。

可真正开始打她才知道,压根儿没那么简单。

她吃了自己大意的亏,五球一局,她竟然第一局就输了,输给了

第十六章 薄荷冰

一个新生。

唐茵身形姣好,她打球的侧脸认真漂亮,再加上篮球技术不错,让围观的男生都忍不住为她鼓掌。

陆迟拎着她的包站在篮球场边上,心情不怎么好。

结束的时候,张媛和唐茵身上都带着汗,张媛问:"你学过吗?看你的打法,似乎有人教过。"

唐茵喘着气回道:"我哥是篮球队的。"

张媛"哎"了一声:"怪不得。你看这周围的男生,都是冲着你看的,他们的眼睛都快放光了。"

唐茵心里咯噔一声,她一抬头,果然就看到那边神情淡淡的陆迟,他有可能是心里不开心了。她赶紧对张媛说:"学姐,商务英语一班唐茵,报名的事情你帮我一下,我先走了。"

她跑到陆迟边上,小声问:"是不是又不开心了?"

陆迟瞥她一眼:"没。"

唐茵知道他口是心非,突然肉麻道:"想什么呢。我心里只有你一个人,哈哈。"

陆迟:"我知道。"

他当然知道,从很久以前直到现在。

没用几天,唐茵就找好了公寓。学校外面的公寓很多,她这间公寓,无论是装修精致度,还是周围的环境、到学校的距离,都让她很满意。

蒋秋欢自然对她搬出去住没意见,只是后来她可能不放心,便又问了陆迟是不是和她一起住。

唐茵自然说不是。

大学一天至少有两节课，多数时候甚至一天是四节课或者六节课。和唐茵相比，陆迟的生活好像更惨。

唐茵看过他的课程表，几乎天天都有课，而且还非常紧密，不像她，周六、周日都是空闲的。

赵乐一向把睡觉视为头等大事。下午两点的时候，她迷迷糊糊地醒来，就看到唐茵换好衣服正要出门，她问："你要出去吗？今天下午没课啊。"

唐茵说："去医学院。"

赵乐点点头，也不再追问："噢，那你记得带钥匙，我下午可能出去吃晚饭。"

宿舍里的其他两个室友是基本上看不到的，她们两人，一般有了空闲时间就会出去玩。

唐茵应了一声，关上了门。

从开学到现在，她还没有去过医学院呢，因为外语学院的教学楼离医学院的教学楼很远。

陆迟的班级她知道，她进了医学院的教学楼，就能看到一些穿白大褂的男男女女。他们除了依旧有些稚嫩外，看上去与真正的医生几乎一模一样。

"昨晚的作业写了吗？"

"谁敢不写，我还没那么大胆子。"

两个女生边说边往楼上走。

唐茵从一行人身边经过，和她们一起上了楼，最后停在了同一间教室的门口。

那两个女生见此，还多看了一眼唐茵。

第十六章 薄荷冰

唐茵咧开嘴,自然地朝她们笑。

两个女生也笑了笑,便推门进了教室,唐茵紧跟其后。

这节课并不是大课,所以班里的人也不多,而且由于没有到上课时间,大家都三三两两地坐着,看起来很散漫。

唐茵走进教室后,一眼就看到了坐在最后面窗户边的陆迟,他最喜欢这个位置。他和她高中时看到的一模一样,直挺地坐着,正在认真地看书。

唐茵扬了扬唇,抬脚走过去。只要不耽误上课,老师们也不会管来蹭听的人。

倒数第三排坐着两个女生,正头对头地小声说话。

"你想就去嘛,光看有什么用,大学了就要动手。"

"但是他基本不和人说话,我到现在都不知道他的信息吧,我连他的微信号都不知道。"

"所以才要上去要啊,他现在一个人,你赶紧过去。"

杨悦回头看了一眼,从她这个角度看,只能看到窗边那人的半张脸,却足以秒杀这个班级里的所有男生。

几个星期前,他自我介绍时,她就对他上心了,他长得好看不说,性格似乎也挺好的。虽然这段时间一直没有接近他的机会,但她也在努力创造机会,只可惜结果不尽如人意,到现在,她只和他说过一两句话,太令人扫兴了。

身旁的室友还在怂恿她:"快去。据我所知,不少人对他虎视眈眈呢,你把握机会。"

杨悦深吸一口气,拿着书坐到了最后一排,轻轻问:"陆迟,你旁边没人坐吧?"

唐茵站在不远处，听得清清楚楚。虽然她心里不舒服，但是陆迟受欢迎这事，是在她的意料之中的，只是没想到，这才开学没多久，就有人向他表达喜欢之意了。

唐茵站着没动，她想听听陆迟是怎么说的。

听到女声，陆迟抬头看，来人是班级里的一个班干部，他还记得是前两天刚选出来的。

陆迟还没回答，就透过她的肩膀看到了后面的唐茵，她扎了丸子头，露出小巧精致的脸，正笑意盈盈地看着他。

陆迟收回视线，淡淡道："不好意思，已经有人了。"

杨悦一愣，识趣地没有问那个人是谁。她带着书回到了自己原来的座位。

唐茵大步跳过去："没想到吧？"

陆迟点头："你怎么来了？"

"想你了。"唐茵抬着下巴，"自从你上课我就很少见到你了，一日不见如隔三秋……"

陆迟默默地翻书，任由她说。

上课铃声响起，一个戴眼镜的中年女人走进教室，看上去不苟言笑，十分严厉。

唐茵看了一眼陆迟的书，是高数，她们外国语学院并未开这类课程。

老师先点了名，看学生们都到了，她露出满意的表情，开始上课。

听了一会儿，唐茵就没了兴趣，小声地捂着嘴说："晚上出去吃火锅吧。"

第十六章　薄荷冰

陆迟记笔记的手一停，侧脸看着她："你前天才吃过。"他想了一会儿，又开口说，"不是说上火了吗？"

唐茵讪讪一笑，指了指唇角："看，这里没起泡。"

她上火就会嘴角起泡。前两天她拉着陆迟去吃火锅，回来后觉得要上火了，最后却没有。

陆迟将目光放在她莹润的唇上，最后缓缓移开视线："好。"

唐茵还要说什么，突然就感觉到讲台那边有异样，她一抬头，就看到老师正面无表情地盯着她这边看。她赶紧从陆迟的手里抽了一本书过来，开始装模作样。

唐茵的心思不在书本上，老师的话她是基本听不懂的，她也不好打扰陆迟学习，只好拿出手机来玩。

微信上是赵乐发过来的一条消息——

医学院的课是不是很难？是不是很可怕？有解剖吗？

唐茵想了想，回复了一条——

人到得很齐，不像我们班还有逃课的。今天是高数课。

她又登录微博逛了一会儿，觉得无聊，便撑着下巴发呆。医学生的课程真的比她们的多得多，而且听起来也很复杂，起码她不用学高数……这样想想，她的生活也挺幸福的。不知不觉，她的心神就飞上了天，最后还是旁边的陆迟突然站起来的动静弄醒了她。

唐茵看了看陆迟，又看向讲台，前面的学生都把目光集中在最后排的窗边这里。

老师点了点黑板："你是叫陆迟是吧？我没喊你，你不用站起来。你旁边那个穿鹅黄色上衣的女生，你回答一下这个问题。"

唐茵看着老师用手指了指自己，慢慢地站了起来：这叫什么事？她被喊起来回答问题？

教室里很安静。

陆迟的眼神在她身上转了转，很快开了口："老师，她是我女朋友，只是过来旁听的。"

一时间，所有人的目光都集中在他们两个人身上。

讲台上的老师笑笑："既然是来旁听的，那就更要解这道题了，让我看看旁听的效果怎么样。"

她上课时，不时地往那边看，这个女孩不是在玩手机就是在走神，可以说听课的时间只有几分钟而已。

唐茵：她能怎么办，她也很无奈。

杨悦也看着站起来的女孩，在心里默默思考她和其他女生有什么不一样的地方，最后还是没发现。

她旁边的室友对她说："长得很漂亮。不过考进来应该成绩也很好，总感觉在哪儿见过。"

杨悦收回视线："也许是之前社团招新，路上碰见过。"

她虽然对陆迟有好感，但也不是那种喜欢插足别人感情的人，他们两个人明显感情很好，她也没必要白费力气。

唐茵用脚踢了踢陆迟。

陆迟叹了一口气，明白了唐茵的用意，他的嘴巴轻轻动了动。

他的声音很小，但唐茵听得清楚，她很快就听明白了他说的步骤,虽然陆迟说的不是很详细,但也足够她解答了;况且这才刚开始学不久,老师讲的并不是多难的题目。

唐茵轻咳一声,上了讲台,最终只在黑板上写了一半的过程。她写完,朝老师笑笑。

高数和高中的数学不一样,她就算再聪明也需要学才行,她没有上过这门课,要解出题目没那么容易。但幸好陆迟和她说了几个简单的步骤,她记住之后顺手往下推导了几步,最后交上了百分之五十的答案。

老师一直看着她,也没想她会答出来一半。老师点点头,问:"你是哪个学院的?"

唐茵乖乖回答:"外语学院。"

老师听完,也没说什么,只摆摆手让她回去,自己则继续讲题。

回到座位上后,唐茵长出一口气,抱怨道:"你要是跟我说你们老师上课点人回答问题,我这节课就不来了……"

太可怕了,比高中还可怕。

陆迟看着她,并不说话。

唐茵后知后觉地反应过来,陆迟给了自己答案,最后却还被自己抱怨,于是赶紧顺毛:"我的锅。来来来,天天来看你。"

陆迟这才满意地点头。

过了会儿,她又凑过去小声对陆迟说:"明天我也许要去比赛,你去不去看啊?"

阳光从窗外洒进来,落在她脸上,衬得她肌肤白皙又细腻,仔细一看,似乎还可以看清她脸上细细的绒毛。

陆迟听见自己的声音:"好。"

S大和隔壁学校的友谊赛在十一月举办,也就是周日。

张媛告诉唐茵,虽然今年学校招的体育特长生不多,女篮队员也很少,不过能正式上场打友谊赛的人倒是够,所以她把唐茵安排成了候补。

对这个安排,唐茵没什么异议,让她上场她就努力打球,不让她上场她就在下面加油。但话又说回来,唐茵还从没打过真正的比赛。

以前她去唐昀的学校时,看过一场真正的比赛。那场球赛实在打得很过瘾,她作为观众看着都很痛快。

友谊赛的举办场地在隔壁大学,也就是G大。

G大的篮球场在室内体育馆。他们学校的体育馆建设得非常漂亮,座位也相当多。G大为了这次友谊赛,做了非常多的准备工作,还拉了赞助。

唐茵跟着篮球队去了G大的体育馆,她们统一在休息室里待着,等着待会儿上场。

友谊赛很简单,它本来就是两个学校的校队自己提议举办的,和正式的联赛不一样,只是场打着锻炼的比赛。

不过两个学校的学生倒是很热情,早早地就坐满了,观众不只有女生,还有很多男生。

休息室里,张媛正在和队友们活动身体。唐茵无聊地转着球,面色淡定,一点也不着急。也许她今天还出不了场呢,她能进队伍做候补,还是张媛出的力。

唐茵进了篮球队后,和队里其他几个人磨合了一个多月。虽然她的个人技术很好,但和团队配合不好,个人技术再好也没用。

和张媛同班的林路问:"哎,唐茵,你男朋友来不来看你比赛啊？听说是个小帅哥噢。"

她和旁边的队友挤眉弄眼，贼兮兮地笑着。

唐茵转过头，看到她们两个笑成一团，露出一个微笑："他敢不来，我就让他好看。"

林路叫道："好！让我们一个队的都给他好看！"

女生们瞬间笑弯了腰。

唐茵摸出手机，发了一条消息过去——

你到了吗？

对方没有回，唐茵又发道——

下午一定要来。

陆迟对着手机里的课程表看了好一会儿，盯着最后那节课发呆。

宿舍的室友都起床准备去上课了。这节课是大课，并不是太重要，听说期末考试也很简单，不过老师偶尔会点名。

其中一个室友问："陆迟，你还不走，今天不去了吗？万一老师点名怎么办？"

旁边的男生搂住他："你不知道啊，今天咱们学校和隔壁打篮球赛，陆迟女朋友在那儿，他肯定要去看的。"

陆迟的室友挠挠头，笑道："噢，这样，那我可以帮你请个假。"

他们做室友快三个月了，关系处得相当不错。一开始他们以为陆迟很难相处，后来发现和他相处真不难，一般说什么他都不会生气。

在陆迟的室友看来，他的脾气算是好的了。

陆迟有女朋友的事全班都知道，他们也调侃了陆迟许久，后来才知道两个人在高中就认识了。

陆迟收了手机，道："谢谢。"

"都是室友，说什么谢，下次指不定还要你帮我请假呢。我先走了，你一定要记得锁门。"说着，三个人便出了宿舍。

陆迟收拾了一下东西，最后从桌上拿了一盒酸奶，放进包里，关门走了出去。

下午天气热，又赶上星期天，学校里的人不多。陆迟一个人往外走，鼻尖沁出一点汗，想了想，他撑开了上次唐茵丢在他这儿的一把太阳伞。他平时不怎么爱打伞，倒是唐茵经不起晒，如果他们两个人出门，赶上大太阳，唐茵一定会打伞的。

S大和G大相隔不远，陆迟出了校门，十分钟就走到G大了。进了G大后，一眼就能看到室内体育馆的顶部，那栋建筑建造得非常有个性，亮眼又突出。

他身旁也有两个要去看比赛的女生，她们正在讨论。

"听说今天方铭和也会去看比赛，不知道能不能遇上。要是能说上话就更好了，我都心水他好久了。"

"想得美，他周围的座位肯定都坐满了，咱们能拿到他的微信号就不错了。"

"话说，方铭和都大三了怎么还没谈恋爱，G大的美女说起来不少吧？"

"我也不清楚，哎。"

陆迟听着这两个人不停地说着方铭和，跟随她们一路到了体育馆里面，才收了伞。

体育馆里面来了不少人，大家三三两两地坐着，他找了个空位置，确保自己能看清赛场。

此刻场上还只有啦啦队在。

他打开微信，看到唐茵刚刚发的消息，便回复了一句"到了"。

激昂的音乐响起，啦啦队开始跳舞，两个学校的队伍也开始缓缓上场。随着队员的出现，引起了不小的欢呼，看得出来她们的人气都不小。

陆迟收了手机，旁边的座位上却坐下一个人。那人个子很高，看上去阳光俊朗，穿着大号的球衣，头发湿湿的，高高向上扬起。

对方看了陆迟一眼，朝他笑笑。

陆迟对上他的目光，微微颔首，很快又收回了视线，将眼神放在篮球场上。

October

第十七章

芭乐提

CHAPTER 17

小蛮腰

S大的队服是暗红色的，无肩长款，高个子女生穿在身上十分英气，一直深受女生喜欢，甚至学校还有同款衣服售卖。

他一眼就看到了唐茵，她白皙的肌肤被暗红色的衣服一衬，简直让人移不开眼；她小巧的脸上仿佛闪着光，五官精致又靓丽，笑起来的时候，眼睛会弯成月牙，那么引人注目。

几分钟以前，休息室里，一行人都换好了队服。

唐茵伸着赤条条的胳膊，转来转去，心情激动。

"听到欢呼声没，赢了会更大声的。"张媛笑着鼓舞着大家伙，她们一个接一个地入场，"咱们今天还是友谊第一，争取比赛拿到第一，不能让G大的看轻我们。"

女生们都齐齐地应"是"。

不过她们比赛时，还算能抑制得住激动，不像第一次上场的唐茵。

唐茵被观众们的情绪感染，忍不住心跳加速。她笑得越发开心，虽然她可能上不了场。坐在长椅上的时候，她朝观众席看去。

比赛还没开始，但观众席上的人就把两方队伍的队员都看了个清

第十七章 芭乐提

楚，知晓球员信息的人给旁边不知道的人一一介绍。

"哎，对面那个是新生吗？看上去长得不错哎，脸好小。叫什么名字？"

"我看看……我查到的好像是叫唐茵，是今年的新生没错。不过S大怎么会让新生过来？"

"你管那么多干吗？欣赏美女就行，今天的比赛感觉应该会很有趣。"

隐隐约约的议论声传入陆迟的耳朵，他深呼吸了几次，掩饰住沉沉的目光，最终还是面色淡定地看着下面。他早就知道，唐茵是很吸引人的。

林路喝着矿泉水，看唐茵正在找什么，她凑过去打趣道："找你男朋友呢？"

唐茵揉揉脸："当然啦。"

话音刚落，她就看到了对面的陆迟。他坐在一行观众之间，仿佛与世隔绝一样，清冷又俊秀。唐茵伸出胳膊挥了挥，朝着他笑。

陆迟对着她轻轻点头。

还没等他做什么动作，陆迟后面的两个人又议论了起来："呦呦呦，那个新生是在看这里吗？看我看你？"

"反正不是看你就行了。也许是在看方铭和？毕竟他是一众女生的男神，哈哈哈哈。"

说话的男生说着，拍了拍陆迟边上的人，笑着说："方铭和，你看隔壁S大的小脸学妹，她在看你呢。"

陆迟绷紧了身体，微微侧脸去看方铭和。

方铭和的肩膀被人一拍，正要扭过头去看，正好对上了旁边座位的人看过来的眼神，忍不住朝他友好一笑。

陆迟抿着唇，冷着脸就转了头。

方铭和感到有点莫名其妙，伸手摸了摸鼻子，心想：他这是被一个路人嫌弃了吗？

方铭和看向赛场，两方队伍里的人他几乎都认识，当然，他眼尖地看到隔壁学校多了一个他不认识的女生，看来就是刚刚两个同学说的小脸学妹了。

她的脸的确很小，只有巴掌大，五官也很漂亮。

陆迟的余光看到方铭和正在看着唐茵那边，不由得沉了沉脸色，整个人都散发着不愉快的气息。

而他身旁的方铭和对此一无所知。

比赛开始，欢呼声响彻整个体育场。

陆迟以前没看过篮球赛，但他室友会提一两嘴和篮球相关的事，这让他也稍稍知道一点篮球的规则。

裁判吹哨后，场上的女生们都动了起来。

唐茵坐在长椅上，胳膊支在膝盖上，看着队友们比赛。她们运球投篮，一切都行云流水。

双方的分数咬得很紧。

等到第一节结束时，她们的分数只比对方高了一分，比赛局势相当紧张。

唐茵给她们递水，仔细地听着张媛的分析。

休息时间很快结束了。

谁也没想到第二节快结束的时候，比赛场上居然出了变故。

陆迟不太清楚赛场上到底发生了什么，他只看到一个女生倒在了

第十七章 芭乐提

地上，表情有些痛苦。

裁判吹哨，比赛暂停。

场下的球员们都冲上场看那个摔倒的女生，体育场的观众席忽然安静，但很快又躁动起来。

陆迟听见身后的人问："怎么了？林路平时挺疯的啊。"

"她上次就出现问题了，之前她的膝盖受伤了，应该还没好。"方铭和主动开口，声音不大不小，"看来下一场应该要换人了。"

以张媛的性子，她不可能让林路带伤上场，所以肯定会换人的。

S大和G大的友谊赛也不是举办一次两次的了。

因为学校离得近，有时候他们也会去S大的篮球场打打球，而对方也会来他们的学校打球，往往只要他们一遇见彼此，就会来一场比赛。这类型的比赛，不分男女，所以他们对对方都十分熟悉。

S大的休息区，林路满脸懊悔："我上次去医院，明明那个医生说已经都好了。"

这伤还是不久前骑自行车摔的，后来她去医院看了，尽管有点伤到了骨头，但医生说养养就好，只要不太剧烈运动，是不耽误的。可她刚刚要跳起来的时候，膝盖一下子开始抽疼，由浅渐深，让她忍不住歪倒在地。

肯定是伤还没有完全好，幸好现在已经不疼了，不过刚刚那阵疼痛，还是让她心有余悸，她最怕的就是以后都不能比赛了。

张媛看了一眼，心里真是倒吸一口冷气："如果今天教练在，她要是知道这事，肯定不会让你上场的。待会儿你不要上去了。"

林路也不硬撑："我知道。我会注意的。"

"其实也行，毕竟G大的没和唐茵打过，一开始她们肯定会措手不及,到时候就是我们得分的时候。"张媛自信地说,"林路你就在这里看着。"

她们这一个月以来,并没有和对方打过比赛,所以对方基本不会有人知道唐茵的打法。

提到这个,张媛觉得唐茵哥哥的篮球技术肯定非常好,不然怎么会教出这么厉害的妹妹,更难得的是,唐茵还是强势进攻型的选手。

林路捏了捏膝盖,主动说:"我当然知道,我就在这里看着你们赢了。唐茵加油!"

她也想看看唐茵能打出什么样的成绩。

唐茵拍拍她的肩膀,扬唇一笑:"你放心,我一定会打出好成绩的。林路姐好好休息。"

几个人笑着给彼此加油打气。

新人被换上场,观众席上的不少人都不认识新人。S大篮球队的人,大多数都被G大的人所熟知,毕竟当了很多次对手。但这个新人,他们还真没见过。有人想,这难道是传说中的撒手锏?他们这么想着,却突然有点为自己的想法而感觉到可怕。

"这是谁啊,看着比林路要小一点,是今年的新生吗?"

"她打得会比林路好吗?说真的,刚刚那一幕我都吓一跳,还好林路看样子不像有事。"

"不知道她会打出什么样的球。我喜欢看进攻型的选手,看这种选手打球非常过瘾。"

"看她们的样子,似乎很有自信,感觉接下来的比赛会出乎意料也说不定,毕竟我们学校的不知道这个新人,当然也不知道她的打法。"

…………

第十七章 芭乐提

陆迟仰头喝了一口水,看到唐茵伸手向他这边比了个"V"的手势。看得出来她很自信,当然,她一向如此。

如陆迟所意料的那样,他身后那两个喋喋不休了上半场的男生又开始讨论起来:"小脸学妹替换林路了,期待。"

"她刚刚又看方铭和了呢。哈哈哈哈,那个手势是必赢吗?看起来真可爱。"

陆迟抿着唇,他很想让这两个人闭嘴,但理智让他做不出这样的举动。他轻轻哼了一声,不再听他们说话。

方铭和不由得看了一下坐在自己旁边的人,他从一开始就觉得这人对他的敌意不小,尤其是每次身后的同学提到那个新来的学妹时,这人就表现得很不爽,难道两个人有关系?

下半场比赛开始。

上半场的比分是 S 大落后 G 大一点点,原本林路的那个扣篮可以得分,但她没有跳起来。

因为比分偏向 G 大,所以 S 大篮球队的几个人都表情严肃。

观众席上的观众依旧热烈地摇晃着手中的应援棒,吹着口哨。不少女生不懂球赛,但为了陪男朋友或者支持自己的学校,她们也到场了。

唐茵上场打了一会儿后,G 大篮球队的几个女生觉得自己的眼睛都快要瞎了。她们运了一会儿球,突然发现球不见了,再一看,球正在那个新上场的学妹手里呢,她甚至都已经传给了队友,她的队友都快要攻击到她们家门口了。

G 大的前锋打得好好的,却突然被对方盖帽,被截球的那一刹那,她简直愤怒至极。唐茵身体灵活得不像新手,最后关头,她居然还能在她们队伍的进攻下拿一个三分球。

比赛的风向完全变了，S大的比分被一点点地往上提，短时间内就追平了，甚至很快就反超了G大10分。这一变化，让观众席上的人都屏着呼吸。

第四节的时候，G大的几个女生气喘吁吁地凑在一起，齐齐地瞪着那边和队友鼓掌的唐茵。

她怎么就没来她们学校呢！她们一开始以为是自己不了解对方，谁知第三节过半，在她们以为基本摸清了唐茵的套路时，对方仍然表现得出其不意；等到第四节时，G大整个队都不由得对唐茵刮目相看了。

看得出来，她的很多技巧不同于S大的队员，应该是以前学的，还有些稚嫩，但就算是这样，那也十分出色了。

第四节还剩下一点时间时，S大和G大的比分逐渐拉近，G大的队员在熟悉了唐茵的打法后，便对唐茵有了一点针对性的动作。

只可惜，尽管G大的队员很努力，但比赛结束时，S大仍凭两分获胜。

观众席上为了美女们才来看比赛的男生们也不管是哪队赢了，只放声欢呼。

"小脸学妹真强势，真想不到她那么瘦弱的身体里居然藏着这么大的能量。"

"我喜欢她笑起来的时候，真是太太太阳光明媚了。"

"她刚才朝这边看了好几眼呢，难不成真看上方铭和了？要是能拐到我们学校来也不错，哈哈哈哈。"

不住的议论声传入陆迟的耳朵。

第十七章 芭乐提

陆迟再度侧脸看了一下方铭和，对方正在举着手里的矿泉水瓶和下面 G 大的女生示意。

S 大的休息区，几个人正坐在那里喝水聊天。

陆迟猛地站起来，拿起放在地上的包和伞，从观众席旁边的楼梯下去，再转到唐茵待的地方。

想必唐茵很想喝酸奶。

S 大篮球队的几个女生歪歪斜斜地坐在长椅上喝水。

林路说："啊呀呀，唐茵让她们大吃一惊。回去以后，她们肯定要多加练习了。哈哈哈哈。"

想到刚刚那一面倒的情况，林路觉得特别激动，她看着比赛，就像是自己还在场上和队友们一起打球一样。

张媛用毛巾擦着脸上的汗："你赶紧把你的伤养好。唐茵这次的表现的确很出色。"

她真的是没看错唐茵这个人，不管是性格还是其他方面，唐茵都让她特别喜欢，这个女孩非常对她的胃口。

唐茵灌完半瓶水，伸出手和张媛击掌，只说了一句："我也是 S 大的。"

篮球队的几个女生低声欢呼一声，打得真是过瘾。

观众席上还是人来人往的。比赛结束后，观众只走了零星的几个，大多数还在等待着待会儿的安排，啦啦队也正在篮球场上跳舞。

张媛看了看全场，眼尖看到了快要过来的一个人，她立刻看向唐茵："咱们唐姑娘的小帅哥来了。"

"哪里哪里，我要欣赏一下。"

"那边那个，长腿的！"

几个女生纷纷拿掉脸上的毛巾，凑成一堆要去看，毕竟这一个月以来，她们都只能看到唐茵男朋友的一个背影。

唐茵听到这话，瞬间转头。

几米远的地方，陆迟正向她这边走来，一步一步地，像是迎接她的骑士。

唐茵舔舔唇："我先去了，待会儿再回来。"

女生们齐齐地推她："去去去，不然他恐怕要打死我们了。"

可真是爱起哄的一堆人，但是唐茵很开心，她放下毛巾便朝陆迟小跑了过去。

随着和陆迟距离的不断接近，唐茵逐渐放慢速度，但她没想到，陆迟自己上前了一大步，伸手一捞，直接一把揽住她的腰。

唐茵虽然很开心，但陆迟的动作和她一开始的预想比，还是有点差距的：难道不应该是直接将她抱住，再来一个三百六十度的旋转，那多让人激动啊！

她开口问："陆迟，你……"

哪曾想，在她一脸蒙的时候，陆迟突然贴近她的脸颊，紧紧挨着她。

唐茵的双手揪住陆迟胸前的衣服，呼吸开始加速：这不对啊，陆迟为什么突然这样？

唐茵还在想，但陆迟已经恢复了正位，此刻与她正脸相对。

唐茵微微仰了仰头，目光在体育场的观众席上环视了一圈，最后又将头转了回来。

陆迟目光沉沉，伸手遮住了她的眼睛。

唐茵忍不住开口询问："陆迟，你干吗啊？"

第十七章 芭乐提

伴着耳边燥热的气息，陆迟含糊不清的声音传到了她的耳朵里："不许看别人。"

唐茵拉下他的手，对上他垂下的眼眸："你是不是又吃醋了？我明明只看你一个人了。"

她微仰着头，暗红色的球衣外露出细细的脖颈，光滑又白皙，像湖上的白天鹅那样，引人夺目。

陆迟的鼻尖轻轻碰上她的脸，继而低头吻她。

陆迟将唐茵的脑袋按在自己的胸口处，然后抬头朝自己原本的座位处看了一眼，轻轻眯眼，良久，他沉了沉声音："只准看我。"

陆迟的声音很低。

他振动的胸膛贴着唐茵的脸颊，一声声的，像划桨的船，进入她的内心。

唐茵还是问："你怎么突然……"

陆迟被她问得一愣，缓过来了以后，突然有点不自然，眼神飘忽了一下，小声道："奖励。"

嗯，是奖励没错。

唐茵像是察觉了什么，没再追问，只是笑着亲了一下他的脸颊："我打得很棒吧。"

陆迟轻轻点头，的确很好，当时场下的欢呼声就能说明一切，他身后的两个人就跟解说一样，嘴巴定在了她身上。

陆迟忽然低头，看了一眼她赤条条的胳膊，有点不舒服。

"唐茵，快过来，要领奖了！"身后传来张媛的呼喊。

唐茵从陆迟怀里站直身子，捧着他的脸说："乖乖等我。我马上就可以和你一起离开了。"

陆迟颔首，等唐茵转身后，顺着楼梯上了观众席，随便找了一个位置坐下。

坐在观众席上的无数人都目瞪口呆：刚刚那个学妹打球打得这么帅，连男朋友都有了？男朋友还长得这么帅，真让人沮丧。

不少女生都掐自己的男朋友，说他们真是没有人家苏。

观众席却有两个同学满脸尴尬，面面相觑。

一人说："我不知道……正主一直坐在我们前面，还听我们说了一整场比赛，都不给点回应……"

另外一人说："我刚刚是不是还说了小脸学妹是看方铭和的……怪不得他……"

旁边的人点头，给他沉重一击："你说了不止一次，还说了小脸学妹肯定是看上方铭和了。"他重复道，"很多次。"

他忍不住捂脸，那个男生刚刚得多生气。说起来，他还得心存感恩，幸好刚刚那个男生忍住了没朝他动手。他以后一定少说话，不再随意调侃别人，太可怕了，谁知道背后说人还被人家男朋友听到了。

方铭和自己也一愣，他总算知道为什么自己被一个路人这么嫌弃了，看这情况，对方没起来把他暴揍一顿都算好的了。不过他也是第一次见这么有占有欲的人，方铭和忍不住笑了笑，突然感觉对方挺好玩的。

他起身朝张嫒走去。林路受伤了，他理所应当去慰问一下，顺便再询问一下张嫒的新队友。

没什么毛病。

张嫒朝唐茵招手。

林路还捏着自己的膝盖，却是满脸调戏状："哎哟哎，咱们的小姑娘回来了,大庭广众之下……"

另一个队友说:"我都看着脸红了。哎呀,好苏,忍不住为你们摇旗呐喊,我跟看偶像剧似的!"

篮球队的队员们都知道唐茵和她男朋友两个人是高中同学,毕业后没多久就在一起了;之前篮球队训练时,陆迟还来过,虽然队员们没怎么看到过他的正脸,但光看那体贴程度,队员们就已经能想象到唐茵和她男朋友多恩爱了。

林路十分好奇:"刚刚他跟你讲了什么啊?"

她刚才看到陆迟的嘴唇动了动,但她又不懂唇语。

唐茵回想起那两句短短的话,心里像灌了蜜一样,挑眉说:"不告诉你们。"

女生们不同意,伸手挠唐茵。

张媛笑着打断她们:"都赶紧注意形象,领奖了。"

因为并不是正式比赛,只是打着锻炼的名号,所以这次的奖不是奖杯,而赞助商提供的零食券。

每个人都有的零食券,对女生球员来说,奖励很丰厚,而且今天来了这么多观众,发放零食券也能给赞助商起到宣传作用,这对两方来说都是不错的选择。

合照结束后,篮球队的几个人准备回休息室换衣服。

"张媛。"突然有人喊住了她们。

张媛回头,有点惊奇地问:"方铭和,你怎么来了?今天这么有空,在这里看我们打球?"

方铭和的目光从唐茵身上扫过,眼里闪过惊艳,他慢条斯理地说:"我在上面看到林路受伤了,过来看一下。不要紧吧?"

林路摇头:"没什么事,回去休息就行了。"

"那就好,可要好好对待,不能大意了。"方铭和叮嘱林路道,他又转向唐茵,"这位是新来的队友?"

张媛介绍道:"今年的学妹唐茵,技术很好。唐茵,这是G大校队的方铭和。"

唐茵微微一笑:"方学长。"

虽然不在一个学校,不过喊学长也没事。没想到这两个学校的关系居然这么好,女队的队员都认识对方学校的男生球员。

方铭和意味深长地笑了笑,鼓励说:"唐茵学妹打球很好,继续保持,以后一定要大放异彩。"

唐茵乖乖道谢,手里掩盖在毛巾下的手机忽然振动了一下,她拿出来一看,是陆迟发来的微信——

等急了。

下一秒,他又发来了一张委屈的表情包。

唐茵偷偷地笑了一下,回了一张表情包过去,然后对张媛说:"学姐,我先走啦。"

张媛打趣道:"走走走,我们待会儿不和你一起了。"

唐茵对方铭和笑笑,转身跑向后面的休息室。她的手机又振动起来,肯定是陆迟在催了。

唐茵知道为什么,他坐在那边,刚刚的画面看得一清二楚,但他又不能突然过来打扰,只能这么干,不过这醋吃得真够厉害的。

唐茵擦了擦身上的汗,换好衣服,又闻了闻,确定没有异味后,

第十七章 芭乐提

才放心出去。

张媛她们还在和方铭和说话，唐茵索性从靠近观众席的过道直接走。

方铭和突然喊："唐茵，介意留个微信吗？"

他的余光瞥见那边如影随形的目光，低低一笑。

唐茵愣住，转过身看他，抱歉道："不好意思，我已经有男朋友了。"

方铭和说："不是，想讨论一下篮球的事情。"

唐茵有点尴尬。

"唐茵，你先走吧。"张媛又戳了戳方铭和，"干吗呢，人家都有男朋友，撩妹也要看好对象啊，别对我学妹下手，否则别怪我找你算账啊。"

被拒绝是在意料之中的事，方铭和一脸无所谓："我只是想逗逗她，不加也没事。"

不过这个学妹真的挺对他口味的，只可惜名花有主了。

闻言，张媛瞪他一眼。

领奖也结束了，观众席上的人陆续离开。

"我太喜欢那个新上场的女生了，打球看着真过瘾，进攻起来别人都一脸蒙，和他比赛的女生肯定也是这么想的。"

"哈哈哈，我都录下来了，晚上发朋友圈，肯定很多男生找我要那个女生的联系方式。"

"可惜人家有男朋友了，还长得……唉，我注定单身到老。不过她这么好看，要是没人追也不可能。"

"说起来方铭和看着真帅。他在下面，我去要个微信，看能不能撩到,反正他还单身着。"

…………

议论声伴随着脚步声,纷纷杂杂,却丝毫没有阻挡住方铭和那声刻意提高音量的问话。

陆迟瞬间坐直了身体,盯着方铭和的背影。

唐茵已经坐到了他边上,从他手里接过酸奶,小口小口地喝着。

唐茵问:"待会儿去哪吃饭?"

打得这么累,要好好犒劳一下自己才行。

陆迟张嘴,想了想,自然地问:"那个人是谁?"他伸手指向方铭和。

"哦,G大校队的,叫方铭和,和学姐她们挺熟悉的,应该早就认识了。"唐茵说,"长得还挺帅的。"

等她说完,良久,她都没有听到回复。

唐茵察觉到不对,歪头去看陆迟,他低垂着眼,薄唇映成一条线,双手交叉放在膝盖上,不知道在想什么。

她放下酸奶,凑过去小声问:"你是不是不开心啊?"

难道是刚才方铭和突然朝她要微信的事情被他听到了?有可能,毕竟方铭和的声音那么大。

而且之前他一连发了好几条微信消息,一点都不符合他平时的作风。

陆迟沉默了几秒,低低地应道:"嗯。"

就算已经在别人面前无声地说了她是他一个人的,但是看到方铭和刚刚的行为,他还是不喜欢。

要不是唐茵刚刚凑了过来,离陆迟近,她恐怕都听不见陆迟说的这个"嗯"字,她认真回答:"我没给他微信呢。"

想了想,她又加上一句:"就只有你有我微信。"

还是情侣名呢,虽然是她自己偷偷改的。

唐茵自顾自地说着:"那些人哪有你好看啊,我这个颜值党当初都对你一见钟情了,你都还没认识到自己无与伦比的美貌吗?"

陆迟:呃……

陆迟看她一张小嘴喋喋不休地说个不停,忍不住打断道:"如果有人……比我好看呢?"

唐茵一愣,然后突然笑了:"可我就喜欢你这一款啊。"

她伸出食指按在他的唇上,印出一小块痕迹,陆迟的眼睛眨了眨。

过了会儿,他才开口:"现在该去吃晚饭了……你上次说吃烤肉……"

陆迟剩下的话被唐茵意味深长的眼神堵在嗓子眼里,他犹豫良久,最终沉默以对。

篮球赛过后,队里的女生要出去聚餐,唐茵理所当然地也要跟着去,不过她要先回宿舍洗澡。

林路朝她挤眉弄眼:"你家小帅哥要是来也行。"

林路旁边的女生也立刻说:"是啊,是啊,哈哈哈哈,和我们说说你们的恋爱史。"

唐茵笑着回绝:"我要让他在宿舍里好好反省。"

这种女生聚会,没必要让陆迟一个男生过去。

唐茵想着要洗澡,所以也就没和队友们一起出发去餐厅。

陆迟送她回到宿舍,临走时还不忘叮嘱:"不要吃多。"

上次她就是吃多了，喊了一晚上的难受，第二天身体才好了一些。

唐茵乖乖应道："好好好。"

陆迟犹豫了一下，放低了声音又问："那……只有你们队伍里的人吗？"

唐茵一愣，好一会儿才反应过来，她捏捏陆迟的脸："当然只有我们啦，那个学长不会在的。"

陆迟心里高兴，面上却表现得很淡定。

唐茵早就知道他的性格，二话不说，直接上手拽住他的衣领，凑上去亲了他一口。

陆迟喉结动了动，伸手摸了摸唐茵的头发，看着唐茵进了宿舍楼，他才转身离开。

一月份的时候，期末考试周就来了。

外语学院是全校放假最迟的学院，现在距离过年也就只有二十天左右了，学校其他学院的学生已经走得差不多了，只有外语学院的新生，还有一门听力没考。

每天学校的贴吧论坛上，都是外语学院的新生在哀号。

面对这种情况，大二的学姐学长们却很开心，因为以前他们是最迟的，但现在不是了。

几天后，是最后一门听力考试。

唐茵顺顺当当地做完试卷，提前交卷出了教室。

陆迟在外面等她，他微低着头，认真地看着手上的书。

医学院的学生们早就考完试了，为了和唐茵一起回家，陆迟在学

第十七章 芭乐提

校多待了将近十天。

刚考试出来的不少女生都将目光放在了陆迟身上,她们经过陆迟时,小声地和同伴讨论着。

没办法,外语学院的男生太少了,而且长得也就那样,哪有眼前的这位看上去诱人啊,他的眼睛简直美得不像话。

唐茵道:"怎么不戴眼镜啊?"

陆迟收了书,牵住她的手:"待会儿就要走了。"

唐茵一下子与陆迟十指相扣,她昂着小下巴,心里乐得慌,这么多人偷看的人,现在是她的,让她们羡慕去吧。

唐茵和陆迟各自回宿舍收拾了一下,随后直接去了机场,晚上八点左右,他们就到了H市。

陆迟先将唐茵送到了家。

唐茵到家后,站在门口呆了几秒,突然说:"对了,鹿野他们说要聚会,你不要忘了。"

陆迟点点头:"嗯。"

"那我先回家了,你快回去吧。"唐茵说着,转身就要走。

下一秒,她却突然被人捏住了肩头,陆迟低头蹭了蹭她的鼻尖,轻轻啄了一下她的唇瓣。被如此珍视,唐茵都忍不住脸红了。

她顺势抬头亲了一下陆迟的唇角,笑道:"乖乖回去,不准和别的女生说话。"

"好。"陆迟轻轻一笑。

他带着冬日独有的凛冽,像是雪地里反射着的月光,看得人心痒痒。等陆迟消失在小区的路上后,唐茵才推开院子门,拉着行李箱,低头往里走。

蓦地，她身侧伸过来一只手，那只手接过她的行李箱，小声道："瞧你这难分难舍的样子。"

唐茵反驳："略略略，没女朋友的人最惨。"

唐昀说："能不能说点好话，我是有女朋友，分了。"

唐茵耸肩："那不还是没有嘛，哈哈哈哈。"

她赶紧跑到客厅里，对着蒋秋欢就是一通拥抱。

蒋秋欢"哎哟"一声，拍了拍她头上的雪花，又捧着她的脸看了一圈，见她的脸依旧很圆润，这才放下心来。这一学期都没回来，幸好人没怎么样。

唐昀把行李箱放在玄关边上，偷偷打小报告："妈，她刚刚又和那小子在外面……"

他话还没说完，蒋秋欢就不搭理他了："我听说你打球赛赢了是不是？我女儿真棒！唐昀你回来这么早，也不晓得去接，还让别人送回来。"

唐茵把学校里的一些趣事挑拣着说给蒋秋欢听，丝毫没理会呆坐在一旁的唐昀。

除夕之前，唐茵先和十四班的同学们聚了一下。时隔半年不见，很多人都有了不小的变化，大家的变化让唐茵都觉得有点吃惊。

虽然许久不见，感情变淡了，但喝了酒之后，气氛瞬间热络起来。

苏可西和唐茵也很久没见了，她们两人的学校，一个在南，一个在北，相距千里。苏可西和陆宇在同一所学校，因为学校地处南方，苏可西被晒黑了一点。

喝完一瓶酒，唐茵趁着出去吹风的时间和苏可西闲聊。

第十七章 芭乐提

外面还飘着小小的雪花，那雪花落在脸上就化了，只留下点点滴滴的水迹。

苏可西晃着杯子："我的日子可悠闲了，每次找你，你都和陆迟在一块儿，我哪敢打扰。"

唐茵笑笑："你自己难道不是和陆宇天天过二人世界？"

苏可西脸红了，突然转了话题，说："陆宇现在和他妈妈两个人过，陆叔叔已经很久不和他们联系了，邱阿姨和陆叔叔等于一分两散了吧。我看陆宇挺开心的。"

她知道陆宇一直很难接受他自己的身份，后来更是因为亲眼看到邱华和陆跃鸣在街上吵架而和她分手。

不过现在似乎一切都过去了，苏可西和陆宇终于拨开云雾见日明。

唐茵和苏可西说了很多，她们都感觉对方变得成熟了。聚会散时，她俩相视微微一笑。

除夕夜来得很快。

一瞬间，整个城市都被烟花点满，耳边全是烟花的响声。

纵使房间有空调，唐茵还是穿着厚厚的羽绒服，把自己裹成了一个球，窝在窗边看着外面的烟花发呆。她们家的小区是不让放烟花的，所以她只能看稍远一点的、别的地方燃放的烟花。

蒋秋欢推开门："茵茵，能不能出去买点饺子啊？"

现在还没到吃年夜饭的时候，她们刚刚做饭的时候，突然发现饺子少了点，不够数，不吉利。

唐茵扭头："行。"

超市就在小区里面，也不远，她马上就能回来。

蒋秋欢递给唐茵一点钱，然后摸了摸女儿的头："路上别摔了。"

唐茵"嗯嗯"了几声，换了鞋就跑出了门。

小区里安静得很，但每家每户都亮着灯，看上去灯火通明的。小区里有着浓重的过年气氛，唐茵从别人家门口经过时，还能看到别人家门上贴着的福字和对联。那些福字和对联各有不同，仔细一看，每家都不太一样。

每次过年时，唐茵总是感慨过年的气氛很足。

也不知道今年跨年，陆迟还会不会来找她。如果他来了，他们两个人还可以像上一次去广场参加倒计时，虽然听起来有点重复，但只要他人在，重复点也没什么。

唐茵走了一路，就想了一路，最后她差点忘了买饺子。等从超市里买完饺子回来，她就看到了陆迟。

陆迟穿着黑色的风衣，站在她家门口不远处的路灯下。他把暗色的围巾绕了好几圈，围巾围住了他的小半张脸，只留下一双亮晶晶的眼睛。

唐茵突然就想到了苏可西说陆迟像狼的那句话，她有点想笑，就笑出声了。

陆迟朝声音来源处看去，就看到圆滚滚的唐茵手里拎着一盒饺子。他的眼睛微微弯了弯，然后走上前去。

唐茵凑上去亲了一口他的脸颊。

陆迟任由她动作，等唐茵站直了，他又低头捧着她的脸去亲她的嘴唇，明明是轻轻一啄的吻，过了一会儿又变成了深吻。

等唐茵回过神来，都不知道是什么时候了，她摸摸嘴唇："幸好没肿，不然回去被我哥看到，又要给你记一笔了。"

第十七章 芭乐提

陆迟的眸色暗了暗,没有说话。

唐茵纳闷道:"你怎么大晚上的过来了?"

陆迟沉默了几秒,小声道:"想你了。"

唐茵差点以为自己听错话了,她看到陆迟的耳朵有点红,这才确定没听错。她咧开嘴说:"我也想你。不过你吃过年夜饭了吗?"

陆迟"嗯"了一声,声音有点闷:"中午吃的。"

年夜饭这个东西,有的人家早上天没亮就开始吃,有的则是中午或者晚上吃,还有的半夜吃。

唐茵原以为他家也是晚上吃,没想到是中午。她抬了抬手里的东西,小声说:"我家还没吃呢,你要不要和我一起进去?"

陆迟还没来得及拒绝,唐茵就笑嘻嘻地挽住了他:"丑媳妇也要见公婆,何况你长得这么好看。"

半晌,陆迟点点头:"好。"

唐茵也没想到陆迟能答应。

看唐茵怔愣住,陆迟伸手捏了捏她的手掌,触掌的手冰冰凉凉的,陆迟一愣,将唐茵的手放进自己的口袋里。

他皱眉说:"还没有买礼物。"

去人家家里,总要带礼物的,况且去的还是女朋友家里,起码要给人留下一个好印象才行。

唐茵不在意,道:"没事的,我家不讲究这些。"

而且她爸妈都认识陆迟,他带不带礼物也没什么关系。

陆迟却摇摇头,态度很强硬:"必须。"他垂眸,"还是下次再来。"

唐茵瞪大眼睛,嘟囔道:"好不容易呢……去超市买点吧,我妈他们真不讲究这些。"

陆迟摇头，在她的额头上亲了一下："等你们吃过年夜饭……我再来。"

唐茵站在他面前，心里有点无语，又有些恼他的别扭，真是重规矩，一次又没什么事。

陆迟放柔了语气，捧着她的脸，慢吞吞地解释道："我……想留个好印象。"

唐茵也不能强求对方，只好说："好吧，到时候你给我电话。"

陆迟说："好。"

看唐茵终于推门进去了，他站了好一会儿才转身离开。

唐茵推开门："妈，你的饺子。"

"怎么买盒饺子买了这么长时间？"蒋秋欢的声音从厨房那边传来，没过几秒，她便出现在客厅。

唐昀一头乱发地从楼上下来，打了个哈欠，说："肯定是碰上陆迟了，我刚从窗户那儿都看到了。"

幸好陆迟没对她做什么，不然他肯定跑下去撑他。

蒋秋欢狐疑地问："是吗？陆迟怎么不进来坐坐？"

唐茵嘿嘿一笑："他来没带东西，我让他进来，他非不同意，说等我们吃过年夜饭后再来。"

唐昀说："你以为人家都像你啊。"

蒋秋欢从唐茵手里接过饺子，边走边说："那就等会儿再来，正巧我仔仔细细地看他一遍。"

看她女儿闹得沸沸扬扬的，从高三到现在，她都没和陆迟说过几句话，现在有一次正式的见面也不错，看他们两个人现在的恋爱态度，估计能顺利走到毕业。

第十七章 芭乐提

虽然想是这么想,但谁也预料不到以后的事情,蒋秋欢也只是想看看现在的陆迟是什么样的。事关女儿,她总得亲眼见到,才能放心。

唐尤为也从楼上走下来,好奇地问:"谁要来啊,大过年的?"

唐茵凑过去说:"你女婿。"

唐尤为点头道:"哦,我女婿……陆迟今天要来?他怎么现在不进来啊,还在外面吗?"

看他终于反应过来,唐茵忍不住大笑。

笑了好一会儿,唐茵才给唐尤为解释:"陆迟说等我们吃过年夜饭再来。"

唐尤为对陆迟的印象很好,他说:"一起吃顿饭也没什么,这孩子怎么这么倔呢。"

不过也是,那孩子恐怕是心里紧张吧。

孙姨已经上菜了,看年夜饭已经好了,他们便没再讨论,乖乖地拿着碗筷去帮孙姨忙。唐茵趁机给陆迟发了一条消息——

爸妈都在等你过来,嘿嘿嘿。

她特地省了"我"字,反正以后他们就是一家人了,陆迟想跑也跑不了。

没过一会儿,陆迟回复了——

很快。

唐昀敲她的头:"还玩?吃饭了。"

唐茵瞪他一眼,不客气地说:"你别失恋了就来打扰我谈恋爱。"

唐昀:他真是要被气成河豚了。

唐茵一家上桌吃饭前,春晚才刚开始。为了热闹,唐昀开了电视,从餐厅这边也能看到一点画面。虽然春晚的节目很无聊,不过听着春晚的声音,就很有过年的氛围感,很舒服。

桌上摆了很多样菜,每一样都是家里人喜欢的,每一道菜,还有各种各样的寓意。

唐茵在外上学,虽然吃得不错,但总归是比不上家里的饭菜对她胃口,因而今晚就是她大饱口福的时候。

唐昀甚至还摸出一瓶红酒来,他将红酒兑上雪碧,趁机给每个人都倒了一杯。

吃完饭,已经九点多了。

家里开着空调,温度很高,所以唐茵就没再穿厚衣服了。她躺在沙发上盯着春晚看了一会儿,摸着圆滚滚的肚子,给陆迟发消息。

唐唐唐:吃完啦。

陆迟收了手机,回头说:"妈,我出去了。"

王子艳的手停顿了一下,露出一个笑容:"去吧,礼貌一点,别留下坏印象。"

等陆迟离开后,家里完全静了下来。他们家的晚饭只有两个人吃,桌上的菜很多,看着却很冷清,陆迟不是多话的性子,王子艳也不会没事找话,因此一顿饭吃得很安静。

别人家里都在欢欢喜喜地过年,他们家的两人,勉强算得上欢欢喜喜……起码没有糟心事。

王子艳笑了笑,继续看春晚。

第十八章

热红酒

CHAPTER 18

陆迟到唐茵家楼底下的时候，已经九点四十多了。

外面的天空被烟花照亮，五颜六色的，时不时传来一阵炮响声。

唐茵跑到门口来接他，一见他，冲上去就是一顿亲。

陆迟任她如此热情，等唐茵亲完后，他耐心地问："不是要进去吗？"

唐茵回神，又踮脚凑上去亲了一下陆迟。她的嘴唇有点凉，但陆迟的脸上是温热的。

陆迟目光中带着不易察觉的缱绻。

唐茵随后点点头："进进进。"

院子里落了雪，还没有被扫掉，踩起来咯吱咯吱的，但在爆竹声彻响的黑夜里，这声音不算明显。

临开门前，唐茵忍不住说："如果我哥给你脸色看，你就别管他，他最近失恋了，脾气不好。"

陆迟乖乖应道："好。"

他脑海里不禁浮现出很久以前他见到唐昀的场景，不过……陆迟低头看着唐茵开门，因为弯腰的动作，她的脖颈露出了一片雪白，陆迟的喉结滚动了几下，又若无其事地移开了视线。

第十八章 热红酒

唐茵扭头说:"这里有鞋。"说着,她顺手抽了一双棉拖出来。

陆迟听话地换上。

蒋秋欢和唐尤为都正襟危坐地坐在沙发上,他们两人都想看看半年不见的陆迟现在是什么样子。

陆迟跟着唐茵往客厅走,心里升起突如其来的紧张。要是唐校长不满意他,唐茵肯定拗不过她爸爸的,那以后他和唐茵的感情,也不会好到哪里去的。

他深知没有父母祝福的婚姻是什么样子的。

唐茵拉着陆迟的手往客厅走,到了客厅,她正正经经地介绍道:"爸、妈,这是陆迟,我男朋友。"

唐昀咳嗽了一声,却被唐茵瞪了一眼。

陆迟将礼物放在茶几上,挺拔地站着,不卑不亢道:"叔叔、阿姨。不好意思,今天打扰了。"

唐尤为和蒋秋欢都认识他,两人看似正襟危坐,其实也就是做做样子。

没过一会儿,唐尤为和蒋秋欢就恢复到了平常的样子。唐家人都不是特别规矩的人,他们在家里就比较随意。

直到最后,唐尤为突然说:"陆迟,你和我来一下。"

说完,他就起身往书房那边走。

唐茵刚要站起来,却被蒋秋欢拉住:"你爸要和陆迟单独聊聊,你去凑什么热闹。"

陆迟看了唐茵一眼,示意他没什么事,随后跟在唐尤为后面去了书房。

有什么好说的啊,唐茵想跟着去偷听。

结果还没走几步,她就又被蒋秋欢拦住了:"小心被你爸发现。赶紧跟我去帮你孙姨洗碗。"

孙姨早上在家吃完年夜饭后,就来这边帮忙了。孙姨做事情十分细致,蒋秋欢对她很满意,所以她干活儿时,蒋秋欢一般也会搭一把手。

"让我看看。"唐茵跑去书房门口,耳朵贴着书房门听了好一会儿,发现真的听不到任何声音后,她才沮丧地去了厨房。

孙姨正在洗盘子,看她进来,笑着说:"茵茵怎么啦?"

唐茵立刻换上笑容,道:"我来帮您洗碗。"

家里总共就几个人,碗不多,其他的盘子也不是很多,唐茵一人独占了一个水池,边洗边在想,自家老爸到底要和陆迟说什么。他肯定是满意陆迟的,毕竟陆迟性格好,成绩好,还很乖巧,是大人眼中的好孩子。

唯一不好的,恐怕就是陆迟的家庭了。

唐尤为自始至终都知道陆家的事,当初陆迟刚转学过来时,他就了解了陆迟家里的状况,后来陆迟的父母离婚,动静不小,自然也就有些传言传出来。

不过幸好,陆迟没长歪。

唐茵的碗洗完的时候,两人终于出来了。

唐尤为走在前面,表情很正常;陆迟走在唐尤为身后,表情也很正常。

唐茵看了半天,也没发现有什么奇怪的地方。

沙发上的唐昀一骨碌爬起来,要拉着陆迟说道说道,却被蒋秋欢一巴掌挥去了房间。

第十八章 热红酒

之后,蒋秋欢找了个饭后散步的借口,拉着唐尤为去外面晃悠了,因此,这会儿的客厅,只剩下了陆迟和唐茵两个人。

唐茵忍不住问:"唐校长跟你讲什么了啊?"

一想到他们两人背着她说悄悄话,她心里抓耳挠腮地想,想偷听又偷听不到的感觉真的很让人难受。

陆迟抿着唇,不告诉她。

唐茵伸手挠他。冬天的衣服厚,她挠了半天也没什么用,最后,唐茵主动撒了手。她想了一会儿,又凑上去说:"要不要去我房间啊?"

陆迟扭头,脑子顿了顿,一时没回答出来。

唐茵又靠近了一点陆迟,调侃道:"放心,家里还有我哥那个灯泡,我不会对你做什么的。"

陆迟闻言,一阵沉默。

唐茵小声问:"去不去?去不去?"

陆迟低着头,想了想,终于应道:"好。"

陆迟一进房间,就被唐茵屋子里那大大的海绵宝宝惊到了。他从来没见过天花板被弄成这个样子的,还正对着床。

唐茵问:"好看吧?"

陆迟说:"……好看。"

他怕自己说出来"不好看"三个字,唐茵会不开心,当然这天花板也不丑,就是太黄了……

唐茵走在他后面,然后说:"现在就剩我们两个了!"

唐茵拉着陆迟,两个人双双倒在柔软的毛毯上。

他们两个人并排躺着,房间一时安静,不过外面的脚步声打断了这种气氛。

陆迟从地上爬起来,轻轻咳了一声,然后低声说:"我该……回去了。"

唐茵有点不舍,但她看了一眼柜上的钟表,已经快十一点了,等他回到家,肯定都半夜了。

时间的确不早了,她也不能强求,只好苦兮兮地说:"好吧,我送你出去。"

两个人下了楼,蒋秋欢和唐尤为已经回来了,他们看陆迟要走,礼貌性地口头挽留了一下。

陆迟矜持地告别,和唐茵一前一后地出了门。

唐茵说:"回去记得想我。"

陆迟忽然低头,在她额头上亲了一下,说:"好。"

这句话她说过很多遍了,每一次分开的时候,她总是要叮嘱一下。

年过后没多久,唐茵和陆迟就一起回了学校。

第二学期,面对上课,唐茵比上学期游刃有余多了,空闲的时间,她总是跑去医学院找陆迟。

陆迟班里有不少女生都盼着陆迟和她分手,结果新学期一来,唐茵和陆迟的关系依旧好得不得了。

唐茵乐得去陆迟的教室听课,她和几个老师都混眼熟了。这种直截了当告诉别人陆迟有主了的感觉,让她的心情很愉快,只不过,唐茵没想到,就在她这样高频率刷脸的情况下,还是有人看上了陆迟,天天找法子约他出去。

第十八章 热红酒

医学院下学期的课改了很多,陆迟终于也有了偶尔一两天没课的日子。

但陆迟空闲的这一两天,总是会和唐茵的周末错开。

所以,在这样的时间分布下,陆迟一般会在图书馆里待一上午,或是一下午,然后等下课时间快到了,再去外语学院接唐茵。

第二学期过了大半,唐茵和陆迟都是这么相处的。

讲台上的口语老师说:"让你们出去做任务,还不开心呢。今天晚上把结果发到我的邮箱,迟了的就算这次作业没有做,平时分就扣了。"

说完,他就离开了教室。

所谓任务,是指口语老师给他们的那张纸上列的将近二十条内容,学生们要从中选出至少五条,完成后用手机拍照片,晚上发到口语老师的邮箱。

唐茵将书收起来,和赵乐说:"我先去图书馆,乐乐你先走吧。"

赵乐露出意味深长的表情:"呦呦呦,去找你家医生啊,行行。那我就先去食堂了,我看这任务里有个食堂呢。"

唐茵点点头,和她在教学楼下分开。

现在也不是期末考试周,图书馆里的人不多,唐茵提前问了陆迟在哪,所以很容易就找到了陆迟。只是,她没想到,一进去就看到陆迟对面坐了一个女生。

陆迟正在低着头看书记笔记,似乎没有意识到对面的情况,他甚至一点也没察觉到对面的女生在看他。

唐茵挑眉,那女生她也见过,她现在和陆迟班上的不少人都混了个眼熟，偶尔还会分享零食给坐在陆迟周围的一些女生。久而久之，那些女生就和她混熟了，会告诉唐茵一些之前她不知道的事，包括是否有人喜欢上了陆迟等。

而这个女生，正是传言中陆迟的追求者。

唐茵当初第一次见她，还是那女生找陆迟借东西时，但当时陆迟直截了当地回绝了，所以唐茵没当回事。

后来陆迟班上的女生跟唐茵说，那女生是他们专业高一届的学姐，有门专业课考试不及格，补考也没过，所以到他们班重修，就喜欢上了陆迟。那女生没事干的时候就找陆迟说话，还特意给陆迟带吃的东西。当然，陆迟从没回应过她，但那个学姐见此，却越挫越勇，追求的攻势越发猛烈。

唐茵这学期去陆迟教室的次数很多，但是还没有碰上过那个学姐。只是唐茵没想到，今天会在这里碰上她。

于欣欣翻着手上的书，眼睛却在看对面的人。

一开始她还挺讨厌自己的补考没有过的，但是没想到自己选择旁听的这个班上居然有这么好看的人。虽然她见过好看的男生也挺多的，但都没有陆迟让她心动。

第一次进教室的时候，她就注意到了陆迟。那时候她只是单纯地欣赏他，并没有多余的想法，后来随着上课的时间越来越多，学期过半的时候，她就发现自己动心了，每天都想看到他。

想到这里，于欣欣看了一眼时间，发现已经十一点了。

她对着镜子整理了一下妆容，然后小声说："陆迟，都十一点了，一起去吃个饭吧？"

陆迟终于从书中抬头，眼中有隐隐的不耐烦，但还是礼貌地开

第十八章 热红酒

口:"不好意思,学姐,我等女朋友。"

他觉得自己的意思已经表达得足够清楚了。

听他这么回答,于欣欣的表情不太好,但她还是开口说:"学姐请你吃个饭,你都不给面子,不去?"

陆迟放下笔,说:"不好意思,学姐,我要做题。"

于欣欣顿住,沉默着不知如何回应。

不远处的唐茵差点没笑出声来,陆迟的回答也出乎她的意料,看那学姐吃瘪,她还挺开心的。都知道对方有女朋友了,还死追着不放,也不知道是什么心理。

唐茵走过去,坐在陆迟边上,挽住他的胳膊,替他开口:"不好意思啊,学姐,我男朋友要陪我吃饭。"

看到她来,陆迟的脸色好看了一点。

于欣欣没说出话来,她收拾好表情,笑了笑,说:"既然学妹都这么说了,那就算了,下次有机会再一起吃饭。"

她收好书,起身要走。

陆迟也侧脸和唐茵说:"我们也走?"

"等一会儿。"唐茵贴在他耳边,小声地跟他说,"我决定要一劳永逸。"

陆迟不知道她要做什么,但也没阻止她,乖乖应道:"好。"

唐茵笑笑,撑着下巴,盯着于欣欣,慢条斯理地说:"学姐,那可真是不行了,从今以后陆迟都要和女朋友一起吃饭。"她又继续说,"学姐,你不止一次约我男朋友了吧?不觉得需要避避嫌吗?"

于欣欣还没回答,唐茵的下一句话已经出来了:"尤其……是我不在的时候。"

这话说得已经足够清楚了,她挑着一双精致的眼睛盯着于欣欣。

于欣欣一时间愣在那里,顿时觉得自己在唐茵面前无所遁形,半天没说出话来。

良久,于欣欣白着一张脸离开。她刚才被唐茵说得连句完整话也没说出来,但陆迟一点也没有为她解围的意思,那个瞬间,她突然就懂了。

唐茵道:"以后不许和她说话。"

陆迟有点委屈:"没和她说过话。"

唐茵点点头,捏着他的手:"继续保持。"

两个人并肩离开了图书馆,他们在路上还是碰见了于欣欣,只不过这次,她主动避开了唐茵和陆迟,估计也是怕唐茵再说她吧。

唐茵觉得,在学校里的日子似乎过得格外慢,但有时转头回顾,她又觉得时间过得飞快,快得让人吃惊。

虽然外语学院的女生多,但唐茵还是很快有了名气。

也许是她性格张扬,也许因为她在篮球队里打球,总之就算在女生圈里,唐茵也有着不少的迷妹。她在篮球场打球的时候,总有女生偷偷看她,甚至给她递水。

而在医学院那边,唐茵更是出名。

陆迟上了大学后,就再也没有戴过眼镜,因为面容优秀,他被公认是医学院的院草。面对帅哥,医学院里有不少女生都蠢蠢欲动,有围观他的,有想和他恋爱的……

但某天,这两位美女帅哥,却被人拍到他们在空无一人的教室里接吻。

偷拍者把这张照片传到了校内论坛,一石激起千层浪,贴着照片

第十八章 热红酒

的帖子立刻被顶成了热帖，因为这事，有人甚至找到了嘉水私立中学的贴吧，翻出了唐茵和陆迟高中的视频。

看过那些视频后，大家纷纷留言——

我从来没想过，原来高中还可以这么过……我上的一定是个假高中，假学校！

这样想想，人家现在够低调了，哈哈哈哈！没想到他们以前干过这么惊天动地的事，突然想粉。

看完视频我就想，我要是陆迟我也会喜欢唐茵，她这性格，不喜欢也不正常啊！

想每天看他们的恋爱日常，想被喂狗粮……这才是真正的恋爱啊！我男朋友是渣渣，踢走！

我能说和陆迟一个教室，天天都能看到粉红泡泡吗……想把我男朋友换成唐茵，好会撩啊。

…………

此事过后，唐茵和陆迟这对情侣一下子就在S大火了。

唐茵大二下学期的时候，张媛和林路两个人因为毕业和实习的事要退出篮球队，所以队里给她们办了一个欢送会。

欢送会允许拖家带口。

以林路的话来说就是："你家医生的眼睛都黏在你身上了，当然要叫，不然……"

外语学院一枝花和医学院一根草的搭配，如今人人都知道，唐茵和陆迟走在路上，都能被人拍照。

唐茵只是问:"你们都带吗?"

林路说:"当然啦,他们也算送送我们吧,毕竟每次打篮球都能看到他们呢。"

队员们都是女生,女朋友打球赛,男朋友怎么敢不到?就这么一来二去的,篮球队里所有队员的男朋友都互相认识,甚至熟得可以打牌了。

唐茵点点头:"我问问他,如果他没事的话。"

张媛笑笑说:"知道他很忙,不来也没事。"

医学生的忙碌她们都清楚,唐茵每次都要去医学院那边找陆迟,而陆迟的大部分时间,要么待在教室,要么待在实验室。

尽管陆迟很忙,但唐茵和陆迟的相处还是让她们非常羡慕。他们两人身体力行地告诉她们,情侣之间,就算不吵架也可以过一辈子。

从篮球队里回来后,唐茵给陆迟发了一条消息——

今天晚上有欢送会,你要不要来?

陆迟没有回复。唐茵皱着眉头想了想,猜测陆迟可能是在实验室。现在他在实验室的时间越来越长,他们专业的老师非常喜欢他,下课后也会把他多留一阵。

太阳还没落山。

下课时间,医学院里的学生很少,只能看到几个,唐茵直接去了实验室所在的那层楼。

果不其然,她看到了陆迟。

实验室里还有一个老师,年纪已经很大了,是被特聘回来的。唐

第十八章 热红酒

茵每次听他的课，都会被叫起来回答问题……一开始她还能答上来，后来就只能靠陆迟给答案才能回答。

老师收了东西后，叮嘱陆迟道："你整理好之后，把钥匙放在我的储物柜里，我明天会用。"

陆迟应道："好，老师慢走。"

唐茵站在门口，也和老师打招呼："老师慢走。"

老师笑笑，对她说："小丫头又来找陆迟啊，是不是我又放学迟了？"

唐茵哪敢这么说："没有，没有。"

等老师走后，她立马进了实验室。里面只有陆迟一个人了，他的桌子上摆放着一些工具，都是需要处理的。

陆迟扭头对唐茵说："你再等等。"

他必须把所有的工具收拾好才能离开，老师将这件事交给他，是器重他，他不能粗心对待，但看唐茵来了，陆迟收拾的动作快了不少。

陆迟穿着干净的白大褂，衣袖里露出来的那双手，修长、白皙、骨节分明，好看得要命。

唐茵舔了舔唇，道："我给你发消息你没回，我就直接来了。"

陆迟顿了一下："我会快点的。"

他认真的语气逗笑了唐茵，唐茵道："你急什么呀？我又不着急，慢慢收拾就是。"

实验室里的标本很多，唐茵一眼看过去，感觉阴森森的，也不知道那些晚上上课的医学生们是怎么听下去的。难怪还有那么多鬼故事以医学院为基础呢。

陆迟收拾好东西后，太阳已经消失了，只有一点点云霞留在天空上，将天映出一片火红色。

陆迟走在唐茵边上，说："我送你回去。"

唐茵挽住他："我就是来找你的，送我回去做什么？今天晚上是队长她们的欢送会，大家都带男朋友去，所以你要是有空的话，也去。"

她说完这句话，陆迟点了点头："好。"

唐茵立刻凑上去亲了他一口。

晚上八点的时候，唐茵和陆迟两个人到了门口。

张媛她们本来是准备先吃饭的，但后来又临时决定直接把吃的叫到KTV里面去，一边唱一边吃烧烤，最自在了。

唐茵叮嘱道："今天不许喝酒。"

陆迟迟疑了一下，问："喝酒会有什么后果？"

唐茵拖长了音，意味深长地说："以后你就知道了，反正今天不许喝。"

陆迟张了张嘴，还是说："好。"

都听她的。

包厢里已经来了不少人，几个男生正坐在一起打牌喝酒，女生们则在另一旁占着话筒唱歌。

房间里歌声与口哨声齐飞。包厢里面灯光很暗，一时间陆迟也看不清人。

张媛从女生堆里出来，拉住唐茵："小两口来了。来来来，让陆迟和他们男的一块，你来和我们唱歌。"

林路也用大嗓门喊："唐茵来了！快过来嗨上一首，不嗨不

第十八章 热红酒

是人!"

几个女生一下子起哄起来。

陆迟松开她的手,低头在她耳边说:"你去吧。"

唐茵的耳朵动了动,听话地点点头,叮嘱道:"那你小心点……不许喝酒。"

张媛一把拉过她:"还说什么悄悄话,赶紧过来。陆迟你和男生一起吧,他们在打牌。"

林路整个人已经喝得有些醉了,整个人又叫又唱的,十分激动。

唐茵偶尔喝两口酒,更多时候都在听她们唱歌。

过了好一会儿,张媛才放开话筒,挤到沙发上,说:"咱们这待会儿还有一个人呢。"

唐茵看了一眼四周:队里的人都到齐了,还有谁?

"方铭和那贼小子,这次不让他出血不给走。看他上次把我们打的那样,气死我了。"林路叫道。

前不久她们和方铭和的队打了一场练习赛,输得惨不忍睹,毕竟男生们的体力远超她们,而且他们的身高也很有优势。

张媛也跟着说:"坑他一笔,让他喝几杯。"

话音刚落,包厢的门就被推开了,方铭和高大阳光的身影出现在门口。

坐在包厢里的陆迟眼睛微眯,心情陡然下落。

方铭和在包厢里扫视了一圈,对上陆迟的目光,顿了一下,轻轻一笑:"都到了?就缺我一个?"

张媛说:"你还有脸说。"

方铭和也不气,顺手拿过男生桌上干净的杯子:"我自罚三杯,行吧。"

说完他就豪爽地干了三小杯。

包厢里的气氛瞬间被方铭和的这一举动弄上了高潮,唯有陆迟静静地坐在角落,一言不发。

唐茵抿了抿唇,她不是太喜欢这个隔壁学校的学长,感觉有时候这人特别奇怪。

人到齐了,大家就自动变成了一桌,唐茵顺势坐到了陆迟边上。隔壁烧烤店叫来的外卖摆满了一整桌。

方铭和坐在唐茵他们对面,很快就和旁边的人聊到了一起。

陆迟兴致不高,他本来就是喜静的性子,而且这周围的几个男生和他熟悉的并不多,多数只是点头之交。

唐茵小声地说:"下次不来了。"

勉强他过来,最后还是自己心疼,他也是受罪。

陆迟转了转眼珠,看到方铭和正看着这里,微微垂眼,应道:"好。"

唐茵钩住陆迟的手指,两个人的手在桌子底下绕来绕去,一点也没被旁边疯疯癫癫的林路打扰。

玩了一会儿,唐茵突然说:"你知道上一次你醉酒说了什么吗?是不是特别好奇?"

大家玩得太过火,筷子掉在了地上。

方铭和谢绝了旁边人的酒,弯腰去捡筷子,不出意外地就看到唐茵和陆迟两个人钩在一起的手,他若无其事地起身吃烧烤。

他旁边的人问:"怎么这么沉默?来来来,喝酒!"

方铭和视线滑过与周围氛围格格不入的两个人,只觉得自己的眼

第十八章 热红酒

睛快要瞎了。这两人真是无时无刻不在腻歪,他们学校论坛上说的一点都没错。

陆迟夹了一道茄子放在唐茵的碗里,"嗯"了一声,慢条斯理地问:"说了什么?"

他也很好奇来着。

唐茵钩过他脖子,因为旁边有歌声,所以她微微放大了声音,也不怕别人听到,她说:"我特别、特别喜欢你。"

此时,恰好切换新歌,包厢里一片安静。

耳尖的众人齐刷刷地扭头看着两个人,好半天都没回过神来,直到音乐声再起。

陆迟也一愣:这是他说过的话吗?不过现在显然不是疑问的时候。看他们都在看自己,他索性揽住了唐茵的腰,扬了扬唇角,轻轻应道:"我知道。"

在别人的眼睛里,这种动作那就是妥妥的秀恩爱。

张媛率先出声:"咳,唐茵你告白也不要在我们面前吗?欺负我说不出这种话吗?"

林路还不甚清醒:"我刚刚听到了什么?!唐茵你居然当着我们的面说这么肉麻的话,该喝一杯才行!"

她歪歪扭扭地拿了一个干净的空杯子。其他人也跟着起哄。

陆迟手腕的力道微微加重,如墨的眼睛盯着唐茵。灯光下,他眼尾稍扬,眉眼被灯光照得精致深邃。

唐茵才反应过来,只能跟着应道:"嗯,我错了……我不该说这么肉麻的话……"

她掐了一下陆迟的手心,这明明是他说的,怎么就变成她说的了呢?

大三上学期,课程渐渐变少,唐茵一个星期只有三四天有课,她的生活也变得更加惬意起来。而且不在学校内住宿,生活要好上许多,不管是卫生还是其他方面,都非常舒适,也没人打扰她。

就在大多数同学都在谈恋爱的时候,院里组织了支教的活动。

虽然商务英语属于非师范类专业,但还是有支教名额的,而且这是个让人锻炼的机会,对参加者也没什么要求,只要平时成绩差不多就好。

唐茵也报了名,名单下来后,上面果然有她的名字。

她和赵乐被分配到一个叫五元村的一个地方,需要支教半个月。

首都的经济自然是发达的,但国家这么大,总有贫穷的地方,而这些地方就是他们需要支教的学校所在。

唐茵在网上查了一下,五元村的留守老人和留守儿童居多,之前还上过社会新闻。这个村子和旁边的两个村子共用一个学校,小学每个年级只有两个班,可以说是人非常少了。

赵乐是天生的乐天派:"唐茵,你和没和你家医生说啊?这大半个月见不到面不得急死。"

如今已经是大三了,两年的时间让赵乐清楚地知道,自己这同学,天天日子过得,旁人看了牙齿都要酸掉了。

唐茵背着光,但整个人都似乎闪耀了起来。

赵乐正喝着一口水,就听到她说:"他会同意的。"

赵乐想的是,当然同意了,什么时候不同意过。她说:"你家医生舍不得你吃苦,去农村要半个月没空调,没 Wi-Fi,也许还没信号呢。"

第十八章 热红酒

唐茵没说话，只是笑了笑。

讲台上的负责人正在说一些支教的情况，会议结束后，唐茵便直接去了医学院。

现在是晚上八点，教学楼内还有不少班级在上课，很多灯都亮着。医学院那边，学生们更是经常晚上去实验室，更有甚者，老师为了锻炼他们的胆量，特意选在晚上去上解剖课。

等实验室的人都走完后，唐茵才走进去，陆迟正在收拾东西。

她在旁边找了个位置，瞥了几眼眼前的人体模型，说："陆迟，我申请了支教，后天走，为期半个月。"

陆迟整理东西的手停顿下来，他转过身看着对面的人，一双黑黝黝的眸子乍一看，有些瘆人。

唐茵有点心虚："就十几天。"

陆迟终究是叹了口气："为什么早不说？"

唐茵小声说："怕你不开心。"

陆迟放下手中的东西，走到她身边，盯着她的眼睛，沉声道："我不会生气的。"

唐茵绕过眼前的模型，到了陆迟旁边，笑着说："那我就当你同意了。我不在的这些天，你不许和别的女生走近，不许……"

她一连说了好几个不许，陆迟沉默地听着。

只是随着时间的流逝，他心里就像是燃起了一把火，越燃越燥，他整个人都要烧起来了，这让他感觉很不舒服。

陆迟看着她开开合合的唇，喉结微动。行动大过想法，他将唐茵桎梏在身后的玻璃柜上，俯身去亲吻她。

唐茵有点怔愣，嘴唇微张。

冰冷的实验室内只有他们两个人。

陆迟吻完，将唐茵的头按在自己的肩膀上，沉沉地开口："下次不要这样了。"

他会担心。

唐茵趴在他的肩膀上，声音闷闷的："好。"

外语学院的学生们出发去支教的那天，天气阴凉，这让不少人都松了口气。

负责人租了大巴车。去五元村支教的有三个人，唐茵和赵乐两个女生，还有一个师范英语专业的男生，长得人高马大的，名字恰好叫马高。

大巴车一路从市区开到郊区，颠簸了将近一个小时，终于停在了土路上。

赵乐趴在窗户上哀号："我的妈呀，第一次经历这么颠簸的路，胃都要吐出来了。"

唐茵感觉还好："早让你带话梅你不带。"

赵乐苦着脸："我哪想到啊，幸好到了。"

马高一个男生，经历了这一路颠簸后，脸色也惨白惨白的。他一句话也说不出来，下车就到边上去吐了。

村里的人很开心有过来教课的老师，不管是支教还是什么，对他们来说有老师就是好的。

唐茵和赵乐下车的时候，五元村的一群孩子和几个老人站在村口，脸上全是笑意，这让他们受宠若惊。

孩子们是真的小，衣服虽然没打补丁，但也算不上新。他们的眼睛看上去黑亮黑亮的，精神头很好。

第十八章 热红酒

村主任为了欢迎他们,给他们准备了一顿饭。

在五元村,村主任准备的饭菜已经算得上是豪华餐了。对唐茵和赵乐来说,那顿饭虽然卫生有点差,但可以接受,毕竟这是尽村里最大能力准备出的饭了。

下午的时候,唐茵、赵乐和马高去学校参观了一下。

学校建设得算是村里比较好的了,该有的还是有,只不过和市区的学校相比,差距非常大。

第二天正式开始上课。唐茵教的是五年级的英语。她长得漂亮,声音好听,一个班的孩子们都喜欢她,上课听得非常认真。

一连十天的支教生活过去,唐茵感觉自己都要融入这个平静的小村庄了。

村里的信号不好,只有村口的小坡上的信号稍微好点,虽然这个好也很差,但至少能发微信。第十二天的傍晚,唐茵照例在小破上蹲着。

赵乐端了杯水,走过去说:"又给你家医生发消息呢。喏,水。"

唐茵接过杯子,笑着说:"谢啦。今天下午听说马高把一个小女生吓哭了,是不是?"

赵乐也跟着笑:"他长得人高马大的,表情一严肃就有点吓人,他教的又是三年级,吓哭很正常。他还很无措呢,哈哈哈。"

手机振动了一下,是陆迟的回复——

注意安全。

唐茵端着水杯,正要回复,但一个颠簸,水洒在了小坡上,她站起来赶紧抖掉身上的水。

没想到赵乐突然歪了一下。捏住了她的胳膊。

下一刻,她们两个人都歪了一下,唐茵心头突然涌上不安,她杯子里的水已经洒光了,她问:"是不是地在抖?"

赵乐用颤颤巍巍的声音回答:"好像是……"

像是幻觉一样的,刚才的抖动感又消失了,两个人都松了一口气,突然不知道该说什么。

下一刻,一阵猛然的颤动直接将两个人从小坡上掀了下来。

唐茵将杯子扔在一边,又把自己的手机递给赵乐,然后说:"你找个空地待着,我去村子里通知其他人。"

赵乐被吓得说不出话来,只能听唐茵的话,跑到了旁边的空地上。唐茵的手机屏幕还亮着,上面显示着一条消息。

陆陆陆:今晚吃得还好么?

赵乐看了一眼已经跑到村子里的唐茵,她抖着手发了一行字出去——

陆医生,地震了。

她正要输入"唐茵"二字,旁边的地就裂开了一道缝,吓得她几乎立刻就跑到了另外一边。手机不知道什么时候被她关了,没有密码,她也打不开。

唐茵边跑边喊道:"地震了!"

第十八章 热红酒

有小孩正在门口玩,惊慌失措地叫起来。唐茵一手拽过小孩,喊:"都去村口那边的空地上!赵老师在那边!"

村子不大,马高从村尾那边跑过来。他刚刚还在逗小孩玩,这会儿反应过来后,道:"唐茵,你们没事吧?"

唐茵摇头:"村子里其他人呢?"

马高说:"我刚刚喊了,还有几个在田那边。"

田野那边很空旷,比这里好。说着,他们几个人差点站不稳当,要不是互相拉着,早就倒在地上了。

村子里的孩子不多,他们一个两个地跑出来,都知道要往大人身边跑。不多时,唐茵身边就聚集了一大群孩子。

"你先带他们去村口那边,赵乐在那儿,我去找找有没有其他人。"唐茵当机立断。

马高犹豫:"我去找,你带他们去。"

来不及争执,唐茵直接将几个孩子的手放在马高手里,然后朝村里奔了过去。好在现在震感还不是太大,她一家一户地看过去,很快就看完了整个村子,村子里的人已经跑得差不多了。

但村里还有一个婴儿。那孩子才刚刚出生几个月,还没断奶,他妈妈下午去隔壁村子了,现在他家里就奶奶在,肯定还没走。

唐茵猜得没错。她跑到那户人家的时候,房子已经塌了一半了,四周都是乱糟糟的声音,老人抱着孩子站在外面,正在颤颤巍巍地走。

她一把抱过孩子,正巧马高也返回了,他将老人背起来,两个人结伴去了村口。

村口的空地上坐着几乎整个五元村的人。

村主任今天不在家。唐茵的记忆力挺好的,她一个一个地点人,除却那些不在家的,人都齐着。

唐茵抱着一个哭个不停的孩子,一边哄一边问:"赵乐,报警了没?"

赵乐点头,结结巴巴地说:"报了,他们说马上就到,让我们先注意安全。"

接着,就像看灾难大片一样,一座房子倒了,几乎是一瞬间,其他的房子也全塌了,一时间,哗啦啦的声音不断传来,震耳欲聋,顷刻间灰尘遍地。

一个原本祥和的村子就这么毁灭了。

伴随着各种闪电和惊雷,地面颤抖得愈加频繁,一次接着一次,地面上的裂缝被拉扯得更大了。

没过多久,天又开始下雨了,后来变成了暴雨,空地上的孩子们冷得发抖,但个个都坚强地没哭。

唐茵在周围看了一圈,发现了一块很大的塑料膜,听说以前是用来盖菜地的,后来被废弃了。

她拉着马高捡了一些半人高的树枝,把塑料膜顶在树枝上方,勉强支出一方小天地,虽然漏风,但好歹能挡雨,几个大点的孩子和他们轮流撑着树枝。

他们所在的地方一片泥泞。唐茵第一次这么狼狈,她的头发被雨水打湿了,黏在脸上,又痒又难受,她的掌心还有被树枝磨破的痕迹。

外面的天已经黑了下来,这边还有手机亮着微弱的光,也不知道救援什么时候能到。

第十八章 热红酒

赵乐挤到唐茵身边，小声地说："唐茵，之前你家医生发过来消息，你又跑进村子里了，我就回了一句。"

唐茵声音有点哑："我知道。没事。"

她也会想，陆迟是会来，还是不会来，现在他是在担心她，然后急得要死吗？唐茵嗤笑了一下，想那么多没用的做什么。

手机已经完全没信号了，她下午充满的电量此刻还剩百分之八十，应该可以坚持一段时间。

麻烦的是这些才这么点大的孩子，一晚上又淋雨又受凉，第二天绝对会发烧的。

赵乐弱弱地开口："谁知道突然会地震呢……虽然现在已经停了，但我还不敢放松下来，生怕有余震……"

她从小生活安定，没经历过地震洪水这样的天灾，一时间完全反应不过来，唐茵就像是在她前面顶着天一样。

唐茵捏了捏她的手腕，道："我也没遇到过。不过幸好这次留在村子里的暂时没人受伤……"

身后有小手推她："唐老师，后面有灯。"

唐茵从塑料布里面钻出来，果然看到那边在逐渐接近的光，她心里的大石头一下子落下了。

她最怕的就是旁边的山突然滑坡，到时候救援人员进来肯定非常麻烦，现在这样看，外面的路况应该还是好的。

几分钟后，消防员、警察和医护人员都来了，救援人员甚至开来了一辆挖掘机。唐茵迅速上前，向救援人员说明了这里的情况。

道路泥泞得厉害，唐茵一脚踩下去就陷进了坑里，半天才拔出来，还带起了满鞋子的泥浆。周围到处是忙碌的人，灯光一会儿这边亮,一会儿那边亮,雨又下得大,她的眼睛有点疼,要眯起来才能看清一点东西。

恍惚间,她的肩膀被人紧紧地捏住,力道很大,熟悉的味道窜入鼻尖,然后她就失去了意识。

唐茵醒来后看到的是陆迟,下意识地抱住他:"我差点以为见不到你了。"

露出拍着她的后背,"不会的,我一直在。

支教因为这件事戛然而止,唐茵后来还和陆迟一起捐款,帮助五元村重建。

不久后,他们进入大四。陆迟从理论知识学到实际应用,然后进了实验室,学了解剖,学了很多唐茵意想不到的东西。她偶尔去找陆迟的时候,会看到他穿着白大褂面无表情地认真练习着技术。他的一切都那么完美,就如同小说里描述的那样。

唐茵喜欢陆迟全心学医的样子,矜贵得叫她移不开眼。假如给她时间,她能盯着陆迟看一整天都不嫌烦。

而她和陆迟的恋情也逐渐变得广为人知。自从于欣欣的事情不知道被谁泄露出去后,就没人敢在招惹陆迟了,毕竟谁也不想被说得那么难听……虽然一个脏字也没有。

唐茵退了篮球队,认识的学姐们都毕业了,里面来来去去的都是新人,她谁也不认识,自然对篮球队也没了兴趣。

临近毕业,唐茵没选择考研,而是直接去做了实习。她找了一家名气很大的跨国公司,她相信,以她自己的能力,能在一段时间内混到正职。实习结束时,她果然转了正,顺利当上了翻译。

结束学校里的论文答辩后,唐茵去实验室找陆迟。

第十八章　热红酒

与陆迟同班的女生看到她，都笑着和她打招呼："唐茵，陆迟在里面呢。"

她们和唐茵都很熟悉了，一开始她们都以为唐茵和陆迟会很快分手，没想到现在四年都快过去了，他们两个人甚至都没有过一点吵架的迹象，这让她们吃惊。

都说没有吵架的恋爱是走不到最后的，她们也觉得如此，可唐茵和陆迟两个人打破了她们的想法。在她们记忆中，这两人唯一的一次吵架，大概是陆迟不同意和唐茵在毕业前同居。但仔细想想，他们的吵架似乎都不算吵架。

而最令她们艳羡的是，陆迟对唐茵几乎百呼百应，从不拈花惹草。

她们都觉得，唐茵和陆迟恐怕毕业后就会结婚。

唐茵朝她们笑笑。

实验室周围平时是不准人进去的，现在趁着下课的机会，她才能进去待一会儿，不然其他时间进去，她绝对会被赶出来的。

陆迟正在讲台上和老师说着什么，他认真的眼睛澄澈透亮，像是黑夜里的星星。不知怎的，他突然抬头看了一眼门口，顿了一下。

唐茵靠在实验室门口的墙上，也不打扰他，只是冲他微笑。

陆迟低头和老师说了两句话。唐茵只见老师也朝这边看，随后笑着点了点头。

唐茵不知道他们说了什么，不过她猜测大概是陆迟说自己要离开，因为那位老师才点完头，陆迟就脱了白大褂。

陆迟刚走到她边上，她就忍不住小声说："你认真的样子……真让我着迷。"

陆迟没回答，只是走了一会儿，趁着楼梯口人少的时候，突然吻了一下唐茵。

唐茵一愣，没想到陆迟居然会做出这样的动作。

过了会儿，唐茵又来了兴致，说："咱们出去旅游吧？"

陆迟想了想，应道："好。"

他现在没什么事，旅游也挺好，能让他整个人放松放松，当然最重要的是，这是唐茵想干的事。

见他答应了，唐茵的心情也跟着愉快起来。她晚上回到公寓后，就开始查可以去玩的地方。做了几天的攻略，她最后把游玩的地点定在了南方的某个城市，她又查了一下天气，这座城市夏季最高的温度也才二十多度，非常适合游玩。

她把做好的攻略发给陆迟后，就顺手把机票也订了，省得赶上暑假旅游高峰期，到时候没地方住。

唐茵盯着酒店的信息看了好一会儿，最终决定订一间房。

她才预定结束，陆迟的电话就来了："酒店订了没？"

唐茵跟他说："我刚刚订好了……直接入住就行。"

见她不像平常那样，陆迟察觉有异。

半晌，陆迟才开口，声音清清冷冷的："你……是不是只订了一间？"

唐茵装作诧异道："迟迟，你猜对了，真聪明。"

陆迟：这还需要猜么，她的心思一向就没掩藏过。

唐茵睁眼瞎地鬼扯："酒店只剩一间房了，不订咱就得睡大街，你愿意吗？"

陆迟犹豫道："还有其他酒店呢？"

第十八章 热红酒

唐茵说："都没了，没了没了。"也许是怕她的豪放把陆迟吓到了，她又补充道，"你要是不去，那就直接回家吧。"

她现在都这么主动了，陆迟再犹豫，唐茵觉得自己面子上也过不去。

陆迟轻轻呼出一口气，没再反对。

"那我挂了，晚安。"唐茵直接挂断了电话，省得他突然反悔。

陆迟：他明明什么都没说……

陆迟的考试周结束后，他们两个人便直接飞去了目的地。

目的地天气凉爽，和首都的闷热完全是一个天一个地，差别非常大。

客栈派车将他们接去了住的地方。

唐茵订的是一家人气非常高的客栈，客栈临海，可以直接近距离地观看海面。而她订的房间正好位于海面上，从他们房间的阳台，可以直接看到海，只不过不能下去。

要不是正好有人退房，她恐怕也订不到这么棒的房间。将行李放好后，唐茵就拽着陆迟出去玩。

这边被誉为旅游胜地不是白说的，街头小巷都有独特的风格，令人沉迷。路上基本上都是游客，不少女生都偷偷对着唐茵和陆迟拍照，她们还将拍到的照片上传到了微博。

唐茵特地穿了一件大裙摆的长裙，她个子高，穿这种裙子，更是将身材优势尽显，站在陆迟身边一点也不逊色。或许是郎才女貌太过般配，所以两个人也让其他人生不出什么歪心思。

唐茵转了一圈，说："咱们还是先吃东西吧。"

陆迟点点头。

唐茵吃东西是尝两三口居多，所以最后她买的食物，都被陆迟给吃了，他倒是一点也不嫌弃。

一条街很长，他们逛到头时，再回来时天已经快黑了。

唐茵也走得累了，她搅了搅手里的奶茶，说："咱们回去吧，洗洗上床睡觉。"

陆迟眉间微蹙，只是轻轻点了点头。

唐茵没听到他的回答，抬头看见他这样子，忍不住出声辩解："我很单纯的。"

她真的只是说洗洗睡觉。

陆迟耳根微红，张了张嘴："是我想多了。"

唐茵指责他："本来就是你想多了。一天到晚想什么呢，不健康，一点也不健康。"

陆迟："我……"

见她说个不停，陆迟索性不说话了。

唐茵终于心满意足："咱们回去吧，洗洗上床睡觉。"

这次陆迟乖乖应道："好。"

唐茵歪头看他，笑嘻嘻地说："这可是你自己答应的。"

陆迟："嗯？"

他们回到客栈时，天已经黑透了。

陆迟让唐茵先去洗澡，他自己一个人坐在床上，也不动，不知道在想什么。

这间海景房里只有一张床。

听着哗哗的水声，陆迟心里有些燥，他不应该答应唐茵才对。

不知过了多久，唐茵从浴室里面出来，她穿着睡裙，露在外面的

第十八章 热红酒

皮肤白皙又细腻。

陆迟直接拿着衣服进了浴室,什么话都没说。

唐茵盯着他的背影看了一会儿,最后勾了勾唇角。

房间里的灯不太亮,影影绰绰地映出外面的海面,美不胜收。唐茵吹干了头发后,站在阳台上看海。

海景房受欢迎是有道理的,尤其是这种直接立在海面上的房子。

身后传来动静,唐茵转身,倚在栏杆上看刚刚洗完澡的陆迟。他的头发还滴着水,下巴紧绷在一起,显得好看又清俊。

等陆迟吹完头发后,唐茵就进了房间。她坐在床边上看他,也不说话,就直勾勾地盯着他。

陆迟喉结动了动,闷着声说:"睡觉。"

说着,他掀开被子,自己躺在一边,一动不动。

唐茵回过神来,趁陆迟没反应过来的时候,直接咬他的唇,然后小声说:"假正经。"

陆迟的下巴也被咬了一下,他结结巴巴地说:"唐、唐茵……"

唐茵忽然又回到了自己的那边,她关了台灯,冷静道:"关灯,睡觉。"

陆迟沉默着不说话。

房间内只剩下呼吸声,还有外面的海风声。

良久,陆迟忽然翻身过去。唐茵迷迷糊糊地,都快睡着了,问:"干吗?"

透明的玻璃映出外面的海,岸边亮着无数的灯,海雾微起的时候灯光变得朦胧,随着风一闪一闪的。

海浪拍打着礁石,发出哗啦哗啦的声音。

夜已过半。

第二天一早，唐茵起床发现身边没人了。

她想了想，又去浴室洗了个澡，洗完后她对着有点模糊的镜子刷牙。

手机振动起来，她摸来一看，是苏可西的消息。

  苏可西：啥时候领证啊？
  唐唐唐：不知道。

苏可西正要回复过去，又看到了唐茵新发过来了消息。

  唐唐唐：等我偷了户口本。

厉害厉害，果然是她的茵姐，苏可西感慨两句，便没再打扰她。

唐茵收了手机，拨弄了一下头发。她已经三年没剪头发了，现在头发很长，乌黑的长发散乱在肩膀上，与白皙的皮肤形成了鲜明对比。

开门的声音响起。

陆迟放轻了脚步，手上拎着两份早餐。看到唐茵醒了，他的脸上蓦地变红，被头发遮住大半，只露出了一点点的耳朵几乎要烧起来。

唐茵看着陆迟害羞的样子，却突然想起了高中时的教导主任，也许今年回去可以去见见他，就是不知道他欢不欢迎自己。

唐茵回神，盯着陆迟："你害羞什么？"

外面有海浪的声音，听着像有节奏的歌声。

第十八章 热红酒

陆迟耳尖微红,转移话题:"我买了粥。"

唐茵顺着说:"那你喂我。"

"好。"陆迟也没拒绝。

粥的温度已经下降了不少,只有一点余温。外面的粥碗很小,盛着的粥也不多,不过十分钟,唐茵就吃完了。

下午外面突然下起来了雨。

雨声打在阳台的玻璃上,啪嗒啪嗒的,两个人要出门的计划被雨打乱,只能待在房间里。

唐茵盯着海面看得入迷。她偷了陆迟的衬衫穿着,衣服很大,对她来说当裙子都可以,她顺便给苏可西发了一张照片。

陆迟在房间里收拾东西。

雾气氤氲着,大海成了唐茵的背景,衬得她的皮肤愈加白皙,她的黑发落在脸侧,格外好看。

陆迟走到唐茵旁边站着,却被唐茵凑上去亲了一口。

两个人窝在阳台的躺椅上看风景,唐茵忽然开口:"你之前跟我说了什么?"

陆迟顿了一下,别开脸不说话。

唐茵笑笑,虽然心里好奇,但也没追问,她转头问:"咱们什么时候去偷户口本?"

陆迟张了张嘴,她的思维跳跃,让他半天没缓过来。

说偷户口本自然是假的。

过了好一会儿,唐茵说:"我想回嘉水私立。"

陆迟说:"好。"

这边的天气自从下了雨后,就一直不怎么好,于是陆迟应了唐茵的想法，改签了机票，提前回H市了。

七月份，H市里还是非常热的。

一回来，唐茵就又后悔了，H市真没那边待着舒服，那边气候凉爽，她还能堕落地躺着指使陆迟干活儿。

大学和高中的放假时间不同，这会儿，嘉水私立中学的学生们还在上最后一个星期的课。

巧合的是，唐茵他们回来的第二天，市里就下起了雨，之后变成就阴天了，虽然还是有点闷，但和之前的气温比，已经算是舒服了。

唐茵和陆迟打车去了嘉水私立中学，一路上，他们都开着出租车的窗户。

路过某个地方时，唐茵忽然扭过头说："还记得那次不，我说你东西掉了，你的反应。"

当时的陆迟既害羞又可爱，说话还磕磕巴巴的。

陆迟抬眼看着外面，他的记忆力一向很好，想到以前自己被逗时的反应，他别开脸不回答。

唐茵倚在窗边对着他笑。她迎着光，脸上细小的绒毛清晰可见，一双眼睛半眯着，微微露出墨色的眼瞳。

唐茵伸手去捏陆迟的脸，笑着问："是不是我太好看了，你看呆了？"

陆迟没说话。

司机突然出声："到了。"

陆迟付了钱，两个人一起下了车。站在熟悉的大门前，唐茵还有点恍惚，一转眼四年都过去了。

正是上课时间，嘉水私立中学外面非常安静，也见不着几个人。

第十八章 热红酒

门卫室里的两个保安正在看着唐茵他们。

唐茵还记得他们,他们自然也记得她。唐茵刚走过去,那两个保安就问:"来学校看校长吗?"

唐茵点点头。自然不是看唐尤为的,在家里都看够了,来学校看什么。

保安停了一会儿,又仔细询问了他们两人的信息。他们向校长电话求证后,才将两个人放了进去。

唐茵和陆迟进了学校,唐茵问:"咱们先去找班主任吧?"

陆迟低低地应道:"好。"

重回高中,自然是要去看班主任的,不然也白来了。

唐茵和陆迟逛了一圈,发现教学楼还是那个教学楼,教室还是那个教室。

周成这学期带的不是零班,而是高二的实验班,实验班下学期就要升高三了。想到高三,他突然想起自己带的最轻松的那一届高三恐怕就是唐茵和陆迟在的那一届了,学习的事,那届高三从来不用他操心。

没想到,下一刻,他刚刚想的主人公就出现了。

"周老师。"唐茵和陆迟敲了一下办公室的门。

办公室的门没关,可以直接看到里面的人,周成坐在最里面,正盯着一本书在看。

周成听着声音有点熟,抬头一看,忍不住站起来:"唐茵?陆迟?你们两个怎么来了?"

唐茵笑说:"放假了,就过来看看。"

说起来,他们都四年没回学校了,虽然原先的宿舍和教学楼也还在，但这次回来，他们也明显感觉到，学校宿舍多建了，教学楼也多建了，整体看上去比以前漂亮了许多。

周成笑着说："那可真是稀奇，我刚刚还在念叨你俩呢。来就来，还带什么东西。"

办公室没有其他老师，唐茵和陆迟就随意坐在办公室里和周成聊天。

虽然周成当年是新调来的，但是他带的零班成绩相当出色，所以现在他在办公室说话也很有分量。

说了许久，周成看了一眼时间，想了想说："我现在带的这个班，大部分学生脾气都很躁，他们觉得不上大学出路也不少，所以心思都不在学习上。唐茵，有没有兴趣去班里面做个演讲？"

唐茵指了指自己："老师，您不怕我乱来？"

周成笑笑："能乱到哪里去？我以前就觉得教导主任对你矫枉过正了，你们现在过得不挺好的嘛，而且你帮大家放松一下，也没什么。"

唐茵看了一眼陆迟，应道："好。"

周成将他们两人带去了自己班级的教室外面。教室里面正在上英语课，有很多人都打瞌睡。

有几个同学从窗户外面看到班主任，纷纷将自己的同桌弄醒。但等教室里的人看到周成身后的两个人后，眼睛都发直了：他们学校里可没这么好看的人，这从哪儿来的？

周成进了教室，和英语老师说了两句，然后说："今天有两位学姐学长放假回校，他们都是以高分考进S大的，我让他们给你们讲讲。"

第十八章 热红酒

门半掩着,他喊道:"唐茵,你进来吧。"

S大是很多人的梦中情校,但考不考得上却是一个很严肃的问题。这个学校每年的录取分数线基本都在七百分以上,这是所有学生都知道的,无论学霸还是学渣,所以周成一说完,教室里就哄闹了起来。

唐茵还没开始讲话,底下突然有人举手问:"学姐,外面那人是你男朋友吗?"

唐茵看向外面,陆迟正在看她,她微微一笑:"是啊,我追他的。"

又有一个人举手说:"学姐,我看贴吧里有个视频,有帖子说,当初检讨大会上,当着全校人的面调侃教导主任的人,是不是也是你啊?"

唐茵有点惊讶:"贴吧里?"

她拿出手机搜索了一下嘉水私立中学的贴吧,果然看到的置顶帖里有个视频,视频的拍摄角度很奇怪,一眼就能看出来,这是当年有人偷偷录下的。唐茵继续往下翻,不仅那次,还有她以前的每一次演讲,都被人给录了下来。

这个置顶帖下面的回帖,大多数都是唐茵那一届的同学,要么是低唐茵一两届的学生。

但唐茵也是真的没想到,有人会留下当初的视频,这些东西对她而言,是一种回忆与留恋。

唐茵放下手机,回答:"是我。"

教室里顿时热闹了起来,他们可都是听过以前的传言的,对事件的主人公也非常向往,没想到今天,真人来了。

"学姐你真大胆,什么都敢说。我看完视频之后很佩服你,你真敢做!"

"学姐,我要是你那一届就好了,还能亲眼看到这些,光在视频里看着,都很令人激动,肯定现场更激动!"

"我是听我表姐说的,她知道我报名嘉水私立后,就一直跟我重复说你的事,她就差没表演给我看了,我表姐可喜欢你了学姐!"

…………

有个人大声地说:"学姐,你当初怎么敢在全校面前那么说的,你不怕老师找吗?家长也不管吗?"

唐茵挑眉一笑。

一时间,整个教室的人被她的反应给弄蒙了。

唐茵抬高了声音:"听说咱们班里的同学都不好好学习啊?"

她话音一落,班里都安静了不少。

唐茵继续说:"我不是来管你们的,我以前成绩虽然好,但是物理总会多丢分。偏偏陆迟,也就是我现在的男朋友,他的物理总是满分,所以我当初总是追着他借物理试卷……我记得最深的是,他高三下学期,一整个学期,每天晚上都给我讲一道题型,讲它的延伸……你们能做到像我这样吗?"

教室里安静了不少。

唐茵也没放在心上,继续说:"像我当初一样,我会在老师的面前张扬个性,但我也会在该学习的时候好好学习,不断努力。你不好好学习,耽误的人只有你自己;而且,到了大学之后,新学校里有的是你喜欢的人。"

她轻轻一笑:"当然,说不定那时候你会遇见更好的人。"

第十八章 热红酒

说完,她就出了教室。

周成也不管她说了什么,只是笑眯眯地说"好"。他走在前面,看不到后面的陆迟和唐茵的小动作,但教室里的人能看得一清二楚,他们十分羡慕。

他们一直以为考上S大的人会是书呆子,可没想到,别人比他们活得自在多了。

又回到办公室里待了一会儿后,唐茵和陆迟就和周成告别了。

出了教学楼,唐茵和陆迟就碰上了教导主任。

四年没见,教导主任一点变化都没有,他肯定是来巡查的。

教导主任一眼就看到两人,他也有点发愣:"唐茵……陆迟?你们两个怎么回学校了?"

唐茵笑嘻嘻地说:"放假了回来看看。"

教导主任还是有点狐疑,他可是记着的,唐茵向来在他这里说一套做一套。或许以前她还顾及着自己学生的身份,现在,她恐怕什么也不顾及了。

唐茵委屈地说:"我真是来看班主任的。"

教导主任可不敢让唐茵多活动,他找着方法把两个人给赶了出去,嘴上还说着让他们下次再来。

校门前依旧很安静,马路上一辆车都没有。

唐茵踢着石子,感慨万千。

陆迟忽然圈住她手腕,低声说:"明天……来我家。"

唐茵有些诧异地睁大眼,片刻后开口说:"你知道吗,你这是在引狼入室。"

陆迟被唐茵的用词惊得一愣。

良久,他才开口解释:"我妈想见你。"

唐茵一时没回答。

她对陆迟妈妈的印象还停留在高中那一次,实在是太让她记忆深刻了。她以前也会想,会不会陆迟的妈妈很不喜欢她接近陆迟,或者是其他什么,似乎陆迟妈妈在她心里,一直是一个恶婆婆的形象。

见她没说话,陆迟安抚道:"只是吃饭。"

唐茵动了一下,忽然说:"吃饭我也紧张,要见你妈妈呢……吃完饭从你家把户口本偷走吧。"

陆迟家换了新房子。

王子艳把那栋别墅给卖了,重新买了一套小一点的房子,没有和老人同住,一套小房子两个人住绰绰有余,更何况多数时候陆迟基本不在家里住。

王子艳知道唐茵和陆迟的事情,也记得当初在校门口还有民政局的那两次见面。她这次也知道他们要一起回来,还特地请了假待在家里。

儿子大了总会结婚,这事她想过无数次,然后,她的眼神停留在那张陆迟传回来的照片上。

平心而论,她感激唐茵。

她家的装修从冷色调变成了暖色调,让人看着舒服了许多,她端正地坐在沙发上,等着人回来。

唐茵和陆迟停在门口。

唐茵有点紧张,小声地问:"你妈妈会不会不喜欢我?"

陆迟说:"不会的。"

唐茵松了一口气,但还是紧张,毕竟陆迟和他妈妈两个人相依为命

第十八章 热红酒

了那么久，但现在陆迟却被她给带走了，说不定陆迟妈妈心里会不开心。

两个人一起进了屋子里面。

陆迟拉着她，喊："妈。"

唐茵装作乖巧的样子："阿姨好，我是唐茵。"

王子艳放下杯子，温柔地说："坐，站着干什么。陆迟，你去泡杯茶。"

王子艳原本的长相就很漂亮，自从离婚后，她的生活便无忧了起来，因此这时，她眉目里的苛刻也少了，整个人都显得年轻了不少。

唐茵一看她，就觉得她的状态比之前好了很多。

王子艳主动开口："唐茵是吧，你高中时我见过你，以前问陆迟，他只说你们是同学，没想到他还瞒着我。"

王子艳真心觉得这个女孩子挺好的，家里也不麻烦。

唐茵愣了愣，想了想才说："那时候我们真是同学……"

王子艳喝了一口茶，慢悠悠地轻声一笑。

恰好陆迟端着杯子过来，他轻轻叫道："妈。"

王子艳笑着说："唐茵，我知道，高三那次，我肯定给你留下了不好的印象。我当时不太清醒，如果有做得不好的地方，我道歉。"

唐茵摇头："阿姨您言重了。"

当初那件事，她只是觉得心疼陆迟，自己并没有受什么影响，了解事实真相后，她反而更觉得没什么。说到底，王子艳也是受害者。

闻言，王子艳点点头："你们两个谈了很久了吧，有决定什么时候定下来吗？"

她现在已经想开了，儿子大了，以后会娶媳妇，还会生孩子。假如她有了孙子，她就每天在家带带孙子；如果没有，她就自己出去跳跳舞，都挺好的。这样的生活比以前每天担心这个担心那个的日子，轻松多了。

唐茵看了一眼陆迟，陆迟将她的手按住，认真道："想先领证。"

王子艳没说话，起身上了楼。

"你妈妈去干什么了？"唐茵问，"是不是拿东西要把我俩赶出去？"

陆迟：她的脑子里在想什么？

没过多久，王子艳便拿着一个褐色的本子走了下来，说："这是户口本。你们的事你们自己决定就好，我不会反对的。"

唐茵睁着眼睛，有点惊讶，她还想着偷户口本呢……没想到陆迟妈妈直接就递过来了，看来对方还是挺满意她的。

唐茵的眼睛弯成了月牙。

晚饭是陆迟做的。

陆迟在厨房里忙活，王子艳则拉着唐茵坐在客厅，心情平静地讲了一个故事，一个关于她自己的故事。

唐家和陆家对于唐茵和陆迟的婚事都不反对，为了商议两个孩子的前程，两家人就坐到了一起。

除了唐昀在心里嘀咕以外，唐家其他人对陆迟都非常满意。

因为陆迟家里现在就剩下王子艳一个人，所以蒋秋欢和唐尤为就直接去了陆迟家，省得王子艳折腾。

大人坐到一块儿后，两个小辈就说不上话了。

唐茵和陆迟全程听着他们讨论来讨论去，长辈们将婚礼的各种细节都定好了，才想到他们两个主人公。

因为陆迟还没毕业，所以婚礼就放在明年，正好那时候唐茵已

第十八章 热红酒

经毕业一年了,也有了自己的工作,心智上会更成熟一点,再结婚不至于太仓促。除了考虑这些,大人们也考虑到了现在小年轻爱玩的想法,毕竟毕业就结婚,速度的确有些快了,他们把婚礼放在明年,也是为了让年轻人多玩一年。

唐茵和陆迟全程面无表情地听着。

吃完饭后,三个大人又聚到了一起。后来唐茵和陆迟实在是不耐烦了,便提前离开了。

从陆迟家里出来时,已经是下午了。

外面出了太阳,气温开始升高,比起昨天,今天更闷了。

唐茵忽然说:"陆迟,去民政局。"

陆迟扭过头看她,还没来得及张嘴说话,唐茵又抢过话头:"我带了户口本。"

唐茵从包里拿出户口本,朝陆迟扬了扬。阳光下的她光彩照人,皮肤细腻又莹润。

陆迟喉结微动,应道:"好。"

正好今天民政局在上班,他们去的时候不算迟,民政局里没有人,只有工作人员在那里坐着。

等把热乎乎的结婚证拿在手里,两个人都有点反应不过来。

唐茵率先回神,一把拽住陆迟的衣领,猛地亲上去,然后说:"从今以后,你就是我的人了。"

陆迟没推开她,只是说:"你很早以前就这么说。"

唐茵说:"但是今天名正言顺了。"

一转头,就看到陆迟皱着眉,她心里一咯噔。

陆迟似有感应,轻轻握住她的手,深吸了一口气,皱着眉说:

"我好像……没求婚。"

唐茵说:"那你现在求也不迟。"

陆迟想了想,说:"你去里面……等会儿。"

唐茵不知道他要干吗,乖乖点头,进了旁边的奶茶店。将结婚证拍了照片发在朋友圈,她一边刷回复,一边等着陆迟回来。

她很少更新朋友圈,不过微信里加的朋友却不少,有高中同学,也有大学室友,还有工作时认识的同事。

看到唐茵发的照片,大家纷纷回复——

于春:茵姐真漂亮!

唐铭:这么快结婚了,我要吃糖。糖呢?

鹿野:冒着被拉黑的危险前来祝福,陆迟居然一直等到现在,不容易不容易。

最近正在实习的苏可西也看了唐茵的朋友圈,她直接给唐茵发了微信消息——

茵茵仙女下凡,求发红包。

唐茵给苏可西塞了一个一毛钱的红包后,就关了聊天框。很快,手机又振动起来,她点开一看,是妈妈的消息——

死丫头,什么时候把户口本偷走的?

第十八章　热红酒

唐茵回复——

今天早上你还在睡觉。

那边再也没了回复了，恐怕是去教训她老爸了。

唐茵刷朋友圈刷得开心，一时间都快忘了陆迟，等她想起来的时候，奶茶店就剩她和老板了。

陆迟从外面跑进来，凌乱的头发昭示着他刚才的行动。

唐茵收了手机站起来，不怎么开心地问："你去哪儿了？怎么才回来？"

陆迟没说话，嘴唇抿成了一条线，默默地从口袋里拿出一个小盒子，他轻轻地打开盒子，对着她。

唐茵扫了一眼，就知道里面是什么了，没等她说话，陆迟又开了口："嫁给我。"

没有多余的话。

她对上他亮晶晶的眼神，好像在那一刻，周围的一切都成了无关紧要的背景。

唐茵的脸上露出笑容，明媚又张扬，这一刻，就如同当年一样——自信的她对上了内敛害羞的他。

唐茵说："好。"

她自己取出戒指，套在手上，然后张开手指。戒指的尺寸恰好，纵使他很着急，但也为她精心挑选了。

唐茵说："我从来就没有不愿意过。"

奶茶店的老板是个小姑娘，她送了他们两杯粉红色的奶茶，说了一句"恭喜"。陆迟在她的店里求婚成功，她看着也高兴。

从奶茶店出来，唐茵三两下喝光了奶茶，将杯子丢进了不远处的垃圾桶里，顺口将陆迟的奶茶也喝完了。

正走着，唐茵和陆迟遇上了一个熟人。

迎面走过来的是刚刚打完篮球的苏询，他和几个男生勾肩搭背地走着，一抬眼就看到了唐茵他们。

和苏询一块儿走的男生，大部分以前都在嘉水私立上学，他们一见到唐茵，就和她乖乖打招呼："茵姐。"

苏询随后开口问道："茵姐、陆迟，你们怎么在这儿？我听说你们不是在首都吗？已经放假了？"

唐茵看了一眼陆迟，笑着说："我和他刚从首都回来，过两天才回去。你现在怎么样？"

听见这话，苏询笑了笑，他脸上还有汗水，此刻一笑，更显得阳光硬朗了："我现在……生活惬意啊，放假半个月了，和他们打打球。"

他成绩还算不错，高考时发挥良好，上了一所北方的好学校。

陆迟抿着嘴唇，一直没说话。

苏询和他们说了一会儿，要请他们喝东西："这么久没见，正好后面有家奶茶店，咱们去喝点吧？"

陆迟轻轻咳了一声。

一瞬间，所有人都齐齐地将目光放在他身上。

唐茵轻笑了一下，用手划了划陆迟的手心，对苏询说："你一身汗，还是回家洗澡吧，下次有时间整个班一起聚会。"

她和陆迟刚刚才从那家奶茶店出来，她已经喝了好几杯奶茶了，

第十八章 热红酒

再喝就要常驻洗手间了。

苏询似是有感应,突然将目光落在唐茵的手上,他转了方向应道:"好,下次有机会。"

一伙人越过唐茵他们去了马路对面。

有一个男生问:"她就是你们口里的茵姐,长得怪好看的。不过刚才你怎么突然改了想法?"

苏询笑了下,说:"人家老公不乐意啊。"

几个男生都愣住了:"老公?"

苏询说:"我刚刚看到唐茵手上有戒指,应该是陆迟已经求过婚了,要么他们就是已经结婚了。我不太清楚那个手指上戴戒指的意思,反正他们应该是定下来了。我可不敢打扰,我还记得以前的事呢。"

见旁边的人好奇,苏询立刻钩住那人的脖子,将以前轰动嘉水私立的事情绘声绘色地描述了出来。

那可是他们高中三年来记忆最深刻的一件事,简直毕生难忘。

那男生听完,张着嘴,不敢置信道:"那……小白脸一样的,那么大胆?"

苏询扭过头,哼道:"想不到吧,还有你更想不到的呢。"

夕阳下,拎着篮球的青年们逐渐走远。

唐茵戳了戳陆迟:"人都走了。"

陆迟动了动嘴唇,没说话。良久,他微微低头,精致的五官沐浴着金色的光芒,整个人都像闪着光一样,耀眼得无与伦比。

陆迟圈住她的手腕,带了点力道,却又不怎么重,声音低低地说:"不喜欢。"

唐茵伸手捏住他的鼻子,仰头凑上去轻轻一碰,随后与他对视,低声说:"我心里可是只有你,你还不清楚吗?"

突然一阵风刮过,将她的头发吹起来,头发横在他们两人中间,模糊了她的视线。

唐茵眨眨眼,却感觉有一个重重的吻落在她唇上。陆迟的右手托在她的后脑上,她浓密的黑发从陆迟修长的指间漏出来。

良久,陆迟终于离开了她的唇,将手扣在她细细的腰上,头搁在她的脖颈处。他的鼻尖萦绕着一股清香,陆迟轻声说:"我们已经结婚了。"

唐茵被他的声音蛊惑,依偎在他的怀里,直到很久以后,心跳才恢复正常,她突然说:"如你所愿。"

一如当年令她难眠的夜晚。

黄昏时的柏油马路上,依旧有不少车来来往往。

路旁的一棵棵法国梧桐,树叶随着风哗啦啦地响,它们被夕阳照上,闪烁着别样的光彩。

唐茵垂下来的手上,戒指反着亮眼夺目的光。

(正文完)

February

S	M	T	W	T	F	S
				1	2	3
4	5	6	7	8	9	10
11	12	13	14	15	16	17
18	19	20	21	22	23	24
25	26	27	28	29		

番外一

爱情玛奇朵

Special Episode 1

【情人节】

今年的情人节对于远在一线工作的工作人员而言是忙碌的,对于在家中的人是空闲的。

唐茵和苏可西两个人正在打电话,苏可西运气好,她因为工作原因,常备着口罩,所以在第一时间就给周围人分发了好几十个。

唐茵有物资的原因和她相同也不相同,因为陆迟是医生,所以家里面常年备着各种医疗箱、口罩等,虽然平时不用,但现在派上了用场。

"我今天做了饺子,可没机会送给你吃。"苏可西有点遗憾,又骄傲地说,"我亲手做的!"

"只是亲手扔进锅里也算。"电话里传出陆宇的声音,他毫不留情地戳破。

苏可西气得推了他一把:"你不要打扰我和唐茵讲话。你不是在看《新闻联播》吗?"

陆宇偏过头看了苏可西一眼。

他们两个依旧是在一起的,而唐茵在心中叹了口气,偌大的房子里只剩下她一个人。

早在前两天,陆迟就随医疗队去了一线。作为一个医生,在这种时候,陆迟不可能待在家里。此后的两天,唐茵连陆迟的电话都没接到,偶尔只能在新闻上才能看到穿着防护服的他在另一个城市忙碌。

走的那天,陆迟起得早,没吵醒她。

"唐茵?"苏可西叫了声。

唐茵回过神,笑了一下:"挂电话了。"

苏可西说:"我还没说完呢。"

"还要说什么,不要打扰我。"唐茵不觉莞尔,声线轻柔,"我要去过情人节啦。"

苏可西一愣,笑说:"祝你和陆迟情人节快乐。"

电话挂断后,唐茵拍了一张自己比了一半心的照片,打开微信,将照片发给了陆迟。

唐唐唐:情人节快乐,迟迟。

过了这么多年的节日,就一年情人节异地过而已,对她来说没什么大不了的,她可是唐茵啊。

远在外地的陆迟刚从隔离病房出来。刚刚结束工作的他,脱下防护服后一脸疲倦。

"陆医生,听说你结婚了是吗?"别院的护士好奇地问。

"嗯。"陆迟言简意赅。

"你妻子是个什么样的人呀?"闷了一天的护士抓住一个人就有

很多话想说。

"我妻子……"陆迟想起第一次初见的那个明媚少女，清隽的眉眼柔和几分，"胆子挺大的，以前让老师们很头疼。"

他也头疼，但是最后还是落在了她手中。

休息时间不多，陆迟打开手机，终于来得及看一整天的未读消息，唐茵的头像是列表里的第一个。

陆迟垂眼，回复她——

情人节快乐。

他没有时间打电话，因为听到声音会更思念。过了这段时间，一切又会回到以前，恢复往日的生活，他们依旧会一起平安到老。

不远处有路过陆迟的护士，她看到了向来严谨的陆医生正别扭地动着左手，应该是在拍照。

然后她就看到了陆医生比了一半的心。

陆医生还会土味比心呢，护士心想。

【七夕】

七夕当天，陆迟被安排值班。

晚间，唐茵带着粥去了医院。

她今天刚跟客户从国外回来，能休息几天，恰巧赶上七夕，结果陆迟居然没空。

番外一 爱情玛奇朵

夜里的医院人很少，更别提陆迟的科室这边。这两天医院的手术比较少，人自然也就没那么忙了。

陆迟坐在办公室里，戴着口罩，露出高挺的鼻梁和一双勾人的眼睛。他眼睑低垂，拿着笔正记着什么。他身上穿着白大褂，修身清冷，禁欲淡然。

唐茵才刚进去，就被发现了，陆迟放下笔，拿掉口罩，顺势站起来迎接她，轻声问："怎么站着？"

护士正好要下班，看到这情况，偷笑着说："陆医生，我先回去了，这里麻烦你了。"

陆迟低低"嗯"了一声。

唐茵将粥放在桌上："你这样子真迷人。我刚跟了一个翻译，回来就到你这来了。"

她身上还穿着套裙，坐姿不雅，裙摆微微上缩，勾勒出曼妙的身姿和笔直的长腿。

陆迟移开眼，沉声说："你坐好。"

唐茵看了看自己，觉得莫名其妙："我坐得好好的。"

陆迟被这样一说，他掩饰性地干咳了一声。

唐茵转了转眼珠，凑近了问："迟迟……你是不是又想到哪里去了？我跟你讲，这可不行，你是个医生，要禁欲。"

陆迟只是看着她，瞳色里一片墨黑，半响后，他抬脚径直走向办公室的门口。

见他不理自己，唐茵跟过去。陆迟关上门，转身吻住她，让她瞬间忘了自己刚刚说的话。

陆迟的声音响在耳侧："你……非要惹我。"

唐茵没推开他，含糊不清道："你怎么这么不经说……"

片刻后，陆迟忽然开口："今天……你那个客户不好看。"

唐茵一愣，想了想，自己那个客户挺好看的啊，钻石王老五，是公司好几个女生的心仪对象呢。

她突然反应过来，捧着陆迟的脸。陆迟的脸色发红，眼睛还躲闪了一下。

唐茵凑上去亲了亲他的眉眼处："是是是，人家没你好看，我家迟迟最好看。"

这话永远也不愁没人听，果然，陆迟十分受用。过了会儿，他反应过来，又小声说："你也好看。"

唐茵笑出声来，又被他吻住。

走廊处有脚步声响起，陆迟停了下来，亲了亲唐茵的唇瓣："乖。"

以前这话都是自己对他说的，今天反过来了，唐茵红着脸："你今天一点也不正经。"

他正经呀，可是一遇见她，就不认识这俩字了。

陆迟转过脸，捏着她手腕，埋进她的颈窝里。不知道是身体的热还是周围的温度过高，他耳朵发红，面上烧了起来。

有人敲门："陆医生在吗？"

原本门上有透明玻璃，但刚刚被陆迟随手贴上了一张白纸，可唐茵不知道，提醒他："有人来了，陆迟……"

门外还有敲门声，陆迟叹了口气，拉开门，面色平淡："不好意思，有事吗？"

女医生笑了笑："陆医生，如果没事的话，我现在可以和你换班，刚才多谢你了。"

陆迟点点头："请稍等。"

唐茵坐在椅子上，陆迟走过去，蹲在她边上，将她背了起来，拿着包往办公室外走。

唐茵趴在他背上，将下巴搁在陆迟的肩膀上。

走廊静悄悄的，她在他耳边小声说："你刚刚把我的衣服弄皱了，你说怎么办？"

陆迟面不改色："再买。"

唐茵忽然想到了什么，又笑起来："不行，你说句甜言蜜语，我就原谅你。"

这话一出，陆迟皱着眉想了想。

对面走过来一个女生，手里抱着一束鲜红的玫瑰花。

他的五官舒展开来，唇角微扬，瞳孔里印着斑斓的色彩。

"我爱你。"他轻声说。

【我想你】

高楼大厦的办公室总是很冷清的。

唐茵办公室里的落地窗正对着南面，阳光散落一地，细细碎碎地照在墙角的盆栽上。她坐在椅子上，将一份翻译文档提交了过去后，揉了揉额角。

苏然敲门进来，才关上门就挤眉弄眼："有个好消息和一个坏消息，你要听哪个？"

唐茵目不斜视："随你。"

"一点都没有情趣。"苏然嘀咕了一句,凑过去小声道,"姑姑和我说,那边 Tim……你知道他的吧,想要一个翻译,全程的。"

Tim 是合作公司的老总,虽然性格温和,但对翻译的要求很高,一年前有十几个翻译都被他直接否决了。

苏然的姑姑是总经理,对这件事非常熟悉。

唐茵靠在椅子上,指尖在桌面轻轻叩击:"我记得是程菲负责他的吧。"

"别提程菲了。"苏然撇嘴,"她上次不是和 Tim 一起,谈成了一笔生意,一直吹到现在。但是你知道吗,这次 Tim 直接说需要两个翻译。"

程菲家境优渥,父母都是知名的企业家,她自己也是海外 Top10 学校留学归来的硕士,在公司内,算得上数一数二的翻译了。不过她一向爱炫耀,估计待会儿苏然的姑姑宣布消息的时候,她的脸都能气绿了。

"两个?"唐茵眨了眨眼。

苏然点头:"对,师兄不在,肯定有你的。"

唐茵没回答,只是笑了笑。

苏然才离开她的办公室没多久,总经理就将唐茵和程菲叫进了会议室里。

果然是翻译这件事。

总经理笑着说:"这次是个很好的机会,唐茵,对方那边指定要你。还有程菲,你们两个把握好这个机会。"

说完,他便大步离开。

程菲的脸色不太好看,明明是她一个人的客户,现在却硬要被分走一半，任谁心里都难平，但这是 Tim 的决定，无人可以更改。

她挤出一个笑容，说："恭喜啊。"

唐茵听出来她话里的咬牙切齿，淡淡一笑："合作愉快。"

愉不愉快只有她自己知道了。

这次出差的时间很长，整整二十天。

唐茵之前最长的一次出差也不过十天左右，一想到连着二十天都见不到陆迟，她就有点委屈，婚后生活都还没能够好好享受呢。

晚上她到家时，陆迟已经回来了，正在厨房。

唐茵换了鞋，倚在门口看他。

那双手此刻拿着锅铲也让人赏心悦目。

陆迟侧脸看她，说："洗手。"

唐茵笑嘻嘻地进了厨房，洗完手就从后面抱住他，将脸贴在他单薄的衬衣上："我家迟迟真居家。"

隔着背，唐茵能听见他如鼓的心跳声。

陆迟不可避免地红了耳朵，他用手指挑开她的手："还没做好。"

唐茵"噢"了一声，松开他，过了一会儿，她才重新开口："我明天要出差。"

陆迟的手顿了一下："多少天？"

"二十天。"

"嗯。"

之后两人便没有了声音。唐茵回了房间，开始整理衣服。

陆迟从厨房还能看见她忙碌的身影。

二十天，真长。

唐茵睡不着，翻过身，对上陆迟盯着她看的眼睛。窗户外透过来的月色印在他的眼尾,他眉目如画,眼底不兴波澜。

她问:"你怎么还没睡?"

陆迟说:"睡不着。"

唐茵也睡不着。

"那我们说点悄悄话。"她弯了弯眼睛。

墨黑一片的房间,陆迟知道她此刻的雀跃。他从被窝里伸出手,在她额头上碰了碰:"明天要出差,早点睡。"

唐茵不情不愿地应道:"哦。"

然后她又不开心地翻过身,背对着他。

过了一会儿,唐茵又忍不住,把脚放在他的小腿上,小声地说:"我要捂脚了。"

说完,陆迟就感觉小腿上被搭上了一片冰凉。

唐茵靠在他怀里,不知不觉就睡了过去。

听到舒缓的呼吸声,陆迟停顿住,良久,他拥住唐茵。

陆迟忽然叹了口气,轻轻说:"晚安。"

唐茵出差的地方是冬天,还飘着雪。

连着十几天的高强度工作,饶是唐茵都有点受不住,更别提一向娇娇惯惯的程菲大小姐。

那晚,Tim做东,请客吃饭。

从饭店出来,外面就是鹅毛大雪,冷风顺着衣领往里钻,直叫人哆嗦。

程菲抱怨道:"好冷啊。"

苏然作为唐茵的小跟班,也是求着她姑姑才得来了随行见识的机会。此刻她缩在羽绒服里,靠着唐茵站着,忍不住感慨:"这要是在公司，陆医生恐怕早就过来接你了。"

全公司都知道唐茵有个帅气的老公，冬天更是常见，虽然大多时候大家只见过他的背影和侧面。

唐茵还未开口，程菲就说："这么远，唐茵恐怕享受不到陆医生的安慰了。"

她从没见过这位陆医生，只知道被他人吹上天，也不知道是不是假的。

唐茵没搭理她，把围巾多绕了一圈。

Tim的司机很快到了门口，将一行人接走。

苏然和唐茵坐在后面，小声说："唐茵不好意思啊，如果不是我提，程菲肯定……"

"没事，她说的也是实话。"唐茵叹气，托起自己的脸，半感慨道，"想我家迟迟了。"

苏然本来准备安慰唐茵，听见这话，她的牙齿都快酸掉了。她歪头还想说什么，就看到唐茵闭着眼，头已经快点到她的肩膀上了，最终，唐茵的脑袋靠着她的肩膀停住。

苏然闭紧嘴，不再说话。

约莫十几分钟后，司机停在住的酒店门口。

程菲率先下车，看到旋转门那边站着的一道颀长的身影，她忍不住开口："优质帅哥。"

苏然顺着她的目光看过去，蓦地眼睛瞪大，连忙把才出来的唐茵拽住，激动地叫道："看看看，谁来了？"

唐茵随口问："谁啊？"

说话间，程菲已经向那位优质帅哥款款而去。

苏然拍她:"你家陆医生啊!"

唐茵眼皮一跳,反射性地朝那边看。

酒店的光将她和那人分割成两个世界,站在她对面的男人,被身后的暖光笼罩住,微微侧着脸,下巴被围巾包裹住。

男人向这边看。

唐茵小跑着上前,轻而易举地超过了程菲,直接扑进了陆迟的怀里,熟悉的味道席卷全身。

几乎是碰到人的那一刻,陆迟就将她的手揣进了自己的兜里。

程菲愣在原地,半天没动弹。

"哎呀,陆医生真舍不得唐茵。"苏然路过她,笑嘻嘻道。

苏然一看唐茵和陆迟的架势,非常有眼力见地打了声招呼,就小跑离开。

唐茵的声音软软的:"你怎么来啦?"

陆迟说:"我想你。"

他将头埋在唐茵的脖侧,声音闷在厚重的羽绒服内:"很想。"

【唐茵生日】

唐茵的生日在十一月二十八日,这天,她罕见地喝多了酒。

实际上她本来是打算灌醉陆迟,好达到某个不可告人的目的,可惜人有失足。

一开始大家都没发现唐茵醉了,因为她表现得十分正常,只是眯着双眼,还不忘和大家说话,是陆迟最先发现她前言不搭后语。等苏可西和陆宇他们离开后,她还在自言自语。

"唐茵。"他叫她。

唐茵晃晃脑袋,盯着他看了一会儿,突然伸手摸了摸他的脸:"陆迟?"

陆迟"嗯"了一声。

唐茵又叫了一声:"陆迟,陆迟,陆迟迟……"

她一连叫了好几遍,陆迟都回应了,而后便起身去给她泡柠檬水。

手机在口袋里响了好几声,陆迟单手掏出来一看,都是唐茵发来的消息,全是英文字母。

他认真看了一分钟,确定这是乱码,不是秘密情话,没有任何含义。他正看着,又来了一条。

唐唐唐:你干吗不回我!

陆迟心想这条逻辑居然还挺顺,回复——

刚看到。

唐唐唐:你要回我 kahshxuhdb。

陆迟沉默了几秒,把这行乱码发了回去,唐茵果然不再闹。

回到客厅里时,唐茵正扑棱着要起来。她瓷白的脸染上绯红,眉眼间氤氲浓艳。

陆迟接住她,一只手把柠檬水递到她唇边:"唐茵,你醉了,把这个喝了。"

唐茵摇头,她才没醉,别想骗她。末了,她捏着陆迟的脸:"陆迟,喜欢不喜欢我?"

她一本正经地问,又凑近他耳朵,装作很小声:"要不要和我谈、恋、爱?"

陆迟:"我们正在谈。"

唐茵:"正在谈是谁?"

"是你。"陆迟哄道,"你先喝了。"他抬手时胳膊晃了下。

唐茵连忙稳住,醉眼蒙眬:"小心一点呀,我男朋友还在家等我呢……"

陆迟一时无语。

【陆迟生日】

六月二十六日这天是陆迟生日。

每年这个时候,总是医院里最八卦的时候,八卦陆医生又收到了什么礼物,他们乐此不疲。

要说陆医生和他的妻子唐茵,那是公认的恩爱。虽然他们已经结婚几年,连孩子都有了,但是每天还是蜜里调油,和新婚时一样。

早在三天前,就有护士笑眯眯地打听:"陆医生,你老婆又送你什么了呀?"

陆迟说:"当天才知道。"

护士们露出揶揄的笑,陆迟咳嗽一声,佯装淡定地回了自己的科室。

然而没到他生日当天，陆迟就知道了唐茵的打算。

那天晚上，唐茵问他："你喜欢宠物吗？"

唐茵思考了很久送他什么礼物，最终决定参考他的意见，毕竟一个生命还是要重视的。

宠物？陆迟不知道唐茵脑子里想的是什么宠物，只听到一旁的小糖罐大声喊："狗狗！"

但他也知道是谁有决定权，便拉住陆迟的裤腿，期待地开口："爸爸，我喜欢狗狗。"

陆迟弯腰把他抱起来："你喜欢什么狗？"

小糖罐哪里认识狗的品种，他只能描述出自己出门看到过的，或者幼儿园里的小伙伴说过的那些："要大的，很厉害，很威风。"

唐茵点了下一他的额头："是爸爸的生日，又不是你的生日，不许你干扰爸爸的选择。"

小糖罐一听，点点头："那爸爸别选狗了。"

该不会唐茵已经决定好要送什么了吧？陆迟扭头，问唐茵："你要送什么？"

唐茵笑吟吟地说："不知道呀，但我已经提前想好了名字。陆小唐怎么样？"

陆迟沉默了两秒，道："唐小陆吧。"

跟妈姓。

小糖罐凑热闹："妈妈，那我叫陆小唐吧。"

唐茵捏捏他的脸："你有别的名字，不能改名，等你长大了你想改什么都可以。"

小糖罐不由得憧憬长大后。

生日当天,她从外面带回来一条金毛,长得高大威猛,偏偏从此以后它的名字叫唐小陆。

March

S	M	T	W	T	F	S
					1	2
3	4	5	6	7	8	9
10	11	12	13	14	15	16
17	18	19	20	21	22	23
24	25	26	27	28	29	30
31						

番外二

好事花生茶

Special Episode 2

唐茵刚推开办公室的门,就被人抱住了

同事苏然脸色涨红:"啊,茵茵,你真棒!刚才 Tim 说你翻译得超级好,他下次还想见到你。"

唐茵将无尾熊一样的苏然扒开:"别,他话真的很多,我这边回了一句又一句,口都干了。"

苏然摆出星星眼:"可是你真的翻译得很棒啊!咱们公司那大小姐天天炫耀得顶厉害,海外留学都吹上天了,还是咱家茵茵厉害。"

公司里的翻译很多,大多都是国外 Top10 的硕士,唐茵虽然是知名学府 S 大的学生,但只是个本科生。在如今本科生遍地的首都,她实在是算不上什么。如果不是能力出色,她也走不到现在的位置。

不像苏然,都是靠关系进来的。

唐茵坐回到椅子上,捧着热茶喝,一点也没把苏然的话放在心上。

苏然趴在桌上:"对了,你上次不是说牙疼吗?我给你预约了一个医生,今天下午的,我陪你去。"

公司旁边的口腔医院人超级多,要看牙还得提前约。唐茵长了智齿,想拔掉很久了,结果好几天了都没约到号,所以就让苏然帮她留意一下。

听到她说的,唐茵捂着腮帮子:"行。哪家医院?"

苏然说:"第三医院。我真的是掐着时间去预约的,就这样还排到了第五个,真的是……现在看牙的这么多?"

她也想不通,口腔医院人多也就算了,第三医院是综合性医院,人也超级多。

唐茵面露怪异,第三医院正好是陆迟所在的医院。要是早知道,让他从那边预约算了,多简单。

苏然说:"就这么定了,吃完饭我们一起去。"

唐茵点点头,顺手给陆迟发去了消息——

中午去你那医院拔牙。

她的智齿长了好久,疼了也很久,但陆迟还不知道,而且她刚出差回来,都没来得及和陆迟讲。

陆陆陆:怎么不说?

唐茵回复——

太忙了,哪里还想到。拔完牙只能喝粥了,今晚你好好表现。

陆陆陆:好。

唐茵和苏然下午到医院的时候,外面的人还挺多。她们已经约好了,所以等了一会儿就进去了。医院里面的护士和医生都戴着口罩,也看不清楚脸。

医生看了唐茵两眼,拿着工具叮嘱道:"经期不能拔牙,怀孕不能拔牙,确定现在可以吗?"

苏然转头问:"你经期好像早就过了吧?"

女生之间,这点事情不算是秘密,她和唐茵认识差不多三年了,所以对这些事情很清楚。

如果她没记错的话,唐茵的经期应该是在十几天前,不过为了保险,她还是问一下。

唐茵忽然眉心一蹙:"我这个月还没来。"

苏然也皱眉,她记得唐茵一向很准啊,她忽然往唐茵身边凑了凑:"迟了十几天……反正不在经期,可以拔牙的。"

唐茵拉住她:"我先不拔牙了。"

苏然皱眉问:"预约了好久呢,怎么突然不拔了?"

唐茵在她耳边小声说:"我感觉可能怀孕了。"

上个月……唐茵算算时间,觉得还真有可能。

苏然也反应过来,唐茵和她男朋友已经同居半年了,唐茵的经期之前一直很正常,现在突然迟了好像也挺……

她小心翼翼地问:"那我们先去查有没有怀孕?"

医生打断两人,严肃道:"如果不确定就去查一下,这种事情不能乱来,怀孕前三个月拔牙麻醉,很容易流产。"

苏然一把拽过唐茵:"谢谢医生,我们下次再来。"

妇产科那边也在排队,苏然将唐茵按在队伍里,去医院对面的药房买了验孕棒,她感觉自己的心都提着。这要是真怀孕了,唐茵昨天

番外二 好事花生茶

还在出差高负荷工作呢……她会被陆医生打死的。

苏然回了妇产科,将东西递给唐茵:"去吧,小心点。"

唐茵笑了笑:"你现在突然把我当国宝,我又不是瓷娃娃。"

苏然瞪圆了眼睛:"你现在可是有很大的概率怀宝宝啊,瓷娃娃都简单了,我可不想被陆医生的眼神扫射。"

想到陆迟,她就瘆得慌。

唐茵没说话,拿着验孕棒进了洗手间。

等她出来后,苏然整个人就蹭了过去,一脸紧张:"怎么样?怀了还是没怀?"

唐茵感觉自己声音都有点飘:"两条杠。"

苏然先是愣了一下,反应过来后,差点叫起来:"我的天,真有了。这下子岂不是很快就结婚了?我要吃喜糖。"

唐茵忍不住告诉她:"我两年前就领证了。"

苏然一脸震惊,还陷在同事怀孕了等着喝喜酒,结果对方告诉自己她两年前就领过证了的怪圈循环中。

唐茵捏捏她的圆脸:"我以前发朋友圈你是不是没看到?"

"我……朋友圈都屏蔽了,你又不是不知道。"苏然的脸被唐茵捏得发红,她有点弱弱地问,"既然这样就不用担心未婚先孕了。我记得陆医生在这家医院,你要和他说吗?"

唐茵"嗯"了一声。

妇产科查的结果也是有了,两个人拿着单子。

苏然挽着她的胳膊,说:"那我们直接过去吧。我把你送过去我再走,不然我可不放心。"

唐茵也没拒绝,苏然的性子很轴,靠说是改变不了她的决定的。

外面的天色已经暗了,苏然必须得赶车回家了,她叮嘱道:"我就先走了,你一定要小心啊,你现在怀宝宝了,不能乱跳。"

唐茵被她无微不至的关心弄得心里暖暖的,乖乖地点头。

苏然这才满意地离开了,但她上车后,又不停地给唐茵发微信消息。

唐茵去了陆迟的办公室,果然他的位置上没人,看手机的备忘录,上面写了他有场手术。

唐茵在陆迟的桌子上趴了一会儿,突然有点困,索性眯眼睡觉。

陆迟回来的时候,她还在睡,她的头发跟着她的呼吸一动一动的。他轻轻拨开唐茵脸上的头发,想亲一下她,但盯了半天,想了想还是没打扰她。

也许是医院的动静不小,唐茵被吵醒了,她睁着蒙眬的双眼,看着对面的陆迟脱下白大褂,他白大褂里面穿的衬衫干净,显得他的脊背精瘦。

过了一会儿,唐茵小声撒娇:"陆迟,背我回去啊。"

陆迟刚刚换下衣服,接过歪过来的她,轻声应道:"好。"

他半蹲着,将她背起来。唐茵迷糊中还不忘拿着单子,装单子的袋子发出哗啦哗啦的声音。

才到科室门口,陆迟就碰上了同事,同事挤着眼睛说:"陆迟,你现在就走啦?"

唐茵已经趴在他肩膀上睡熟了,陆迟低声说:"嗯,我今晚没手术。"

同事打量了唐茵几眼:"唐茵今天等久了吧,回去可得好好安抚,我傍晚看她就在了。"

陆迟微微一顿，点点头。

看他们走远了，同事感慨道："唉，年轻就是好啊。"

回到家后，陆迟将唐茵放在床上，自己去煮粥。等晚饭弄好了，他回房一看，唐茵已经醒了，乖乖地坐在床上。

她突然这么安静，陆迟还真有点不适应，思索着是不是自己哪里没做好。

见他有点忐忑，唐茵忽然忍不住笑，她拍了拍自己边上："过来坐啊。"

陆迟在她边上坐下，等着她发话。

唐茵将他的脸转过来，认真严肃地说："我怀孕啦。"

陆迟呆滞了几秒，声音飘忽："真的吗？"

"物证都在，你还想抵赖。"唐茵把单子递给他，"肯定是上个月……"

耳边是唐茵数落他的声音，陆迟的目光定在单子的结果上。他感觉脑袋里就像炸烟花似的，一个接一个。

他要当爸爸了。

唐茵看他在那怔愣了半天也没个反应，心里咯噔一下，这万一惊喜刺激过头，出事了可就不好了。

她推了推他："陆迟，你别不是傻了吧？"

陆迟侧过脸看她，黑黝黝的眼睛里似乎闪着微弱的亮光，深邃得像黑夜。

怀孕这件事真不简单。

唐茵的孕吐反应很大，她稍微闻到一点不对的味道就会反胃，吃错了还会吐，夜里也很容易醒。

陆迟经常半夜起来煮粥，或者下一些清淡的面，时间一长，孕吐的唐茵没瘦，他反倒更消瘦了。

蒋秋欢带着孙姨在唐茵家里住了两天，教了陆迟不少方法，总算让她的胃口好了不少。

等怀孕五个月的时候，唐茵的身体终于恢复了正常。

有天晚上，唐茵歪在他身上，好奇地问："迟迟，你喜欢男孩还是女孩啊？"

陆迟想了想，说："女孩。"

一听到这个回答，唐茵有些不开心了："都说女儿是爸爸的小棉袄。如果生的是女孩，你是不是就不宠我了？"

陆迟被她质问得赶紧改口："那男孩。"

怀孕后，唐茵的脾气就变得神秘莫测，经常说他不宠她，有时候半夜迷迷糊糊地都要问上一句。他之前看她难受，就觉得还是再也不生算了，然后他就被骂了一顿，唐茵连着三天没理他。从那之后，陆迟就学会了临时改口。

怀孕中期，唐茵的腿开始肿胀抽筋，经常需要陆迟给她揉捏按摩才会好。连她自己都觉得怀孕简直是受罪，绝对不想生第二个。

不过这段日子，比起之前孕吐的时候要好很多，渐渐地，她吃得也比较多了，甚至胃口有越变越好的趋势。

陆迟的工作很忙碌，平时很难请假，要请假就只能等到唐茵快到七个月的时候才行。不过多亏了唐茵平时锻炼，孕吐好了后，她的身体没什么大的毛病，还可以挺着肚子出门。

有时候晚上唐茵一个人出去散散步，就逛到了第三医院，然后便等着陆迟一起回家。

番外二 好事花生茶

陆迟科室里的人基本都认识她了。

有同事一见她,赶紧上来扶着:"唐茵又来啦,快来里面坐。外面估计都冷死了吧,里面开了空调。"

唐茵朝他笑笑:"谢谢王叔。"

陆迟的这个同事年纪在这个科室是最大的,职位也是最高的,不过脾气很好,他尤其喜欢和年轻人在一块儿。

王叔笑了笑:"陆迟这台手术应该还有半小时就结束了,你在这儿等等。要不要喝水?"

唐茵摇摇头:"王叔您忙去吧。"

这科室里事多,王叔客气一下后,就自顾自地去忙活了。

半小时后,戴着口罩的陆迟进了科室。他只露半边脸,但依旧能看出来鼻梁高挺,面容俊朗。

唐茵着迷地看着,这可是她老公。

陆迟走过来,蹲在她旁边问:"有没有难受?"

唐茵乖乖地回答:"没有。"

陆迟放心了,眉眼微弯:"那……回家。"

他换了衣服,扶着唐茵出了医院。

两个月前,他们为了方便买了一辆车,虽然公寓和医院离得不远,但是唐茵怀孕,还是很有必要的。

快到小区外面时,唐茵突然摇下车窗,闷声说:"我想吃辣条。"

陆迟以为自己听岔了,重复了一下:"吃什么?"

唐茵扬高了声音:"辣条!"

陆迟:为什么会想吃这个?

唐茵委屈着一张脸:"你是不是不爱我了?连一袋几块钱的辣条

都不买给我吃……"

陆迟急急忙忙开口:"没有,我去买,你别乱跑。"

他清秀的脸微皱,下车去了小区对面的超市,看着琳琅满目的辣条,最终拿了一袋看起来不怎么辣的。

超市的阿姨还多看了他几眼。

回到车里,陆迟将袋子递过去,给唐茵拆开,温柔地哄道:"买好了。"

唐茵忽然说:"迟迟,我突然不想吃了。"

陆迟说:"好,我们回家。"

他把袋子放一边,怕她待会儿又要吃。

等到晚上躺在床上的时候,唐茵捏了捏他的手心,闷闷地说:"我今天是不是很骄纵?"

陆迟说:"没有。"

唐茵凑过来:"那你今天为什么没亲我?"

陆迟呆了一下,没搞懂这两个有什么关联,但还是听话地在她嘴唇上啄了一下。

夜里迷迷糊糊的时候,他发现唐茵又贴到他身边来了。房间里亮着小夜灯,她的脸都皱成一团了,哼哼唧唧的,肯定是腿又不舒服了。

他摸着黑起来,小心地给她捏腿。将近半小时过后,他总算是看到唐茵眉目舒展,像个娃娃一样。陆迟小心地躺下。

下次再也不让她怀孕了。

几个月后,唐茵被推进了产房。

因为一切正常,所以医生建议顺产,唐茵还得等宫口全开才能去生。唐茵第一次知道原来生孩子这么疼,她还没生,这才只是一开始她就有点受不了。

等进了产房,生孩子的时候,她又痛又累,脸上全是汗,但一想到这是她和陆迟的孩子,她又有了动力。

陆迟在外面还能听到唐茵的叫声,满心满眼都是惊慌。

他经历过不少手术,可从来没经历过生孩子……前两天第二医院里还发生了孕妇死在手术台上的事。想到这事,他立刻止住这种想法,提着心等在外面。

唐茵生了一个男孩,因为耗力太多,她生完孩子之后就睡过去了。

唐茵被推出来的时候陆迟猛地上前,将护士和医生都吓了一跳。

医生是认识陆迟的,他揭下口罩说:"没事没事,母子都很好,陆医生你别这么紧张。"

陆迟紧张得嘴唇都干了,压根儿就没听到他说的是儿子还是女儿。

唐茵是凌晨醒过来的,睁眼就看到陆迟正在盯着她。他眼下青黑,显然是熬夜了。

陆迟磕磕巴巴地问:"你、你饿不饿?"

他已经不结巴很多年了,唐茵被他逗笑,不敢笑得太用力,晃了晃头,问:"孩子呢?"

陆迟皱眉:"孩子好好的。"

他的手攥着唐茵的手,唐茵顺手挠了一下他手心:"你这什么表情,宝宝以后嫌弃死你了。"

陆迟只好哄道:"他很好。"

陆迟一本正经的反应让唐茵没忍住笑了出来。

护士将孩子抱来了,小宝宝闭着眼睛,皱巴巴的一张脸,真的特别小。唐茵却觉得她儿子怎么看怎么漂亮,肯定和她一样好看,要不然就和陆迟一样好看。

陆迟接过护士递过来的孩子,心里又涌上奇怪的感觉。他刚才只是在外面看了一眼,就一直陪在病房里了,现在自己亲手抱着他的感觉真不一样。

唐茵觉得心都要化了,说话的声音软软的:"咱宝宝起什么小名好?"

陆迟犹豫了一下,摇头。

唐茵盯着睡得正欢的孩子,忽然想使坏,碰碰孩子的小脸:"我看……干脆叫糖罐算了。"

陆迟怔愣,疑惑道:"糖罐?"

唐茵认真地解释道:"是啊,是啊,你是醋罐子,我姓唐,儿子叫糖罐多好。"

陆迟:……

他竟无言以对。

唐茵觉得自己是个妈妈了,温声说:"听说母乳喂养的孩子会聪明,糖罐可以试试。"

陆迟的脸色噌地一下不好了,过了很久,他闷着声说:"这些都没有科学依据……我是医生,所以该听我的。"

话虽如此,唐茵出院回家后,糖罐喜欢闹夜,所以她还是经常迷迷糊糊地爬起来去喂糖罐。

陆迟一个人坐在她旁边看着,满眼心疼。

番外二　好事花生茶

糖罐几个月大的时候,他彻底接管了糖罐,希望能让唐茵少受点苦。

糖罐一天天地长大。

他觉得他爸爸的眼神有点吓人。他的同桌是个女孩,经常炫耀自己爸爸最爱她,妈妈最爱她,晚上还给她讲童话故事,哄她睡觉。

糖罐觉得很不服气,所以当天夜里,他偷偷地开门摸进了妈妈的房间。

唐茵还没睡,看到他探头,笑着朝他招手:"小糖罐,快过来。"

闻言,糖罐立马推门进来,跳上床,蹭进妈妈旁边的被窝,露出小半张兴奋得通红的脸。

陆迟从浴室一出来,就看到一个黑溜溜的小脑袋。

看到爸爸出来了,糖罐又往被子里缩了缩。他挤到妈妈边上,抱着妈妈的大腿不放。今晚别想把他赶走。

陆迟也没说话,抿着薄唇,关了灯在小糖罐旁边躺下,沉着声说:"睡觉。"

房间里黑漆漆的,糖罐忽然开口:"爸爸,你为什么不给我讲睡前故事,你是不是不爱我?"

陆迟:这句话怎么听着这么耳熟?

唐茵笑出声来:"迟迟,快给你儿子讲故事。"

有妈妈撑腰,糖罐觉得自己今晚最厉害,又问了一遍:"爸爸,你讲不讲?"

陆迟说:"讲。"

他舔了舔唇,从床上爬起来,摸出手机,搜索出童话故事,放轻了声音念给糖罐听。

很快,小孩子就没声音了。

唐茵压低了声音:"好像睡着了。"

陆迟真是松了一口气,扭过头就看到灯光下如夜美人一样的唐茵,便凑过去亲了一下。

"爸爸,你为什么不亲我?

"爸爸,你是不是不爱我?"

小糖罐压根儿没睡着,睁着一双黑亮的大眼睛,紧紧地盯着陆迟,疑惑地连连发问。

唐茵忍不住笑出声来:"快亲他。"

陆迟僵了半天,最后捧着糖罐的脸亲了一下,关灯睡觉,再也不干什么了。

小糖罐做了一夜美梦。

天亮后他醒来发现,自己躺在自己的小床上,他瞬间瘪了嘴。

April

S	M	T	W	T	F	S
	1	2	3	4	5	6
7	8	9	10	11	12	13
14	15	16	17	18	19	20
21	22	23	24	25	26	27
28	29	30				

番外三

薄荷碎冰冰

Special Episode 3

【狼人杀】

春天的末尾月,唐茵迷上了狼人杀。

她每天晚上都和人玩游戏,从六人局一直打到十二人局,其间有输有赢,甚是好玩。但今天不知道怎么回事,她一直输,连玩了十局,一局都没赢过,每次她很快就会被人戳穿。

又输了一局后,坐在她旁边的陆迟听到音乐伴奏声,随口说了一句:"又输了啊?"

唐茵一下子有些怒气冲冲。

陆迟安静地听着唐茵说,等她说够了停下来后才开口道:"不是说好不跟我生气的?"

唐茵说:"我没说过。"

"你今天早上才说的。"

"没有,就是没有。"

"好吧。"

陆迟没再和她争,胳膊一伸就将她的手机拿了过去,然后将她按在自己的胸膛上:"这一局肯定会赢。"

唐茵将信将疑,还是听了他的话,窝在他怀里。

后面果然连赢。

【牵手】

圣诞节那晚,唐茵磨着陆迟去看电影。

看电影时,她吃了一大桶爆米花,出来后,两个人去洗手间洗手。

南方的冬天很冷,从暖气十足的房间里出来,冷风就直直地往衣服里钻。

陆迟搓了搓手,将手放嘴边呵了一下。

唐茵第一次见到他这么接地气的动作,笑得不行:"你是不是很冷啊,快把手放进我的口袋里!"

陆迟没说话。

直到从电影院的大门离开后,唐茵才听见他裹在风里的声音:"我怕牵你手冻着你。"

【流浪猫】

最近小区楼下多了一些流浪猫。

冬天天一冷,它们就挤进楼道里,三三两两地窝在一起取暖。猫咪的颜色和种类都不尽相同,有大有小。

唐茵看上了一只鸳鸯眼的小白猫，想把猫带回家里。

"不行。"陆迟严厉否决。

第二天下楼时，唐茵就发现那只小白猫不见了。

她很生气，开始和陆迟冷战，足足一星期没有和他说话，随后便跟着客户去了国外当随行翻译。

半个月后，她终于回了家里。

唐茵忘了带钥匙，按了半天门铃却没人开门，她正要打电话给陆迟时，面前的门开了。

眼前的场景吓了她一跳。

陆迟的头顶上趴着一只白色的小猫咪，正用屁股对着她，听到动静，那猫慢慢地揪着头发转了过来，居然是鸳鸯眼的……

大概被猫抓头发抓得有点痛，陆迟表情有点难以言明，委屈巴巴道："站在门口做什么？把你的猫弄走。"

【出差】

陆迟去了国外出差。

唐茵和陆迟两个人因为工作需要，经常要去国外，一年中的大部分时间，要么唐茵出差，要么陆迟出差，他们一年有几个月都是不在家的。

陆迟在家的时候，他不许小白猫爬床，怕脏。

现在他不在家，唐茵就一人独大了。她晚上把小白猫揽进怀里，放到陆迟睡觉的那边，第二天早上醒来，唐茵发现小白猫总会在陆迟的枕头上坐着。

没几天,她和陆迟打电话,对方问及这件事,她回道:"没有没有,我不会让它上床的。"

陆迟不信,狐疑道:"视频吧。"

唐茵沉默,一边用脚把小白猫赶下床,一边开了视频,转过去给陆迟看:"你看没有吧。"

对面的人没有声音。

唐茵有点紧张,就听见视频里芝兰玉树的人开口说:"枕头上有猫毛。"

唐茵连忙凑近去看,下一秒,她才反应过来,她气道:"你视频那么模糊,看到个鬼猫毛。陆迟你学坏了,开始诈我了。"

陆迟说:"你不听我话。"

唐茵自知理亏,换上一副笑脸:"我下次不让它上来了嘛。"

"算了。"陆迟松口。

养都养了。

【吃醋】

陆迟的医院来了一个新护士,很没有眼力见。

唐茵对此很不开心。

任谁的老公被别的女人缠着,她都会不开心的,偏偏陆迟还得带这个护士,和她一起工作。

唐茵一生气,陆迟就察觉了,但一连三四天,他都没找到原因,郁闷的同时,他主动道歉:"别生气了。"

唐茵的气快消了,但还是臭着脸。

"对不起。"

"你知道错哪儿了吗?"

陆迟当然不知道,只能转移话题:"我唱歌行不行?"

看他一副小可怜的模样,唐茵哪里还记得生气是什么东西。

【留言】

唐茵要去国外两个月。

以往她出差,最长的也就一个月。陆迟在医院事忙,因为时差,往往唐茵起床了,陆迟还在凌晨。

一时间,他们两人很久都没有好好说过话了。

晚上回酒店后,唐茵照例登录微信看他的留言,没想到就看到了他一个小时之前发的语音。

陆迟甚少发语音给她。

唐茵点开语音,心想他是哪根筋搭错了。

语音里的声音小小的:"我想你了。"

【裙子】

苏可西结婚时,唐茵去当伴娘。伴娘裙需要自己选,唐茵比较纠结，毕竟这种裙子既不能抢风头，还要美美的才行。

后来唐茵看中了一款抹胸裙，素净不妖艳。

陆迟探过头："不好看。"

唐茵换了一条露背裙："这条呢？"

"不好看。"

"要不这个吧？"

"不好看。"

连着好几次，唐茵终于不耐烦了："问你哪件你都说不好看，平时怎么没见你这么挑。我看你要选哪个。"

在她的目光灼灼下，陆迟反倒没动静了。

唐茵终于觉出什么了，问："是不是不想我穿这些太露的？"

陆迟的耳朵红了红，"嗯"了一声。

【本能】

小区里有人要结婚了。

新娘子一家就住在他们楼下，新郎来接新娘子的那天早晨，那户人家起早在楼下放鞭炮。

唐茵迷迷糊糊地动了动。

陆迟睁开眼，反应迅速地捂住她的耳朵，等一挂鞭炮结束后，又轻轻地拍了拍她的背，小声哄着。

早就醒来的唐茵又睡着了。

白天，楼下上来送喜糖，关上门后，唐茵提起这事，说："你居然还会哄我。"

陆迟随口应了句，其实压根儿不记得了，那大概是他本能的反应吧。

【关于喜欢】

听说抓住一个人的心就要抓住那个人的胃。

虽然唐茵觉得陆迟的心被她抓得牢牢的，但还是觉得自己应该学会做点菜，于是下载了一个厨房 APP。

从那以后，家里开始天天有同样的一道菜。

陆迟每次都会说："挺好吃的，进步了。"

吃了足足两个月，陆迟也没抱怨，唐茵觉得自己应该做得还不错。

过年去陆迟家，她决定露一手。陪陆迟妈妈去菜市场买菜时，她直接伸手去拿菜。

王子艳惊讶道："茵茵你喜欢吃这个吗？"

直到那天，唐茵才知道陆迟以前最不喜欢吃的就是这些菜。

回去后，唐茵问陆迟："你不喜欢吃为什么不和我说？"

她还以为他喜欢吃，一直做那道菜。

陆迟碰了碰她冻红的鼻尖："以前不喜欢，现在喜欢了。"

她喜欢的他都喜欢。

【情诗】

医院里住进了一个漂亮小姑娘。

追她的男生每天都带着一束花去表白,在病床前给她念国外的情诗,但每次那男生读情诗,都会被陆迟进来检查打断。

男生对他很不满。

知道这事后,唐茵笑得乐不可支,也要求陆迟向她表白:"你都没给我念过什么情诗。"

陆迟问:"你想听多少首?"

唐茵答:"一首就可以了。"

"好吧,你等等。"

陆迟装模作样地打开手机,对上唐茵灿若星辰的眼睛,慢条斯理地说:"唐茵,我爱你。"

这应该是她最想听的情诗了吧,他想。

(全文完)